古典文獻研究輯刊

二 編

曾永義 主編

第12冊

宋元海洋文學研究（下）

陳清茂 著

國家圖書館出版品預行編目資料

宋元海洋文學研究（下）／陳清茂　著 — 初版 — 新北市：花
木蘭文化出版社，2011〔民100〕

目 4+256 面；19×26 公分

（古典文學研究輯刊　二編：第 12 冊）

ISBN：978-986-254-499-0（精裝）

1. 中國古典文學 2. 文學評論

820.8　　　　　　　　　　　　　　　　　　100001052

ISBN-978-986-254-499-0

9 789862 544990

古典文學研究輯刊

二 編　第十二冊　　　　　　ISBN：978-986-254-499-0

宋元海洋文學研究（下）

作　　　者　陳清茂
主　　　編　曾永義
總 編 輯　杜潔祥
出　　　版　花木蘭文化出版社
發 行 所　花木蘭文化出版社
發 行 人　高小娟
聯 絡 地 址　新北市永和區中正路五九五號七樓之三
　　　　　　　電話：02-2923-1455 ／傳眞：02-2923-1452
網　　　址　http://www.huamulan.tw 信箱 sut81518@ms59.hinet.net
印　　　刷　普羅文化出版廣告事業
初　　　版　2011 年 3 月
定　　　價　二編 30 冊（精裝）新台幣 48,000 元

宋元海洋文學研究（下）

陳清茂　著

目次

第六章　元代海洋文學重要作家作品析論

　　考察元代文學的發展，散曲與雜劇所散發的光彩，蓋過當代各類文體的創作成果。然而就海洋文學的創作而論，詩歌仍為最大宗，其餘文體則僅有少量的創作。根據第四章的分析結果，浙江是宋、元兩代，海洋活動極為興盛的區域，造船與航海業發達，是海洋作家最集中的地域，呈現明顯的濱海地域創作覺醒現象。元代浙江籍作家競相書寫故鄉的生活、海景、航海、船舶、貿易、漁產、海戰等題材。為反映此種創作現象，故本章論述元代海洋文學時，不依宋代以時代分「北宋」、「南宋」的方式分節，而採用濱海籍貫的方式分節，將元代分為「浙江籍作家」、「浙江籍以外的作家」兩節論述，以凸顯濱海地域覺醒的創作現象。

第一節　浙江籍作家

一、舒岳祥

　　舒岳祥（西元 1219～1298 年），字舜侯，臺州寧海（浙江）人，學者稱為閬風先生，著有《閬風集》十二卷。宋寶祐四年（西元 1256 年）進士，官奉化尉，終承直郎。宋亡，舒岳祥不仕，隱居於寧海雁蒼山，以一代文學師表，教授鄉里以終。元大德年間，東南大家戴表元曾受業於舒岳祥，其學得於舒岳祥頗多。

　　元滅宋而代興，南宋遺民的內心是苦悶的，不少文人不事元朝，寧可隱

遁於鄉野海濱，講學著述以終。舒岳祥自宋入元後，絕意仕進，歸隱於故鄉寧海一帶的海濱。海濱的空間氛圍，雖也讓舒岳祥創作不少海洋文學，但作品在恬淡之中，卻隱隱透露出朝代更迭之悲。舒岳祥的創作主題，以海村的樸實生活爲主，旁及海濱自然風光。海村的平實生活與綺麗風光，對舒岳祥的深層意義是逃遁現實政治，使精神得到依託。因此對於政治血腥兵亂，破壞海村的寧靜安和，耿耿於懷，發爲作品，中多怨懟之音。

處於荒遠海陬的漁村，表面上一片祥和，卻隱藏著深刻的苦痛。舒岳祥作〈冬日過良坑見岡東望滄海隱隱見漁村有感時避地者多浮海云〉（《閬風集》〔註1〕卷四），透露出海村的若干問題：

> 平陸人煙險，漁舟家口肥。青天圍篛笠，白雨㵼蓑衣。
>
> 靜釣鷗分石，寒歸雪滿扉。磻溪有恨事，嚴瀨本忘機。

本詩的表層印象是海村的平靜安詳。前六句將海村的生活元素，如人煙、漁舟、青天、篛笠、蓑衣等，舖陳開來，令人無限嚮往。一路舖陳的安詳忘機氣氛，至「磻溪有恨事」句，忽然引出安詳氣氛背後的「恨事」。所恨者爲何事？詩句不明言，卻可由詩題揭露。當舒岳祥於冬日過良坑岡，東望滄海，隱隱若現的漁村，正是海民避亂浮海之處。眼前平和的海村，背後有著避亂的痛苦記憶。

〈七月十五日競傳有鐵騎八百來屠寧海人懼罹仙居禍僦船入海從鷗夷子遊余在龍舒精舍事定而後聞之幸免奔竄深有羨于漁家之樂也作漁父一首〉（《閬風集》卷六），描寫海村避亂的無奈：

> 年來避世羨漁郎，全載妻兒雲水鄉。
>
> 隔葦鳴榔分細火，帶苔收網曬斜陽。
>
> 一絲寒雨鱸腮紫，半箔歸潮蟹斗黃。
>
> 欲逐鷗夷江海去，西風無奈稻花香。

漁船夜間鳴榔捕魚，斜陽下暴曬帶苔的漁網，鱸、蟹豐收，海村一片平靜豐足。如今卻因元兵駐紮寧海海濱，對於海村多所騷擾，改變原本平靜的生活。舒岳祥爲避兵亂，與妻兒隱居於海濱亂山深處的龍舒精舍（「全載妻兒雲水鄉」）。七月十五日，百姓競傳有元兵鐵騎八百將來屠村。寧海百姓懼罹禍，僦（租賃）船入海避難。舒岳祥於事定之後，幸免於奔竄入海之累，有「年來避世羨漁郎」的企盼。舒岳祥希望元兵退去後，海村又恢復原本的寧靜，

〔註1〕 《文淵閣四庫全書電子版》。

使他可以回歸平靜的海村生活。

　　由於駐紮寧海海濱的元兵，對於寧海一帶海村的無情肆虐，使海村遭受到毀滅性的摧殘。舒岳祥行入海村，見原本和樂的海村，竟變為荒涼之地，作〈行海村〉，寓其深沈的感慨：

　　　　天遠鳴榔雙槳浦，夜涼吹笛十家村。

　　　　如今鬼出無人過，深閉柴門自斷魂。

曾是雙槳鳴榔捕魚，夜涼吹笛自娛的海村，如今竟因元兵的肆虐騷擾，而「鬼出無人過」，令舒岳祥感慨不已，只能「深閉柴門自斷魂」。海村的荒廢關鍵，在於元兵的肆虐，只有元兵離去後，才能恢復往日舊觀：

　　　　獨步溪頭冉冉風，莫雲當面失前峰。

　　　　近聞海戍移屯去，漁火灘頭萬點紅。

〈海上口占〉（《閬風集》卷九）描寫元兵開拔離去後，海村逐漸恢復舊觀。舒岳祥先前獨行海村時，只見「鬼出無人過」的蒼涼景致，如今再獨步海村溪頭時，因戍守海疆的元兵移屯，又見「漁火灘頭萬點紅」的舊觀。「遠眺滄洲十里強，早潮舉網夜鳴榔」（〈遠浦歸潮〉）的海村即景，成為舒岳祥身心的歸依處。

　　海村恢復平靜後，舒岳祥又可悠閒地遊覽海景，作〈約平叔高秋泛海〉（《閬風集》卷六），記其爽秋泛海的心境：

　　　　乘桴欲看日生東，借子門前一席風。

　　　　白石鑿餘雲補穴，青峰開處月浮宮。

　　　　持螯斫鱠萬事足，踞殼食蜊千劫空。

　　　　剩欲作詩招酒社，恐君戶小趣難同。

舒岳祥與平叔〔註2〕趁爽秋月夜，借一席金風，乘桴泛海，欲觀賞海上日出麗景。自舟中觀望海上島嶼，不見洶湧波濤，只見「白石鑿餘雲補穴，青峰開處月浮宮」的海上夜景。夜航風光讓舒岳祥的心情閒適，只要持螯斫鱠、踞殼食蜊，再佐以詩、酒，則萬事滿足，別無所求。

　　舒岳祥將精神寄託於海村，喜愛濱海的生活方式，自然將海村的小人物及其生活方式，寫入詩中。〈贈漁者〉（《閬風集》卷九）二首：

　　　　本是浮生江海客，持螯斫鱠酒家村。

　　　　一瓶說與長年道，三日提魚一到門。（1）

〔註2〕名姓、生平未可考。

　　　　紅蓼青蘆媚一川，夕陽偏麗晚秋天。

　　　　吹沙已老松鱸上，日日江頭望釣船。（2）

第一首詩描寫浮生江海，經歷無數風浪的老漁者，於酒家村肆持螯斫鱠，快意肆志地享受漁村生活。常「三日提魚一到門」的老漁者，讓舒岳祥感受到漁村的濃厚人情味。第二首詩則描寫舒岳祥所見的漁村風光。紅蓼、青蘆、夕陽，使得晚秋的海村既「媚」又「麗」，也讓心意舒暢的舒岳祥，願日日佇立江浦，遙望漁者的釣船。〈老漁〉（《閬風集》卷九）則描寫海村老漁人的自得其樂：

　　　　少婦提魚入市廛，兒孫滿眼不知年。

　　　　醉眠還伴沙頭雁，身在青天月滿船。

兒孫滿眼，樂天達觀的老漁人，所捕獲的魚，交由少婦提到市廛（商店雲集地）販售，自己則悠哉地醉眠於月光灑落一地的船上，有沙頭雁相伴。老漁人的適意、簡單生活，正是海村生活的珍貴之處。〈漁童〉（《閬風集》卷四）則平實地描繪漁村漁童的形象：

　　　　丫角長身者，依然髮懶梳。只將星子餌，釣得尺來魚。

　　　　險阻行來慣，風波舞自如。曾因潮岸塌，收得古人書。

頭繫丫髻，身材高大的漁童，隨興自在，懶於梳整頭髮，展現灑脫不羈的海村風。習慣海上生活的漁童，風波險阻，往來自如，往往以星子般的小餌，即可釣得尺許大魚。從事撈捕的漁者，讓漁村生活富有生氣。本為不起眼的漁村小人物，在舒岳祥的筆下，老少漁者都擁有自己的鮮明形象。依海為生的海村人物，樂天知足，樸實無華，認真生活，正是欲背離亂世的舒岳祥所企盼的生活典型。

　　原本應平實安樂的海村，竟因朝代更迭，而產生極大的變化。衛戍海邊的元兵，不恤民生，時而殺掠，百姓不得已遁逃避難，使海村一度荒蕪。元兵撤離海濱，海村才得以逐漸恢復舊觀。身為遺民的舒岳祥，本欲隱身海濱，以避亂世，卻仍遭波及，故心中的沈悶悲鬱，只能寓寄於其所親見的海村凋敝景象。當海村日趨平靜安和，舒岳祥又可融入海村生活，欣賞海岸風光，享受海洋珍鮮，與漁人親切互動。舒岳祥作品所反映的兩種海村生活，具有極大的對比性。

二、任士林

　　任士林（西元 1253～1309 年），字叔實，號松鄉，浙江四明人，自幼穎

敏秀拔，六歲能屬文，至大初年，舉爲安定書院山長，尋卒，有《松鄉文集》
十卷。任士林對於浙江故鄉的海洋風物有深刻的觀察，除了以詩敘寫海洋外，
更善用長篇的散文、賦等形式，詳細摩畫海鄉風情，生動而眞切。

　　任士林作〈海扇〉（《松鄉文集》〔註3〕卷八），將海邊常見的海扇貝，與
漢代後宮佳人班婕妤的事蹟結合爲一，使海扇充滿浪漫的氣息：

　　　漢宮佳人班婕妤，香雲一笑秋風初。

　　　網蟲蒼蒼恩自淺，猶抱明月馮夷居。

　　　至今生怕秋風面，三月三日才一見。

　　　對天搖動不如烹，肯入五雲清暑殿。

明朝劉積《霏雪錄》云：「海中有甲物如扇，其文如瓦屋，惟三月潮盡乃出，
名海扇。」任士林自註：「海扇乃硨磲。」（硨磲圖影請參閱本書第三章）硨
磲（車渠）爲海中大貝，外殼略呈三角形，殼緣呈鋸齒狀，背上壨文如車輪
之渠，故名，又形若摺扇，故曰海扇。硨磲被佛教視爲七寶之一。硨磲的摺
扇外形，與漢代班婕妤〈紈扇〉的秋扇，被任士林連結爲一。班婕妤美而能
文，初爲漢成帝所寵愛。後成帝另幸趙飛燕、趙合德，班婕妤自知見薄，退
居後宮，作〈怨詩〉（《先秦漢魏晉南北朝詩》〔註4〕，頁116）以自傷悼：

　　　新裂齊紈素，皎潔如霜雪。裁爲合歡扇，團圓似明月。

　　　出入君懷袖，動搖微風發。常恐秋節至，涼風奪炎熱。

　　　棄捐篋笥中，恩情中道絕。

班婕妤將自己遭漢成帝冷落的際遇，寄託於見捐的秋扇，以寓其哀情。任士
林見海邊尋常可見的大海扇貝，形似文人摺扇，聯想到秋扇見捐的班婕妤。
海中的海扇應是抱明月獨居的班婕妤的化身，心中滿是深沈的哀怨，故而發
出「對天搖動不如烹」的長嘆。本詩詠物而不著物，爲詠海錯的佳構。

　　生長於奉化海濱的任士林，對於故鄉的海洋生活景致，記憶深刻，以長
篇散文記錄海鄉印象，細緻而生動。葉伯幾曾奉命分教奉化〔註5〕，因下州例
不得設學錄，未數月，又離開奉化。任士林與葉伯幾道別時，作〈送葉伯幾
序〉（《松鄉文集》卷四）一文贈之，文中盡是對故鄉海洋風景、漁貿活動的

─────────────

〔註3〕《文淵閣四庫全書電子版》。

〔註4〕遂欽立輯校：《先秦漢魏晉南北朝詩》（臺北：學海出版社，1984年）。

〔註5〕林景熙〈送葉伯幾之奉化〉詩云：「親攜琴冊出烟蘿，海國儒風近若何？……」
　　　（《霽山集》，北京：中華書局，1985年，頁88）林景熙自註：「伯幾，平陽
　　　人，分教明州奉化。」

詳細描寫：

> 余家越天門山之陽，坐瞰海波，水天際遠，蠻洲蜃嶼，歷歷晴窈。時則天光曙發，風闊潮平，舟大小凌蜃頭來，杳若撒椒。少則帆影抑揚，棹歌出沒，徑列埠下，市儈布立岸上，遙呼問海伴故舊三老，倚桅長揖，載輸委市，廢舉畢問，且悉對。然後乃登岸，洋洋入市儈家，揮霍醉語，無誰何？明日，椎羊瀝神，擊鼓召市，販夫日來，爭貿急售，幸不幸，聽軒輊，唯淺深，賴不臭，厭載爲賀。既又涉旬月，市儈計舶籌，然後審知乾沒，則莫不大呼起柂，列嘯揚帆，視厚薄，各滿志去。又嘗觀富人之舶，挂十丈之竿，建八翼之艕，長年頓指南車，坐浮度上，百夫建鼓番，休整如官府令，拖碇必良，緈絆必精，載必異國絕產，時一上，步綱孔，目大小，殺牛釃酒，暢歡而後去。市儈過不敢顧，蓋將輸官場之入，保天府之珍者也。

這篇散文依描寫內容，可以分爲三大段。第一段（「余家越天門山之陽……杳若撒椒」）描寫坐落在越天門山南面的任士林家，向海面展望的海景。任士林坐瞰家門前晴窈的海面，蠻洲蜃嶼，歷歷在目。當天光曙發，風闊潮平時，大小海舟凌越蜃頭而來，海面杳若撒了一片椒子般壯觀。第二段（「少則帆影抑揚……各滿志去」）描寫本來渺如椒子的海舟，不久就清楚地出現在象山港埠，並展開熱鬧的交易。當帆影抑揚的海船，徑列於象山港中，船主與岸上市儈（商人），從互問寒暄，詢問海伴、故舊、三老，到詳問廢舉（謂買賤賣貴）之事，呈現入港後的熱絡之情。船主登岸後，與市儈揮霍醉語，展現濱海人的豪情。隔日交易，市儈、販夫之間各計其利，爭貿急售，船主可審知「乾沒」（指僥倖之利）。交易完成後，滿意的船主又大呼船工起柂，揚帆出港。本段所描寫的登岸交易活動，極爲生動傳神，爲港埠生活的眞實寫照。第三段（「又嘗觀富人之舶……保天府之珍者也」）則將視線移往港中的富人之舶，描繪其外觀的雄偉，航海設備的精良，號令的休整，貨物的珍異。與普通的海舶相比，富人之舶，掛帆於十丈桅桿，以八支巨艕推進，船上用浮水指南針，拖帶精良的碇石，以堅固的「緈絆」（粗大繩索）繫縛，加上船工的號令嚴整，裝載海外各國的珍奇瑰寶。富人之舶的氣勢無比，竟令市儈過而不敢瞻顧。本文自遠方海面的點點海舟大景，逐漸縮小爲港中密接帆舶的貿易之景，再集中焦點於船主、市儈的計利，與富人之舶的細部摹繪，層次

分明，宛如一幅生機盎然的海港風情畫。

家住越天門山之陽的任士林，不但常自家門前覽望海景，更乘小舟親近越天門山，遊象山港一帶的海景。任士林仿蘇軾〈前赤壁賦〉的結構，作〈遊越天門山賦〉（《松鄉文集》卷六），記其觀覽之海景：

柔兆之春，二月既望。任子與客泛舟，遊於天門之表。于時颶母停颿，慎郎捲霽，飛潦不興，澹漫無際。始則拖長綃，偃悅腹，徘徊蚌蛤之洲，睥睨黿鼉之國，少則掣掣洩洩，汎汎悠悠，飄如雲逝，蕩若漚浮，浩不知蓬萊弱水之在眸也。浮余觀於漢裔，渺一世之□茸，有石塘萬里，鱗鱗然隱波濤之下，此殆祖龍氏之所鞭乎？何其神也。靈洲瞥來，絕島遙沒，隆隆隱隱，過大業天子之祠焉。見其君臣繡晃，將帥鼓旗儼然，牙檣錦纜，銜尾而維也，又何其奇也。昉二帝之所規，悼生民之不幸，身未死而變隨顧，英雄其何往於是，停橈而思，思窮而愁作。噫嘻悲夫！客亦知夫天地之數，廢興無常，而孰知其綱蠻，不必擅觸之強荊，不必暢凡之亡江，上之寂寂，又安知非人世之揚揚。客遂鼓枻而歌，歌曰：擊蘭槳兮扣桂舷，訪田氏兮弔仲連。數術不可久御兮，鷙力不可謂賢。然乎然哉吾烏，計吾身之久遭。余迺敲腳唱小海以和之，客復擊節，順流而歸，不知舟中之有明月也。

《寶慶四明志》卷十四引《漢書・地理志》云：「鄞縣東南有天門，水入于海，有越天門山。」越天門山即浙江象山縣的東門山。越天門山臨海而立，視野遼闊，氣象萬千。任士林本賦描寫越天門山附近的島、洲海景，及海洋人文景觀，依其文意可略分為五段：

遊越天門山賦

第一段	記時間地點			柔兆之春……遊於天門之表。	
第二段	記舟中所見海景	遠景	自然景	于時颶母停颿……浩不知蓬萊弱水之在眸也。	
第三段	記萬里石塘	近景	人文景	浮余觀於漢裔……何其神也。	神也
第四段	記大業天子祠之奇及所起之慨嘆	前景		靈洲瞥來……思窮而愁作。	奇也
第五段	議論			噫嘻悲夫……不知舟中之有明月也。	

第一段首先敘述任士林於柔兆之春，二月既望之日，與客泛舟，遊於天門之表，揭開以下的海景描寫。第二段記任士林乘小舟，於海上所見之景。「颶母停颶，慎郎〔註6〕捲霽」，使得海波不興，海面一片淡漫無際。良好的海象，爲任士林乘舟遊越天門山，提供平穩的航行條件，及開闊的景觀。任士林的海舟，任風搖曳，飄如雲逝，汎汎悠悠，恣意地「徘徊蚌蛤之洲，睥睨黿鼉之國」，竟不知弱水〔註7〕難渡的蓬萊仙境已在眸前。第三段描寫壯觀的萬里石塘。以海面孤舟之姿，望海岸雄壯的萬里石塘，任士林心中充滿驚嘆。爲抵擋海嘯沖蝕而興建的石塘，耗費巨大的人、物力，與萬里長城、大運河，並稱古代三大工程。石塘由一塊塊石頭堆疊成入水的斜坡，因石頭堆疊參差，故又名魚鱗塘。當任士林的海船接近石塘時，望著沒入水中的魚鱗般石塊，彷彿波濤下隱藏著一條綿長巨魚。任士林讚嘆神奇之餘，心想若非祖龍〔註8〕鞭石〔註9〕，又如何能於波濤洶湧的海岸，堆疊如此巨量的石塊？第四段記大業天子祠之奇，及所引發的慨嘆。任士林的船穿過靈洲、絕島，拜訪大業天子之祠〔註10〕，見祠中「君臣黼冕，將帥鼓旗儼然，牙檣錦纜〔註11〕，銜尾而維」，令任士林大嘆「何其奇也！」壯觀的大業天子之祠背後，令任士林感

〔註6〕 宋·李昉《太平廣記》，卷十四，「許眞君」云：「後於豫章遇一少年，容儀修整，自稱慎郎。許君與之談話，知非人類。指顧之間，少年告去。眞君謂門人曰：『適來年少，乃是蛟蜃之精。吾念江西累爲洪水所害，若非翦戮，恐致逃遁。』蜃精知眞君識之，潛於龍沙洲北，化爲黃牛。」（臺北：古新書局，1980年，頁57）「慎郎」即指海洋神話中的蜃精。相傳蜃精能興起海波。任士林以「慎郎捲霽」來形容海上風波平靜。

〔註7〕 蘇軾〈金山妙高臺〉云：「蓬萊不可到，弱水三萬里。」「弱水」指神話中險惡難渡的大海。

〔註8〕 《史記會注考證·秦始皇本紀》云：「（三十六年）秋，使者從關東夜過華陰平舒道，有人持璧遮使者曰：『爲吾遺滈池君。』因言曰：『今年祖龍死。』」（臺北：洪氏出版社，1986年，頁125）裴駰《史記·集解》引蘇林曰：「祖，始也。龍，人君象。（祖龍）謂始皇也。」祖龍指秦始皇。

〔註9〕 《錦繡萬花谷》前集卷五，引《三齊畧記》云：「秦皇鞭石：秦始皇作石橋，欲過海觀日出。有神人能驅石下海，石去不速，神輒鞭之，石皆流血。又云始皇以術召石，石自行至，今皆東首。」（《文淵閣四庫全書電子版》）任士林借用秦皇鞭石入海爲橋的神話，來形容石塘的鬼斧神工。

〔註10〕 大業天子之祠究竟爲何地，無明確資料可考。考本賦「靈洲瞥來，絕島遙沒，隆隆隱隱，過大業天子之祠焉」句，則祠應在海中島嶼，而非陸地。又隔海的昌國州（舟山群島）有煬帝廟。據此推測，大業天子之祠疑爲煬帝廟。

〔註11〕 明·陸采《懷香記·班師議婚》云：「錦纜牽風，牙檣破浪。」（《文淵閣四庫全書電子版》）「牙檣」借指舟船。

慨的是二帝之所爲，使生民遭逢不幸，結果身未死而變亂隨顧，何處才是英雄的依歸？第五段寫任士林由觀大業天子之祠而愁作，引出議論。數術不可久御，鷙力不可謂賢，因爲人間的興廢無常。任士林與客的問答中，點出興廢無常的天地之數，爲本賦收結。

　　任士林除了上述記海鄉海景的賦、文外，還有一篇風格奇譎的〈老婆牙賦〉〔註12〕。任士林序云：「東海有物曰老婆牙，痒痒醜石，掊之得膏，是可怪已。」〈老婆牙賦〉詠老婆牙〔註13〕的特殊形貌，及敲掊後所得的鮮美金膏玉液。賦中特別強調老婆牙的「蛻牙」，彷彿是墜水的眞牙般。

　　任士林所創作的海洋文學，以散文、賦爲代表，透過長篇的形式，深入記錄家鄉的海洋風物。任士林的文章風格，除了〈老婆牙賦〉的文字較深僻外，其餘作品的文字意象，少套用隋、唐以前的海洋傳說、陳言套語、神話物種，而代之以生活中的觀察所得。故其文章風格質樸自然，海洋風情自然流露。

三、黃　溍

　　黃溍（西元 1277～1357 年），字晉卿，婺州義烏（浙江）人，世稱金華先生，著有《黃文獻公集》。元仁宗延祐二年（西元 1315 年）進士及第，授台州（浙江）寧海丞。寧海縣地瀕臨鹽場，大亭戶恃其不統於地方官，常肆毒害民〔註14〕，編戶隸屬漕司、財賦府者，也各有所憑，橫暴尤甚。黃溍以清白公正治理州縣，對若干肆毒害民的大亭戶，皆痛繩以法。黃溍後遷兩浙都轉運鹽使司所轄之石堰西場（近餘姚）監運，又出任江浙等處儒學提舉。

　　黃溍因任臺州寧海縣丞、石堰西場監運之故，遍覽浙江海濱，也創作不少海洋文學，風格淡雅。楊維楨於〈故翰林侍講學士金華先生墓誌銘〉中，論

〔註12〕本賦文本脫漏頗多，爲避免解讀闕漏的文本，產生文意的誤差，故本文略去此賦之析論。

〔註13〕明・馮時可《雨航雜錄》，卷上云：「綬魚，一名華臍，一名老婆牙，其腹有帶如帔，子亦附其上，形如科蚪，大者如盤。無鱗，冬初始出者，俗重之，至春，則味降矣。」（《文淵閣四庫全書電子版》）依資料「老婆牙」應爲綬魚，然而考任士林本賦的描寫（「搥敲石掊，得金膏於沙礫，吸玉液於痒朽……輔已脫而車在，唇既亡而不寒？豈舌柔之易毀，而齒剛之反全」），似爲貝類之屬。

〔註14〕元代的鹽務管理系統：中書省（行中書省）→鹽運司→分司→場→團→鹽戶。鹽務系統獨立於地方政府的行政系統。鹽場主事者或大亭戶恃其隸屬鹽運司，往往挾轉運使之勢，凌逼州民。

黃溍此類作品：「遇佳山水，竟日忘去，形於篇什，多沖淡簡遠之情。」〔註15〕

　　黃溍至臺州寧海縣上任時，眼見寧海縣的獨特海洋風情，頗爲新奇，所以特別留意當地的風俗、生活。黃溍作〈初至寧海〉（《黃文獻公集》〔註16〕，頁37）二首，記其觀察所得：

> 地至東南盡，城孤邑屢遷。行山雲作路，累石海爲田。
> 蜃炭村村白，棕林樹樹圓。桃源名更美，何處有神仙？（1）

> 縹緲蛟龍宅，風雷隔杳冥。人家多面水，島嶼若浮萍。
> 煮海鹽煙黑，淘沙鐵氣腥。停驂方問俗，漁唱起前汀。（2）

第一首詩前兩句（「地至東南盡，城孤邑屢遷」）先點明寧海城爲東南濱海孤城的空間特點，引出後續海洋生活、景觀的鋪陳。「累石海爲田」句，所描寫的正是浙江沿海的獨特海洋景觀。海邊有豐富的海涂資源〔註17〕，浙人常壘石爲堤，攔海爲田，經過蓄淡洗鹽的步驟，可種植合適的作物，又可達到拒海抗潮的功用。「蜃炭村村白」句，描寫的是海村民居的建材特色。海濱居民將牡蠣殼或蛤殼，以火焚燒，潑水後漸成灰，即爲蜃炭（蜃灰），色白，用以黏砌最堅，兼可殺蟲。海村民居多以白色蜃炭塗牆屋，故曰「蜃炭村村白」。「棕林樹樹圓」句，則具體突出棕葉之「圓」。黃溍對於海寧的第一印象，宛如桃源仙境。第二首詩先描寫縹緲的海面是蛟龍的住處，再描寫眼前的民居多面海而築。自面海的村屋遠望海上，島嶼宛若浮萍般渺小。出現在眼前的「煮海鹽煙黑，淘沙鐵氣腥」景致，令黃溍頗感新奇，正欲停驂問俗，前汀正傳來陣陣的漁唱聲。這兩首詩對海洋生活、事物的描寫頗爲客觀，如攔海爲田、燒蜃殼爲灰、煮鹽、淘沙等。此外黃溍也善於用一字，凸顯被描繪事物的形象特徵，如蜃炭之「白」、棕林之「圓」、鹽煙之「黑」、鐵氣之「腥」，能清楚地傳達被描繪事物的主要意象。海村風土民情，經由黃溍的整體印象概括後，以淡淡的筆風抒寫，彷彿就是兩幅寧海的速寫圖。

　　黃溍的〈題觀海圖〉、〈洋山夜發〉二詩，描寫航海所見海景，及驚險的航海歷程。〈題觀海圖〉（《黃文獻公集》，頁71）云：

〔註15〕元・楊維楨：《東維子文集》（臺北：臺灣商務印書館，1979年），頁180。
〔註16〕元・黃溍：《黃文獻公集》（叢書集成初編，北京：中華書局，1985年）。
〔註17〕海涂是海水平均高潮線與平均低潮線之間的平整灘面，由淤泥質或沙質等沉積物組成，漲潮時沒入海中，退潮時又露出海面。江浙一帶，稱此種灘地爲「涂」。海涂資源可直接發展灘塗養殖，也可種植蘆葦、大米草等，更可視需要圍海造田，發展種農業，或曬製海鹽。

　　昔年解纜岑江上，初日團團水底紅。

　　鼉吼忽搖千尺浪，鷁飛仍挾半帆風。

　　遙看島嶼如星散，只謂神仙有路通。

　　及此棲身萬人海，舊遊卻在畫圖中。

黃溍閱覽觀海圖，圖中所繪的海景，又勾起昔日的航海記憶。自岑江解纜啓航，原本浪靜風平，團團海日紅透水底。船入滄海，海上忽然生起的千尺浪，應是鼉吼激起。海船（「鷁」〔註18〕）挾半帆風，破浪前進。佇立於船上的黃溍，遠望海上，島嶼就如星辰般散落在海面，只有神仙才能騰越濤山，通達各島嶼！黃溍此時的航海心情，是壯觀與驚奇的結合。〈洋山夜發〉（《黃文獻公集》，頁 35）則記錄另一種航海體驗：

　　肅肅洋山暮，倉忙拜水神。吹噓端有力，漂泊竟無津。

　　黑夜魚龍界，皇天蟻蝨臣。生還如偶遂，敢憚歷微辛。

黃溍自舟山群島的洋山港，乘夜啓航，經歷了驚險的航海過程。面對洋山港的肅肅暮色，黃溍爲祈求能一路平安，倉忙祭拜水神。前兩句隱隱透露出黃溍的不安。海風吹噓有力，舟漂泊於夜海，竟不知津渡何在？眼前的「黑夜魚龍界」，更令黃溍自覺渺如蟻蝨，不知能否生還？

　　〈次韻方子踐觀潮〉（《黃文獻公集》，頁 62）詩則描寫浙江境內的觀潮勝事：

　　潮生潮落有時休，朝暮吳兒幾白頭。

　　被髮秖誇迎駭浪，側身寧解障奔流。

　　江吹碧瓦人聲曉，雲閃朱旗海氣秋。

　　後夜月明天在水，有誰能此試登樓。

方子踐爲黃溍弱冠學詩之詩友，常有詩文倡和。每年浙江潮的潮生潮落有休止時，而弄潮吳兒在朝暮的歲月更迭中，幾近白頭。吳兒被髮迎駭浪，傾側其身，欲障海潮奔流，並緣此而誇能爭雄。黃溍乘著秋氣覽望江潮，江面的潮頭形貌（「江吹碧瓦」）與乘潮弄旗的吳兒（「雲閃朱旗」），使江上的潮景生動熱鬧。可惜過了八月十八日後，壯觀的浙江潮又復歸於平靜，又有誰能登樓觀壯潮？

　　黃溍遊象山的大瀛海道院，作〈題大瀛海道院〉（《黃文獻公集》，頁 48）詩，充滿海上神仙的想像：

〔註18〕古時船頭常畫有鷁鳥，故以鷁借代船舶。

丹山之山青崔嵬，隱居舊隱山之隈。

千年土鼎爲誰出，深崖古像松聲哀。

鴻飛天上爪在雪，過者莫睨君能來。

想當月斧乍揮霍，奔走屬役皆仙才。

卷藏瀛海歸一粟，顧盼瞬息生風雷。

森然幻有啓神界，白日照耀金銀臺。

昔聞使者茲入海，樓船煙霧何時迴。

君其置此勿復念，須臾碧水揚黃埃。

九重蝼蠖陛下聖，方士未易誇蓬萊。

琳宮貝闕長望幸，天高海闊心悠哉。

元代吳澄〈大瀛海道院記〉云：「象山縣之東二十里，曰爵溪，潮汐齧衝，貫舶絡繹，世傳神仙安期生之屬所往來也。」（《吳文正集》卷四十八）大瀛海道院位於象山縣東二十里的爵溪，元至元二十七年（西元 1290 年）由里人王一眞興建。道院相傳是昔日安期生賣藥處，三仙山滅沒於大瀛海的盡處，有仙人時相往來。「想當月斧乍揮霍……白日照耀金銀臺」等句，充滿浪漫的神仙色彩。黃溍聽聞曾有使者乘樓船入海訪仙山，但眼前除了海霧，又何嘗見使者的樓船回航？只能幻想有朝一日，「須臾碧水揚黃埃」。當廣漠的大瀛海揚起黃埃，凡人也許能直接步行，朝見三神山的「九重蝼蠖」，不讓方士獨誇蓬萊的「琳宮貝闕」。黃溍將大瀛海道院的瑰麗神話傳說，與理想的願望結合爲一，使本詩具有若即若離的想像意蘊。

海隄是護衛海岸，保護海民的重要工程。黃溍在〈跋餘姚海隄集〉〔註19〕文中，讚美葉恒修築海塘，護衛綿長海岸之功：

書敘禹之治水，備著其濬導之功。孟子亦稱禹疏九河，瀹濟漯，決汝漢，排淮泗，其於海，惟曰入於海，注之海而已。蓋至此無所復用其力。是以太史公河渠有書，班孟堅溝洫有志，至於海則存而不論也。餘姚居天下之東南，而地訖於海，居人數有海患。其故爲縣時，宋慶曆間，知縣事謝景初嘗爲隄二萬八千尺。慶元間，知縣事施宿嘗爲隄四萬二千尺，而其中爲石隄者，五千七百尺，其用力於海皆古所未及，可謂難矣。國初，易縣爲州四十餘年，而葉君恒（葉恒）來爲其州判官，所作石隄，以尺計者，前後總二萬四千二百二

〔註19〕明・葉翼輯：《餘姚海隄集》（南京圖書館藏清鈔本）。

十五。視前人不愈難哉！先儒胡文昭公，每以經義治事，分齋教學
者，所治之事，水利其一也。自世儒務為高論，而不屑意於事為之
末，或者遂指經義為無用之言，以相詬病，亦已久矣。君以經義釋
褐入官，而善於治事，至於水利，亦能用力於古所未及。大書深刻
登載已詳，今獨推其能為人之難能者，由其知先儒為學之道，而經
義之果不為空言也。

江、浙一帶的海岸線平直，地勢平坦，日夜受到東海潮波的沖擊，加上颱
風、錢塘潮的嚴重沖擊，使海岸長期受到侵蝕，威脅居民的生計。為護衛海
岸，歷代不斷發展建築海塘技術，並投入大量人力、物力修築海塘。元文宗
天曆年間，葉恒任餘姚判官，曾築海塘以捍衛海民，民賴其利。明朝寧波人
葉翼，為頌揚先祖葉恒之功，特輯元代名人序記餘姚海塘的詩、文、賦，合
為《餘姚海隄集》一卷。其中黃溍〈跋餘姚海隄集〉一文，盛讚葉恒築海塘
之功。本文依內容可分為三大段。第一段（「書敘禹之治水⋯⋯至於海則存而
不論也」）先敘述禹之治水，有濬導九河之功，然而只能將江河之水，導引灌
注大海而已。禹對於大海，則「無所復用其力」。漢世也無法防患海潮侵襲，
故史書僅述江河，「至於海則存而不論」。第二段（「餘姚居天下之東南⋯⋯視
前人不愈難哉」）則記錄宋、元兩代築餘姚海塘有功者。宋代的海塘以土堤居
多〔註20〕，施宿修築的 42,000 尺海塘中，石堤只有 5,700 尺。元代的葉恒則
共築 24,225 尺的石堤，工程難度更高。因此黃溍對於葉恒以石塊建築綿長海
塘，極力推崇其護衛海岸之功。

宋仁宗慶曆間	知縣事／謝景初	為隄 28,000 尺	
宋寧宗慶元間	知縣事／施宿	為隄 42,000 尺	其中為石隄者 5,700 尺
元文宗天曆間	餘姚判官／葉恒	作石隄 24,225 尺	

第三段（「先儒胡文昭公⋯⋯而經義之果不為空言也」）則由治水之事印證先
儒之經義，並非無用之空言。先儒以經義治事，水利為其中之一，只是俗儒
務為高論，而不屑為經世致用之術，甚至指經義為無用之言。黃溍特別以葉

〔註20〕《餘姚海隄集》收黃琚之文：「餘姚並海為州⋯⋯前後官此，能以海為慮，獨
　　　　謝公景初、施公宿二令。然隄多累土所成，不能皆用石，故每衝決，今舊隄
　　　　沒入海，已十餘里，壞民廬田畝，不可勝計。」（南京圖書館藏清鈔本）土隄
　　　　無法抵擋海潮的巨大能量，常沒入海中，故元代葉恒能壘石為隄，遺功百世，
　　　　被浙東文人廣為讚揚。

恒能由經義興治水利之例，證明先儒之經義可以致用，而非泛談空言。

　　黃溍的海洋詩文，或以遊記的筆風，詳細刻劃海村生活；或以平淡眞實之筆，記錄海洋景物、航海經驗；或以浪漫的想像，將海洋人文景觀與傳說結合，形成若即若離的海洋印象。黃溍的海洋文學雖然不多，但以深刻的海洋生活經驗爲基礎，呈現多采的海洋風貌。

四、楊維楨

　　楊維楨（西元 1296～1370 年），字廉夫，號鐵崖，一號鐵笛道人，紹興會稽人。泰定四年（西元 1327 年）進士，署天台尹，改錢清場鹽司令，十年不調，後調任江浙行省四務提舉。楊維楨性情疏狂，在元末爲詩壇領袖〔註21〕，詩號爲「鐵崖體」。楊維楨的《鐵崖古樂府》好馳騁異想，運用奇辭，五、七言絕句則多仿南朝民歌與劉禹錫〈竹枝詞〉的形式。楊維楨的創作，縱橫豪麗，獨步當代，尤深於樂府，部分作品能反映出中下階層百姓的眞實生活。

　　楊維楨設籍海濱，曾任浙江錢清場鹽司令，對於沿海百姓的生活眞貌，有深刻的觀察。楊維楨善用樂府、民歌的形式，將恃海爲生的百姓生活，眞實地呈現在讀者面前。楊維楨的海洋文學，依其內容，可粗分爲三大類：

（一）鹽民困境

　　鹽政之敝，是歷代濱海百姓的痛！元政府爲掌控龐大的鹽利，制定嚴苛的鹽法，透過完備的產銷制度，將鹽收歸國家專賣。在政府及大鹽商的雙重剝削下，亭戶難以爲生，產生嚴重的社會問題。楊維楨對於鹽政之弊，有深入的觀察：

> 余嘗官於海濱矣，見歲之分漕官挾悍吏二，傔從一，校卒數十，至分所必先震威，而以售沓墨於其後，下視亭民，吏如圈置兔，狼殘隼虐，無毫毛隱痛，其啖噬滿，然後民吏始得垂展手足。官給工楮，大亭與亭吏，必摶捐過其半，謹而儲之，以俟分漕爲故，常若輸公租奉公養者。吁！民其有不病乎？〔註22〕

楊維楨見鹽司的官員率領悍吏、校卒，威嚇鹽民在先，「沓墨」（貪污）在後，

〔註21〕　清・顧嗣立編《元詩選・鐵崖古樂府序》云：「至正改元，人材輩出，標新領異，則廉夫爲之雄，而元詩之變極矣。」（臺北：世界書局，1982 年）

〔註22〕　元・楊維楨：《東維子文集》（臺北：臺灣商務印書館，1979 年），頁 167。

將亭民視爲被圈置之兔，任狼殘隼虐，該發「工楮」（工本鈔）時，又被亭吏與大亭（大鹽商）層層剝削，鹽民豈有不病者？楊維楨任錢清場鹽司令（從七品）時，因鹽賦傷亭民之事而食不下咽，屢向江浙行中書〔註 23〕陳述鹽賦之敝。最初省官弗聽，楊維楨乃頓首泣於庭，至欲掛冠投印而去，終獲減引額〔註 24〕三千。楊維楨因此事得罪省官，落得十年不調新職的下場。

　　關心鹽賦傷害亭民生計的楊維楨，有多首樂府深刻地反映亭民的苦楚。如〈鹽車重〉（《鐵崖先生古樂府》〔註 25〕，頁 48）云：

　　　　鹽車重，鹽車重，官驥牽不動。官鉈私秤秤不平，秤秤束縛添畸令。

　　　　鹽車重，重奈何？畸令帶多私轉多，大商翥不盡，私醝夾公引。烏
　　　　乎江南轉運澀如膠，漕吏議法方呶呶。

「鹽車重，官驥牽不動」，看在辛苦生產食鹽的亭戶眼中，充滿了諷刺。食鹽沈重又奈何？亭民本應獲得合理補貼的工楮，卻因「官鉈私秤秤不平」，而被剝削殆盡。官府與大鹽商之間的勾結，加上官吏各種畸令（「漕吏議法方呶呶」），使得「公引」（官鹽）夾帶「私醝」（私鹽），爲官府、鹽商帶來暴利，而亭民卻貧窮依舊。本詩以鹽車之「重」（官、商得利），對比出鹽民生計之「輕」。

　　〈賣鹽婦〉（《鐵崖先生古樂府》卷四）則效白居易〈琵琶行〉的敘述形式，藉賣鹽婦之口，娓娓道出鹽民苟生的血淚：

　　　　賣鹽婦，百結青裙走風雨。雨花灑鹽鹽作鹵，背負空筐淚如縷。三
　　　　日破鐺無粟煮，老姑飢寒更愁苦。道旁行人因問之，拭淚吞聲爲君
　　　　語。妾身家本住山東，夫家名在兵籍中。荷戈崎嶇戍閩越，妾亦萬
　　　　里來相從。年來海上風塵起，樓船百戰秋濤裏。良人賈勇身先死，
　　　　白骨誰知塡海水。前年大兒征饒州，饒州未復軍尚留。去年小兒攻
　　　　高郵，可憐血作淮河流。中原封裝音信絕，官倉不開口糧闕。空營
　　　　木落烟火稀，夜雨殘燈泣嗚咽。東隣西舍夫不歸，今年嫁作商人妻。

〔註 23〕南方沿海的鹽運司隸屬各行省，故任錢清場（屬兩浙鹽運司）鹽司令的楊維楨，乃上書給江浙行省的負責官員。
〔註 24〕「引」爲食鹽的生產單位，「引額」即各鹽場的產量配額。元代各鹽場的歲額有正鹽（每年的確定年產量）、餘鹽（達到確定年產量的追加部分）之分。元代後期，因鹽戶大量逃亡，無法達成每年的生產配額，加上食鹽滯銷，鹽課（售鹽所得）無法達成，造成鹽政的重大弊端。故各鹽司常上請朝廷削減引額，以減輕鹽司、鹽戶的生產壓力。
〔註 25〕元·楊維楨：《鐵崖先生古樂府》（臺北：臺灣商務印書館，1973 年）。

> 繡羅裁衣春日低，落花飛絮愁深閨。妾心如水甘貧賤，辛苦賣鹽終
> 不怨。得錢糴米供老姑，泉下無慙見夫面。君不見繡衣使者涮河東，
> 采詩正欲觀民風。莫棄吾儂賣鹽婦，歸朝先奏明光宮。

〈賣鹽婦〉以平鋪直敘的方式，描述賣鹽老婦的淒苦一生。第一段（「賣鹽婦……拭淚吞聲爲君語」）先描寫賣鹽婦的生活慘況，引起道旁行人的詢問，再以其口訴說著悲傷的際遇。在雨花灑鹽的淒涼風雨中，著百結青裙，背負空筐的賣鹽婦，如絲縷般的淚水，已先道出悲哀的心情。「三日破鐺無粟煮」的窘境，無法讓老姑得一溫飽，更令她愁苦不已。第二段（「妾身家本住山東……妾亦萬里來相從」）則自述原居山東，竟因列名兵籍的夫君，奉命遠戍閩、越，不得已只能萬里南來相從。第三段（「年來海上風塵起……可憐血作淮河流」）描寫來到閩、越的悲慘遭遇。時局動盪，兵釁頻仍，賣鹽婦的良人白骨填海水，大兒羈留戰場，小兒血作淮河流。全家男丁幾乎殞落，空餘老婦獨力事奉老姑。第四段（「中原封裝音信絕……泉下無慙見夫面」）描寫賣鹽婦爲了生活，不得已向現實低頭，再嫁賣鹽商人。「空營木落烟火稀，夜雨殘燈泣嗚咽」的光景，更凸顯出賣鹽婦的困境。獨力事奉老姑的賣鹽婦，不得已改嫁賣鹽商，甘於貧賤生活，辛苦賣鹽也終無怨尤，唯一的遺憾就是未能守貞如一，「泉下無慙見夫面」。第五段（「君不見繡衣使者涮河東……歸朝先奏明光宮」）則寄望奉命采詩欲觀民風的繡衣使者，能不嫌棄賣鹽婦的悲賤身分，將實情反映給執政者。〈賣鹽婦〉將賣鹽老婦的淒苦一生，一一舖陳開來，讀之令人悲傷不已，爲反映社會現實佳作，頗得老杜〈三吏〉、〈三別〉之意。

詠鹽亭兒女的〈海鄉竹枝詞〉四首，更是楊維楨膾炙人口的佳構。〈竹枝詞〉的詩歌形式，具有濃厚的民間氣息，能生動地傳達社會底層人民的情感、生活。楊維楨雅好〈竹枝詞〉的形式，創作〈吳下竹枝詞〉七首、〈西湖竹枝詞〉九首、〈海鄉竹枝詞〉四首。楊維楨創作〈海鄉竹枝詞〉時，曾自云：「海鄉竹枝，非敢以繼風人之鼓吹，於以達亭民之疾苦也，觀民風者或有取焉。」〈海鄉竹枝詞〉（《鐵崖先生古樂府》，頁106）非爲風雅逸興而作，目的在嚴肅地反映亭民生活的疾苦，並期待執政者能觀此民風，改善鹽民的生活：

> 潮來潮退白洋沙，白洋女兒把耡耙。
> 苦海熬乾是何日？免得儂來爬雪沙。(1)

門前海坍到竹籬，階前腥臊蟶子肥。

痖痖三歲未識父，郎在海東何日歸？（2）

海頭風吹楊白花，海頭女兒楊白歌。

楊花滿頭作鹽舞，不與斤兩添銅鉈。（3）

顏面似墨雙腳頳，當官脫袴受黃荊。

生女寧當嫁盤瓠，誓莫近嫁東家亭。（4）

第一首前兩句（「潮來潮退白洋沙，白洋女兒把耡耙」）先點出鹽亭女兒的工作場景，後兩句（「苦海熬乾是何日？免得儂來爬雪沙」）則傳達出鹽女們對烈日下「爬雪沙」（雜有鹽粒的海砂）的厭煩，望著無盡的大海，有「苦海熬乾是何日」的長嘆！第二首則描寫海鄉生活的艱苦。為了餬口營生，男丁得長期以浪為家，竟使得「痖痖」（嬰兒）三歲不識父。第三首描寫鹽亭女兒的苦中作樂。海頭揚起的白色楊花，若鹽般四處飛舞，可惜不是真正的海鹽，無法增加自己的鹽產斤兩。第四首描寫鹽女製鹽的辛苦及官府催鹽的無情。「顏面似墨雙腳頳」句，描寫鹽女的顏面，因烈日及海水的反射而黧黑似墨，雙腳則因赤足於鹽灘而紅赤。透過鹽女相貌的寫實，反映海邊製鹽的辛苦。「當官脫袴受黃荊」句，更是凸顯元代鹽政之弊。鹽產量多寡受到天候因素的影響，鹽女無法繳出規定的引額，竟然受到「脫袴受黃荊」的屈辱。因此鹽女發下誓願：「生女寧當嫁盤瓠，誓莫近嫁東家亭」。對鹽家生活絕望的鹽女，寧可女兒遠嫁「盤瓠」（南蠻），也不嫁鄰近的鹽家子弟，如此就不用在烈日下爬雪沙，雪白膚色也不會變成黧黑。〈海鄉竹枝詞〉以鹽亭女兒的口吻，道出海鄉鹽戶的苦難生活，寫景敘事中寓含楊維楨的同情，也體現漢樂府「感於哀樂，緣事而發」的精神。又〈海鄉竹枝詞〉描寫的海鄉景物也極為真實，如「潮來潮退白洋沙」、「階前腥臊蟶子肥」、「海頭風吹楊白花」、「楊花滿頭作鹽舞」等句，均為海鄉鹽場的實景寫生。

元代鹽政的弊端，使絕大多數的亭戶生活凋敝，卻造就少數汲取暴利的大鹽商。楊維楨在發抒小亭戶的辛酸之餘，也揭露大鹽商的真實面貌。〈鹽商行〉（《鐵崖先生古樂府》，頁48）云：

人生不願萬戶侯，但願鹽利淮西頭。

人生不願萬金宅，但願鹽商千料舶。

大農課鹽析秋毫，凡民不敢爭錐刀。

鹽商本是賤家子，獨與王家埒富豪。

> 亭丁焦頭燒海榷，鹽商洗手籌運握。
> 大席一囊三百斤，漕津牛馬千蹄角。
> 司綱改法開新河，鹽商添力莫誰何。
> 大艘鉦鼓順流下，檢制孰敢懸官鉈。
> 吁嗟海王不愛寶，夷吾笑之成伯道。
> 如何後世嚴立法，祇與鹽商成富媼。
> 魯中綺，蜀中羅，以鹽起家數不多。
> 只今誰補貨殖傳，綺羅往往甲州縣。

本詩前四句先強調鹽商獲得的暴利，令亭丁瞠目結舌，以致於生活困頓的亭
丁，心中的願望，竟然不是萬戶侯、萬金宅，而是鹽商的千料舶〔註 26〕及淮
西鹽利。由不可得的奢望回到現實生活中，大農苛課鹽稅，析至秋毫，亭丁
卻不敢爭錐刀微利。本為貧家之子的鹽商，掌握食鹽的運輸、銷售管道，加
上官商勾結，竟然富比王室。儘管官方嚴頒鹽法，但仍造就「綺羅往往甲州
縣」的大鹽商。「焦頭燒海榷」的亭丁，仍然只是終身勞苦的鹽工。本詩凸顯
出大鹽商因掌握鹽利的關鍵（運輸、銷售），而富比王室，也對比出小亭丁的
悲哀。

（二）海洋想像

　　人類憑恃著已知的經驗、知識，無法解釋海洋的廣大、海上氣候變化的
複雜、浪濤湧動的巨力、海中生物的奇特性時，常會另闢蹊徑，將海洋自然
現象與神話傳說結合為一，形成海洋神話。楊維楨望著海洋各種熟悉的自然
景觀，透過浪漫的神話想像，構築心目中的主觀海洋印象，富於神秘感。如
〈古觀潮圖〉〔註27〕（《鐵崖逸編》〔註28〕，頁 668）詩：

〔註 26〕根據陳希育於〈宋代大型商船及其「料」的計算法則〉（《海交史研究》，第一
　　　　期，1991 年，頁 59）一文的研究結論，「料」是表示龍骨長度、面闊、艙深
　　　　的一種船積單位，而非重量單位。一料的容積約為 2.5 石。元代海船的製作，
　　　　大致上沿用宋代的船舶知識。故本文以陳希育之說來解說千料舶之「料」字。
〔註 27〕〈古觀潮圖〉為宋朝錢塘人李嵩所繪。明朝朗瑛《七修續稿》，卷五，〈宋宮
　　　　觀潮圖詩〉云：「嘗于先輩葉南屏家，見元人《題宋宮觀潮圖》詩，皆雄富雅
　　　　健，感慨悲壯，因假回錄之。楊維楨詩云：『八月十八睡龍死，海龜夜食羅剎
　　　　水。須臾海劈黿鼉門，地卷銀龍薄於紙。艮山移來天子宮，宮前一箭隨西風。
　　　　劫灰欲洗蛇鬼穴，婆留朽錢猶爭雄。望海樓頭誇景好，斷鼇已走金銀島。天
　　　　吳一夜海水移，馬躞沙田食沙草。崖山樓船歸不歸，七歲呱呱啼軹道。』……
　　　　時至正二十年秋八月初，楊維楨在玄白亭，試奎章龍香實劑。」朗瑛所見元

八月十八睡龍死，海龜夜食羅剎水。

須臾海劈龕赭門，地捲銀濤薄於紙。

艮山移來天子宮，宮前一箭隨西風。

劫灰欲洗蛇鬼穴，婆留杇鐵猶爭雄。

望海樓頭誇景好，斷鼇已走金銀島。

天吳一夜海水移，馬蹀沙田食沙草。

崖山樓船歸不歸，七歲呱呱啼軹道。

楊維楨題宋宮觀潮圖時，以神話想像形容錢塘潮，最後以崖山海戰與年幼帝昺啼哭作結，以應詩題〈題宋宮觀潮圖〉之「宋宮」。本詩以「八月十八睡龍死，海龜夜食羅剎水」起筆，在眾多詠潮詩中，頗爲詭奇。昔賢詠錢塘潮，泰半以潮神、海神爲激起怒潮的力量。楊維楨卻以海龜夜食羅剎水，獲得無窮神力，在轉瞬間令海潮以刀劈之勢，劈入龕山與赭山並立的海門（「龕赭門」），海岸也捲起薄如紙張的銀濤。當年海上艮山奔移天子宮前，錢王曾率眾引弓射潮〔註29〕。如今錢王（「婆留」）〔註30〕遺留海中的射潮杇鐵，猶與潮頭爭雄。當錢塘潮消退時，楊維楨將之形容爲被錢王射中的斷鼇，已遠走金銀島。本爲潮湧的海岸，馬匹又可蹀蹀沙田食沙草。詠潮已到尾聲，末兩句卻以崖山海戰，年幼帝昺啼哭亡國的海洋史事，以應詩題「宋宮」。本詩文字風格奇特，文意舖陳亦奇（詠潮由實寫又急轉爲南宋覆亡史事）。〈龍王嫁女詞〉（《鐵崖先生古樂府》，頁27）也是一首充滿神話想像的詩歌：

小龍啼春大龍惱，海田雨落成沙砲。

天吳擘山成海道，鱗車魚馬紛來到。

鳴鞘聲隱佩鏘琅，璚姬玉女桃花耮。

貝宮美人笄十八，新嫁南山白石郎。

西來態盈慶春婿，結子蟠桃不論歲。

秋深寄字湖龍姑，蘭香廟下一雙魚。

楊維楨有序云：「海濱有大小龍，拔水而飛，雷車挾之以行者，海老謂之龍王

人《題宋宮觀潮圖》詩，即楊維楨〈古觀潮圖〉詩。據朗瑛之說，本詩乃楊維楨於至正二十年秋八月初作。

〔註28〕 元·楊維楨：《鐵厓三種》（臺北：文海出版社，1971年）。

〔註29〕 《咸淳臨安志》，卷三十一云：「梁開平四年八月，錢武肅始築捍海塘，在候潮通江門之外，潮水晝夜衝激，版築不就，因命強弩數百以射濤頭。」（《文淵閣四庫全書電子版》）

〔註30〕 錢鏐初生，父將棄於井，祖母強留之，故小名爲「婆留」。

嫁女。」海濱的特殊海象，在漁民的想像中，海濱有大小龍主宰海上天候，而雷電、雨水齊飛舞的海象，應是龍王嫁女。楊維楨以流傳於漁民的傳說寫作本詩。十八歲及笄的龍女（小龍）啼春，欲嫁南山白石郎〔註31〕，使得龍君（大龍）頗為苦惱。東方龍君為了嫁龍女，雷車彭彭興動風雨，海神擘山成為海道。海中鱗車、魚馬紛紛前來祝賀，盼望龍女能早生貴子，場面熱鬧非凡。

（三）海洋送別

海洋既是空間的阻隔，也是船舶的載體。與陸地相較，海上交通的變因較多，危險性較高。因此海路送別時，尤其是跨海渡洋，觸海格外傷情。楊維楨有〈送貢尚書入閩〉（《鐵崖逸編》，頁 708）：

> 繡衣經略南來後，漕運尚書又入閩。
> 萬里銅鹽開越嶠，千艘升斗貿蕃人。
> 香熏茉莉春醒重，葉卷檳榔曉饌頻。
> 海道東歸閒未得，法冠重戴髮如銀。

貢尚書即戶部尚書貢師泰，功在漕運糧食〔註32〕，輸運京師，曾兩度入閩，故曰「漕運尚書又入閩」。循海道東歸入閩的貢師泰，負有海道漕運，調撥糧食至京師的重任，即使髮白如銀，也「閒未得」。

楊維楨的海洋文學中，以揭海濱鹽場亭民悲慘生活的作品，最具代表性。楊維楨以鹽官的角度，看到亭戶的生活真相，透過樂府民歌的形式，嚴肅地反映百姓的疾苦，希望朝廷能采風觀風，解鹽民之倒懸。當楊維楨描寫自己熟悉的海洋自然景觀、現象時，避開實寫，將海洋自現實中抽離，賦予它浪漫多采的想像，使海洋充滿神秘感。描寫海洋送別時，感性中富於理性，對於朋友的殷切寄望更勝於海上離愁。楊維楨在元代海洋文學作家中，立有一席之地。

〔註31〕 元·張憲《玉笥集》有《神絃曲·白石郎》云：「石郎家住南山裏，夜叱臥羊成隊起。研光羅帽舞香山，金礦銀坑爛如紙。竹節短鞭鞭赤狐，山精水魅聲鳴鳴。回風躡水過溪曲，旋折山花聘小姑。」南山白石郎亦為神仙之屬。

〔註32〕 《元史·貢師泰傳》，卷一八七云：「至正十四年，除吏部侍郎，時江淮兵起，京師食不足，師泰奉命和糴于浙右，得糧百萬石，以給京師。……二十年朝廷除戶部尚書，俾分部閩中，以閩鹽易糧，由海道轉運給京師，凡為糧數十萬石，朝廷賴焉。」（中央研究院「漢籍電子文獻」之《二十五史》）貢師泰運用海道漕運浙、閩的糧食，供給京師所需，除戶部尚書，故稱為「漕運尚書」。

五、吳　萊

　　吳萊（西元 1297～1340 年），字立夫，浦江吳溪（浙江）人。延祐年間應進士試，不第。延祐七年（西元 1320 年）為鄉貢進士，舉上禮部，因與執政者不合，退居家鄉深嫋山中，自號深嫋山道人。後被推薦，調任饒州路長薌書院山長，未仕而卒，時年四十四歲。門人宋濂等人，私諡為淵穎先生，後更諡貞文先生。吳萊平生喜遠遊，每至名勝古跡或古戰場，常飲酒高歌，自謂有司馬子長之風。吳萊一生深究經史，旁及諸學問，尤以文學馳名於世，著有《淵穎集》。

　　吳萊性好遠遊，既造訪名山，亦浮游滄海。神秘而壯闊的海洋，濱海的古蹟，海島的勝景，均為吳萊的尋訪對象。遊歷海洋的深刻體驗，發為詩文吟誦，就是一篇篇精采的海洋記遊詩文。海洋記遊詩文是吳萊海洋文學的骨幹。海洋記遊詩文以外，尚有其他海洋作品。故以下分兩大類析論：

（一）海洋紀遊之作

1. 詩　歌

　　吳萊的海洋記遊詩，喜用較長篇幅，詳細摹寫海、山、古蹟盛概，及其航海感受。如〈夕泛海東尋梅岑山觀音大士洞遂登盤陀石望日出處及東霍山迴過翁浦問徐偃王舊城〉（《淵穎集》〔註33〕，頁 91）八首，以連章的形式，記其泛海尋訪梅岑山之觀音大士洞、盤陀石望日出處、東霍山、徐偃王舊城等海、山、古蹟的感想。第三首云：

> 茫茫瀛海間，海岸此孤絕。飛泉亂垂纓，險洞森削鐵。
>
> 天香固遙聞，梵相俄一瞥。魚龍互圍繞，仙鬼驚變滅。
>
> 舟航來旅游，鐘磬聚禪悅。笑撚小白花，秋潮落如雪。

吳萊〈甬東山水古蹟記〉云：「東到梅岑山，梅子眞煉藥處，山梵書所謂補怛洛迦山也，唐言小白花山。自山東行西折，為觀音洞。洞瞰海，外巘中裂，大石壁紫黑，旁蟠而兩岐，亂石如斷圭，積伏蟠結，怒潮撼擊，晝夜作魚龍嘯吼聲。」（《淵穎集》卷七）這一段散文描寫的是普陀山之梅岑山觀音大士洞的景致。本詩彷彿把這一段散文詩歌化。「茫茫瀛海間，海岸此孤絕」兩句，以茫茫的大瀛海，對比出海島海岸的孤絕渺小。「飛泉亂垂纓，險洞森削鐵」兩句，「亂」、「森」兩字生動地表現觀音大士洞景致的峭奇紫黑。「天香」、「梵

〔註33〕元・吳萊：《淵穎集》（叢書集成初編，北京：中華書局，1985 年）。

相」、「魚龍」、「仙鬼」、「鐘磬」等辭，綜合嗅覺、視覺、幻覺、聽覺，營造出觀音大士洞神秘的空間氛圍。「笑撚小白花」句，既指撚花微笑的禪境，又暗合梅岑山又名小白花山的意涵。以撚花微笑的禪境，結合洞前雪白潮景作結，關合臨海觀音大士洞的寫作主題。又第六首云：

> 笑揮百川流，東赴無底壑。青天分極邊，白浪屹爲郭。
> 卉裳或時采，椎髻亦不惡。投珠鮫人泣，淬劍龍子愕。
> 海宮眩鱗纏，商舶豐貝錯。盍不呼巨鵬，因風泝寥廓。

本詩描寫波瀾壯闊的大海，激發詩人迎向海洋的雲天豪情。「笑揮百川流，東赴無底壑」兩句，展現吳萊航向大海的豪邁氣度。「青天分極邊，白浪屹爲郭」兩句，敘述普陀島的海島地理特色。自普陀島往四面觀看，以白浪爲其天然城郭，視線的極盡處則以青天爲限。「卉裳或時采……商舶豐貝錯」六句，描繪島上人民與物產。島民身穿卉裳，頭盤椎髻，佩劍綴珠，與商舶熱絡交易各類珍貝、海錯。島民身上的珠、劍等珍貴飾物，讓吳萊聯想到取材大海，必定使「鮫人泣」、「龍子愕」。「盍不呼巨鵬，因風泝寥廓」兩句，雖是描寫憑風而升的巨鵬，但鵬爲鯤所化，結尾仍暗合海洋。全詩結構緊湊，氣勢磅礡，刻劃寫實。又如第八首云：

> 我行半天下，始到東海隅。水落嶕石出，中飛兩鸊鵜。
> 情知瓌奇產，勢與險阻俱。在夷豈必陋，雖聖猶乘桴。
> 吭風丹穴鳳，尾雨青丘狐。幸隨任公子，不愧七尺軀。

第八首詩爲本組連章詩的總結。行跡半天下，吳萊甫到東海隅，即被海洋的奇險所吸引。遊歷東海的歷程艱辛，退潮時露出的礁石，更增添海路的險阻。然而度越險海，得以見到奇特的海島風俗，使吳萊眼界大開，因而有「在夷豈必陋，雖聖猶乘桴」的感觸。海水的阻隔形成陸地人認識島俗的障礙！連孔聖都以海島爲乘桴的目的地，未被人們認識的島俗、島民，豈可遽然視爲鄙陋？遊歷海島的奇特經驗，使吳萊心生幸隨任公子〔註34〕遊滄海的得意感。這組連章詩以細緻的筆觸，描寫普陀山諸海、山、古蹟勝景。揭開浪漫想像的面紗後，眞實的海洋一一呈現在眼前。

〈還舍後人來問海上事詩以答之〉（《淵穎集》，頁 101）則爲五言七十二

〔註34〕《莊子集釋・外物》云：「任公子爲大鉤巨緇，五十犗以爲餌，蹲乎會稽，投竿東海，旦旦而釣，期年不得魚。已而大魚食之，牽巨鉤，餡沒而下，驚揚而奮鬐，白波若山，海水震蕩，聲侔鬼神，憚赫千里。」（臺北：華正書局，1985 年，頁 925）任公子乃古代傳說中善於捕魚者。

句的長篇詩歌，詠記吳萊東遊海上的心得：

> 去家纔五旬，恍若度一歲。豈不道路艱，周流東海澨。
> 故人喜我返，來問海何如？所經何城邑？相去幾里餘？
> 我言始戒塗，尚在越西鄙。隨波到句章，滿目和積水。
> 人云古翁洲，遙隔水中央。一夜三百里，猛風吹倒檣。
> 初從蛟門入，極是險與惡。白浪高於山，神龍忽以躍。
> 似雪復非雪，倚檣欲上看。舟子禁不可，使入舟中蟠。
> 尋常重性命，今特類兒戲。信哉昌黎言，有海無天地。
> 掀掀終達岸，鹽鹵間黃蘆。人烟寄島嶼，官府猶邨墟。
> 水族紛異嗜，魚蟹及蠊□。我寧不忍餐，抹蘚相吐沫。
> 荒塵棲予髮，旭日照我身。似聞六國港，東壓扶桑津。
> 或稱列仙居，去此亦不遠。蟠木秋更花，蓬萊鬭眞館。
> 我非不願往，此險何可當。天吳布牙爪，出沒黑水洋。
> 於奇豈易得，似足直一死。方去徒自驚，既歸亦云喜。
> 珍重故人言，勿以險爲奇。茲行已僥倖，愼勿疾平夷。
> 雖然此異鄉，固是難久客。聖出風且恬，時清海如席。
> 我猶愛其然，恨少不淹留。爾毋爲我懼，遭此千丈虬。
> 試看塵世間，甚彼大瀛海。衣裳日沈溺，篙艣相奔潰。
> 奔潰孰能救，沈溺將奈何。口呿舌不下，聊爲故人歌。

吳萊自東海遊歸，特以長篇詩歌形式，總結這次的遊海經歷。「去家纔五旬……相去幾里餘」句，以答友人之問起筆，開始敘述此次的航海歷程。「初從蛟門入……有海無天地」，回憶船出蛟門（甬江口）時的驚險情景。航海經驗貧乏的吳萊，因心理的合適距離而產生海洋的美感。因海洋景觀而生的審美興趣，使他忘卻當下的危險，甚至想冒險倚檣觀看海上的驚濤。吳萊冒險觀海之舉，卻被航海經驗豐富的舟子發現而制止，被迫躲進船艙。舟子的制止，使吳萊的念頭從海洋的壯美，頃刻間又回到海洋險惡的現實上，使他有「尋常重性命，今特類兒戲」的驚覺，並感嘆「有海無天地」。經過海上歷險之後，吳萊終於登上普陀島。「鹽鹵間黃蘆」、「人煙寄島嶼」、「官府猶村墟」是吳萊登岸後的初步印象。緣於先前涉險渡海的體驗，吳萊自然而然對海洋生物也產生憐憫之情（「我寧不忍餐，抹蘚相吐沫」）。原本對普陀山存有海上仙島的幻想，登岸卻見鹽鹵、黃蘆、人煙、村墟等海村景致，使吳萊放下追

逐蓬萊真觀的幻想，理性地認爲列仙所居，雖去此不遠，但若貿然前往，卻因「天吳有牙爪，出沒黑水洋」，則「此險何可當」？吳萊揚帆而歸，踏上堅實的陸地後，得到以下的感想：「方去徒自驚，旣歸亦云喜。珍重故人言，勿以險爲奇。茲行已僥倖，愼勿疾平夷。」從吳萊的詩中可看出，傳統文士以敬畏之心面對海洋，不崇尚海上歷險。大海是文人抒發豪情或敬畏自然的寄寓對象，而非冒險的對象。結尾「試看塵世間……沈溺將奈何」等句，吳萊以海洋爲喻，批判現實社會的沉淪，更甚於海洋風濤的狂暴。全詩採用問答體，以友人詢問，吳萊回答的形式，詳細舖陳航海所見及感受。全詩在一問一答的敘述中，又夾雜些許議論。

〈次定海候濤山〉（《淵穎集》，頁88）則以長篇形式，描寫浙江定海候濤山的山形、水勢、人文、物產，及自己的感受：

> 悲歌忽無奈，天海何渺茫。放舟桃花渡，回首不可量。
> 南條山斷脈，北界水畫疆。居然清泠淵，枕彼黄茅岡。
> 朝滲日星黑，夜淒金碧光。蹲虎巖倚伏，鬥雞石乖張。
> 磨礪越湛盧，溫泊吳餘皇。幽波視若畝，巨壑深扶桑。
> 招徠或外域，貿易叢茲鄉。嘔咿燕國語，顛倒龍文裳。
> 方物抽所寶，水犀警非常。驅鯔作旗幟，駕鼈爲橋梁。
> 似予萬里眼，徒倚千尺檣。稍疑性命輕，終覺意氣強。
> 寄言漆園叟，此去真望洋。便擬學仙子，被髮窮大荒。

《明史・地理志》（卷四十四）「寧波府」云：「定海府，東北，東有候濤山，一名招寶山。」定海（浙江鎭海）衛城東北的候濤山，爲突入海中的小山，扼甬江口，與金雞山隔江相峙，地勢險要，爲潮汐出入所經，波濤洶湧，故名候濤山。吳萊自寧波附近的桃花渡放舟出海，航向渺茫的海天，回首啓航處，悲歌道盡心中的無奈。航行至候濤山時，甬江入海口一帶，盡是「朝滲日星黑，夜淒金碧光。蹲虎巖倚伏，鬥雞石乖張」〔註35〕的險要形勢。「磨礪越湛盧，溫泊吳餘皇。幽波視若畝，巨壑深扶桑」等句，凸顯出海面的幽深飄渺。餘皇（春秋吳國船名）溫泊於幽波巨壑，而海上的水光瀲灩，又如磨治完成的湛盧寶劍般。吳萊渲染的怪石形狀、日夜光影及幽深的海水，營造出詭異的海上氛圍。候濤山因商貿往來頻繁，而能招財進寶，故又名招寶山

〔註35〕吳萊〈甬東山水古蹟記〉云：「前至峽口，惟石嵌險離立，南曰金雞，北曰虎蹲。」

〔註36〕。「招徠或外域，貿易叢茲鄉」兩句，點出候濤山附近港市的繁榮海貿活動。因各國各地海商匯聚交易，使得候濤山港市充斥著「嗢咿〔註37〕燕國語，顛倒龍文裳」的奇特人文景象。「方物抽所寶……駕黿為橋梁」等句，將海洋奇特生物與飛揚的想像結合，如「驅鱷作旗幟」、「駕黿為橋梁」，使海洋生物與人事產生互動，風格奇雄。末尾以自己的深刻體驗作結。吳萊「意氣強」的念頭蓋過「性命輕」的疑惑，終能佇立舟中，真正望洋。此時充盈在吳萊心中的，盡是飄飄然的感受，並擬學仙人，被髮窮盡海上大荒。本詩對於候濤山的山景、海勢、人文景觀描寫，以所見所感為臨摹基礎，辭語的表現極為深刻。

2.古　文

　　泰定帝泰定元年（西元 1324 年）夏六月，吳萊自慶元桃葉渡啓航，暢遊海上昌國諸山水古蹟。當年秋八月，自昌國回姑蘇後，將沿途所見之景，所聞之傳說，詳細記錄，寫成〈甬東山水古蹟記〉長文。吳萊的海洋記遊散文，以本文為代表。本文亦為元代海洋作品中的代表作之一。〈甬東山水古蹟記〉（《淵穎集》卷七）云：

> 昌國，古會稽海東洲也，東控三韓、日本，北抵登、萊、海泗，南到今慶元城三百五里。泰定元年夏六月，自慶元桃葉渡覓舟而東。海際山童無草木，或小僅如筋輒，刈以鬻鹽。東偪海，有招寶山，或云他處見山有異氣，疑下有寶；或云東夷以海貨來互市，必泊此山。山故有砲臺，曾就臺蹟弩射夷人，矢洞船猶入地尺。又別作大筒曳，鐵鏁江水，夷舟狝不得入。前至峽口，惟石嵌險離立，南曰金雞，北曰虎蹲。又前則為蛟門，峽束浪激，或大如五石斗甕，躍入空中，卻墮下碎為霧雨，或遠如雪山冰岸，挾風力，作聲勢崩，擁舟蕩漾與上下。一僧云，此特其小小者耳！秋風一作，海水又壯，排空觸岸，杳不辨舟楫所在，獨帆檣上指。潮東上，風西來，水相鬪，舟不能尺咫，一撞嶕石，且麋解不可支持。又前則為三山。大洋山多磁石，舟板釘鐵或近山，則膠制不動。昌國境也，昌

〔註36〕吳萊〈甬東山水古蹟記〉云：「東偪海，有招寶山，或云他處見山有異氣，疑下有寶；或云東夷以海貨來互市，必泊此山。」

〔註37〕「嗢咿」多用於形容聽不懂的言辭。吳萊用「嗢咿」來形容無法聽懂的各國或各地陌生語言。

國中多大山，四面皆海，人家頗居篁竹蘆葦間，或散在沙墺，非舟不相往來。田種少類，入海中捕魚，蠘蚶、蛇母、彈塗、傑步，腥涎蒙味，逆人鼻口。歲或仰穀他郡。東從舟山過赤嶼，轉入外洋，望岞崒山。山出白艾，地多蛇。東到梅岑山，梅子眞煉藥處，山梵書所謂補怛洛迦山也，唐言小白花山。自山東行西折，爲觀音洞。洞瞰海，外巉中裂，大石壁紫黑，旁嶙而兩岐，亂石如斷圭，積伏蟠結，怒潮撞擊，晝夜作魚龍嘯吼聲。又西則爲善財洞，峭石囓足，泉流滲滴，懸纓不斷，前入海數百步有洞，土人云曾有老僧秉燭行洞穴且半里，山石合，一竅有光，大如盤盂，側首睨之，寬弘潔白，非水非土，遠不辨涯際。又自山北轉得盤陀石山，麤怪益高，壘石如垤。東望宮宮，想像高麗日本界，如在雲霧蒼茫中。日初出，大如米，絙海盡赤，跳踊出天末，六合嚇然鮮明。及日光照海，薄雲掩蔽，空水弄影，怳類鋪僧伽黎衣，或現或滅。南望桃花、馬秦諸山，嵌空刻露，屹立巨浸，如世疊太湖。靈壁不著寸土尺樹，天然可愛。東南望東霍山，山多大樹，徐巿蓋駐舟此。土人云，自東霍轉而北行，盡昌國北界，有蓬萊山。眾山四圍峙立，旋繞小嶼，屹如千尺樓臺而中處。又有紫霞洞，與山爲鄰，中畔通明，方如大車之輿，潮水一退，人可入；或云人不可到，隱隱有神仙題墨，漫不能辨。又有沙山，細沙所積，海日照之有芒，手攬則霏屑下，漸成窪穴，潮過又補，終不少損。旁有石龍蒼白，角爪鱗鬣，具蜿蜒跨空，長三十里，舟徑其下。西轉別爲洋山，中多大魚。又北則爲朐山、岱山、石蘭山，魚鹽者所聚。又自北而南則爲徐偃王戰洋，世言偃王既敗，不之彭城而之越，棄玉几硯會稽之水。又南則爲黃公墓，黃公赤刀厭虎，厭不行，爲虎所食者也。夫昌國，本禹貢島夷，後乃屬越，曰甬句東。越王句踐欲使故吳王夫差居之，然不至也。海中三山，安期羨門之屬，或避秦亂至此，方士特未始深入。或云三山在水底，或云山近則風引舟去，蓋妄說也。東晉人士每愛會稽山水，故稱入會稽者爲入東。《抱朴子》亦云：「古仙者之藥，登名山爲上。海中大島嶼如會稽之東翁洲者次之。」今昌國也。是年秋八月，自昌國回姑蘇，山海奇絕處，明昔人之不妄，一展觀，少文臥遊不是過矣。

　　吳萊以三個月的時間，漫遊昌國一帶的海洋風光，觸目所見，皆為奇絕之景。吳萊以長篇散文的形式，依其遊歷之時序，鋪陳沿途眾多景點：桃葉渡覓舟而東→招寶山→招寶山砲臺→峽口兩山（南曰金雞，北曰虎蹲）→蛟門→三山→大洋山→舟山→赤嶼→轉入外洋→岸峇山→東到梅岑山→西折觀音洞→善財洞→盤陀石山（南望桃花、馬秦諸山／東南望東霍山）→紫霞洞→沙山→洋山→朐山、岱山、石蘭山→徐偃王戰洋→黃公墓→姑蘇。讀者讀完本文，彷彿在吳萊的引領、解說下，暢遊昌國一帶的諸海洋勝景。

　　本文依行程之序，記錄昌國的山水古蹟。若將行程順序打散，予以按類歸納的話，可以理出文中所記載昌國的各類山水勝景、古蹟、人文內容：

一、起迄時間

　　啟航：泰定元年夏六月，自慶元桃葉渡覓舟而東。

　　歸航：是年秋八月，自昌國回姑蘇。

二、地理環境

　　昌國，古會稽海東洲也，東控三韓、日本，北抵登、萊、海泗，
　　南到今慶元城三百五里。

三、悠久歷史

　　夫昌國，本禹貢島夷，後乃屬越，曰甬句東。越王句踐欲使故
　　吳王夫差居之，然不至也。

　　東晉人士每愛會稽山水，故稱入會稽者為入東。《抱朴子》亦云：
　　「古仙者之藥，登名山為上。海中大島嶼如會稽之東翁洲者次
　　之。」今昌國也。

四、描寫海岸

　　海際山童無草木，或小僅如筋輒，刈以鬻鹽。

五、描寫海口

　　峽口：前至峽口，惟石嵌險離立，南曰金雞，北曰虎蹲。

　　蛟門：又前則為蛟門，峽束浪激，或大如五石斗甕，躍入空中，
　　　　　卻墮下碎為霧雨，或遠如雪山冰岸，挾風力，作聲勢崩，
　　　　　擁舟蕩漾與上下。一僧云，此特其小小者耳！秋風一
　　　　　作，海水又壯，排空觸岸，杳不辨舟楫所在，獨帆檣上
　　　　　指。潮東上，風西來，水相鬭，舟不能尺咫，一撞嶕石，
　　　　　且糜解不可支持。

六、名　山

招寶山：東偪海，有招寶山，或云他處見山有異氣，疑下有寶；
　　　　或云東夷以海貨來互市，必泊此山。山故有砲臺，曾
　　　　就臺蹯弩射夷人，矢洞船猶入地尺。又別作大筒曳，
　　　　鐵鑠江水，夷舟猝不得入。

大洋山：大洋山多磁石，舟板釘鐵或近山，則膠制不動。

牟岑山：東從舟山過赤嶼，轉入外洋，望牟岑山。山出白艾，
　　　　地多蛇。

梅岑山：東到梅岑山，梅子眞煉藥處，山梵書所謂補恒洛迦山
　　　　也，唐言小白花山。

盤陀石山：又自山北轉得盤陀石山，麤恠益高，壘石如垜。東
　　　　望官官，想像高麗日本界，如在雲霧蒼莽中。日初出，
　　　　大如米，篋海盡赤，跳踊出天末，六合雟然鮮明。及
　　　　日光照海，薄雲掩蔽，空水弄影，恍類鋪僧伽黎衣，
　　　　或現或滅。南望桃花、馬秦諸山，嵌空刻露，屹立巨
　　　　浸，如世疊太湖。靈壁不著寸土尺樹，天然可愛。東
　　　　南望東霍山，山多大樹，徐市蓋駐舟此。土人云，自
　　　　東霍轉而北行，盡昌國北界，有蓬萊山。眾山四圍峙
　　　　立，旋繞小嶼，屹如千尺樓臺而中處。

沙　山：有沙山，細沙所積，海日照之有芒，手攪則霏屑下，
　　　　漸成窪穴，潮過又補，終不少損。旁有石龍蒼白，角
　　　　爪鱗鬣，具蜿蜒跨空，長三十里，舟徑其下。

洋　山：西轉別爲洋山，中多大魚。

胸山、岱山、石蘭山：又北則爲胸山、岱山、石蘭山，魚鹽者
　　　　所聚。

七、勝　景

觀音洞：洞瞰海，外巉中裂，大石壁紫黑，旁蟠而兩岐，亂石
　　　　如斷圭，積伏蟠結，怒潮摵擊，晝夜作魚龍嘯吼聲。

善財洞：又西則爲善財洞，峭石齧足，泉流滲滴，懸纓不斷，
　　　　前入海數百步有洞，土人云，曾有老僧秉燭行洞穴且
　　　　半里，山石合，一竅有光，大如盤盂，側首睨之，寬

弘潔白，非水非土，遠不辨涯際。

紫霞洞：又有紫霞洞，與山為鄰，中畔通明，方如大車之輿，
潮水一退，人可入；或云人不可到，隱隱有神仙題墨，
漫不能辨。

八、古　蹟

徐偃王戰洋：又自北而南則為徐偃王〔註38〕戰洋，世言偃王既
敗，不之彭城而之越，棄玉几硯會稽之水。

黃公墓：又南則為黃公墓，黃公赤刀厭虎，厭不行，為虎所食
者也。

九、生活形態

昌國境也，昌國中多大山，四面皆海，人家頗居篁竹蘆葦間，
或散在沙塈，非舟不相往來。田種少類，入海中捕魚，蝤蛑、
蛇母、彈塗、傑步，腥涎褻味，逆人鼻口。歲或仰穀他郡。

從以上的資料可知，本文記錄昌國的地理環境、悠久歷史、海岸海口之景、
名山、勝景、古蹟、生活形態，是吳萊的昌國深度之旅。

　　本文對若干景點的描寫，頗為具體深刻。如描寫蛟門一段（「又前則為蛟
門……且糜解不可支持」），將蛟門海域海浪的凶險狀，立體呈現。當海浪以
「大如五石斗甕」的氣勢躍入空中，落下時，又「碎為霧雨」，可以感受到海
浪的奔躍力道。當秋風起作時，海水又壯，排空觸岸。「杳不辨舟楫所在，獨
帆檣上指」，則凸顯出海面上下起伏變化之大。吳萊以古樸簡約之筆，增強驚
心動魄的藝術效果，及海浪的運動感。描寫招寶山一段（「東偪海……夷舟狩
不得入」）則就其「招寶山」之名，予以解說，並附記山中的古砲臺及其防禦
夷舟工事。描寫盤陀石山一段（「又自山北轉得盤陀石山……屹如千尺樓臺而
中處」）則特別強調此山的開闊視野。自盤陀石山可東望隱沒在雲霧蒼莽中的
高麗、日本，南望屹立嵌空的桃花、馬秦諸山，東南望徐市曾駐舟的東霍
山。自臨海的盤陀石山觀日出，更是一絕。「日初出，大如米，籨海盡赤，跳
踊出天末，六合焯然鮮明。及日光照海，薄雲掩蔽，空水弄影，恍類鋪僧伽
黎衣，或現或滅。」這段文字以具象的譬喻（大如「米」、「跳踊」出天末、

〔註38〕《史記會注考證・趙世家》云：「繆王使造父御，西巡狩，見西王母，樂之忘
歸，而徐偃王反。繆王日馳千里馬，攻徐偃王，大破之，乃賜造父以趙城。」
（臺北：洪氏出版社，1986年，頁686）

鋪「僧伽黎衣」），描寫日出的時各種奇麗景象。自盤陀石山觀日出，帶給吳萊極大的視覺震撼，故吳萊又作〈海東洲盤陀石上觀日賦〉（「粵東游乎海徼兮」）〔註39〕，以長篇巨賦的形式，綺麗的神話傳說，誇張的語辭，曲盡海上日出景致之妙。吳萊不惟摩記海洋風景，也觀察昌國人民的生活形態（「昌國境也……歲或仰穀他郡」）。昌國境內的民屋，或築於篁竹蘆葦間，或散在沙墺間，以舟船互相往來。海島環海多山的特性，使農地及作物極少，得「仰穀他郡」。昌國百姓以海爲田，入海捕魚，維持生計。這些被吳萊視爲「腥涎褻味，逆人鼻口」的各類海產（蛸蚄、蛇母〔註40〕、彈塗〔註41〕、傑步〔註42〕等），卻是當地居民的珍饈。海島四面皆海的地理環境，所形成的生活形態，就陸居者的觀點，充滿陌生、奇特的感覺。吳萊的印象正是陸居者觀點的代表。本文亦可見吳萊臆度之處。如「大洋山多磁石，舟板釘鐵，或近山則膠制不動」一段，竟將船舶的擱淺原因，歸究於大洋山多磁石的緣故，正反映其航海知識之不足。

　　本文將遊歷昌國的一路海山勝景，按行程推展，娓娓道來，內容包括描繪景物、詠懷古跡、敘述傳說、記錄風俗、考證地名，既具文學性，也有一定的海洋史料、地理價值，彷彿甬東山水古蹟的長幅寫實卷軸。

（二）海洋紀遊以外的作品

　　吳萊的海洋文學以海洋記遊爲主體，除此之外，尚有若干的海洋作品，如〈早秋偶然作寄宋景濂〉（《淵穎集》，頁18）（選一）：

　　　　往者東入海，飄然任所如。大風戕波浪，飛雪洒舳艫。

　　　　壯志昔尚少，狂游今併無。誓登盤陀石，重望扶桑墟。

<hr>

〔註39〕宋濂於〈淵穎先生碑〉記載吳萊作〈海東洲盤陀石上觀日賦〉的經過：「不合於禮官，退歸田里，出遊海東洲，歷蛟門峽，過小白華山，登盤陀石，著〈觀日賦〉以見志。」因《淵穎集》中的〈海東洲盤陀石上觀日賦〉文本缺漏頗多，故本論文暫略而不論。

〔註40〕蛇母應是蛇魚，即水母。《浙江通志》，卷一〇三云：「《圖經本草》蛇魚一名水母，生東海，形如覆笠，腹下有赤血如芝，謂之頭，常泛海，有蝦立其上。」

〔註41〕明・屠本畯《閩中海錯疏》卷中云：「彈塗，大如拇指，鬐鬣青斑色，生泥穴中，夜則駢首朝北，一名跳魚。《海物異名記》云：『登物捷若猴然，故名泥猴，白頰，似跳魚而頰白。』」（《叢書集成》初編，臺北：藝文印書館，1965年）

〔註42〕傑（桀）步，一名擁劍，橫行，螯大小不一，一名執火，以其螯赤也。

宋濂為吳萊門人，學成歸里時，吳萊有〈送宋景濂樓彥珍二生歸里〉（「我生本孤陋」）詩贈之。吳萊是宋濂的業師，亦為詩友，互有詩歌酬酢。本詩為吳萊憶昔入東海旅遊的作品。當時年紀尚輕的吳萊，憑恃壯志，飄然東入滄海。「大風戕波浪，飛雪洒舳艫」，也不能阻卻其入海遊覽的壯志。如今步入壯年，雖無狂游的豪情，但心中仍有「誓登盤陀石，重望扶桑墟」的願望。

〈初海食〉（《淵穎集》，頁 96）詩，記錄吳萊初嚐海錯的新奇經驗。吳萊在詩中一一介紹盤中所食之海錯：

> 乍秋冒重險，增我愁恨端。故人喜我來，為我具杯盤。
> 盤中何所有，海族紛攢攢。盲風吹衣慘，蜃雨洒席寒。
> 春魚白如刀，小棹凌碧湍。淡菜類山結，互鑷就石刓。
> 水母或潮捲，蟶蚌乃泥蟠。蛟鼉惜不得，況問龜與黿。
> 其餘亦瑣碎，充此一日歡。洗濯烟瘴氣，磨礱沙淤瘢。
> 非歟嗜土炭，否則殊鹹酸。珍須壓豚臠，異且輕馬肝。
> 褻味分罩網，腥涎雜瓢簞。奈何齊魯邦，徒設邾莒餐。
> 對之輒棄置，誰謂吾腹寬。川澤禮當爾，勿云行路難。

乍秋時節，吳萊冒著盲風（疾風）蜃雨（南方海上暴雨）的重險出訪，風雨的險阻，憑添心中的愁恨。盲風蜃雨的慘寒，與海邊故人的熱切招待，形成強烈的對比。海邊故人以鮮美海錯款客的殷殷情意，消融吳萊心中的愁恨。詩中羅列盤中海錯，如小白魚、淡菜〔註43〕、水母、蟶蚌〔註44〕等。這些海錯的形貌、氣味，對吳萊而言，充滿新鮮感。經「洗濯烟瘴氣，磨礱沙淤瘢」的海錯，透過適當的調理，原本逆人鼻口的腥涎褻味，變成鮮美的海味，珍異程度超越豚臠、馬肝。本詩對所食海錯的描寫，反映出吳萊對海洋生活的興致。

吳萊的海洋文學，具有以下的鮮明特色：

1. 就詩風而言

吳萊的詩作多模仿韓、孟一派的怪險詩風，是元代較早用此詩風來描寫

〔註43〕明·屠本畯《閩中海錯疏》，卷下云：「殼菜，一名淡菜，一名海夫人，生海石上，以苔為根，殼長而堅硬，紫色味最珍。生四明者，肉大而肥，閩中者，肉瘦。其乾者，閩人呼曰乾，四明呼為乾肉。」（《叢書集成》初編，臺北：藝文印書館，1965 年）淡菜即為貽貝的加工品。貽貝以足絲固定於海底岩石。淡菜在乾製過程中，因不加鹽，故曰淡菜。

〔註44〕請參第五章蘇軾〈答丁公默送蟶蚌〉詩之解說。

海洋主題的詩人。景觀開闊，海物豐盈，變化萬端的海洋主題，有助於吳萊發揮險怪詩風。吳萊海洋詩的重要特色是善於長篇鋪敘，鋪敘中又能結合寫實與詭奇想像，如「垂螭倚石氣猶雲，老蚌凌波光亦月」(〈次韻姚思得〉)、「挾山作書鎮，分海爲硯池」(〈望馬秦桃花諸山問安期生隱處〉)、「飛泉亂垂纓，險洞森削鐵」(〈夕泛海東……問徐偃王舊城〉第三首)、「海宮眩鱗纏」(〈夕泛海東……問徐偃王舊城〉第六首)、「吭風丹穴鳳，尾雨青丘狐」(〈夕泛海東……問徐偃王舊城〉第八首)、「朝滲日星黑」(〈次定海候濤山〉)等詩句，怪奇中見瑰麗。

2. 就主題而言

吳萊讚嘆海洋，深入海洋，書寫海洋。浙江一帶，神秘、壯闊的海洋，或濱海、海島的古蹟勝景，均爲吳萊的尋訪對象。吳萊大量創作海洋記遊詩文，無論作品的質與量，均頗有可觀，逐漸形成海洋旅遊文學。

3. 就形式而言

幾乎全爲長篇巨構，鮮少律、絕。胡應麟《詩藪》云：「吳立夫學杜，大篇氣骨可觀，而多奇僻字。」不管是詩歌、散文或賦，吳萊均以長篇的形式，爲豐富多采的海洋，提供寬廣的文字載體。具象的海洋風物、景觀，轉化爲細緻的文字敘述。長篇文字所營造的海洋空間，使讀者由此而生起無盡的想像。

六、丁鶴年

丁鶴年〔註45〕（西元 1335～1424 年），西域回回人，元末因父兄游宦，寓居武昌縣之西山。元末兵起，於至正十二年（西元 1352 年）避地鎮江，後又避地定海（浙江）。元代亡後，歸老於武昌山中。丁鶴年或旅食海鄉爲童子師，或寓居僧房賣藥自給，賦性狷介，絕意功名仕進，覃思吟咏，所得頗深，尤長於五、七言近體，往往沈鬱頓挫，有古人之風，而無元季之纖靡習氣，著有《丁鶴年集》。

丁鶴年對海洋的態度，既務實又浪漫，作品風格也不同於單純的觀海者。海隄是捍衛海岸的重要海洋工程，自然成爲丁鶴年的關注焦點。丁鶴年

〔註45〕丁鶴年曾祖父阿老瓦丁，祖父苦思丁，父親職馬祿丁。丁鶴年以父祖名氏末字之「丁」爲姓，「鶴年」之名，可能取仙鶴之年。

作〈題餘姚葉敬常州判海隄卷〉（《丁鶴年集》〔註46〕，頁 3），以長篇詩歌頌揚葉恒衛岸護民之功：

> 陰霆夜吼風雨急，坤維震盪玄溟立。
> 桑田變海人為魚，葉侯訴天天為泣。
> 侯奉天罰誅妖霓，下平水土安羣黎。
> 嶙峋老骨不肯朽，化作姚江捍海隄。
> 海隄蜿蜒如削壁，橫截狂瀾三萬尺。
> 隄內耕桑隄外漁，民物欣欣始生息。
> 潮頭月落嘵早鴉，柴門半啓臨漚沙。
> 柳根白舫賣魚市，花底青帘沽酒家。
> 花柳邨邨各安堵，世變侯仙倐成古。
> 侯雖已矣遺愛存，時聽叢祠咽簫鼓。
> 人生何必九鼎榮，廟食貴有千載名。
> 君不聞一杯河水決瓠子，沈馬親勤漢皇祀。
> 又不聞一帶江波泛蜀都，刻犀厭勝秦人愚。
> 江平河塞世猶駭，何況堂堂障滄海。
> 論功不啻濟川才，砥柱東南千萬載。
> 嗚呼只今四海俱橫流，平地風波沈九州。
> 蒼生引領望援溺，州縣有官非葉侯，禦災誰復憂民憂。

本詩可分為三段析論。第一段（「陰霆夜吼風雨急……化作姚江捍海隄」）先寫海岸人民為潮災所苦，再寫葉恒苦民所苦的慈悲心。浙江一帶，勢可震盪坤維的大潮浪，常侵逼海岸線，毀田壞廬，使「桑田變海人為魚」。時任餘姚判官的葉恒，憑恃著不肯衰朽的嶙峋老骨，向蒼天發下豪願，要奉天旨，「誅妖霓」（平定海潮），治平水土，安定群黎。第二段描寫海隄築成後，對海岸民生的重大影響。「海隄蜿蜒如削壁，橫截狂瀾三萬尺」兩句，具體形容新完工的海塘。隨海岸線蜿蜒三萬尺的海隄，以削壁之姿〔註47〕，橫截惡海狂瀾。海隄內外景況（「隄內耕桑隄外漁」），因而截然兩分。在堅固海隄的護衛下，隄內「柳根白舫賣魚市，花底青帘沽酒家」，一片欣欣氣象，村村安堵祥和。

〔註46〕元·丁鶴年：《丁鶴年集》（叢書集成初編，北京：中華書局，1985 年）。
〔註47〕海隄臨海面，以斜陡坡沒入海中，避開潮水的正面沖擊，減少海隄單位面積的沖擊力，可保護海隄的安全。

第三段（「侯雖已矣遺愛存……禦災誰復憂民憂」）則推崇葉恒築隄之功。葉恒建此曠古未有之弘功，百姓追念葉侯遺愛，特別立廟誌念。元僧王至〈勅封仁功侯賜額永澤廟記〉云：「至正二十有七年，詔封故餘姚州判官葉恒爲仁功侯，賜其廟額爲永澤廟。」〔註48〕整治江河之患，已可得到世人的極力肯定，更何況是障防滄海之功。永澤餘姚百姓的葉恒，因障滄海之功，廟食百代，貴享千載名聲，更勝於九鼎榮業。丁鶴年緬懷葉恒捍海偉業，再審視現在沿海潮波橫流，「蒼生引領望援溺」，因而有「州縣有官非葉侯，禦災誰復憂民憂」的慨嘆！本詩善用寓大於小的表現手法，藉由頌贊地方官葉恒勤力築隄，解昔民之憂，凸顯出無人憂慮今民之患，暗諷元廷治理國家大政，無法解決人民生計問題。

丁鶴年也以海洋場景爲情感的載體，承載心中深沈的黍離之悲。〈自詠十律〉（《丁鶴年集》卷二）第三首云：

　　一夜西風到海濱，樓船束出海揚塵。
　　生慚黃歇三千客，死慕田橫五百人。
　　紀歲自應書甲子，朝元誰共守庚申。
　　悲歌撫罷龍泉劍，獨立蒼茫望北辰。

本詩以海景起興，引出後續的亡國悲情。「生慚黃歇三千客」句，援用黃歇養士典故。戰國時期，楚國春申君黃歇曾號稱養士三千人，臨危之際，卻反無所用。丁鶴年以黃歇養士之事，諷刺元朝群臣闇弱無能，無法擔起扶持社稷的重擔。「生慚黃歇三千客」句之「生」字，字義雙關，既諷刺無能而苟生的元朝群臣，也暗責自己未能以身殉國。「死慕田橫五百人」句〔註49〕，則藉由仰慕田橫門下五百壯士之勇烈，表白自己願追步田橫等烈士的心願。「紀歲自

〔註48〕文見葉翼輯：《餘姚海隄集》（南京圖書館藏清鈔本），卷一。
〔註49〕《史記會注考證・田儋列傳》云：「田橫懼誅，而與其徒屬五百餘人入海，居島中。高帝聞之，以爲田橫兄弟本定齊，齊人賢者多附焉，今在海中不收，後恐爲亂，迺使使赦田橫罪而召之。……田橫迺與其客二人乘傳詣雒陽。……（田橫）遂自剄，令客奉其頭，從使者馳奏之高帝。……既葬，二客穿其冢旁孔，皆自剄，下從之。高帝聞之，迺大驚，大田橫之客皆賢。吾聞其餘尚五百人在海中，使使召之。至則聞田橫死，亦皆自殺。於是迺知田橫兄弟能得士也。」（臺北：洪氏出版社，1986 年，頁 1082）韓信破齊，田橫自立爲齊王。高登基後，田橫率從屬五百人逃至海島。高祖派人招降，田橫不願北面臣事之，遂自殺，隨從二客亦自殺。五百部眾聞田橫死，亦守義而自殺。改朝易服之際，丁鶴年引田橫之事，暗寓願效田橫等五百人守義而殉命。

應書甲子，朝元誰共守庚申」句，更鮮明地表露自己的遺民志節。歷代改元易服之後，前朝遺民紀年，常不書新朝年號，而逕書甲子紀歲，以示不奉新朝正朔。「庚申」為元仁宗延祐七年（西元 1320 年），元朝末代帝王惠宗於此年出生，故又稱庚申君。丁鶴年內心「朝元」，謹守「庚申」，皆雙關元惠宗。目睹元朝覆滅的丁鶴年，無力可回天，只能「獨立蒼茫望北辰」。

丁鶴年〈題昌國普陀寺〉（《丁鶴年集》，頁 31）二首，則描寫處於海中的昌國州普陀寺周遭海景及其浪漫想像：

> 神鼇屹立戴崔嵬，俛瞰滄溟水一杯。
> 積翠自天開瘢畫，布金隨地起樓臺。
> 祈靈漢使乘槎到，傳法梁僧折葦來。
> 若使祖龍知勝概，豈應驅石訪蓬萊。（1）

> 昆明劫火忽重然，宇內名山悉變遷。
> 古刹獨存龍伯國，豐碑猶記兔兒年。
> 三更日浴咸池水，八月潮吞渤海天。
> 雲漢靈槎如可御，便應長往問羣仙。（2）

普陀寺在浙江寧波府東南海島間。這兩首詩以不同的層次，詠頌昌國普陀寺。建於海島的普陀寺，被滄海包圍，海島聳立的翠山，與滄海的藍水，形成視覺的強烈對比。自海面凝望崔嵬的海島，有如神鼇屹立。自高聳的海島俯瞰滄溟，則滄溟又渺如水一杯。故第一首詩以「神鼇屹立戴崔嵬，俛瞰滄溟水一杯」句，點出海島的整體視覺意象。「積翠自天開瘢畫，布金隨地起樓臺」句，則將描寫的重心，移至海島本身的景致。普陀寺所處的海島，積翠遍地，宛若天然彩畫，隨地建起樓臺。海島的鍾靈毓秀之氣，相傳漢使曾乘槎而到，高僧達摩也折葦傳法而來。丁鶴年設想若是祖龍（秦始皇）知道此島的勝概，怎會驅石造訪虛緲的蓬萊仙山呢？第二首詩則聚焦於普陀寺。昆明劫火〔註 50〕忽又重燃，使得宇內名山古刹悉為變遷，只有海上龍伯國〔註 51〕（指此海島）的普陀寺，因遠離劫火而獨存。普陀寺歷史久遠，石

〔註50〕「劫火」，梵語 kalpagni，巴利語 kappaggi，又作「劫盡火」、「劫燒」。佛教之世界觀中，謂世界之存在，分為成、住、壞、空四劫。壞劫之末必起火災、水災、風災。火災時，天上出現七日輪，初禪天以下全為劫火所燒。「劫火」即指壞劫時所起之火災。

〔註51〕《列子・湯問》云：「龍伯之國有大人，舉足不盈數步而暨五山之所，一釣而連六鼇。」龍伯國於本詩乃指普陀寺所處之海島。（臺北：金楓出版社，1998

碑眾多，甚至有署記「兔兒年」的南宋蒙古人石碑〔註52〕。「三更日浴咸池水，八月潮吞渤海天」句，則是丁鶴年對普陀寺豐富景觀的印象。丁鶴年對普陀寺的海天佛國景致，頗有感觸，若真能駕御靈槎，直上雲漢，應要探訪羣仙居處。這兩首詩作詳細描繪普陀寺及海島周遭的靈秀之氣，讀之使人生起飄然的神仙想像。

丁鶴年偶而也信筆書寫海洋生活。海洋在丁鶴年的舖陳下，有如一幅瑰麗的想像畫。如〈海巢〉（《丁鶴年集》，頁9）云：

> 海上巢居海若降，三山眼底小如矼。
>
> 已攀若木爲華表，更立榑桑作翠幢。
>
> 蛟室夜光晴燭戶，蜃樓秋影冷涵窗。
>
> 鷦鷯夢斷無因到，唯有同棲鶴一雙。

有時巢居海上的丁鶴年，浪靜波平，使他的飛揚想像與海面風光結合爲一。遠方的三仙山，在丁鶴年的眼中竟小如連綿石橋。丁鶴年以「已攀若木爲華表」、「更立榑（扶）桑作翠幢」、「蛟室夜光晴燭戶」、「蜃樓秋影冷涵窗」等詩句，表現他對自然海洋的神秘想像。廣大的海中應有若木〔註53〕、扶桑、蛟室、蜃樓等神物，可惜卻因鷦鷯而夢斷，無法於夢中親訪海洋奇境，只有雙鶴棲止於側。本詩充滿瑰麗的色彩，透過想像力，使讀者在現實海洋與虛幻海洋之間游移。

海洋對遺民丁鶴年而言，可以是閒適寄意的對象，也可以是寓寄憂國憂民情感的載體。憂國慮民的丁鶴年，關切海洋對民生的影響，也將亡國悲鬱之氣寄託於滄海，作品運用大量的典故，使詩句寓含深刻意義，具有沈鬱頓挫的風格。閒適寄意的丁鶴年，暫且放下心中的愁苦，以平靜的情緒欣賞海洋景觀，馳騁想像於神奇海洋，作品富於海洋風情。

年，頁149）

〔註52〕 清·鍾淵映《歷代建元考》云：「宋孟珙《蒙古備錄》：『蒙人稱年號曰兔兒年、龍兒年，至去年方改曰庚辰年，今曰辛巳年。』」（《文淵閣四庫全書電子版》）孟珙約爲南宋寧宗、理宗時人，時蒙古人尚未建立元朝，故此碑應是南宋寧宗、理宗（西元1195～1264年）前後的古物。丁鶴年爲元末明初（西元1335～1424年）時人。由此推估，對丁鶴年而言，普陀寺爲百餘年的古刹。

〔註53〕 《山海經校注·大荒北經》云：「大荒之中，有衡石山、九陰山、洞野之山，上有赤樹，青葉，赤華，名曰若木。」（臺北：里仁書局，1982年，頁437）

第二節　浙江籍以外的作家

一、宋　無

　　宋無（西元 1260～1340 年），字子虛，舊以「晞顏」字行，固始（河南）人。幼隨祖父、父親居江西，後自江西徙荊湖，曾從學於歐陽守道。宋度宗咸淳十年（西元 1274 年），父宋國珍領宋無奔吳，因家焉，遂爲吳（江蘇蘇州）人，並冒姓朱。宋亡後，至元十八年（西元 1281 年），父領征東萬戶案牘，因病，宋無代父出征海上，歷盡艱險。至元二十四年（西元 1287 年），南臺御史中丞王博文舉茂才，宋無以奉親之故推辭。後曾就館教書近二十年，晚年載書歸鄉，悠遊以終。宋無平生刻意爲詩，以詩名顯於元世。趙孟頫評其詩爲「風流蘊藉，膾炙可喜」（《翠寒集》原序），著有《翠寒集》、《啽囈集》、《鯨背吟》。〔註 54〕

　　宋無的詩集中，《鯨背吟》詩集三十三首（含〈自題〉）七言絕句，首尾一貫地描寫航海過程、航海工具、沿途景致、船上生活，呈現極爲濃厚的海洋風格，可視爲具有文學性的航海實錄。〈自題〉云：「早知鯨背推敲險，悔不來時只跨牛。」詩集名爲《鯨背吟》者，以「鯨背」凸顯航海的眞實面（危險與雄奇的結合）。《鯨背吟》前有一篇散文自序，說明三十二首詩作的創作緣由，最後以〈自題〉（第三十三首）爲跋。《鯨背吟·序》云：

　　　　僕初涉詩書，薄遊山水，偶託迹于胄科，未忘情于筆硯。緣木求魚，
　　　　乘桴浮海。觀千艘之漕餉，勢若龍驤；受半載之奔波，名如蝸角。
　　　　碧漢迢遙，一似桴槎于天上；銀濤湧洶，幾番戰慄於船中。今將所
　　　　歷海洋山島，與夫風物所聞，舟航所見，各成詩一首。詩尾聯以古
　　　　句，蓋滑稽也，非敢稱于格律。然而風檣之下，柁樓之上，舉酒酌
　　　　月，亦可與梢人黃帽郎，同發一笑云爾。至元辛卯中秋，蘇臺吟人
　　　　朱晞顏名世序。

〔註 54〕《鯨背吟·自序》署名爲「蘇臺吟人朱晞顏名世序」（姓朱，名名世，字晞顏，
　　　　號蘇臺吟人）。明清公私藏書書目，皆題「朱名世」或「朱晞顏」爲本集之作
　　　　者。趙孟頫《翠寒集·序》云：「子虛舊以晞顏字行，世居晉陵，家值兵難遷
　　　　吳，冒朱姓云，則知晞顏即子虛無疑也。」趙孟頫與宋無爲相熟詩友，序中
　　　　所言應屬可信。顧嗣立編《元詩選》，則據此序，將《鯨背吟》視爲宋無所作。
　　　　《元詩選》所錄《鯨背吟》共二十二首，今據《石倉歷代詩選》所錄，補足
　　　　三十三首。

元朝初期海漕運輸路線，以江蘇太倉爲起點，沿海岸線北上，經山東半島，到沙門島（山東長山列島），進入萊州洋（萊州灣），沿海岸至直沽（天津）〔註55〕。至元二十八年（西元 1291 年）中秋，宋無曾隨勢若龍驤之漕運船隊，浮遊滄海。雖然海上湧洶的銀濤，使他戰慄，但海洋的瑰麗雄奇、山島風物的壯美，及漕運舟航的新奇，總令宋無著迷不已。故宋無特別將航行過程所見，以三十二首七絕詳細記錄，宛若一段北上漕運的航海日誌。爲了增添詩作的趣味，宋無特別於每一首詩作的末句，徵引古人詩句作結，好與梢人（舵工）、黃帽郎（船夫）「同發一笑」。以下將《鯨背吟》約略分類，按類析論：

（一）航海實錄

《鯨背吟》中最富特色的作品，當屬記錄船工操作各式航海裝備及航行的過程。由〈梢水〉、〈海船〉、〈捺沙〉、〈水程〉、〈尋鯨〉、〈出火〉、〈拋碇〉、〈落篷〉、〈棹艙〉、〈走風〉、〈大浪〉、〈櫓歌〉、〈探淺〉等詩題可知，均爲船工操作船舶，及船舶航行實錄，非身歷其境者，無法如實地描繪。

〈梢水〉云：

> 拔矴張篷豈暫停，爲貪薄利故輕生。
> 幾宵風雨船頭坐，不脫簑衣臥月明。

「梢水」指梢公（舵工）與水手。本詩描寫梢公、水手，爲貪求薄利，拔矴（碇）張篷，冒險航海。船工常頭頂明月，身著簑衣，苦坐船頭，餐風飲浪，辛苦至極。「不脫簑衣臥月明」句，引自呂巖（呂洞濱）〈令牧童答鍾弱翁〉詩。

〈海船〉云：

> 輕裝方解盡無遺，風挾雙篷水面飛。
> 卻被沙頭漁父笑，滿船空載月明歸。

勁風鼓起雙篷，在海面上快速航行的海船，竟被漁父訕笑，冒險入海求利，卻白費心力，只能滿船空載月光而歸。本詩既描寫實際的海船，又雙關人事之費盡心思，卻一無所獲。「滿船空載月明歸」句，引自德誠和尚偈。

〈捺沙〉云：

〔註55〕 本路線沿海岸航行，沿途淺灘、暗礁密布，潮漲行船，潮落拋泊，行船費時而危險。故至元三十年（西元 1293 年），另闢新航線，避開淺沙，並利用黑潮暖流，可縮短航期，並提高航行安全。

　　　　萬斛龍驤一葉輕，逆風寸步不能行。

　　　　如今閣在沙灘上，野渡無人舟自橫。

「搝沙」指船底插入沙中。元代利用海路南糧北運，使用的船型是平底沙船，而非尖底福船。沙船的船底平闊，吃水淺，船體阻力較小，適合長江以北較淺的北洋航線。當萬斛〔註 56〕龍驤〔註 57〕乘風張帆時，有如一葉般輕靈，若遇逆風則不能推移寸步。因沙船不耐風波，只要逆風就可能會任意飄移，甚至擱淺在沙面上。當萬斛龍驤擱淺在沙面上時，宋無以「野渡無人舟自橫」來形容。「野渡無人舟自橫」句，引自韋應物〈滁州西澗〉詩。

　　〈水程〉云：

　　　　九日灘頭不可移，九灘一日尚嫌遲。

　　　　何須頻問程多少，路上行人口是碑。

「九日灘頭不可移，九灘一日尚嫌遲」兩句，正點出航海水程難測的特點。逆風時是「九日灘頭不可移」，幾乎停在原地；順風時則是「九灘一日尚嫌遲」，疾航如箭。順逆風對海船的航行里程，影響極大，無法如陸地般推測里程，故海上航行「何須頻問程多少？」本詩描寫海上水程，而宋無末句所引者卻為路上行人的口碑，兩者語義較不妥貼。「路上行人口是碑」句，引自《五燈會元》太平安禪師之偈語：「勸君不用鐫頑石，路上行人口是碑。」

　　〈拋碇〉云：

　　　　千斤鐵碇繫船頭，萬丈波中得挽留。

　　　　想見夜深拋擲處，驚魚錯認月沈鉤。

不管噸位多大的船舶，要在海面上繫留，只有靠碇錨鉤住海底泥土。噸位愈大，碇錨就要愈重，才能在萬丈波濤中固定船身。本詩描述大型漕船繫泊於萬丈海波中的鐵碇，乃重量極重（千斤）的四爪鐵錨，形狀為抓泥力較佳的彎鉤形，航行時絞收於船頭。當彎鉤形的鐵錨下錨時，鐵錨反射月光，以致於「驚魚錯認月沈鉤」。「驚魚錯認月沈鉤」句，引自黃庭堅〈浣溪沙〉詞（「新婦磯頭眉黛愁」）。

〔註56〕元代張瑄、朱清初創海漕運輸時，大船不過 1,000 石，小船不過 300 石。延祐以來，大船則遽增為 8～9,000 石，小船也有 2,000 餘石。南宋以來，一石等於二斛，故「萬斛龍驤」，乃指 5,000 石的大漕船。

〔註57〕晉龍驤將軍王濬為伐吳曾造大船，後以「龍驤」形容大船。（王濬伐吳事，請參第五章蘇軾詩註）本詩之「龍驤」指海路漕運大船。

元代海上漕運船

（本圖引自《中國古船圖鑒》）

〈落篷〉云：

　　潮信篷留風力慳，落篷少歇浪中間。

　　殷勤爲向梢人道，又得浮生半日閑。

元代海船普遍採用篷帆取風。篷是由竹篾片編織成蓆狀，有時會在竹篾片間鋪竹葉，爲增加帆面強度，於橫向夾縛竹條，形成一塊塊可由上而下堆疊的長形帆面。篷的表面平整，便於取偏風，具有彈性，較不易如布帆般被風撕裂，可隨風力大小調整帆葉數量，控制航速。完全收帆時，只要放掉控制帆面的繩索，帆面便可利用自身的重力落下，折疊如摺扇般，故詩題爲「落篷」，言篷帆片片落下。當海船正逢「風力慳」時，梢人（船工）落篷稍歇，等待海風再起。海上候風時，宋無殷勤地向梢人道說：「又得浮生半日閑」。結尾句所引之詩句，頗能與全詩融爲一體。「又得浮生半日閑」句，引自唐朝李涉〈題鶴林寺僧舍〉詩。

〈尋鯮〉云：

　　萬艫同鯮在海心，一時相離不知音。

　　夜來欲問平安信，明月蘆花何處尋。

海面眾船，間隔一定的距離，往往不知鄰船的音訊。海夜欲問對方的平安信息，有如在月下的茂密蘆花叢中尋尋覓覓，常難以如願。「明月蘆花何處尋」

句，引自唐朝李歸唐〈失鷺鷥〉詩。

〈出火〉云：

> 前船去速後舡忙，暗裏尋舡認火光。
>
> 何處笙歌歸棹晚，高燒銀燭照紅妝。

〈尋舡〉記海夜尋舟問訊之難。本詩則描寫黑暗的海面上，因海舡出火（升火）而得以尋覓其蹤跡。循著海上火光處前進，只見火光處「高燒銀燭照紅妝」。本處所引之詩句，就其原句之文氣而論，與本詩描寫海夜中漕船（輸運而非旅遊）出火的情境，不甚密合。「高燒銀燭照紅妝」句，引自蘇軾〈海棠〉詩。

〈棹艙〉云：

> 棹篷回艙放還收，欹側安身不自由。
>
> 祗恐前村無宿處，斜風細雨轉船頭。

「棹篷回艙放還收」句，凸顯出海象多變的現象。棹、篷等推動船舶工具，因應海象的變化，不斷地收放。隨時留意棹、篷收放的船工，只能欹側安身，無法悠哉地休息。唯恐前方無安穩泊宿處，船工只能在斜風細雨中掉轉船頭，以避風雨。「斜風細雨轉船頭」句，引自黃庭堅〈浣溪沙〉詞（「新婦磯頭眉黛愁」）。

〈走風〉云：

> 夜颶顛狂浪卷天，深淵多少走風船。
>
> 一宵行盡波濤險，只在蘆花淺水邊。

走風即順風。船行正順風，是航海人的祈願，但無法控制的順風，卻是恐怖驚險的航海經驗。夜間颶風所捲起的狂風巨浪，急推深淵中的走風船，經歷一宵的波濤險惡，平旦已在蘆花淺水邊。「一宵行盡波濤險，只在蘆花淺水邊」兩句，形成極為強烈的場景對比，使讀者感受深刻。「只在蘆花淺水邊」句，引自唐朝司空曙〈江村即事〉詩。

〈大浪〉云：

> 吞天高浪雪成堆，搖蕩驚心眼怕開。
>
> 深謝波神費工力，幾多風雨送將來。

〈走風〉描寫颶風中行船的驚險狀，〈大浪〉則將觀察焦點集中於海上大浪。宋無在船上面對「吞天高浪雪成堆」的感觸，更甚於陸岸。站立於搖蕩的船上，被雪浪近距離包圍的宋無，「驚心眼怕開」。面對駭眼驚心的大浪，宋無

只能自我解嘲，「深謝波神費工力」，將如此壯觀的浪潮送到眼前。「幾多風雨送將來」句，引自唐朝胡曾〈葉縣〉詩。

〈櫓歌〉云：

　　浪靜船遲共一綜，櫓聲齊起響連空。

　　要將檀板輕輕和，又被風吹別調中。

海舶於大海航行時，主要是依賴船帆受風而前進，當進入內河、進出港及無風時，櫓則代帆提供推動力。大型海船的櫓往往要數人，甚至數十人操作。櫓具有一定的弧度，在櫓把與櫓板間的部位，以支軸與船身連結，形成槓桿結構。只要船工持續左右搖動櫓把，櫓板會以一定的弧度在水中左右往復運動，形成連續性推力。〈櫓歌〉描寫浪靜風息時，船工搖櫓，高唱櫓歌以齊一搖櫓的動作。宋無聽到連空響起的整齊櫓聲，欲以檀板輕和，可惜「又被風吹別調中」，無法與櫓聲應和。「又被風吹別調中」句，引自唐朝高駢〈詠風箏〉詩。

〈探淺〉云：

　　探水行船逐步尋，忽逢沙淺便驚心。

　　蓬萊近處更難徧，揚子江頭浪最深。

「探淺」即探測水的深淺。海船按針路航行，還要打水測深，以防觸礁擱淺。測量海水深淺的方式，稱為打水或探水。打水時，將繫於長繩的繩駝或鉛錘，在底部塗上牛油或蠟油後，沈入水底，計算繩長為幾托，以測水深。打水除了測深外，還得從被牛油粘附的沙泥物，判斷為泥底、沙底或石底，以避開險礁，甚至可據以判定船在何處、能否下錨。當漕船進入萊州洋一帶海域，淺沙暗布，行船得步步為營，以免擱淺在海中暗沙。船工密集打水測深，若遇到沙淺處，更是驚心動魄，小心操舵。本詩將船工在淺沙區探水的緊張情緒明白表露。「揚子江頭浪最深」句，引自宋朝林遇賢〈雜詩〉。本詩描寫的是漕船經過萊州洋，朝天津直沽口前進，而末句卻引「揚子江頭浪最深」句，於地理不合（揚子江不在本海域）。

　　這組航海實錄，忠實地記錄從啟航後，船工如何應付海象、水文的變化，操作蓬、碇、櫓、打水等航海器物，及船工們的心情。詩作富有航海寫實精神，使讀者彷彿立於船工身邊，注視船工的航海工作。

（二）記漕運航線

　　元初的海運，自江蘇太倉啟航後，沿海岸線北上，經山東半島，到山東

沙門島，進入萊州洋（今萊州灣），沿著海岸抵達直沽（今天津）。宋無於沿途所描寫的各地點，就是元代海漕運輸的北上路線。以下依序爲漕船北上航線所經之地點：

江蘇太倉啓航後，經鹽城縣，作〈鹽城縣〉云：

　　菌亭數戶日燒鹽，一角荒城浸海天。

　　憶似揚州三二月，春風十里捲珠簾。

「鹽城縣」即今之江蘇鹽城，爲漕船啓航不久後，所經之地點。「菌亭數戶日燒鹽，一角荒城浸海天」兩句，點出臨海的鹽城縣產鹽的特色。鹽城縣在宋無的眼中，「春風十里捲珠簾」的景致，頗似印象中的揚州春天。「春風十里捲珠簾」句，引自黃庭堅〈揚州戲題〉詩。

自鹽城縣北航，自船上見鶯遊山島，作〈鶯遊山〉云：

　　崖向波濤頂接空，黃鶯遊處樹成叢。

　　莫言山上人希住，多少樓臺煙雨中。

鶯遊山又作嚶遊山，即江蘇連雲港市的東西連島，爲江南海州安東界入山東境海道第一程。「崖向波濤頂接空」句，描寫鶯遊山的海島地形特色。鶯遊山島之崖岸接海，山頂連天，爲海舶的明顯地標，島上黃鶯遊處，樹樹成叢，故名鶯遊山。鶯遊山雖是海島，卻不可因此而認爲島上人迹罕至，因爲「多少樓臺煙雨中」。「多少樓臺煙雨中」句，引自唐朝杜牧〈江南春絕句〉。

自鶯遊山島繼續往東航行，遠望東洋，宋無將眼前之景，與徐福訪海外仙山事結合，作〈東洋〉：

　　東溟雲氣接蓬萊，徐福樓船此際開。

　　應是秦皇望消息，采芝何處未歸來？

遠望東溟，雲氣籠罩的盡處，應可接蓬萊仙山。徐福銜秦皇之命，率樓船開洋，尋訪海上仙山。秦皇登山望海，關切徐福「采芝何處未歸來？」本詩充滿海洋神話氣息，緩解宋無忐忑不安的航海心情。「采芝何處未歸來」句，引自宋朝魏野〈尋隱者不遇〉詩。

隨著航線進入山東境內海域，海中小島漸多。出現在宋無眼前的海島，狀似雙乳，作〈乳島〉詩記其殊形：

　　遠望渾如兩乳同，近前方信兩高峰。

　　端相不似雞頭肉，莫遣三郎解抹胸。

「遠望渾如兩乳同，近前方信兩高峰」兩句，描寫乳島特殊外觀。由兩座高

峰構成的乳島，遠望竟如人之雙乳，要至近處才信是兩高峰。既然細看不似「雞頭肉」〔註58〕，又何必遣三郎解開貴妃之抹胸〔註59〕呢？本詩著重在乳島雙乳外形的描繪，並與楊貴妃露乳軼事結合，使乳島之名，增添浪漫風情。「莫遣三郎解抹胸」句出處，暫無可考。

漕船過乳島，見沙門島，宋無作〈沙門島〉：

> 積沙成島浸蒼空，古祀龍妃石崦東。
>
> 亦有遊人記曾到，去年今日此門中。

登州沙門島，即今之山東長山列島，海船南入渤海者，皆望此島以爲表誌。自陸岸望沙門島，常可見到海市奇景。沙門島的海洋地理特性，易產生浪漫的海洋愛情神話。雜劇《沙門島張生煮海》，即以沙門島爲寫作地理背景。本劇描寫儒生張羽清夜彈琴時，龍女瓊蓮被琴聲吸引，與張羽產生愛情，約定中秋節相會。屆會之期，瓊蓮因龍王阻隔而不能赴約。張羽以銀鍋等三件寶物，在沙門島用銀鍋煮海水，令大海沸騰。龍王不得已成全兩人的婚事。本詩「積沙成島浸蒼空」句，點出沙門島由沙所積的地質特色。「古祀龍妃石崦東」句，以古祀龍妃之地，引出張生與龍女的愛情神話。本爲積沙而成的沙門島，因張生與龍女的愛情神話，增添浪漫色彩。「去年今日此門中」句，引自唐朝崔護〈題都城南莊〉詩。

漕船自沙門島，入萊州大洋，宋無作〈萊州洋〉云：

> 萊州洋內浪頻高，矴鐵千尋繫不牢。
>
> 傳與海神休恣意，二三升水作波濤。

萊州洋又稱萊州大洋，位於山東境內的海域，即今之萊州灣。當漕船航行至萊州洋時，風浪頗高，加上海水極深，錨泊不易，「矴鐵千尋繫不牢」，險象環生。因此宋無只能盼望海神不要恣意地鼓動「二三升水作波濤」，危及漕船的安全。「二三升水作波濤」句之出處，暫無可考。

漕船進入萊州大洋後，海岸羅列不知名的群山。宋無作〈海邊山〉記之：

> 海上千山與萬洲，誰知風土屬何州？

〔註58〕宋・曾慥《類說》云：「一日妃浴出，對鏡勻面，裙腰上，微露一乳。帝（玄宗）捫弄曰：『軟溫新剝雞頭肉。』」（《文淵閣四庫全書電子版》）後以「雞頭肉」一辭，借指婦女的乳頭。

〔註59〕唐玄宗排行第三，故以「三郎」爲其小字。三郎解抹胸，指唐玄宗解開楊貴妃之肚兜，捫弄其乳。

　　　　年年六月糧船過，不上靈巖即虎丘。

站立船上，望著海岸綿延的眾山及密布海中的沙洲，宋無無法確知眼前的風
土，隸屬何州？位於漕運航線的千山與萬洲，雖不知名，但年年六月卻有漕
船經過。本詩以不知隸屬何州的千山與萬洲，凸顯宋無對此航線北方海域的
陌生。「不上靈巖即虎丘」句，引自宋朝范成大〈四時田園雜興〉。

　　漕船航行於萊州大洋，宋無東望有感，作〈遼陽〉：

　　　　遼陽別是個乾坤，東望瀰漫遠浪奔。

　　　　問道錦州何處是？牧童遙指杏花村。

遼陽位於遼東半島，水路暢通，船隊進出頻仍。自萊州大洋東望遼陽，不見
遼陽蹤跡，只見瀰漫遠浪奔騰於前。宋無借杜牧「牧童遙指杏花村」詩句，
向船工問道遼陽所在！詩中「問道錦州何處是」的錦州，乃遼陽的代稱。「牧
童遙指杏花村」句，引自唐朝杜牧〈清明〉詩。

　　漕船進入萊州大洋後，未到直沽之前，漕運航線將另分二路，分道而行，
宋無作〈分鯨〉記其心情：

　　　　高麗遼陽各問津，半洋分路可傷神。

　　　　風帆相別東西去，君向瀟湘我向秦。

循漕運主線，過萊州大洋，抵達直沽之前，船隊即將再分出兩路，分別航向
高麗、遼陽。一路相伴而行的船隊，如今「半洋分路」，風帆將各奔東西，令
宋無傷神。據此詩，則至元間，由南方前往高麗的漕船，是沿渤海灣北上，
經遼東半島，再到朝鮮半島。這首詩可當成研究元代海漕路線的資料。「君向
瀟湘我向秦」句，引自唐朝鄭谷〈淮上與友人別〉詩。

　　漕運船隊終於抵達終點直沽，航海體驗也告一段落。宋無作〈直沽〉，為
此航程作結：

　　　　直沽風月可消愁，標格燕山第一流。

　　　　細問名花何處出？揚州十里小紅樓。

經過漫長的海上航行，一路餐風飲浪，宋無終於隨著海漕船隊抵達直沽（天
津）。直沽素來有小揚州之美稱。宋無特引「揚州十里小紅樓」句，將直沽風
月與揚州風光，相互比擬。直沽的美麗景致，可消融宋無心中的愁。「揚州十
里小紅樓」句，引自宋朝汪存〈步蟾宮〉詞。

　　以上諸詩之寫作次序，即元代北上的漕運航線：鹽城縣→鷥遊山→乳島
→沙門島→萊州洋→海邊山→直沽。這些海漕船工習以為常的航點，對宋無

而言，充滿濃厚的海洋風情，也開張其眼界。又這組作品除了可視為航海記遊的作品外，也可當成印證元代漕運路線的資料。

元代初期海路漕運航線

（本圖作者自繪）

（三）船上生活

海船的狹小生活空間、顛簸搖晃、用水管制、航行時間長、危機四伏，使得航海者備覺艱辛。宋無不習慣船上的生活，一路隨漕船遠航，在開眼界之餘，也雜有無奈的情緒。宋無初上海船，起伏的浪濤，讓他先暈船大吐一場。宋無作〈吐船〉，描寫其暈船感受：

> 不知饑飽只思眠，無病清流口角涎。
>
> 自笑先生獨醒者，長留一竅在頭邊。

宋無暈船嘔吐時，腹中食物吐盡，依舊嘔吐不已，雖然無病，卻「清流口角
涎」。沒有胃口的宋無，即使平躺休息，仍不斷地嘔吐，只能自我解嘲：獨
醒的他，「長留一甕在頭邊」的目的，竟是要盛裝其嘔吐物。本詩對於暈船的
描寫，極為寫實，能曲盡暈船的苦處。「長留一甕在頭邊」句之出處，暫無
可考。

　　船艙能儲備的淡水有限，又不能直接取用海水，只能定時靠泊，補給淡
水。宋無作〈討水〉記之：

　　　海波鹹苦帶流沙，島上清泉味最佳。

　　　莫笑行人不風韻，一瓶春水自煎茶。

船外儘管有取用不盡的海水，但卻「鹹苦帶流沙」，無法飲用，只能定時下船
補給淡水。海洋無盡的鹹苦海水，與海島的甘美清泉，形成極為強烈的味覺
對比。甘美的清泉，用以煎茶，為船上的快意之事。「一瓶春水自煎茶」句，
引自宋朝周氏〈春晴〉詩。

　　船上生活，既要淡水，也要燃料，故下船討水以外，也得討柴。宋無作
〈討柴〉，詠海島之柴薪：

　　　海樹年深成大材，一時斧伐作薪來。

　　　山人指點長松說，盡是劉郎去後栽。

海島大樹歷久終成大材，今日卻因宋無等人的斧伐，竟化作船上的柴薪。「盡
是劉郎去後栽」之意，原指玄都觀的桃花乃劉禹錫貶官離開長安時所栽種，
用於比喻島上生長多年的長松，較不妥貼。「盡是劉郎去後栽」句，引自唐朝
劉禹錫〈自朗州至京戲贈看花諸君子〉詩。

　　大海航行，既有凌風破浪的雄壯，也有生活不適的無奈。上引三首描寫
宋無暈船嘔吐的窘境，下船登島補給淡水、柴薪等內容之詩作，均反映出航
海生活的真實面，非身處陸岸，以審美作用想像海洋浪漫的文人所能體會。

（四）海洋風光

　　船舶的奇特處，在於能將人從海岸，推送到廣漠的大海。人被大海的氛
圍完全包圍，對海洋風光的體驗，自然非站立在海岸觀海所能比擬。海上欣
賞日出，就是航海的視覺饗宴。〈日出〉云：

　　　金烏搖上浪如堆，萬象分明海色開。

　　　遙望扶桑岸頭近，小舟撐出柳陰來。

陸地觀看日出，旭日穩定地變化光芒。海上觀看日出，則又是完全不同的視

覺感受。當金烏自海平面逐漸躍現時,因浪濤的律動,使得金光搖動,萬象分明,海色開展。「小舟撐出柳陰來」句,引自宋朝徐俯〈春日游湖上〉詩。海船經過神仙山時,宋無作〈神山〉:

> 從來見說海無邊,四際雲濤碧洞天。
>
> 昨夜神仙山下過,笙歌引至畫堂前。

在無邊的海面,四際雲濤籠罩的碧綠神仙山,別有洞天。經過神仙山的宋無,彷彿有神仙笙歌,前引至畫堂前。「笙歌引至畫堂前」句之出處,暫無可考。海面上除了有天然的風濤外,也有海鷗、海魚充斥其間,使大海充滿生氣。〈海魚〉記宋無所見之大型海魚:

> 劍鬣如山海面浮,巨腮噓浪勢吞舟。
>
> 叮嚀大客尋竿餌,稚子敲針作釣鉤。

大型海魚浮海而游時,背上的劍鬣宛若浮動的小山。巨腮張闔,噓浪沖天,勢欲吞舟。目擊前所未見的巨型海魚,宋無頗覺新奇壯觀,心生欲釣巨魚的豪情,特別叮囑大客、稚子尋竿餌、釣鉤。依「劍鬣如山海面浮,巨腮噓浪勢吞舟」兩句的描寫,宋無所見之海魚,可能是會噴水的長鯨。「稚子敲針作釣鉤」句,引自唐朝杜甫〈江村〉詩。

　　海日初出的金波搖動,萬象分明,神山的綺麗幻想,劍鬣如山,巨腮噓浪的海魚,群聚逐浪的海鷗,都是乘船深入滄海,才得以親見的海洋風物。宋無冒險克難入海,終能眼見陸地無法見到的海洋壯景。

(五)品嚐海味

　　浮海生活,自然品嚐易得之海味。船行大海,食用來自海中的珍味,更加適意。〈海味〉云:

> 海味新來數得餐,梢人收拾日登盤。
>
> 錢塘江上親曾見,賣得風流別一船。

剛送上船的鮮美海味,經由梢人的料理後,日日登盤俎,是佐飯佳餚。船上的海味,宋無曾在錢塘江上親見漁家販賣,今日在海舟食用海味,令他頗感愜意。「賣得風流別一船」句,疑化自宋朝林和靖「賣得風流更一般」句(〈杏花〉)。〈彭月〉則描寫海邊小蟹的美味:

> 彭月懷沙小更肥,團臍風味頗相宜。
>
> 菊花新酒何辜負,正是橙黃橘綠時。

彭月亦作彭越、彭蜞、蟛蜞,為生於海邊泥中的小蟹。「彭月懷沙小更肥」句,

點出彭月的生長特色（體型小、生於沙泥）。宋無以為雌彭月（「團臍」）的風味極佳，在橙黃橘綠的秋冬時節，正適宜佐菊花新酒。「正是橙黃橘綠時」句，引自蘇軾〈贈劉景文〉詩。

元代創作海洋文學諸作家中，宋無以完整的連章七絕，詳細記錄航海所見諸事，並合為《鯨背吟》詩集，成就亮眼。《鯨背吟》之海洋詩，具有以下三項特點：

1. 《鯨背吟》中各詩之末句，嵌入古人詩句，以為滑稽之趣。然而考各詩所引之古人詩句，各有其本意（尤其是地名、人事典故），與該詩旨意之連結，有時無法密合，變成前三句一氣連貫，至結尾句，文氣、意義又有若干的轉變，斧鑿之迹明顯。嵌入古人詩句，對宋無的海洋詩而言，既是特色，卻也可能是敗筆。

2. 《鯨背吟》的海洋詩具有濃厚的海洋特色。宋無憑其親身的航行體驗，以大量的詩作（三十二首），完整描寫整個航行的過程。《鯨背吟》可視為具有文學性的航海日誌。

3. 《鯨背吟》中，關於船舶細部描寫、航海技術、海洋天候對航行影響的詩作，均為元代航海科技、海漕運輸的實錄，既可視為文學作品，又可視為古代航海科技、航運史的研究素材。

二、黃鎮成

黃鎮成（西元 1287～1362 年），字元鎮，號南田耕叟，福建邵武人。弱冠厭棄榮利，慨然以聖賢踐履之學自勵，學者號曰存齋先生。至正間，隱居不仕，著述甚富，集賢院定諡號為貞文處士，著有《秋聲集》。《四庫全書・秋聲集提要》評其詩云：「鎮成詩格清新刻露，在唐人中，頗近錢郎，不染元代穠纖氣習。」黃鎮成的海洋詩作雖然不多，大體而言，富於寫實精神，「不染元代穠纖氣習」。

當黃鎮成乘海舟，經過舟山本島附近的大茅洋時，望海有感，作〈舟過大茅洋〉（《秋聲集》〔註60〕卷三）記之：

漲海渾茫寄一桴，候神東去接方壺。

帆隨雪浪高還下，島浸冰天有若無。

鴈影斜翻西日遠，潮聲直上晚雲孤。

〔註60〕《文淵閣四庫全書電子版》。

投綸擬學任公子，掣取封鯨飯萬夫。

大茅洋又稱大貓洋〔註61〕，位於舟山本島近處海面，爲定海至岱山的常用航道。黃鎮成的海舟經大茅洋時，見到冰天雪浪的海景，產生對大海的冥想。處在渾茫的漲海中，更顯得海舟的渺小，故黃鎮成以「寄」字，來凸顯寄附滄海的海舟的微渺孤絕。隨著雪浪高下浮沈的海舟，望著縹緲的海面盡處，浸在冰天中的方壺仙島若有似無。黃鎮成將虛幻的仙山冥思，又拉回現實的海面上，只見「鴈影斜翻西日遠，潮聲直上晚雲孤」的蒼茫海景。黃鎮成對此海景抒展心中的豪情，欲效善捕巨魚的任公子，向大海投放長綸，掣取噴浪長鯨，以飼萬夫。本詩雜有仙山的想像、現實的海景、海洋的豪情，情感豐富。

〈補陀島〉（《秋聲集》卷三）詩則描寫補陀島周遭的海景：

> 一片雲帆駕渺茫，東臨絕島拂扶桑。
>
> 九天波浪隨星客，萬壑魚龍覲水王。
>
> 日觀遠開溟澥動，雲臺倒浸白花香。
>
> 候神海上應相見，爲覓安期卻老方。

補陀島位於浙江寧波府東南，屬舟山群島，爲佛教四大名山之一，也是舟山群島的海神（觀世音菩薩）信仰中心，擁有壯麗的海天美景。歷代遊覽補陀島的文人不勝枚舉，也留下千餘首的詠頌詩詞。歌詠補陀島的文學作品，逐漸形成結合海島美景與神仙信仰的書寫傳統。黃鎮成作〈補陀島〉詩，也遵循此一書寫傳統，以壯觀海景爲神仙想像的基礎，使自然的海洋場景，變成人文的海洋空間。黃鎮成駕一片雲帆，尋覓渺茫絕島。「九天波浪」、「萬壑魚龍」爲補陀島海域，營造出一股想像的氛圍。「雲臺倒浸白花香」句，描寫舟中觀望補陀島的景致。補陀島之補陀山，又名小白華山。自海面看小白華山，則山上的雲、臺倒浸海中，隱約有股淡淡的小白花香氣。此時的黃鎮成欲尋訪仙跡，盼能求得安期生的卻老仙方。本詩充滿黃鎮成對補陀島的浪漫想像。

〈直沽客〉（《秋聲集》卷一）詩則反映元代興盛海運背後的問題：

> 直沽客，作客江南又江北。自從兵甲滿中原，道路艱難來不得。今
> 年卻趁直沽船，黑洋大海波連天。順風半月到閩海，只與七州通賣

〔註61〕 大貓洋，東起秀山島，南接舟山島北岸，西至下灰鱉島與灰鱉洋相連，北抵岱山縣大岐山。

買。嗚呼江南江北不可通，只有海船來海中。海中多風多賊徒，未

知來年來得無？

直沽（天津）是元代漕運航線，北方的終結港口。因此直沽的海陸交通便利，
商賈往來各地頻仍。作客江南江北的直沽客，自從中原甲兵遍起，陸路便險
阻難通。因緣際會的直沽客，乘坐直沽海船，橫越海波連天的黑水洋〔註62〕，
因順水（黑潮）順風（信風）之便，半個月即抵達閩海一帶，並與閩海七州
通買賣。直沽客深嘆，時局動亂，陸路乖隔，只有依賴海船，才能快速地來
到閩海一帶貿易。海路雖然較陸路迅捷便利，卻多風浪，加上出沒不定的海
賊，更增加海路的風險。故直沽客才有「未知來年來得無」的感嘆！本詩純
以寫實手法描寫元代海路運輸的重要性及其風險。

　　〈直沽客〉詩言海路之便，也點出海賊威脅海路安全的問題。〈島夷行〉
（《秋聲集》卷一）則集中描寫島嶼海賊對海運的威脅：

島夷出沒如飛隼，右手持刀左持盾。

大舶輕艘海上行，華人未見心先隕。

千金重募來殺賊，賊退心驕酬不得。

爾財吾橐婦吾家，省命防城誰敢責。

海舶的噸位大，目的在於運重行遠，而海賊船意在海上掠奪，故求其輕疾迅
捷。無武裝的笨重海舶，最怕遇上出沒如飛隼的武裝（「右手持刀左持盾」）
島夷船。當大舶與島夷的「輕艘」並行於海上時，最令舟師恐懼，往往未見
其跡而心已隕喪。當時文天祥自北方循海路逃往南方時，一路上頻傳賊警，
也曾令文天祥等人驚懼不已。大型船隊不得已只好千金雇用武力殺賊，以護
衛性命、財貨。黃鎮成在當代海運昌盛局面的背後，看到海盜日益猖獗的嚴
重問題。

　　黃鎮成的詩作，以寫實之筆，反映出元代運輸的相關問題：(1)中原陸路
因戰亂的關係，乖隔險阻，只能利用海路。雖然海路有海波連天的危險，但
與陸路相較，還是比較通暢。(2)元代的政府公權力，無法顧及海上的治安，
只能坐視武裝島夷攻擊海舶。島夷對海船的劫掠，使得商船不得不雇用私人
武力，護衛船貨的安全。

〔註62〕至元三十年（西元 1293 年），開闢的新航線，避開沿海淺沙區，取道黑水大
　　　　洋，利用黑潮暖流及信風，可縮短航期（約半個月），並提高航行安全。故往
　　　　來南北海路，均利用此航線。

三、貢師泰

　　貢師泰（西元 1298～1362 年），字泰甫，安徽宣城人，以國子生中江浙
鄉試。泰定四年（西元 1327 年），釋褐出身。至正十四年（西元 1354 年），
除吏部侍郎，奉命和糴于浙右，得糧百萬石，以給京師。至正二十年（西元
1360 年），除戶部尚書，以閩鹽易糧，由海道轉運數十萬石糧給京師，後又除
浙行省參知政事。貢師泰以文學知名，又優於政事，著有《玩齋集》。

　　貢師泰的海洋文學，以〈海歌〉十首最富代表性。功在漕運的貢師泰，
運用海道漕運江、浙、閩一帶生產的糧食，供給京師所需，被稱爲漕運尚書。
貢師泰對海道漕運業務，極爲熟稔，過境寧波時，作〈海歌〉十首，詳細描
寫海道漕運的諸般人、事、物、景。這組連章詩偏於寫實，用筆有散文化傾
向。以下爲〈海歌〉（《玩齋集》〔註63〕，頁 470）十首的析論：

　　　　黑面小郎棹三板，載取官人來大船。

　　　　日正中時先轉柁，一時舉手拜神天。（1）

「三板」即腳板，爲海船的接駁艇。海船噸位大，不能近淺岸，凡欲往來船、
岸間，則乘三板。海船啓航時，則將三板附掛於海船。海漕船隊啓航前，漕
運官員搭乘三板，登上大海船。爲祈求風順波平，所有船員舉手禮拜神天。
詩中以「黑面小郎」形容三板工，極爲傳神，能表現海上工作的辛勞。

　　　　出得蛟門才是海，虎蹲山下待平潮。

　　　　敲帆轉艙齊著力，不見前船正過焦。（2）

宋朝羅濬《寶慶四明志》卷一云：「定海有蛟門、虎蹲天設之險。」〔註64〕漕
運船隊駛出蛟門，才是眞正的大海。船隊於虎蹲山下等候平潮〔註65〕放洋。
船工們齊力敲帆轉艙，不見前船正通過亂礁區。本詩描寫海漕船隊開洋前的
候潮情景。

　　　　大星煌煌天欲明，黃旗上寫總漕名。

　　　　願得順風三四日，蚤催春運到燕京。（3）

船隊於虎蹲山下趁夜等候天亮的平潮。大星煌煌，海天欲明，總漕樓船上的
黃旗，高書總漕名。總漕樓船的漕運官員，祈望能得三四日的順風，便可早

─────────────

〔註63〕元・貢師泰：《玩齋集》（景印摛藻堂四庫全書薈要集部第六十冊，臺北：世
　　　　界書局，1988 年）。

〔註64〕《文淵閣四庫全書電子版》。

〔註65〕當潮位達到最高或最低值時，有一段短暫時間，水位比較平穩，稱爲平潮或
　　　　停潮。

日將糧食運到燕京。詩中提到「春運」，與漕運航線改良有關。漕運初期航線，於冬季沿海岸航行，沙礁密布，頂風（逆風北上）頂水（逆潮流），總長 4,000 里的水路，常耗費兩個多月的時間，且糧損高達 16%。貢師泰負責漕運時，海漕路線已趨成熟。新航線避開江蘇、山東半島間的淺灘暗礁，又可利用由南向北的黑潮，如此則順風順水，航程可大幅縮減為十天，而且糧損降到 3%。利用這條航線，海路漕運由一年一運，增為春、夏兩運。

> 隻嶼山前放大洋，霧氣昏昏海上黃。
>
> 聽得柁樓人笑道，半天紅日挂帆檣。（4）

在「霧氣昏昏海上黃」的海象中，漕運船隊自隻嶼山（地名暫無可考）前開洋。漕船往大洋航行，舵（柁）樓的舵工望著天際笑道，又將是「半天紅日挂帆檣」的景致。本首詩描寫剛放洋時的悠哉心情。

> 四山合處一門開，雪浪掀天不盡來。
>
> 船過此閘都賀喜，明朝便可到南臺。（5）

漕船行至四山合聚處，只有一處海門通海。此海域的封閉地形，使得「雪浪掀天不盡來」。當漕船進入此處海域時，船工們彼此賀喜，沒有掀天雪浪的逆阻，隔天就可抵達福建南臺。〔註66〕

> 千户火長好家主，事事辛苦不辭難。
>
> 明年載糧直沽去，便著綠袍歸作官。（6）

「千户」〔註67〕，指海運千户所的千户。「火長」〔註68〕，又名伙長、火頭，職司南針、漂木測更、牽星、預測海象（以上航海技術請參第二章），為航海指揮者。千户督導漕運，火長指揮航海事宜，事事辛苦，不辭艱難，均為漕運的靈魂人物。若能平安地漕運糧食到直沽，也許歸來後，就有機會任綠袍官員。

> 大工駕柁如駕馬，數人左右拽長邊。
>
> 萬鈞氣力在我手，任渠雪浪來滔天。（7）

〔註66〕南臺，也稱南臺山，位於福建福州南方。

〔註67〕元代管理海漕的機構是海道運糧萬户府，下設五處海運千户所。海運千户所設有達魯花赤一員，千户二員，均為正五品。（達魯花赤：元代漢人不能任正職，朝廷各部及各路、府州縣均設達魯花赤，由蒙古或色目人充任，以掌實權）

〔註68〕明・張燮《東西洋考・舟師考》云：「其司針者名火長，波路壯闊，悉聽指揮。」（臺北：西南書局，1973 年，卷九，頁 117）

「大工」指舵工之頭，負責指揮舵工操舵。大型海船為求操控靈活，都採用大型的升降垂直舵。升降垂直舵的舵柱向上延伸到舵樓，加上舵把後，舵工可以利用槓桿原理，轉動大型的舵。舵樓內又設有絞車，隨著水深變化，升降舵面。舵工除了要轉動舵把外，還得升降舵面，故舵樓內要配置舵工若干人，聽從大工的指揮。技術純熟的大工，指揮舵工左右舵把，駕舵（柁）有如駕馬般靈巧，使得沈重大船航行於滔天雪浪時，能輕靈地轉向，故曰「萬鈞氣力在我手」。

> 碇手在船功最多，一人唱聲百人和。
>
> 何事淺深偏記得，慣曾海上看風波。（8）

碇手負責船舶下錨收錨的工作，又分頭碇、二碇。大型海船排水量大，碇錨的重量也隨之加重。海船要能快速地下碇收碇，有賴熟練的碇手指揮眾人轉動絞車（「一人唱聲百人和」），才能確保船舶安全，故曰「碇手在船功最多」。由於船舶於大海下碇錨時，要打水測深，才能預估下碇錨的深度，因此慣看海上風波的碇手，偏記得航線各點的淺深。

> 亞班輕捷如猿猱，手把長繩飛上高。
>
> 你每道險我不險，只要竿頭著腳牢。（9）

《東西洋考・舟師考》云：「上檣桅者為阿班。」亞班，又名阿班、鴉班，負責整修船帆、帆索、掛旗、瞭望等需要攀爬桅桿的工作。「亞班輕捷如猿猱」句，形容亞班手引長繩，上下桅桿的動作，敏捷如猿猴。在晃動不已的船上，迅捷地上下桅桿，令旁人直呼驚險，而亞班只淡淡表示，「只要竿頭著腳牢」，就不會有危險。本詩以口語化的文字，具體描寫亞班在船上的危險工作。

> 上篷起柁氣力強，花布纏頭袴兩襠。
>
> 說與眾人莫相笑，喫酒著衣還阿郎。（10）

海船的舵、篷，沈重巨大，加上海上風浪的影響，上篷轉舵，端賴船工的強勁氣力，才能順利操作。為便於操作舵、篷，船工們以花布纏頭，著兩襠袴，模樣雖為人所訕笑，卻是方便船上工作的衣著。本詩描寫船工工作時的神采及穿著，為海船航行時的真實情狀。

　　貢師泰除了上述十首自成系統的〈海歌〉外，也有描寫祭祀海神、海隄、海岸景致的作品。貢師泰登興化湄州島，祭祀天妃媽祖，還歸後，作〈興化湄州島祠天妃還〉（《玩齋集》，頁284）詩：

　　夜宿吳山上，朝行莆海東。地偏元少雪，天闊自多風。

　　不見波濤險，寧知造化功。百年神女廟，長護海霞紅。

天妃廟在湄州島，奉祀天妃〔註69〕林默娘〔註70〕。元代自南方啓航的海運和漕運，船隊起航前，官府、船工必到天妃廟中，祈求一帆風順，人船平安。被稱爲漕運尚書的貢師泰，盡心督導漕運之餘，也親自登湄州島，誠心祭拜天妃，祈求天妃的福庇。乘船登湄州島的貢師泰，首先描述島上週遭的寧靜環境，以映襯天妃的神功。海中的湄州島，天闊多風，卻無凶險波濤，應是百年天妃廟的天妃，慈悲地長護閩海一帶。

　　負責漕運江、浙、閩等地糧食北運大都的貢師泰，常往來上述諸地，其中更曾兩度入閩〔註71〕。〈泉州道中〉（《玩齋集》，頁473）記貢師泰入閩，於泉州道中所見：

　　千山落日丹霞北，萬里孤城白水南。

　　玉椀霜寒凝紫蔗，金丸露暖熟黃柑。

　　海商到岸緣封舶，蕃國朝天亦賜驂。

　　滿市珠璣醉歌舞，幾人爲爾竟沈酣。

「千山落日丹霞北，萬里孤城白水南」兩句，對仗工整，點出泉州孤絕海隅的空間特色。「紫蔗」（紅甘蔗）、「黃柑」等作物，則點出泉州的地域特色。位處東南海隅的泉州孤城，因其航海之便，港市高度發展。宋代泉州港帆檣鱗集，海舶驟增，對外貿易空前繁榮。元代泉州海外貿易更登頂峰，成爲梯航萬國，舶商雲集的世界大港，有東方第一大港的令譽。詩中之「海商到岸緣封舶，蕃國朝天亦賜驂」句，反映出當時泉州的盛況。海商、蕃使雲集泉州，使得泉州「滿市珠璣醉歌舞」，一片富足安樂，令人爲之沈酣不已。

　　明朝葉翼頌揚先祖葉恒築海塘捍海之功，輯元代名人序記餘姚海塘的作

〔註69〕《元史》，卷十云：「制封泉州神女，號護國明著靈惠協正善慶顯濟天妃。」至此以後「天妃」神號大行於民間。（中央研究院「漢籍電子文獻」之《二十五史》）

〔註70〕《福建通志》，卷六十：「天妃：林姓，世居莆之湄洲嶼，宋都巡檢林應第六女也。始生時，地變紫，有祥光異香，長能乘席渡海，乘雲遊島嶼間。宋雍熙四年二月十九日昇化。自後常衣朱衣飛翻海上，里人祠之。」林默娘，生前爲福建莆田湄洲人，有神通，昇化後，被福建一帶尊奉爲海神，凡航行前必先祝禱，以求海靖風順。

〔註71〕楊維楨〈送貢尚書入閩〉詩：「繡衣經略南來後，漕運尚書又入閩。萬里銅鹽開越嶠，千艘升斗貿蕃人。香熏茉莉春醒重，葉卷檳榔曉饌頻。海道東歸閒未得，法冠重戴髮如銀。」

品，合爲《餘姚海隄集》，中有貢師泰詩一首，讚揚興築海隄有功者：

> 滄海薄餘姚，長隄捍海潮。萬人齊舉杵，千丈欲凌霄。
>
> 妖孽波臣伏，桑田地利饒。壓雲低矗矗，隱霧遠迢迢。
>
> 人欲移花柳，官仍護葦蕭。謝公心獨苦，施令識猶超。
>
> 保障勳勞集，謳歌盜賊消。共傳儒者政，不負聖明朝。

餘姚一帶迫近滄海，常爲濤浪、颶風所侵，毀田壞居，奪人性命。幸賴歷任餘姚地方官，苦民所苦，鳩集萬人，齊力興築勢欲凌霄的千丈海隄。海隄竣工後，妖孽波臣被制伏，海隄之內，「桑田地利饒」。餘姚百姓至此終能安堵。海隄築成後，人們欲移植花柳美化隄岸，但官府謀劃深遠，仍護植葦蕭，以加固海隄。築海隄有功者，除了元代餘姚判官葉恒作石隄 24,225 尺外，尚有宋代苦心爲民的知縣事謝景初，築隄 28,000 尺，及識見超卓的知縣事施宿，築隄 42,000 尺。葉恒、謝景初、施宿等官員保障海岸的勳業卓著，民生樂利，盜賊遁消。貢師泰希望流傳這些儒者的仁政，以爲聖朝治事典範。

貢師泰又作〈送顧仲莊之海北〉（《元詩選（初集）》）詩，爲顧仲莊送別，詩中多閩海景觀的描寫：

> 釣龍臺下與君別，萬里東南何日還。
>
> 星斗動搖天在水，海門空闊浪如山。
>
> 珊瑚寶樹來三島，鸚鵡金籠出八蠻。
>
> 簫鼓船回應北上，鳳池春早珮珊珊。

漢武帝元光年間，東越王餘善在南臺山（今福州大廟山）臨閩江垂釣，釣得白龍，後築臺於此，稱釣龍臺。貢師泰於著名的古跡釣龍臺下，與即將前往海北的摯友顧仲莊道別，不捨之情充盈其間，不知摯友何日才能再還歸萬里之遙的東南海隅？「星斗動搖天在水，海門空闊浪如山」的海洋場景，道出海路的顛簸險阻，更加深離愁。珊瑚寶樹、金籠鸚鵡等奇珍異寶，均來自蠻荒島嶼。顧仲莊將滿載東南海隅的珍寶，在早春時節北歸鳳池〔註72〕。本詩將海洋的氛圍與送友人出航的愁情結合爲一，既有對友人的不捨，也有再聚的祈望。

貢師泰雖非設籍於東南沿海一帶，但肩負漕運江、浙、閩糧食北上的重任，得以深入東南沿海一帶。貢師泰不但飽覽海山風光，更能將熟悉的漕運

〔註72〕鳳池，指禁苑中池沼。魏晉南北朝時設中書省於禁苑，掌管機要，接近皇帝，
故稱中書省爲鳳凰池。本詩以回歸鳳池，借指顧仲莊回大都朝廷。

相關人、事、物，完整記錄。以下爲其海洋文學所展現的特色：

1. 就貢師泰的海洋文學而論，〈海歌〉十首爲其代表作。貢師泰創作〈海歌〉十首時，仔細觀察漕船運作的相關細節，再運用簡潔樸實之筆，詳細記載，雖有散文化的傾向，卻能呈現寫實的風格，與過度想像加工的海洋詩，形成截然不同的風貌。

2. 〈海歌〉十首記載元代海船各類航海人員的配置（千戶、火長、舵工、碇手、亞班、三板工）及其職掌，爲研究元代海船人員編制時，常被徵引的資料。〈海歌〉除了是海洋文學作品外，也是重要的航海史料。

3. 貢師泰海洋詩中，對東南沿海一帶的古跡（釣龍臺）、物產（珊瑚寶樹、紫蔗、黃柑）、海洋工程（海隄）、港市（泉州港）、海神信仰（天妃），都能如實地呈現，具有鮮明的海洋地域風格。

四、李士瞻

李士瞻（西元 1313～1367 年），字彥聞，先世新野（河南）人，徙居荊門。幼英敏好學，至正初，中大都路進士中書，辟充右司掾，累官戶部尚書，出督福建海漕，就拜行省左丞，召入爲參知政事，改樞密副使，拜翰林學士承旨，封楚國公。李士瞻，襟度弘遠，立朝謇謇，有經濟之才，著有《經濟文集》。

李士瞻的海洋文學數量不多，但頗有特色，尤其是〈壞舵歌〉。〈壞舵歌〉（《經濟文集》〔註73〕卷六）詳細描寫海舟壞舵時的恐懼之情：

> 南溟之魚頭尾黑，身長竟船頭似鐵。浮遊倔彊氣欲吞，斜日昏冥映旗幟。煦沫成煙浪花起，逐我船頭趁船尾。恐是昔年未死之蠻龍，一經譴斥偕屬鬼。舟中健兒眼盡白，彎弓擬之三復止。明日疾颷驅長雲，巨颸高張萬馬奔。舟卒思家窮力使，瞬息千里若不聞。挾舵逆指衝怒濤，欻如生馬當春驕。又如驚鵬直上干雲霄，萬里一息非爲遙。須臾有聲如裂帛，三百餘人同失色。鐵梨之木世莫比，今作舵根爲水齧。是木之產非雷同，來自桂林日本東。當時不惜千金置，便欲雲仍傳勿替。箕裘相紹近百年，甎已墮矣奚容言。眼前生死尚未保，惟有號泣呼蒼天。蒼天高高若不聞，稽顙齊念天妃神。我知

〔註73〕《文淵閣四庫全書電子版》。

天命固有定，以誠感神豈無因。少時風馴浪亦止，以舵易舵得不死。
我今幸爾同更生，開闢以來無此比。女媧氏天妃神，補天護國相等
倫。世代雖異功則均，我皇開國同乾坤。一年四百萬斛運，麾叱雷
電役五丁。片艘粒米皆風汛，財成本是神之功，直與天地傳無窮。
愧無如椽五色筆，磨崖刻頌驚愚蒙。

舵爲指揮船舶的主帥，爲極重要的組件。《天工開物》描述舵的作用：「凡
船性隨水，若草從風，故制舵障水，使不定向流，舵板一轉，一泓從之。」
〔註74〕船舵於航行中損壞時，無法控制航向，會產生極大的危險。李士瞻所
乘坐的海船，舵爲巨魚所壞，故作〈壞舵歌〉，記錄壞舵時，船上所瀰漫的恐
怖氣氛。本詩可分四段析論。第一段（「南溟之魚頭尾黑……萬里一息非爲
遙」）描寫海上出現巨魚，不停地追逐海船的驚險過程。李士瞻所描寫的南溟
巨魚，頭尾俱黑，身型似船，頭硬似鐵，上噴水柱，激盪浪花。照李士瞻的
描寫，應是巨鯨，然而對他而言，此龐然海魚，「恐是昔年未死之蜃龍」，一
經神人譴斥，化爲海中厲鬼。當巨魚一出現，驚惶的船工「眼盡白」。船工再
三彎弓射箭驅趕，巨魚暫時離開，可是隔天又如萬馬奔躍，疾颷而來。船
工遇險格外思家，窮盡氣力，捩舵衝濤，仍無法躲避巨魚的猛烈攻擊。第二
段（「須臾有聲如裂帛……甑已墮矣奚容言」）描寫堅硬若鐵的舵木，竟然
應聲斷裂。本段詳細描寫千金購置「來自桂林日本東」，篚裘相紹近百年的
「鐵梨之木」〔註75〕，竟在斯須間如裂帛般裂開。鐵梨之木的堅硬，竟如裂
帛般易摧，營造出令船工難以置信的危險氛圍，故「三百餘人同失色」。第三
段（「眼前生死尚未保……以誠感神豈無因」）描寫船舵斷裂後，全船只能誠
敬地向天妃祝禱。重要航海裝備毀損的海上孤舟，在風浪中更顯得孤絕，盡
完人事的船工，只能「號泣呼蒼天」。當高高蒼天不聞不問時，進而「稽顙齊

〔註74〕 宋應星：《天工開物》（臺北：臺灣古籍出版公司，2004 年），卷下，頁 317。
〔註75〕 宋・周去非《嶺外代答》，卷六云：「柂：欽州（廣西）海山，有奇材二種……
一曰烏婪木，用以爲大船之柂，極天下之妙也。蕃舶大如廣廈，深涉南海，
徑數萬里，千百人之命，直寄于一柂。他產之柂，長不過三丈，以之持萬斛
之舟，猶可勝其任，以之持數萬斛之蕃舶，辛遇大雨于深海，未有不中折
者。唯欽產縝理堅密，長幾五丈。雖有惡風怒濤，截然不動，如以一絲引千
鈞於山嶽震頹之地，眞凌波之至寶也。此柂一雙，在欽直錢數百緡，至番
禺、溫陵，價十倍矣。然得至其地者，亦十之一二，以材長，甚難海運故
耳。」（北京：中華書局，1999 年，頁 219～220，「柂」）元代海船常以鐵梨
之木製作船舵。鐵梨之木指烏婪木。烏婪木縝理堅密，以之製舵，有「以一
絲引千鈞於山嶽震頹之地」的功效。

念天妃神」。第四段（「少時風馴浪亦止……磨崖刻頌驚愚蒙」）描寫風馴浪平，劫後餘生的欣喜，及天神護衛海運的神功。風浪平靜後，船工立刻以備用舵〔註76〕更換壞舵，終能海上脫險，慶得重生。航海技術不管多精良，都可能發生人力無法掌控的海上危機，因此海神信仰伴隨著海洋事業而蓬勃發展。元代每年高達四百萬斛的漕運量，要保障片帆粒米皆能平安抵達，得靠海神庇佑。督導福建海漕的李士瞻，親歷此次壞舵之險，尤其感謝天妃的護海弘功。〈壞舵歌〉所描寫的船上遇險即景，非親歷其境者，無法表現其驚險過程及恐怖氛圍。

〈黑水洋爲風浪所飄見倭國界山船間雖有所賦成於一時苟簡殊未工也阻風之暇復次所懷再書船之左〉（《經濟文集》卷六）詩，乃李士瞻航經黑水洋〔註77〕時，因風浪影響，而向東方飄移，竟可見到日本國界山，於是利用阻風之暇，修改前作而成：

> 極海風波不易模，孤臣去國逮天隅。
> 東臨倭子將非類，西脫秦山即異區。
> 鵩鳥昔來凶已告，界山今遇死無殊。
> 男兒許國誠何恨，只恐君王念未蘇。

至元三十年（西元1293年）所開闢的海上新航線，取道黑水大洋，避開沿海沙礁，可縮短航期，提高航行安全。關於黑水洋，徐兢《宣和奉使高麗圖經》有詳細記錄：

> 黑水洋即北海洋也，其色黯湛淵淪，正黑如墨，猝然視之，心膽俱喪，怒濤噴薄，屹如萬山，遇夜則波間熠熠，其明如火。方其舟之升在波上也，不覺有海，惟見天日明快，及降在窪中，仰望前後水勢，其高蔽空，腸胃騰倒，喘息僅存，顛仆吐嘔，粒食不下咽……
> 當是時，求脫身於萬死之中，可謂危矣。〔註78〕

黑水洋與黃水洋、青水洋相較，因海水深邃而色黑如墨。黑水洋的風濤噴薄，屹如萬山。當海舟隨波濤上下，高則不覺有海，低則水高蔽空，令航海者腸胃翻騰，顛仆嘔吐，痛苦不已。李士瞻入黑水洋時，遭遇極海風波，舟行不順，並因而偏離航道，接近日本國附近的海域。接近日本的界山，意味著遠

〔註76〕長途航行的海船往往備有多只船舵，有主舵、副舵，可視航行需要而更換。
〔註77〕元代的黑水洋指北緯32°～36°、東經123°以東的海域。
〔註78〕徐兢：《宣和奉使高麗圖經》（北京：中華書局，1985年），卷三十四，頁121，「黑水洋」。

離家國，「孤臣去國」之情，應時而生。嚴守華、倭之別的李士瞻，竟臨近倭
人「異區」。海上風濤不已，更令他心生鵬鳥凶兆。面對眼前的凶險，李士瞻
只有「男兒許國誠何恨，只恐君王念未蘇」的強烈念頭。本詩以黑水洋近日
本海界，襯托出李士瞻的孤鬱心情。

　　李士瞻過福州五虎門，有感於地勢雄偉，作〈五虎門〉（《經濟文集》卷
六）詩記之：

　　　　西遊昔上三瀧峽，今見南荒五虎門。

　　　　勢接天關并地軸，氣吞雌伏與雄蹲。

　　　　八閩津要難耽視，百粵山河總大藩。

　　　　千載臥龍今復起，只憑三顧靖中原。

福州府閩縣東南海中有五虎山，山下爲五虎門。舟出五虎門即放大洋。五虎
門內海波平靜，門外則風力鼓蕩，濤浪不定。昔日西遊曾上三瀧峽（地名
暫不可考）的李士瞻，今見在南荒海隅得睹雄偉的五虎門。五虎門勢接天關
地軸，爲八閩〔註 79〕津要，百粵山河總藩。位居海陸要衝的五虎門，地勢
雄險，爲閩地出入門戶。善用五虎門的交通優勢，或許能如被三顧復起的臥
龍般，掃靖中原。本詩由五虎門的險要地勢，連結到李士瞻對當下政局的
顧念。

　　〈渡口〉（《經濟文集》卷六）詩二首，乃李士瞻海洋詩中，風格較爲清
新活潑的作品：

　　　　海淀風輕晚待潮，首綿車響客心搖。

　　　　人家住近青松渡，小女當簷弄阿嬌。（1）

　　　　孤鶩飛來數點青，暎山紅葉笑相迎。

　　　　青裙赤腳誰家婦，闊背牙梳也自榮。（2）

第一首詩先舖陳青松渡口海淀風輕的風光。當載著首綿〔註 80〕的車聲響起，
令買客對精美的首綿動心。附近人家集中於青松渡口，李士瞻將描寫焦點集
中於當簷戲弄子女（「阿嬌」）的小女子。第二首詩先描寫青松渡周遭的景致，
再聚焦於婦人的描寫。海村勞動婦女的形象，迥異於錦衣玉食的閨秀。著青
裙赤腳的婦女，即使闊背牙梳（疏），也自以爲榮，自得其樂。詩中以兩句詩

〔註 79〕「八閩」爲福建的別稱。福建古爲閩地。元代分爲福州、興化、建寧、延平、
　　　　汀州、邵武、泉州、漳州八路，因有「八閩」之稱。

〔註 80〕閩地爲首綿所產之地。

凸顯海村婦女的形象。

　　李士瞻的海洋文學，非率性臨海讚嘆之作。他的襟度弘遠，卓有經濟之才，費心督導福建海漕，描寫海洋相關主題，能與其經世濟民的襟懷合一，純以實際的航海所見爲創作素材，不雜虛無想像，文字沈鬱凝練，罕用典故，自成一格。

第七章　宋元文學展現的自然海洋

　　雄奇的海洋自然現象，總令人驚嘆不已！海潮、潮汐、海嘯、颶風、海市蜃樓、海洋生物等，具有奇特、壯觀、神秘、規律、破壞、變動等特性。自然的海洋，既令人震懾、讚嘆，又使人迷惑於海洋現象的成因。這些迥異於陸地景觀的自然現象，爲海洋文學重要的描寫主題。

第一節　潮汐有信的成因探討

　　潮汐乃海水在天體引潮力的作用下，產生海岸區海水週期性的漲、落現象。古人緣於航海需求，經長期的觀察，已可精確地預測潮候，但對於潮汐的發生原因，則古今眾說紛紜〔註1〕。宋、元文人以前代潮汐研究成果爲基

〔註1〕 對於古人論潮汐的成因，眾說紛紜：(1)《山海經》以爲海鰌出入穴之度。(2)《浮屠書》以爲潮汐乃神龍之變化。(3)東漢王充《論衡》以爲潮之起，隨月盛衰。(4)東晉葛洪認爲潮汐是天河水、地下水、海水相激盪而成。(5)唐朝竇叔蒙《海濤志》以爲潮汐隨月之盈虧。(6)唐朝封演〈說潮〉以爲月和潮水潛相感應。(7)唐朝盧肇〈海潮賦〉以爲日出入於海，衝擊而成。(8)五代丘光庭以爲水不能盈縮，潮汐乃伴隨著大地上下而形成的相對運動。(9)宋朝燕肅《海潮論》以爲潮附之日，也附之月。(10)宋朝余靖主張潮汐與月亮的運動有關。(11)宋朝邵雍以爲海潮乃地之喘息。(12)宋朝張載以爲地有升降，潮汐可以徵驗。(13)宋朝沈括以爲月亮乃潮汐形成的主因。(14)宋朝徐兢以爲潮汐升降與元氣升降有關。(15)宋朝朱中有〈潮贖〉，以爲潮汐與元氣升降有關。(16)清朝周亮工以五行來解釋潮汐。(17)清朝屈大均以爲潮汐與月的變化有關。(18)清朝李調元以爲潮汐乃天地呼吸之氣所運，恰好與月亮相應。(19)清朝魏源引入西方的潮汐理論，認爲地球、月、日三者的相對位置變化，使引潮力發生變化，其中以月的影響最大。上引諸家潮論中，已有部分人初步認識到潮汐的升降與月之盈虧有密切的關係，然而仍有不少潮論，緣於傳統哲學思想的元氣學說及陰陽五行理論的思維，背離自然現象，以現代的學

礎，爲文探索潮汐成因。

一、諸家論潮汐成因

宋、元時期，海洋活動蓬勃發展，航海科技與海洋科學，也有長足的進步。潮汐的預測，關乎船舶進出港安全，影響海岸工程（如海隄、跨海橋）的施作，助於海洋撈捕活動。因此本期的潮汐理論，基於海洋活動的需求，繼承唐代以來的論述基礎，持續發展。諸家見解雖有不同，對於潮汐理論的整體發展，具有一定的貢獻。

北宋張君房撰〈潮說〉一文，以「氣交」、「致感」的陰陽概念，來解釋潮汐的發生原因：

> 合朔則敵體，敵體則氣交，氣交則陽生，陽生則陰盛，陰盛則朔日
> 之潮大也。……相望則光偶，光偶則致感，致感則陰融，陰融則海
> 溢。〔註2〕

「敵體」指「朔」，「光偶」指「望」。張君房以「氣交」、「致感」的觀念，來解釋日、月在「敵體」（朔）、「光偶」（望）的位置時，會產生最大潮汐，即一個朔望月中，會有兩次大潮。張君房的潮汐理論，被學者歸類爲「元氣自然論」〔註3〕。張君房論述潮汐成因的散文，雖側重論理，但也運用頂眞、層遞等修辭手法，使事理、文采結合爲一。

北宋燕肅以自身的觀測經驗，爲其論述潮汐的基礎，結合「元氣」的觀念，撰爲〈海潮論〉，探索潮汐的成因：

> 大中祥符九年冬，奉詔按崇嶺外，嘗經合浦郡，沿南溟而東，過海
> 康，歷陵水，涉恩平，住南海，迤由龍川，抵潮陽。泊出守會稽，
> 移莅句章。是以上諸郡，皆沿海濱，朝夕觀望潮汐之候者有日矣，
> 得以求之刻漏，究之消息，十年用心，頗有準的。大率元氣噓吸，
> 天隨氣而漲斂；溟渤往來，潮隨天而進退者也。以日者，重陽之母，
> 陰生於陽，故潮附之於日也。月者，太陰之精，水乃陰類，故潮依
> 之於月也。是故隨日而應月，依陰而附陽，盈於朔望，消於朏魄，

理而論，有明顯的錯誤。

〔註2〕 本節所引諸家海潮論之文本，以清朝俞思謙纂《海潮輯說》（北京：中華書局，1985 年）爲據。下引之海潮論述，若有非引自《海潮輯說》者，則予以註明出處，其餘不再註明。

〔註3〕 見宋正海、郭永芳、陳瑞平：《中國古代海洋學史》（北京：海洋出版社，1989年），頁 255。

虧於上下弦，息於朏朒，故潮有小大焉。（節選）

宋眞宗大中祥符九年（西元 1016 年），奉詔於海濱諸郡任官的燕肅，經過十年用心觀測潮候，並採用蓮花漏計時，對潮汐現象作精確的計算，並解釋潮汐的成因。燕肅對潮汐的基本觀念，認爲「大率元氣噓吸，天隨氣而漲斂；溟渤往來，潮隨天而進退者也。」燕肅的思考理路：元氣噓吸→天隨元氣噓吸而漲斂→潮隨天之漲斂而進退。所以大海潮汐的發生，乃因空間（天）的漲縮，而空間漲縮的力量，則來自「元氣」的噓吸。燕肅進一步提出「潮附之於日」的觀點，但潮汐變化又與月亮的時間變化有對應關係（「潮依之於月」）。潮汐附日而起，應月而變，故有大潮、小潮。總結來說，燕肅的理論，仍屬「元氣自然論」的範疇。燕肅以流暢的散筆論潮汐之理，條理分明，文意通達。

北宋徐兢於《宣和奉使高麗圖經》中，以「一元之氣」來解釋潮汐的升降原因：

若潮汐往來，應期不爽，爲天地之至信。……大抵天包水，水承地，而一元之氣，升降於太空之中，地承水力以自持，且與元氣升降，互爲抑揚，而人不覺，亦猶坐於船中者，不知船之自運也。方其氣升而地沈，則海水溢上而爲潮，及其氣降而地浮，則海水縮下而爲汐。（節選）〔註4〕

潮汐最令人好奇的特點在於潮水漲落，應期而不爽，爲天地之至信。徐兢於宋徽宗宣和五年（西元 1123 年），奉使高麗，經歷航海實境，對海洋的本質，有深刻的體驗。徐兢於《宣和奉使高麗圖經》中，特別提出自己對潮汐成因的看法。徐兢先設想天地的結構：天包水－水承地－地隨元氣升降而抑揚。在此天地結構模式中，元氣升降，海水溢縮，因而形成潮汐：

氣升→地沈→海水溢上＝潮　　氣降→地浮→海水縮下＝汐

徐兢認爲影響潮汐上下的動力，乃虛無的「一元之氣」。徐兢的主張近似「元氣自然論」〔註5〕。徐兢論述潮汐，文意暢達，理路分明。不過徐兢對「潮汐」

〔註4〕徐兢：《宣和奉使高麗圖經》（北京：中華書局，1985 年），卷三十四，頁115，「海道」。

〔註5〕徐兢之說，宋正海等學者：《中國古代海洋學史》，北京：海洋出版社，1989年，頁 259，將之視爲「天地結構論」。然而審視張君房、燕肅、徐兢等人的理論，均有一共同點，就是影響潮汐上下的動力，來自虛空中的「元氣」，只是運作模式各有不同。就此而論，徐兢雖用渾天模式的天地結構，但本質上

兩字的解釋仍有待斟酌之處。一天之中，地球上任何一個地方總有一次向著月球，一次背著月球，所以絕大部分地方的海水，每天總有二次漲潮和二次落潮。潮水白天漲落爲「潮」，晚上漲落爲「汐」。徐兢卻將「潮」解釋爲漲潮，「汐」解釋爲落潮。

　　北宋俞靖（字安道）於〈海潮圖序〉文中，強烈批評唐朝盧肇「日入海而潮生，月離日而潮大」的錯誤理論，以其自身的觀察，提出個人的見解：

> 潮之漲退，海非增減，蓋月之所臨則水往從之，日月右轉，而天左旋，一日一周，臨於四極，故月臨卯酉，則水漲乎東西，月臨子午，則潮平乎南北。彼竭此盈，從來不絕，皆繫于月，不繫于日，何以知其然乎？夫晝夜之運，日東行一度，月行十三度有奇，故太陰西沒之期，常緩於日三刻，有奇潮之日，緩其期率亦如是。自朔至望，亦緩一夜，潮自望至晦，復緩一晝。……盈虛消息一視於月，陰陽之所以分也。春夏晝，潮常大；秋冬夜，潮常大。蓋春爲陽中，秋爲陰中，歲之有春秋，猶月之有朔望也。故潮之極漲，常在春秋之中，濤之極大，常在朔望之後，此又天地之常數也。……

俞靖的潮汐理論，主要有三個重點：(1)海潮的漲退，不會影響到海水本體的增減。(2)潮汐的漲水方位，與月亮的運動有關（「月之所臨則水往從之」、「月臨卯酉，則水漲乎東西，月臨子午，則潮平乎南北」）。(3)潮汐的盈竭，從來不絕，皆繫於月，不繫於日。這三點爲俞靖理論大要，其中又以潮汐的漲水方位，與月亮的運動有關，最具代表性。俞靖明確地指出，當月在「卯」位時，水漲於「東」方，月在「西」位時，水漲於「西」方；月臨「子」位時，潮平於「南」方，月臨「午」位時，潮平於「北」方〔註6〕。月亮在天際的位置不同，使得潮水漲落點也跟著旋轉改變。俞靖的這項觀點，實乃近代的「潮汐橢球」〔註7〕現象。

　　　　還是以「元氣」爲推動潮汐上下的主要動力。故筆者以爲將徐兢之說，視爲「元氣自然論」一路的理論較爲合理。

〔註6〕俞靖指出，當月在「卯」位時，水漲於東方，月在「西」位時，水漲於西方，此說正確。但月臨「子」、「午」位時，應是水漲於南、北方，而潮平於東、西方。參下註之「潮汐橢球」說。

〔註7〕「潮汐橢球」指在地球離心力、天體引潮力作用下，海面變成橢球形。地球自轉一周，必有一次正對月球，一次背對月球。向月時，月球的吸引力大於地球離心力，海水上漲；背月時，地球離心力大於月球的吸引力，形成海水上漲。隨著地球自轉，月亮在天際的位置改變，潮汐橢球的長軸位置也隨之改變。

俞靖之潮隨月動圖

（本圖爲筆者根據俞靖原文繪製）

　　南宋朱中有〈潮贖〉一文，以長篇問答的形式，先批評盧肇的日激水生潮之說，再闡述其潮汐理論：

> 欲知潮之物，必先識天地之間有元氣，有陰陽。元氣，猶太極也。絪縕兩間，希微而不可見，陰與陽則生乎元氣者也。本之而生，亦能爲之病焉。何者爲病？常暘常雨是也。當陰陽二氣之極，則元氣不能勝……夫水，天地之血也。元氣有升降，氣之升降，血亦隨之。故一日之間，潮汛再至，一月之間，爲大汛者亦再，一歲之間，爲大汛者二十四。元氣一歲間升降爲節氣者，亦二十四，潮二十四汛隨之，此不易之理也。又問，答曰：察於吾身而知之。一身之中，有元氣，有陰陽。元氣，蓋所受以生者。既生矣，則血爲榮，氣爲衛，血爲陰，氣爲陽，周一生而不可見者。元氣之運，周流乎脈絡，而血乃隨之。一日之潮，凡再進退，一身之血，隨氣而進，晝夜未嘗息也。

朱中有的主要論點是將潮汐與天地間的元氣、陰陽聯結爲一。元氣、陰陽二者，又以元氣爲核心，猶如太極，並從此化生陰、陽二氣。元氣有升降，海

水隨之升降，形成潮汐。爲方便解說元氣對潮汐的作用，朱中有以人體及節氣爲喻，天地有潮汐，就如人體有元氣、陰陽。氣爲陽，周流於脈絡，血爲陰，隨氣而進。人體的氣（陽）血（陰）循環，晝夜不止，而天地間的潮汐就是元氣的陰陽規律運作結果。又每月的朔、望，月、地球、太陽運行到同一條直線上，月與太陽的引潮力特別大，形成大汛（大潮）。每月有二次大汛，每年有二十四次大汛。朱中有解釋元氣在一年之間升降爲二十四節氣，即形成二十四次大潮〔註8〕。朱中有以元氣升降來解釋潮汐的運作規律，仍屬「元氣自然論」的範疇。

張君房、燕肅、徐兢、俞靖、朱中有等人全爲宋人。宋、元時期的潮汐理論闡發，集中於宋代，而元代則幾無論述者。就潮汐理論的發展與運用而言，宋代集中於潮汐成因的探討，而元代基於航海的實用需求，則以潮候預測爲主。

二、潮汐論的整體特色

先秦以來，大部分的學者都能正確地認識月亮對潮汐的影響，只是月亮與潮汐之間的作用機制爲何？諸家見解不一。諸家論潮汐成因，可歸納爲天地結構論（主要爲渾天說）、元氣自然論兩大系統，其中又以元氣自然論爲主流。元氣自然論成爲古代潮汐理論的主流，與陰陽學說有密切的關係。月亮影響潮汐的漲落，由於月與潮水同屬陰，透過「同氣相求」的觀念連結，中間再加入「元氣」的具體運作，就形成元氣自然論的雛形。各家再以此理論雛形發揮。

總結宋代諸家的潮汐理論：張君房以「氣交」、「致感」的陰陽感應概念，解釋潮汐的發生原因。燕肅認爲「元氣」的噓吸，爲推動潮汐的原動力。元氣噓吸造成空間（天）的漲縮，並因此而形成潮汐。徐兢以「一元之氣」來解釋潮汐的升降原因。海水承載於地，當地隨元氣升降而抑揚，海水隨之起伏，即爲潮汐。俞靖則確認潮汐的漲水方位，與月亮的運動有關。朱中有則以爲元氣有升降，海水隨之升降，進而形成潮汐。宋代諸家論潮汐，雖各有趨向，究其理論根基，則幾乎別無二致。各家藉由實際觀察而得之規律，認定月亮對潮汐作用的關鍵性影響，並引用「元氣」運動（相應、翕張、浮沈）的概念，

〔註8〕傳統二十四節氣所據爲陽曆，而中國傳統預測潮汐是以陰曆爲準。二十四節氣與一年二十四次大潮之間，並沒有精準的對應關係。

來解釋潮汐背後的無形作用力。因此宋代潮汐理論的發展，其實就是元氣自然論的充分發揮。元氣自然論在宋代達到頂峰後，就呈現停滯不前的趨勢。清末引進西方的地理學知識後，才能以科學的角度來正確解釋潮汐現象。

三、潮汐論之散文特點

　　析論各家論潮汐之散文，得睹諸家的潮汐理論大要。各家論述潮汐的散文，可視爲實用散文，與描寫其他海洋主題的作品相較，實用風格鮮明。以下爲本期論潮汐散文的整體特色：

1. 宋、元作家論述潮汐成因時，爲便於深入論理，幾乎都運用長篇散體文字，從各角度抒發己見。散文以外，鮮見他類文體。
2. 當散文在詠志抒情之外，以實用的角度，描述抽象、複雜的自然現象或理論時，語意務求精確，富於邏輯性，才不會產生傳達的誤差。宋、元時期，論潮汐的散文，不重華辭藻飾，不援引典故，有條理地詳述潮汐成因，並引用觀測的潮汐現象爲實證。
3. 這類散文爲了闡述潮汐的成因，常將若干個關鍵觀念或物象，以層遞的方式鋪陳，既具有論理的特點，又兼具修辭之美。
4. 以賦、散文的形式描寫大海，往往入於神秘之境；以散文析論潮汐成因，常體現平實之理。

第二節　雄偉奇絕的錢塘怒潮

　　雄偉奇絕的錢塘潮，具有無與倫比的力量，是宋、元海洋文學中，最重要的描寫主題。宋、元作家利用各類文體，從不同角度抒發對錢塘潮的印象，留下眾多的觀潮作品，爲海洋文學增添光耀。

一、錢塘潮的成因

　　古人一直想解釋錢塘潮背後的形成原因。面對錢塘潮的震撼力，古人常會以神靈的無邊神力爲思考依據。伍子胥含怨而死，後人附會爲潮神，每年定期鼓動錢塘潮。伍子胥鼓動錢塘潮之說，流傳最廣，影響最大。但仍有些古人以較理性的態度，探索錢塘潮的成因。王充於《論衡・書虛篇》中批駁伍子胥鼓潮之說，提出錢塘潮乃自古即有的海洋現象，非伍子胥死後才出現。王充進一步提出較正確的看法：

> 其發海中之時，漾馳而已，入三江之中，殆小淺狹，水激沸起，故
> 騰爲濤……溪谷之深，流者安詳，淺多沙石，激揚爲瀨。夫濤、瀨
> 一也，謂子胥爲濤，誰居溪谷爲瀨者乎？〔註9〕

王充解釋大海潮初起於海中時，並不明顯，一旦入於江中，因小而淺狹的地
形，使得潮水被激沸，旋翻騰爲波濤。王充的解釋，符合錢塘潮的成因之一：
淺狹的河口地形。

　　錢塘潮的發生，其實是一種單純的自然現象。由於地球、月球、太陽的
規律運動，使得潮水在引潮力變化的影響下，產生兩漲兩落的潮汐現象。每
年農曆八月十八日，月球、太陽離地球最近，且月球、太陽對地球的引力在
同一直線上，產生一年中最大的引潮力，形成最大的漲潮。農曆八月十八日
的錢塘江口，會出現最壯觀的大潮，與錢塘江口的特殊地形有密切的關係。
錢塘江出海處寬逾一百餘公里，向內的江面則急縮到二十餘公里，到鹽官附
近的水道時，更銳減爲三公里。自外海而來的大潮，一進入喇叭狀的錢塘江
口，受地形變狹，深度變淺的影響，潮差瞬間變大（最大潮差達 8.9 公尺），
流速變快，海潮層層堆疊，形成吼天動地的錢塘潮。錢塘潮之所以如此壯觀，
除了天文、地形因素外，尚因陰曆八月爲東南季風的盛行月份，錢塘江水量
豐沛，風起潮湧，終於形成壯觀的秋分大潮。

錢塘江口衛星圖

（本圖引自 Google 衛星地圖重加標示）

〔註9〕《論衡今註今譯‧書虛篇》（臺北：國立編譯館，2005 年），頁458。

二、觀潮的傳統

（一）觀潮地點

　　歷史上知名的觀潮之處有二：一是廣陵濤，一是錢塘潮。廣陵濤位於江蘇揚州，為漢代最主要的觀濤處。後因泥沙堆積，長江口不斷向海洋移動，廣陵濤於唐朝大歷年間完全消失。錢塘潮於東漢逐漸形成，東晉開始有觀潮的活動，如顧愷之有〈觀濤賦〉（「臨浙江以北眷」）。自唐代以來，錢塘觀潮變成全國一大盛事。宋、元時期，觀錢塘潮的勝地在杭州一帶（廟子頭至六和塔）〔註10〕。考宋、元觀潮詩，除了錢塘江岸的觀潮點外，也有望海樓（位於杭州鳳凰山）、安濟亭（錢塘附近）、樟亭（即浙江亭）、子胥廟（杭州吳山，亦名胥山）等展望良好的景點。宋、元文人立於錢塘江岸各景點觀潮，領受潮浪的無比震撼力。

（二）觀潮日期

　　周密《武林舊事》云：「浙江之潮，天下偉觀也。自八月既望，以至十八日為最盛。」〔註11〕每年陰曆八月十八日，錢塘江會產生一年中最大的暴漲潮。陰曆八月十八日的前幾日，錢塘潮已頗為可觀，所以陰曆八月十五日起，就開始出現觀潮的人潮。我們可以從觀潮作品的詩題及內容，來印證觀潮的日期：

◎陰曆八月十五日

　　蘇軾〈八月十五看潮〉五絕之第一首（「定知玉兔十分圓……」）

　　趙鼎〈望海潮〉〔八月十五日錢塘觀潮〕（「雙峰遙促……」）

◎陰曆八月十六日

　　米芾〈次韻庭藻觀潮〉（「八月既望秋風高……」）（即八月十六日）

◎陰曆八月十七日

　　陳師道〈十七日觀潮〉三首

◎陰曆八月十八日

　　蘇軾〈催試官考較戲作〉（「……八月十八潮，壯觀天下無……」）

　　蘇軾〈南歌子〉〔八月十八日觀潮〕

〔註10〕由於錢塘江河道的淤積、變遷，觀賞錢塘潮的最佳地點，不斷地移向下游。唐、宋時期，觀潮勝地在杭州，明代以後移到海寧，今日則移到海寧鎮海樓東的八堡。
〔註11〕周密：《武林舊事》（北京：中華書局，2008年），卷三，頁88。

陳師道〈十八日潮〉四首之第一首（「一年壯觀盡今朝……」）

韋驤〈八月十八日觀潮〉（「……一歲之潮盛今日……」）

米芾〈紹聖二年八月十八日觀潮於浙江亭書〉（「怒勢豪聲迸海
門」）

米芾〈次韻仲平十八日觀潮〉（「吳兒輕生命如線……」）

喻良能〈八月十八日觀潮〉（「萬疊銀山出海門……」）

釋寶曇〈觀潮行〉（「八月十八錢塘時……」）

徐瑞〈八月十八日觀潮〉（「海門乍見一線白……」）

◎ 陰曆八月十九日

蔡襄〈八月十九日〉（「潮頭出海卷秋風……」）

從上引之詩題及其內文可知，宋、元觀潮的最佳日子為陰曆八月十八日。這
天的錢塘潮為一年中最盛者，「壯觀天下無」。故文人觀潮詩作，幾乎集中於
陰曆八月十八日。至於陰曆八月十八日以外的日子，觀潮人數銳減，作品明
顯變少。

（三）觀潮盛況

宋、元時期的觀潮活動極盛，尤其是南宋定都杭州後，佔地利之便，觀
潮更成為全民活動。在錢塘潮極盛期間，杭州城內車馬紛紛，熱鬧異常。周
密《武林舊事》記當日杭州城觀潮的盛況：

自八月既望，以至十八日為最盛。……江干上下十餘里間，珠翠羅
綺溢目，車馬塞途，飲食百物，皆倍穹常時，而僦賃看幕，雖席地
不容閒也。〔註12〕

自廟子頭至六和塔〔註13〕一帶，凡展望良好，便於觀潮的樓屋，皆為官宦權
貴租下，尋常百姓則僦賃帳幕，地無寸隙。觀潮當日，士女雲集，珠綺溢目，
車馬塞途，飲食百物羅列道旁，宛若觀潮嘉年華會。韋驤〈八月十八日觀
潮〉（《錢塘集》卷一）詩，對觀潮的盛況，有更具體的描寫（節選）：

由來習俗競茲辰，士女欣然勇相率。

紛紛畢集繞長堤，翠蓋成陰何櫛密。

〔註12〕 周密：《武林舊事》（北京：中華書局，2008 年），卷三，頁 88～89。

〔註13〕 六和塔在龍山月輪峰。宋太祖開寶三年（西元 970 年），智覺禪師延壽始於錢
氏南果園開山建塔，因即其地造寺，以鎮錢塘江潮，塔高九級，長五十餘丈。
紹興二十六年（西元 1156 年），僧智曇因故基成七層寶塔。

邦侯樂眾爲開筵，歌管凌虛過雲物。

玉堂鉅公臨右席，賓主交輝映簪紱。

陰曆八月十八日觀潮爲一年之中的重要活動，所以文士、閨秀雲集，圍繞著
海隄候潮，一時之間，「翠蓋成陰何櫛密」。觀潮現場的翠蓋、帳幕，櫛比鱗
次，酒筵、歌管充斥其間，一片歡樂氣氛。當海潮來臨時，善泅吳兒，還會
逞勇入水弄潮，炒熱觀潮的氣氛。周密《武林舊事》也具體摩寫弄潮之景：

> 吳兒善泅者數百，皆被髮文身，手持十幅大綵旗，爭先鼓勇，泝迎
> 而上，出沒於鯨波萬仞中，騰身百變，而旗尾略不沾濕，以此誇能，
> 而豪民貴宦，爭賞綵銀。〔註14〕

吳兒冒險狎潮，恃勇誇能，以令人驚駭的水性，獲得豪貴的綵銀。洶湧的海
潮加上弄潮吳兒，使得宋、元時期的觀潮活動，既熱鬧又具有人文特色。因
此文人描寫錢塘潮的篇什特多，也是海洋文學的特色之一。

三、觀潮作品的描寫方向

　　宋、元時期，觀潮、詠潮作品眾多，而諸家描寫方向，各有不同：有細
寫錢塘潮的雄奇樣態者，有感性地詠嘆錢塘潮傳說者，有描寫弄潮之俗者。
作品趨向不同，使觀潮文學的內涵，豐富而多采。

（一）細寫錢塘潮

　　錢塘潮帶給所有觀潮者的普遍印象，就是高聳海潮所帶來的驚人聲勢。
作家歌詠錢塘潮時，多會從錢塘潮本身的樣態下筆，並由此開展出無邊的想
像空間。爲了營構出印象中的潮浪氣勢，作家形容潮浪形態的文字，極爲細
膩、具體，又富於意象。以下分五小點，探討作家對錢塘潮的細部描寫：

1. 聲的比喻

　　氣勢驚人的錢塘潮，自遠方襲向海隄時，巨大的聲響，先營構出錢塘潮
的雄偉氛圍。故作家在描寫錢塘，會特別強調聲音的比喻。以下爲作品舉
隅：

> 「濤頭洶洶雷山傾」（陸游〈觀潮〉）
> 「千搥鼉鼓震重城」（蘇頌〈觀潮〉三首之一）
> 「九軍雷鼓震玉壘」（賀鑄〈錢塘海潮〉）

─────────────────

〔註14〕周密：《武林舊事》（北京：中華書局，2008 年），卷三，頁 89。

「海面雷霆聚」（范仲淹〈和運使舍人觀潮〉之二）

「齊聲怒過轟雷鼓」（徐積〈錢塘江潮〉）

「湧雲噎氣聲怒號，萬里馳車隨霹靂」（楊時〈過錢塘江迎潮〉）

「十萬軍聲來海嶠」（李綱〈望潮〉）

「倏見江頭萬鼓催，更聞腳底一聲雷」（袁說友〈觀潮〉）

「漸聞鼓聲震原野，疑是三軍囂陣行」（張侃〈錢塘潮歌送吳子才赴
　禮部〉）

錢塘潮的浪濤聲，具有低沈、綿密、浩大等特色。作家運用「雷」（「雷霆」、
「霹靂」）、「鼓」（「鼉鼓」）、「軍聲」等辭彙，比擬潮浪的聲音，並結合「震」、
「轟」等字，來加強錢塘潮的懾人聲勢。為強調綿密的聲勢，有時還會在擬
聲辭彙前，加上量詞。

2. 色的比喻

錢塘潮在遠方的海面時，澄淨的海水被翻攪為白色的浪花，形成「一線
白」的視覺效果。當潮浪奔臨到近處時，又碎裂成無數的雪花、雪浪。「雪白」
是潮浪最顯目的視覺特徵。因用例過多，只舉三例說明：

「潮頭初來一線白，雪浪翻空忽千尺」（周紫芝〈觀潮示元龍〉）

「雪屋銀山滿上頭」（李處權〈觀潮〉）

「海門乍見一線白，江下濤頭十丈黃」（徐瑞〈八月十八日觀潮〉）

以「雪」或「銀」字，形容錢塘潮白色浪花的例子不勝枚舉，如雪浪、雪濤、
雪花、雪山、雪屋、雪堆、雪車、雪峰、銀山、銀郭、銀線、銀壁等。有些
作家會細分潮浪的顏色，如徐瑞〈八月十八日觀潮〉云：「海門乍見一線白，
江下濤頭十丈黃。」錢塘潮遠在海上時，浪頭呈現「一線白」，推進到錢塘江
口時，因泥沙之故，變為黃褐色，故以「十丈黃」形容潮浪。

3. 勢的比喻

錢塘潮氣勢驚天動地，無與倫比。為凸顯眼前的雄壯水勢，作家常運用
具體的物象或神話來形容。以下為常見用例舉隅：

「勢陵組練甲三千」（蘇頌〈觀潮〉三首之二）

「鯤鵬水擊三千里，組練長驅十萬夫」（蘇軾〈催試官考較戲作〉）

「鯤怒鵬騫海波擊」（楊時〈過錢塘江迎潮〉）

「當日潮來如箭激」（周紫芝〈次韻庭藻觀潮〉）

「萬仞銀山鐵壁，三軍貔虎熊羆」（章甫〈浙江觀潮〉）

「組練」（指精銳部隊）、「貔虎熊羆」、「箭」、「鯤」、「鵬」等物象，結合「激」、「怒」、「擊」、「驅」等動詞，可以將潮水的力量、氣勢，具體地表現出來。作家善用這類辭彙，既表現潮水的氣勢，又開展海潮的想像空間。

4.形的摹繪

錢塘潮的規模，迥異於平常的潮汐。當海上濤頭一線來，橫奔入杭州灣時，急縮的灣口與陡升的河床，使得潮差瞬間增大。由遠而近的海濤，形貌變化極大，產生視覺的震撼力。

◎當浪濤遠在海上時：

「潮頭初來一線白」（周紫芝〈觀潮示元龍〉）

「萬疊銀山橫一線」（蘇頌〈觀潮〉三首之一）

「海上濤頭一線來」（蘇軾〈望海樓晚景五絕〉之一）

「霎地起來銀一線」（王義山〈觀海潮〉）

不管多大的潮浪，遠在海上時，有如一條細線。因濤頭的白色浪花，使得這條細線能清楚地辨識。因此大多數的作家描寫遠方的浪潮時，常用「一線白」或「銀一線」來形容浪潮的印象。

◎當浪濤近在眼前時：

「樓前指顧雪成堆」（蘇軾〈望海樓晚景五絕〉之一）

「亂沫噴來碎玉山」（徐積〈錢塘江潮〉）

「雪山橫亙截江來」（韋驤〈八月十八日觀潮〉）

「地捲銀山萬馬奔」（米芾〈紹聖二年八月十八日觀潮於浙江亭書〉）

「雪屋銀山滿上頭」（李處權〈觀潮〉）

「萬仞銀山鐵壁」（章甫〈浙江觀潮〉）

「銀城天際忽過眼」（張侃〈錢塘潮歌送吳子才赴禮部〉）

「駕山卷起雪千堆」（王義山〈觀海潮〉）

「五丁椎碎爛銀堆」（陳允平〈錢塘八月潮〉）

「海湧銀為郭」（楊萬里〈浙江觀潮〉）

「海山不見兩螺青，但見橫江展玉城」（朱翌〈觀潮〉）

「銀山雪屋爛不收」（周權〈浙江觀潮〉）

本為一線的濤頭，逼臨錢塘江口時，忽然變成高聳的白色牆堵，詩人以「玉山」、「雪山」、「雪屋」、「銀山」、「銀城」、「銀郭」、「玉城」等辭語，來形容

眼前雪白色、潮頭壁立的錢塘潮。當潮波稍微消退，所形成的白色浪花，詩人則以「雪堆」、「銀堆」來形容。形容濤頭的這些辭彙，已成爲描寫錢塘潮的套語，頻見於諸觀潮作品。

5. 動的表現

錢塘潮自遠方襲向海隄時，移動速度極快，原爲一道銀線的潮浪，轉瞬間奔躍至眼前，變成壁立銀山。潮頭移動速度之快，出乎觀者意料，故詩人常以遠、近的對比，強調潮頭的移動速度：

「江平無風面如鏡⋯⋯忽看千尺涌濤頭⋯⋯」（陸游〈觀潮〉）

「潮頭初來一線白，雪浪翻空忽千尺」（周紫芝〈觀潮示元龍〉）

「海上濤頭一線來，樓前指顧雪成堆」（蘇軾〈望海樓晚景〉）

「潮頭初出海門山，千里平沙轉面間」（陳師道〈十七日觀潮〉）

如周紫芝〈觀潮示元龍〉云：「潮頭初來一線白，雪浪翻空忽千尺。」潮頭自遠方初來時，還只是一線白，忽然間千尺雪浪翻空於眼前，潮頭奔騰速度，令周紫芝頗爲詫異，句中用「忽」字呼應潮頭的迅捷。

當海上潮頭拍擊隄岸時，波濤翻騰，雪浪排空，飛流濺沫，動態迅捷，令人驚駭不已：

「踊若蛟龍鬥，奔如雨電驚」（范仲淹〈和運使舍人觀潮〉之二）

「因看平地波翻起，知是滄海鼎沸時」（齊唐〈觀潮〉）

「地捲銀山萬馬奔」（米芾〈紹聖二年八月十八日觀潮於浙江亭書〉）

以「雨電驚」、「蛟龍鬥」、「滄海鼎沸」、「萬馬奔」等動態語辭，來形容潮頭「動」的特色，極爲傳神。

不同的創作主題，因其題材的特殊性，會逐漸形成慣用的語彙。這些語彙以其特定意義，豐富主題的內涵。海洋詩人根據錢塘潮的特質，從聲、色、勢、形、動等角度，創造出具有特色的辭彙，細部摹寫錢塘潮，使意象更爲凸出。

（二）記弄潮活動

錢塘潮的狂怒，令不諳水性者恐懼，卻也是習於水性者的競技舞台。因此陰曆八月十八日，錢塘潮最盛時，吳兒常狎濤觸浪，爭得觀眾的讚賞。宋代錢塘觀潮之風大盛，弄潮規模宏大，花樣也多。錢塘潮湧發時，數丈濤頭壁立而來。面對洶湧的濤頭，熟悉水性的吳人卻不畏危險，入海溯濤觸浪，展現極佳水性。吳自牧《夢粱錄》曾記載錢塘弄潮之俗：

　　杭人有一等無賴不惜性命之徒，以大綵旗或小清涼繖兒，各繫繡色
　　緞子滿竿，伺潮出海門，百十爲群，執旗泅水上，以迓子胥弄潮之
　　戲。〔註15〕

周密《武林舊事》也有類似的記載：

　　吳兒善泅者數百，皆被髮文身，手持十幅大綵旗，爭先鼓勇，泝迎
　　而上，出沒於鯨波萬仞中，騰身百變，而旗尾略不沾濕，以此誇
　　能。〔註16〕

吳儆〈錢塘觀潮記〉（《竹洲集》〔註17〕卷十一）則有更具體的描述：

　　……弄潮之人率常先一月立幟通衢，書其名氏以自表。市井之人，
　　相與裒金帛張飲。至觀潮日，會江上視登潮之高下者，次第給與之。
　　潮至海門，與山爭勢，其聲震地。弄潮之人，解衣露體，各執其物，
　　搴旗張蓋，吹笛鳴鉦，若無所挾持，徒手而群附者，以次成列。潮
　　益近，聲益震，前驅如山絕江而上，觀者震掉不自禁。弄潮之人，
　　方且賈勇爭進者，有一躍而登出乎眾人之上者，有隨波逐流與之上
　　下者。潮退，策勳一躍而登出乎眾人之上者，率常醉飽自得，且厚
　　持金帛以歸，志氣揚揚，市井之人甚寵羨之。其隨波上下者，亦以
　　次受金帛飲食之賞。……

綜合以上三段資料，我們對宋代弄潮活動可以得到較明確的印象。弄潮者通
常會在一個月前，於城中通衢樹立旗幟，書其名氏，爲自己宣傳。至觀潮日，
被髮文身〔註18〕，善泅的吳兒，解衣露體，憑恃著極佳的水性，在眾人的驚
駭中，伺潮泅出海門，出沒於萬仞鯨波之中。爲展現過人的水性，吳兒有手
持繫著繡色緞子的大綵旗或小清涼傘者，有吹笛鳴鉦者。成群的吳兒或泅於
潮頭，騰身百變，或迓子胥弄潮之戲，而旗尾竟能毫不沾濕。錢塘潮消退後，
最佳的弄潮者，常得到權貴的厚賞，醉飽而歸。

　　觀看如此驚險的弄潮之舉，不免令身處隄岸處的文人震撼不已。因此不
少觀潮詩作，都記載驚心動魄的弄潮情景。徐瑞〈八月十八日觀潮〉（《全宋
詩》冊七十一，頁 44669）詩：

〔註15〕吳自牧：《夢粱錄》（揚州：廣陵書社，2003 年），卷四，「觀潮」。
〔註16〕周密：《武林舊事》（北京：中華書局，2008 年），卷三，頁 89。
〔註17〕《文淵閣四庫全書電子版》。
〔註18〕吳越人多以海營生，常出入海中，爲求平安，故斷髮文身。斷髮，方便泅水。
　　　　文身，刻畫其體爲蛟龍之狀，盼水中蛟龍不相危害。

> 海門乍見一線白，江下濤頭十丈黃。
>
> 數點紅旗爭出沒，千艘飛櫓下滄浪。

徐瑞筆下的錢塘潮，遠在海門時，還只是一條白練，至達錢塘江口時，忽然
變爲高聳的十丈濤頭。令人駭矚的潮濤，竟有數點紅旗、千艘飛櫓，爭著出
沒於濤浪中。令徐瑞驚駭的景象，正是吳人弄潮。徐瑞用「爭」字，凸顯吳
兒逞能的態度。蔡襄更以「弄潮船旗出復沒，騰身潮上爭驍雄」（〈八月十九
日〉）詩句，描寫弄潮者的船、旗，出沒江濤，騰身潮頭，爲的是「爭驍雄」。
吳兒弄潮之舉，在南人眼中習以爲常，看在北客眼裏卻是稀奇之景。周紫芝
〈次韻仲平十八日觀潮〉詩云：「吳兒輕生命如線，赤腳翻身踏江練。南人慣
看心不驚，北客平生眼希見。……」（《太倉稊米集》卷二十七）吳兒快意輕
生，赤腳翻身，狎潮踏浪的水性，令北客驚奇不已。習居陸地的北客文人，
難以想像，爲何吳兒要冒險入海弄潮？驚嘆之餘，總會以悲憫之心責難吳兒
輕生。如釋寶曇〈觀潮行〉云：

> ……紅幡綠蓋弄潮者，出沒散亂同鳧鷖。操舟之子誇第一，倏忽東
>
> 湧還沈西。萬人揶揄等兒戲，我說性命如湯雞。……

弄潮者恃其水性，持紅幡綠蓋，如同鳧鷖般，於潮濤中出沒。操舟者憑其技
術，隨著濤浪忽東忽西沈湧飄移。弄潮之舉，在釋寶曇的眼中，「性命如湯
雞」般危險。其他如蘇軾「吳兒生長狎濤淵，冒利輕生不自憐」（〈八月十五
看潮〉五絕之四）、韋驤「吳兒勿詫輕身弄，自古馮河豈足言」（〈和宇文侍郎
觀潮〉）、劉攽「吳兒視命輕猶葉，爭舞潮頭意氣豪」（〈錢塘觀潮〉）、元代仇
遠「寄語吳兒休踏浪，天吳罔象正縱橫」（〈潮〉）等人詩作，均有勸阻、責難
吳兒冒險輕生之意。

　　弄潮乃極危險的活動，常有弄潮者葬身魚腹。任杭州知府的蔡襄，爲防
止弄潮悲劇發生，曾頒布〈戒弄潮文〉（《蔡襄全集》，頁 657），約束軍民不得
弄潮：

> 斗牛之分，吳越之中，惟江濤爲最雄，乘秋風而益怒。乃其俗習於
> 此觀游，厥有善泅之徒，競作弄潮之戲，以父母所生之遺體，投魚
> 龍不測之深淵，自爲矜誇，時或沈溺，精魄永淪於泉下，妻孥望哭
> 於水濱。生也有涯，盍終於天命，死而不弔，重棄於人倫，推予不
> 忍之心，伸爾無窮之戒，所有今年觀潮並依常例，其軍人百姓輒敢
> 弄潮，必行科罰。

　　蔡襄對於弄潮者，矜誇浮名，視生命如鴻毛，竟輕易將父母所賦予的形體，投入魚龍深淵，以致於淪為波臣，至感沈痛。故蔡襄鄭重發令，告戒錢塘軍民，觀潮活動一如往例，惟不得入水弄潮，否則將依科條責罰。然而蔡襄的悲憫用心，並未奏效。善泅吳兒不但涉險弄潮，而且規模日益擴大。

　　吳兒弄潮活動，既有危險性，也有視覺的震撼張力。錢塘潮無窮的自然力，令人讚嘆，而手持大旗、傘蓋，翻躍於江潮的吳兒，更令觀者驚嘆。錢塘潮的危險凶暴，使絕大多數的觀潮者，置身於安全的位置，以旁觀者的角度欣賞浪潮。吳兒竟敢投身怒濤之中，狎弄眾人畏懼的海潮。吳兒的弄潮舉動，彷彿證明人也能挑戰海洋，使得觀潮更具驚險的視覺效果。觀眾目睹令人驚駭的弄潮之景，在讚嘆之餘，也心生惜命的省思。

（三）詠錢塘潮傳說人物

　　緣錢塘潮而出現的傳說人物，與錢塘潮的暴怒潮勢有密切的關係。當人們的海洋知識不足以理性、正確地了解錢塘潮，於是特定歷史人物便與錢塘潮結合，逐漸形成錢塘潮傳說。如劉戡「此是東南形勝地，子胥祠下步周遭。不知幾點英雄淚，翻作千年憤怒濤。……」（〈錢塘觀潮〉），歌詠潮神伍子胥的傳說。賀鑄「錢郎幾許英雄氣，強弩三千擬射還」詩句（〈錢塘海潮〉），歌頌五代十國吳越王錢鏐射潮的傳說。這些錢塘潮傳說，使原為海洋自然現象的錢塘潮，染有豐富的人文色彩。關於這些錢塘潮傳說，將於下一章詳論。

（四）分析錢塘潮之成因

　　面對天下偉觀錢塘潮，詩人總想嘗試解釋其成因。部份詩人浪漫地相信錢塘潮乃懷怒而死，魂魄化為潮神的伍子胥，所鼓起的濤天巨浪。也有部份的詩人以較理性的思維推想錢塘潮的成因。如蘇頌〈觀潮〉（《全宋詩》冊九，頁 6381）三首之第一首：

> 海門雙峙隔滄溟，潮汐翻波勢若傾。
> 萬疊銀山橫一線，千搥鼉鼓震重城。
> 來無源委逢秋盛，信有盈虧應月生。
> 今古循環曾不涸，談天闊辯豈能名。

蘇頌前四句詩詠頌錢塘潮萬疊銀山的氣勢，後四句則試著思索錢塘潮的現象。逢秋而極盛的錢塘潮，蘇頌雖無法確知其形成源委，但觀察其信而可期

的漲落規律，應是緣月之盈虧而生。因此錢塘潮的起落，能自古循環至今而不乾涸。蘇頌對中秋錢塘大潮的解釋，與宋代月亮影響潮汐的主流說法相合。范仲淹〈和運使舍人觀潮〉（第二首）云：「把酒問東溟，潮從何代生。寧非天吐納，長逐月虧盈。暴怒中秋勢，雄豪半夜聲。……」（《全宋詩》冊三，頁 1907）范仲淹借用元氣自然論的觀點，以為錢塘潮應是逐月虧盈的天地，一吐一納所形成。喻良能〈次韻郭刪定觀潮四絕〉（第二首）：「天地潮汐渺難推，何事多盈亦有虧。生長濤淵頭縱白，問之消息莫能知。」（《香山集》卷十六）由於潮汐現象難以推知，喻良能只概略地推測，錢塘潮起落與月之盈虧有關。以上略舉之詩人，對錢塘潮的發生及其規律的認知，都一致認定與月之盈虧有關。這種觀點與本章論述潮汐與錢塘潮之發生原因相合。

第三節　神秘奇幻的海洋異象

對古人而言，海洋是陌生的國度，只有特定的人有機會接觸海洋，認識海洋。因此偶而接觸海洋的文人，常被海洋的奇幻現象所迷惑。海市蜃樓、海霧、海雲、海鳴等現象，已可用現代科學解釋，但在文人的眼中，卻是奇幻而神秘。因此不少文人以詩文記其所見的海洋異象。

一、虛幻的海市蜃樓

（一）海市蜃樓的成因

海市、蜃樓、蜃氣、蜃市、鮫室等辭語，全是指海上偶然出現的幻景。沈括《夢溪筆談·論海市》云：

> 登州海中，時有雲氣，如宮室、臺觀、城堞、人物、車馬、冠蓋，歷歷可見，謂之海市。或曰蛟蜃之氣所為，疑不然也。〔註19〕

海市蜃樓出現時，原本空無一物的海面，先見到海面霧氣上湧的現象，再出現宮室、臺觀、城堞、人物、車馬、冠蓋等人造景物。海面幻景因宛若海上城市，故名「海市」。海市蜃樓的神奇幻相，常被與海中的蓬萊仙山神話相連結。海市蜃樓的景象神奇而少見，古人以為是「蛟蜃之氣所為」（參下引之「蜃

〔註19〕宋·沈括：《夢溪筆談》（全宋筆記第二編）（鄭州：大象出版社，2006 年），卷二十一，頁 163。

圖」），因此出現上述與「蜃」字有關的辭語。但沈括對於海市蜃樓乃蜃氣所成的傳統說法並不認同。雖然海市蜃樓乃蜃吐氣所成之說，是錯誤的認知，但此種解釋卻也指出海市蜃樓的出現與水氣有關的生成條件。

蜃　圖

（本圖引自《古今圖書集成》）

　　至明代時，文人逐漸能以科學的角度，正確地解釋海市蜃樓的成因。如明朝方以智云：

> 泰山之市，因霧而成，或月一見，嘗于霧中，見城闕旌旗絃吹之聲
> 最爲奇。海市，或以爲蜃氣也。張瑤星曰登州鎮城署後，太平樓其
> 下即海也。樓前對數島，海市之起，必由于此。每春秋之際，天氣
> 微陰，則見頃刻變幻，鹿徵親見之。島下先湧白氣，狀如奔潮，河

亭水榭應目，而其可百餘間，文牕雕闥，無相類者。又一次，則中島化爲蓮座，左島立杆縣幡，右島化爲平臺，稍焉三島，連爲城堞，而幡爲赤幟。〔註20〕

方以智先指出海市或山市，因霧氣而生。方以智引張瑤星的親身經驗，說明海市蜃樓的出現，實乃現實島嶼城鎮的景色，反映在海上不均勻的大氣層中。張瑤星見到海市的地點，附近有海島連綿，當島下湧現奔騰的霧氣時，島上的景物就反射在空氣中，形成神秘的海市蜃樓。

就科學的角度解釋，海市蜃樓是指光線在密度分布不均的空氣中傳播時，發生的全反射現象。春、夏之交，海水上下層溫差過大，深層海流涌動，易攪起近岸海水，形成海面蒸騰的氣流，產生海面上下層空氣的溫差。海面下層空氣溫度，較上層空氣低，密度較上層大，折射率也比上層高，加上海面空氣的能見度高，因而發生全反射現象，將陸地遠近的景物反射在海面氣層中，形成海市蜃樓。海市蜃樓的出現需要特定條件的配合，自古以來非常罕見。

（二）文人筆下的海市蜃樓

海市蜃樓，既奇幻又難得一見。故有幸親見的文人，都會以長幅篇什詳記此一海洋奇觀。古代觀看海市蜃樓的地點，除了登州外，還有廣州虎門合蘭海、浙江寧波等地〔註21〕，其中又以登州最富盛名。宋代文人所見之海市奇景，也大都在登州。

宋代登州位於渤海南岬，三面臨海，而前臨渤海的登州治所蓬萊城，是觀賞海市的最佳地點。蓬萊城所臨之渤海，有廟島群島羅列其中，爲海市蜃樓提供良好的影像映射來源。

宋仁宗嘉祐四年（西元 1059 年），梅堯臣送朱處約知登州，作〈送朱司封知登州〉（《宛陵集》，頁 316）詩，驚嘆海市蜃樓之奇：

駕言發夷門，東方守牟城。城臨滄海上，不厭風濤聲。
海市有時望，閣屋空虛生。車馬或隱見，人物亦縱橫。

〔註20〕 明・方以智：《物理小識》，卷二，「海市山市」。
〔註21〕 清・王士禎《香祖筆記》卷八云：「廣州之虎門合蘭海，每歲正月初三、四、五日現海市，城闕、樓臺、車騎、人物，倏忽萬狀。康熙丙辰見戈甲之形，粵有兵變。黃太冲亦言寧波有海市。蓋東海、南海皆有，不惟登州，但登見以四、五月，廣見以正月初旬三日，是小異耳，鄞之見不言定期。」廣州虎門合蘭海、浙江寧波均可見到海市。

變怪其若此，安知無蓬瀛。昨日聞公說，今日聞公行。

行將勸農耕，用之卜陰晴。

面臨滄海的登州治所蓬萊城，風濤環遶，正是觀賞海市的最佳地點。但要能順利見到海市奇景，還需海上氣象的配合，故梅堯臣以「海市有時望」，點出海市之不易見。當海市自海面的蒸騰水氣，憑虛而生時，車馬隱現，閭屋參差，人物縱橫，令觀者驚奇不已。漢武帝曾於蓬萊遙望海中的蓬萊仙山，因而築城以爲蓬萊城。蓬萊城與蓬萊仙山的歷史連結，加上海市變化的奇幻，令人自然而然地將海市奇景與蓬、瀛仙境合一。

宋神宗元豐八年（西元 1085 年），蘇軾知登州時，有幸見到登州海市奇景，故作〈登州海市〉（《蘇軾詩集》，頁 1387）詩，記此盛景：

東方雲海空復空，群仙出沒空明中。

蕩搖浮世生萬象，豈有貝闕藏珠宮。

心知所見皆幻影，敢以耳目煩神工。

歲寒水冷天地閉，爲我起蟄鞭魚龍。

重樓翠阜出霜曉，異事驚倒百歲翁。

人間所得容力取，世外無物誰爲雄。

率然有請不我拒，信我人厄非天窮。

潮陽太守南遷歸，喜見石廩堆祝融。

自言正直動山鬼，豈知造物哀龍鐘。

伸眉一笑豈易得，神之報汝亦已豐。

斜陽萬里孤鳥沒，但見碧海磨青銅。

新詩綺語亦安用，相與變滅隨東風。

詩前有序云：

予聞登州海市舊矣。父老云：「常見于春夏，今歲晚，不復出也。」

予到官五日而去，以不見爲恨，禱于海神廣德王之廟，明日見焉，

乃作此詩。

元豐八年八月，蘇軾自陽羨起知登州，十月十五日至登州，十月二十日又立刻召爲禮部員外郎。只短暫停留五日的蘇軾，已過了海市蜃樓常出現的春、夏之交，一想到不會再重遊登州，乃致禱于海神廣德王之廟〔註22〕。蘇軾向海神廟祝禱後，隔日竟然見到海市奇景。本詩前半段描寫海市蜃樓的宮闕、

〔註22〕廣德王廟，唐貞觀中建，在登州府城西北，祀東海神廣德王。

群仙幻景。「東方雲海空復空」句，點出海市蜃樓的出現條件之一，就是海面能見度要很高，才能將陸地的景象映射到海面上的氣層。海市蜃樓所映現的幻影，重樓翠阜，飛仙異獸，彷彿是海上仙境，竟「驚倒百歲翁」。儘管海市的影象逼真，但蘇軾「心知所見皆幻影」，因為「豈有貝闕藏珠宮」的可能？後半段記自己的誠心祈禱，終得神明的回報（「造物哀龍鐘」），大施妙法，如願見到海市奇觀。

南宋林景熙曾作〈蜃說〉（《霽山集》〔註23〕，頁 109），以散筆詳記海市變幻過程：

> 嘗讀《漢書・天文志》，載海旁蜃氣象樓臺。初，未之信。庚寅季春，予避寇海濱，一日飯午，家僮走報怪事，曰：「海中忽湧數山，皆昔未嘗有。」父老觀以為何異，予駭而出。會潁川主人走使邀予，既至，相攜登聚遠樓東望，第見滄溟浩渺中，矗如奇峰，聯如疊巘，列如碎岫，隱見不常。移時，城郭臺榭，驟變儵起，如眾大之區，數十萬家，魚鱗相比，中有浮圖老子之宮，三門嵯峨，鐘鼓樓翼其左右，簷牙歷歷，極公輸巧不能過。又移時，或立如人，或散如獸，或列若旌旗之飾，甕盎之器，詭異萬千。日近晡，冉冉漫滅，向之有者安在，而海自若也。筆談紀登州海市事，往往類此，予因是始信。噫嘻！秦之阿房，楚之章華，魏之銅雀，陳之臨春，結綺突兀，凌雲者何限，運去代遷，蕩為焦土，化為浮埃，是亦一蜃也，何暇蜃之異哉！

憑空出現的奇景，就理智思惟而言，景物是不可能瞬間浮在海面上，直到林景熙親見海市奇觀，才信古書所言不假。林景熙避寇海濱，因緣際會，得以登上聚遠樓，東望海市奇景。林景熙所見之海市奇景，凡歷三變，次次截然不同。林景熙於滄溟浩渺的海面上，首先看到「矗如奇峰，聯如疊巘，列如碎岫」的景象，於海氣中若隱若見。轉眼間，峰巘山岫變成城郭臺榭。廣大的海面上布滿數十萬家，櫛比鱗次，中有浮圖宮廟，嵯峨山門，鐘閣鼓樓，建築之精巧，連公輸班的巧藝亦不能及。轉眼間，城郭臺榭的景象，又再次變為立人、散獸、旌旗之飾、甕盎之器，詭異無比。林景熙眼前的海市蜃樓，自中午起，歷經三變，一切的奇麗幻影，於晡夕時漫滅殆盡，只餘空闊海面。林景熙見識到海市蜃樓幻變之奇速，心有所感，而聯想到歷史上的著名宮殿，

〔註23〕宋・林景熙：《霽山集》（叢書集成初編，北京：中華書局，1985 年）。

如秦始皇之阿房宮、楚靈王之章華臺、魏武帝之銅雀臺、南朝陳後主之臨春閣，極其富麗，但歷經遷逝，又蕩為焦土。這些已堙滅殆盡的名宮勝臺，在林景熙眼中也算是一種蜃樓，只能短暫地存留。

　　海市蜃樓的典故或辭彙，雖常被文人引入海洋作品中，但絕大多數只當套語引用。宋、元時期，詳細描寫海市蜃樓的作品不多，只有沈括、梅堯臣、蘇軾、林景熙等人的作品。這類作品數量不多的原因，也許是因海市蜃樓的現象極為罕見，絕大多數的文人無緣得見，創作海洋文學時，只能將海市蜃樓當成海洋典故襲用，無法以自身經驗深入描繪。

二、幻變的海上雲霧

　　日照、海風、海浪等條件，產生複雜的交互作用，使海上雲氣、水氣產生變化。瑰奇多變的海上雲氣，往往令人迷惑不已。海上雲氣的形狀、高低、顏色、出現時間，通常為特定海象出現前的徵候。船工常占海上雲氣變化，以保航行安全，但在文人的眼中，海氣則蘊含浪漫的想像。由於海上雲氣變化之奇，規模之大，常令觀者迷眩。因而偶見奇幻海氣變化的文人，常會以文字詠頌。浴罷來到水滸的陸游，驚歎於海上雲氣幻變之奇，作〈海氣〉（《陸放翁全集·劍南詩稾》，頁 878）云：

> 浴罷來水滸，適有漁舟橫。浩然縱棹去，漫漫菰蒲聲。
> 海祲乃爾奇，萬象空際生。駸駸牧龍馬，天矯騰蛟鯨。
> 或如搴大旗，或如執長兵。我欲記其變，忽已天宇清。
> 成壞須臾間，使我歎且驚。世事正如此，何者非強名？

清朗海天，棹舟泛海的陸游，忽然看到奇特的「海祲」（海天雲氣），天際瞬間出現神奇萬象。雲氣的快速變動，就如駿馬奔馳，鯨蛟騰躍般迅捷。快速變動的雲氣，時時幻變新形狀，有如搴舉大旗者，有如執持長兵者，極盡物形變化之能事。充斥著變化萬端的雲氣的天際，頃刻間，又恢復原本的清朗爽淨，讓陸游驚歎連連。陸游由海上雲氣變化之迅奇，體會世事變化如同眼前的雲氣般，無時不變，無法依恃，更何況是強取而得的虛名呢？陸游將奇特的海氣與浮生世事的體悟結合為一。

　　陸游對天際的海雲，充滿驚奇與想像，而胡帛則從理性的角度，看待海雲變化之理。胡帛〈海雲〉（《海塘錄》卷二十三）云：

> 氣蒸一片雲，影浮萬里海。從來海與雲，鴻濛元不改。
> 忘言坐兩間，細閱心自在。蕩蕩無停機，虛虛無掛礙。

　　　　識破消息眞，海雲不奇怪。

胡帛以爲海雲現象，乃海水蒸騰爲水氣，水氣上聚爲雲。就胡帛的認知，海與雲的循環關係自鴻濛〔註 24〕以來，就沒有改變過。胡帛忘言靜坐於海、雲之間，細閱兩者的自然之理，心無掛礙，則「海雲不奇怪」。胡帛對海雲的認知，已近於現代科學對海雲、海氣循環的概念。

　　陸游、胡帛描寫的是「萬象空際生」的海氣、海雲。曾築海塘 28,000 尺的餘姚縣令謝景初，作〈觀餘姚海氛〉（《全宋詩》冊九，頁 6295），描寫海上風雨大作前的海氛：

　　　　海上風與雨，未瞑先氣升。澤鹵雜山雲，蓊鬱相薰蒸。

　　　　交語面已障，安辨丘與陵。衣濡帶革緩，臭腥殊可憎。

　　　　自非昌其陽，疾癘得以乘。君子卻陰邪，何必醫師能。

海上風雨大作前，海邊會產生明顯的霧氣變化。低窪多鹽鹼的澤鹵之地，所出現的海水濕氣，與山中雲氣，上下錯雜流動，煙熏氣蒸，形成奇特的海氛現象。濃密的海氛，使交語面談的雙方，被霧氣隔開，更遑論分辨遠處的丘陵。濃密的海氛飽含水氣，使得衣帶濕重，加上海水的腥臭味，更是令人難受。海氛大作，疾癘得以乘隙而入。謝景初以爲君子欲避疾癘，只要遠離濕寒的陰邪氣，又何必依賴醫師的昌陽引年？謝景初的詩頗能表現海氛的眞實面貌及其感受。

　　海氣、海雲、海氛等爲海洋特有的自然現象，對於明白其原理者或習見之船工，並無神秘感可言；對於不明白現象成因的文人，則充滿豐富想像或特殊感受。

三、神秘的海鳴

　　每當海上天氣異常，或風雨（尤其是颱風）即將來臨前，海面上就會發出錯落有致，聲如悶雷的「嗚、嗚、嗚」聲響，在靜夜中尤其清晰響亮，就是海鳴。海鳴又稱海吼、海響。由於海鳴響起時，多是大風推動海浪的凶險海象，常令航海者心生恐懼。傅澤洪《行水金鑑》云：

　　　　七月初，海運船開洋，至馬頭嘴，以風不便，停泊數日，時聞海鳴，

　　　　如金戈鐵馬之聲，百里間，黑氣糾連天海，彷彿中見有物隱顯搏擊，

〔註 24〕《莊子集釋・在宥》云：「雲將東遊，過扶搖之枝，而適遭鴻蒙。」（臺北：華正書局，1985 年，頁 385）成玄英疏：「鴻蒙，元氣也。」「鴻蒙」，指宇宙形成前的混沌狀態。

> 波濤潑天，所泊糧船盡行拍碎。〔註25〕

傅澤洪記海運船隊因阻風而錨泊時，常聽到金戈鐵馬般的海鳴聲。伴隨著海鳴聲出現的，是綿亙百里，「黑氣糾連天海」的異常海象。海鳴出現時，排天洪濤，常拍碎錨泊的海運糧船。故船工聞海鳴聲，總是心驚膽跳。

南宋李光〈次韻趙丞相海鳴〉（《全宋詩》冊二十五，頁 16455）二首，記夜夢聞海鳴之感：

> 幽人一枕夢魂清，風鼓寒潮夜有聲。
> 海色天容本澄靜，年來應爲不平鳴。（1）
>
> 身如一葉任風飄，閉眼觀心路匪遙。
> 慣聽海鳴還熟寢，未妨歸夢趁回潮。（2）

第一首之「風鼓寒潮夜有聲」句，指出海鳴的發生，乃海上強風鼓動海濤，因而發出巨大而低沈的鳴響。在靜夜中，李光所聽到海鳴聲更加清楚。海鳴本爲自然現象，但李光賦予它言外之意，弦外之音。本爲澄靜的海色天容，今日被黑氣籠罩，發出壯鳴聲，應是大海對世局所發出的不平之鳴吧！「海色天容本澄靜」化自蘇軾「天容海色本澄清」（〈六月二十日夜渡海〉）句。第二首將海鳴與自己的內心結合。身如風飄孤葉的李光，閉眼觀心，歸路非遙。「慣聽海鳴還熟寢」句，指出海鳴的震響，因「慣聽」，已不易驚動李光的心，故能「熟寢」。本爲船工怖懼的海鳴，在李光的筆下，彷彿是有情者。

第四節　複雜多變的海風

海風既是推動帆篷的主要動力，也是危及航行安全的因素之一。海上平順的信風，是推動風帆的力量來源，船工常祈願能「順風相送」。有平順的信風，就有凶暴難料的暴風，使航海充滿風險。徐兢《宣和奉使高麗圖經》云：

> 又惡三種險，曰癡風，曰黑風，曰海動。癡風之作，連日怒號不已，四方莫辨。黑風則飄怒不時，天色晦冥，不分晝夜。海動則徹底沸騰，如烈火煮湯，洋中遇此鮮有免者。〔註26〕

〔註25〕清・傅澤洪：《行水金鑑》（《文淵閣四庫全書電子版》），卷一三〇。
〔註26〕徐兢：《宣和奉使高麗圖經》（北京：中華書局，1985 年），卷三十九，頁 134，「禮成港」。

徐兢記述航海所惡的三種險中，其中黑風（颶風）、癡風即為險惡難測的海風。海舶遭逢此類海風，常舟毀人亡，難以苟活。可以預測的海洋信風，為航行動力的依據，變化莫測的海風，卻影響航海的安全。海風具有多元、變化的特色。

一、狂暴的颶風

（一）古人對颶風的認識

1.颶風之名

颶風，今稱颱風，又稱熱帶氣旋，指發生在熱帶地區的氣旋式環流（低氣壓）。「颶風」之名自晉代沿用到明代。清代開始用「颱」，指熱帶氣旋，而「颶風」的辭義，則轉變為寒潮大風或非颱風性的大風。

颶風之「颶」字，字義與其風向、威力有關。晉代沈懷遠《南越志》云：「颶者，具四面之風也，一曰懼風，言怖懼也。」〔註27〕唐代李肇《唐國史補》卷下云：「南海人言海風四面而至，名曰颶風。」由這些資料可知：(1)颶風之言「颶」者，指颶風具備四方之風，而非單向的風。此種解釋符合颶風為旋轉性風暴（氣旋式環流），四周風向不同的特點。(2)颶風之言「颶」者，語音關合「懼」字，指颶風的威力令人佈懼不已，故又名「懼風」。

2.颶風之徵候

颶風大作前，古人已發現天際會出現虹蜺。李肇《唐國史補》卷下云：「颶風將至，則多虹蜺，名曰颶母。」唐代劉恂《嶺表錄異》云：「南海秋夏間，或雲物慘然，則其暈如虹，長六七丈，比候則颶風必發，故呼為颶母。」〔註28〕颶風狂作之前，東南方海面上的天際常會出現「颶母」（又稱斷虹、短虹或斷霓）。斷虹沒有雨虹的弧狀彎曲，色彩也不鮮艷，通常出現於黃昏。斷虹是颱風周邊低空中的水滴折射陽光而成，故看到斷虹則可預測颶風將至。沿海舟人常以斷虹為颶風之候，並預先防備。

（二）宋、元時期的颶風災害

各類風暴中，以颶風的威力、影響範圍、破壞力居首。颶風會帶來狂風、暴雨、巨浪、暴漲潮。東南沿海一帶居民，自古以來即飽受颶風的肆虐。筆

〔註27〕轉引自《太平御覽》卷九。
〔註28〕唐・劉恂《嶺表錄異》（《文淵閣四庫全書電子版》），卷上。

者自《宋史》、《元史》中，將有關於颶風災害的記錄，羅列如下：

時　　　間	颶　風　發　生　地　點
開寶八年（西元 975 年）十月	廣州颶風起一晝夜，雨水二丈餘，海爲之漲，飄失舟檝。
太平興國七年（西元 982 年）八月	瓊州颶風，壞城門州署民舍殆盡。
太平興國八年（西元 983 年）九月	太平軍颶風拔木，壞廨宇民舍千八十七區。
太平興國八年（西元 983 年）十月	雷州颶風，壞廩庫民舍七百區。
太平興國九年（西元 984 年）八月	白州颶風，壞廨宇民舍。
至道二年（西元 996 年）八月	潮州颶風，壞州廨營砦。
景德二年（西元 1005 年）八月	福州海上有颶風，壞廬舍。
熙寧九年（西元 1076 年）十一月	海陽、潮陽二縣，颶風潮害民居田稼。
元豐四年（西元 1081 年）六月	邕州颶風，壞城樓官私廬舍。
乾道八年（西元 1172 年）六月	惠州颶風，壞海艦三十餘，時樞密院調廣東經略司水軍，四艦覆其三，死者百三十餘人。
淳熙十年（西元 1183 年）八月	雷州颶風大作，駕海潮傷人，禾稼林木皆折。
嘉定十七年（西元 1224 年）秋	福州颶風大作，壞田損稼。
景定四年（西元 1263 年）十一月	福州颶風。
大德七年（西元 1303 年）八月	潮陽颶風，海溢，漂民廬舍。
至正元年（西元 1341 年）七月	廣西雷州颶風大作，湧潮水，拔木害稼。
至正二年（西元 1342 年）十月	海州颶風作，海水漲，溺死人民。
至正四年（西元 1344 年）	溫州颶風大作，海水溢，漂民居，溺死者甚眾。
至正十三年（西元 1353 年）	潯州颶風大作，壞官舍民居，屋瓦門扉皆飄揚七里之外。
至正十七年（西元 1357 年）六月	溫州颶風大作，所至有光如毬，死者萬餘人。
至正二十四年（西元 1364 年）	臺州路黃巖州海溢，颶風拔木，禾盡偃。

筆者蒐羅的資料，謹限於《宋史》、《元史》中明確載明爲「颶風」者，至於「大風」、或「暴風」〔註29〕所造成的海岸區受創，則指不勝數。颶風以狂風、暴雨、漲海，對東南沿海地區所造成的災害，有以下五項：(1)海漲淹沒民田；(2)毀壞城樓官民廬舍；(3)摧木害稼；(4)溺死民畜；(5)船艦翻覆。

〔註29〕史書所載之「大風」、「暴風」，就其災損情況研析，部分實爲颶風所造成。有時「大風」就是指「颶風」，如范成大〈大風〉（「颶母從來海若家」）。

　　狂暴的颶風對沿海地區的生命、經濟，產生重大的影響。如宋太宗太平興國八年（西元 983 年）九月，颶風侵襲太平軍，壞廨宇民舍共 1,817 區。宋孝宗乾道八年（西元 1172 年）六月，颶風侵襲惠州，毀壞海艦三十餘艘。當時樞密院調赴廣東經略司的水軍，四艘戰艦有三艘翻覆，死亡一百三十餘人。元惠宗至正十七年（西元 1357 年）六月，溫州颶風大作，死者高達萬餘人。由以上的資料，可以了解到颶風常重創沿海地區。

（三）文人筆下的颶風

　　長期居留東南沿海的文人，眼見颶風的無窮威力及其可怕的破壞力，自然記下颶風的可怕面目。福建籍的李綱，作〈颶風〉（《李綱全集》，頁 396）二絕，傳達他對於颶風的深刻印象：

> 自從嶺海入閩中，乃始今朝識颶風。
>
> 南極只愁天柱折，蘭臺休更論雌雄。(1)
>
> 雲氣飄揚萬馬馳，占風先有土人知。
>
> 飛沙拔木渾閒事，只怕山園損荔枝。(2)

第一首描寫自嶺海入閩中的李綱，終於有機會體驗颶風的威力。當颶風大作時，翻江倒海，摧樹毀屋，天柱彷彿要斷折般。驚恐的李綱已無法如蘭臺公子宋玉般，悠哉地分辨眼前的颶風，究竟爲雌、雄風？第二首描寫颶風登陸前，天際有如萬馬奔騰般的絢爛雲氣，反而蘊含著一股詭異的氣氛。天際出現的絢麗雲彩，對文人而言，是特殊景觀，但對沿海土人而言，正是颶風登陸前的重要徵候。土人以此雲氣占颶風之候，並預作防備。從未遭遇颶風的李綱，颶風是他的恐怖經驗。但對沿海土人而言，飛沙拔木是颶風侵襲的必然結果，只怕損及山園中的荔枝。

　　李廌〈送元勛不伐侍親之官泉南〉（《全宋詩》冊二十，頁 13634）八首之第七首，描寫泉南一帶常見的颶風，並要友人多加保重：

> 甌閩接壤氣多同，只恐泉南有颶風。
>
> 撅虹見時定翻海，禦寒裘褐要重重。

同處東南沿海的浙、閩，地理上相接壤，氣候也多相同，惟一的差別，在於泉南一帶常有恐怖的颶風侵襲。因此李廌送元勛〔註 30〕入風土相近的泉南時，特別繫念的事，就是泉南的颶風。「撅虹見時定翻海」句，描寫颶風極爲

〔註 30〕元勛，字不伐，陽翟人，徽宗政和年間，知寧國縣事。

眞實。「撅虹」即指天空的斷虹。當斷虹出現在天際時，根據經驗一定會出現翻海的颶風。李廌特別叮囑元勛「禦寒裘褐要重重」。本詩將颶風的描寫與送別的罣念合一，颶風的恐怖，映襯出李廌對元勛的關心。

范成大〈大風〉（《全宋詩》冊四十一，頁 25952）詩，雖題爲「大風」，描寫的主題亦爲颶風：

颶母從來海若家，青天白地忽飛沙。

煩將殘暑驅除盡，只莫顛狂損稻花。

來自海若家的颶風，風力強勁，氣旋所到之處，使青天白地在頃刻間揚起飛沙。人們驚恐至極的颶風，在范大成眼中，竟然有特別的感受。颶風常出現的夏、秋之交，沿海一帶暑氣蒸騰，令范成大心神浮躁。颶風雖然會帶來災害，但也可以消暑，故范成大煩請颶風將殘暑驅除殆盡，切莫「顛狂損稻花」。本詩描寫颶風，不著意於其害，反著眼於颶風帶來的風雨可以消溽暑。

在描寫颶風的作品中，蘇過以長篇賦體詳細描寫颶風的情狀，作〈颶風賦〉〔註 31〕，是此類作品的代表作。蘇過從《南越志》、《嶺表錄異》等文獻的記錄，粗略地理解颶風，再配合自己的實際經驗，有層次地記錄颶風大作的過程：

仲秋之夕，客有叩門指雲物而告予曰：「海氣甚惡，非祲非祥，斷霓飲海而北指，赤霞夾日而南翔，此颶之漸也。子盍備之。」（首段）

首段描寫颶風大作前，海面出現的特殊徵象。颶風來襲前，海水翻騰，底層海水上湧，腥臭味十分明顯。天際則出現「斷霓」、「赤霞」等徵象。「海氣甚惡」、「斷霓」、「赤霞」，都是颶風來臨前的徵候。

語未卒，庭户肅然，槁葉策策，驚鳥疾呼，怖獸辟易，忽野馬之決驟，矯退飛之六鷁，襲土囊而暴露，掠眾竅之呵吸。予入室而坐，斂衽變色。客曰：「未也，此颶風之先驅爾。」（第二段）

第二段描寫颶風逼臨海岸的前奏。颶風來臨前的勁疾大風，使野馬驟逃，天空鷁鳥退飛。當大風吹襲土囊，使土石暴露，掠過眾竅時，發出呵吸之聲。「颶風之先驅」已令蘇過斂衽變色。在颶風登陸前，本段已先醞釀出一股驚恐的氛圍。

少焉，排户破牖，損瓦辟屋，礧擊巨石，揉拔喬木，勢翻渤澥，響振坤軸。疑屏翳之赫怒，執陽侯而將戮，鼓千尺之洪濤，翻百仞之

〔註 31〕本賦的詳細析論請參閱本書第五章第一節之「蘇過」。

陵谷，吞泥沙於一卷，落巨崖於再觸，列萬馬而并驚，潰千車而爭
逐，虎豹譻駭，鯨鯢奔蹙，類鉅鹿之戰，呼殺聲之動地，似昆陽之
役，舉百萬于一覆。予亦股慄毛聳，索氣側足，夜捫榻而九徙，畫
命龜而三卜，蓋三日而後息也。（第三段）

第三段描寫颶風來臨時的驚儷氣勢。翻海激浪的颶風，聲振大地，侵襲海岸
時，勁風「排戶破牖，損瓦辟屋，礧擊巨石，揉拔喬木」，造成沿海一帶的重
大災害。連作三日之颶風，令蘇過毛悚股慄。蘇過為形容颶風之恐怖，用充
滿想像、誇張的典故與譬喻，摹寫颶風之狀。

父老來唁，酒漿羅列，勞來童僕，懼定而說。理草木之既偃，葺軒
楹之已折，補茆茨之罅漏，塞牆垣之頹缺。已而山林寂然，海波不
興，動者自止，鳴者自停，湛天宇之蒼蒼，流孤月之熒熒，忽悟且
歎，莫知所營。（第四段）

第四段描寫颶風過後的情景。經過颶風三日的無情肆虐，終於天朗氣清，海
波不興，山林寂靜。面對颶風肆虐後的殘破家園，父老們開始整理既偃的草
木，修葺被摧折的軒楹，填補罅漏的茆茨，止塞頹缺的牆垣。三日的颶風之
災，竟然重創海岸地區，令蘇過感歎不已。

嗚呼！大小出於相形，憂喜因於所遇。昔之飄然者，若為巨耶？吹
萬不同，果足怖耶？蟻之緣也，噓則墜；蚋之集也，呵則舉。夫噓
呵曾不能以振物，而施之二蟲則甚懼。鵬水擊而三千，摶扶搖而九
萬，彼視吾之惴慄，亦爾汝之相莞，均大塊之噫氣，奚巨細之足辨？
陋耳目之不廣，為外物之所變。且夫物象起滅，眾怪耀眩，求彷彿
於過耳，視空中之飛電，則向之所謂可懼者，實耶？虛耶？惜吾知
之晚也。（第五段）

第五段抒發蘇過個人的議論。蘇過先前所見颶風之驚聲駭勢，如今已如飛電
般消逝，杳無蹤影。蘇過因見識狹陋，惑於表象變化，不明物象生滅之理，
而不勝唏噓。人的一口氣不足以振物，卻可以令微小的蟻、蚋墜舉。颶風相
對微渺的人類，是巨大的力量；對摶扶搖九萬里的大鵬鳥而言，則又是普通
的力量。蘇過從此悟得物類作用的大、小是相對的，虛、實是變動的，又何
必因而心生喜懼之情？

　　本期文人描寫颶風，以沿海土人觀察所得的占候經驗，為作品的事理依
據。故作品所呈現的颶風形象，略去空泛的傳說，密合自然之理，極富真實

感。描寫颶風的文人，對於颶風的出現徵候、無窮能量、強大破壞力等，多所著墨。蘇過的〈颶風賦〉更是詳細描繪颶風的生成過程，恐怖威力，摧殘海岸的經過，爲描寫颶風作品中的代表作。

二、信風（風潮信、舶趠風）

廣義來說，信風乃隨時令變化，定期定向而至的海風。對於非依海爲生者，信風是自然界的現象，但對以海爲生者，信風的預測與運用，則關乎生計。故東南沿海一帶，經由長時間的觀察，可以對各種信風作精確的預測。

張嵲〈七月二日大風作一晝夜方止土人云此風潮信也〉（《全宋詩》冊三十二，頁 20535）三首，所描寫的就是沿海一帶百姓所謂風潮信。第一首云：

> 風不終朝聞老氏，撼山今旣一期餘。
>
> 得非造化誇能事，要使人無盡信書。

「撼山今旣一期餘」，指大風撼山，自旦至旦爲期，已逾一晝夜。北方的張嵲來到東南沿海一帶，遇到持續一晝夜的大風，頗爲驚奇。《老子》云：「希言自然。飄風不終朝，驟雨不終日。孰爲此者？天地。天地尚不能久，而況於人乎？」（第二十三章）張嵲本以《老子》所論述的「飄風不終朝」，爲其認知大風的基礎知識，但親見東南沿海的一晝夜大風後，在誇造化神奇之餘，更感歎「要使人無盡信書」。因爲經書所述，常與事實有一定的差距。第三首云：

> 風潮初見土人云，始愧鯫生泥昔言。
>
> 卻以所經疑柱史，著書應祇爲中原。

七月二日刮起的一晝夜大風，沿海土人稱爲風潮信。風潮信約五、六年一作。風潮信每作時，海風大則三日，稍小則四日。親眼經歷海邊的風潮信後，使張嵲感到羞愧，自己竟拘泥於經籍的知識，而昧於生活的驗證。張嵲以此次經歷，反思老子著書的經驗、思考，應只侷限於中原的地理空間，無法適用於南方沿海。

在各種信風中，利於海舶前來貿易的夏季東南季風，最爲航海者所重視。千里以外的海舶，乘著東南季風，可迅速來到江、浙一帶，進行貿易活動。因東南季風與貿易有密切的關係，故又名之爲舶趠風。舶趠風約自三旬的梅雨期過後開始。蘇軾〈舶趠風〉（《蘇軾詩集》，頁 972），描寫梅雨期後的

舶趠風：

> 三旬已過黃梅雨，萬里初來舶趠風。
>
> 幾處縈回度山曲，一時清駛滿江東。
>
> 驚飄蔌蔌先秋葉，喚醒昏昏嗜睡翁。
>
> 欲作蘭臺快哉賦，卻嫌分別問雌雄。

當舶趠風揚起，沿山曲航行，乘季風而來的船舶駛滿港口。勁疾的舶趠風，吹飄落葉，也吹醒昏昏嗜睡的蘇軾。蘇軾想仿傚宋玉〈風賦〉，卻又嫌將舶趠風強分爲雄風、雌風，乃多此一舉。本詩描寫的舶趠風，符合眞實情況。

「北風航海南風回，遠物來輸商賈樂。」（王十朋〈提舶生日〉）宋、元時期，海貿活動昌盛，而影響海舶往來的海洋季風，能否按時而起，極爲重要。故宋、元兩代的地方官、市舶司官員爲外國商船舉行祈風儀式，已逐漸形成慣例。宋代祈風儀式，都在九日山〔註32〕延福寺的昭惠廟通遠王祠舉行，盼蕃舶能乘季風按時泛海而來。宋代太守、市舶官員行祈風儀式，皆撰有祈風祝文，如泉州太守眞德秀〈祈風文〉（《石山先生眞文忠公文集》，頁773）云：

> 惟泉爲州，所恃以足公私之用者，蕃舶也。舶之至，時與不時者，風也。而能使風之從律而不愆者，神也。是以國有典祀，俾守土之臣，一歲而再禱焉。嗚呼！郡計之殫，至此極矣。民力之耗，亦既甚矣。引領南望，日需其至，以寬倒垂之急者，唯此而已。神其大，彰厥靈，俾波濤晏清，舳艫安行，順風揚颿，一日千里，畢至而無梗焉，是則吏與民之大願也。謹頓首以請！

帆檣雲集的泉州港，爲當時東方第一大港，貿易活動興盛，也活絡泉州的經濟活動。泉州港的市舶收入高達百萬緡，約佔南宋國庫收入的 2%，故曰「所恃以足公私之用者，蕃舶也」。蕃舶能否按時至泉州，與季風關係密切，而季風能否依律而作，又與海神的庇佑有關。因此宋朝將祈風儀式，律定爲國家祀典，命市舶官員，一年祈風兩次（夏、冬），祭拜海神通遠王〔註33〕。眞德秀誠心祝禱，盼海神能使波濤晏清，蕃舶能「順風揚颿，一日千里，畢至而無梗焉。」

〔註32〕九日山位於晉江北岸，因移居閩地的中原移民，每逢重九登此山遙望中原，故名此山爲九日山。九日山爲宋、元時期的祈風之地，祭通遠王的祈風石刻，現存十三段，故九日山又名祈風山。

〔註33〕詳第八章第一節之海神信仰論述資料。

南宋時，提舉閩舶的林之奇，曾多次率官員祈風，作有三篇祈風祝文，風格、體例不盡相同。〈祈風舶司祭文〉（《拙齋文集》卷十九）云：

> 夫祭有祈焉，有報焉。祈也者，所以先神而致其禱；報也者，所以後神而答其賜。祈不可以為報，而報不可以為祈，自古然也。而舶事之歲，舉事祀典于神，則異乎是。於夏之祈，有冬之報；於冬之祈，有夏之報。風之舒慘，每以時應，則祠之疏數，必以時舉，如循環之不窮，禮雖不腆，在神宜歆之。

林之奇祭文中，言祭祀之祈禱，本不可冀以為報，然而海舶往來關乎國計民生，故誠心祈風後，盼能得神靈之回報。「於夏之祈，有冬之報；於冬之祈，有夏之報。」由此段祭文，可知當時的祈風儀式一年兩次，夏季祈求冬季之東北季風，冬季祈求夏季之東南季風。另外兩篇〈祈風文〉各以六言韻文、四言韻文的形式，誠摯地向海神祝禱，希望季風能按時節而作，一路順風相送，使蕃舶能平安抵達泉州港。

利於海洋活動的信風，雖然具有年年可預測的規律，但大自然的變因太多，信風有變動的可能。依賴信風的規律而進行的海洋活動，一旦信風未能應期而作，將產生極大的影響。沿海百姓只能祈求海神庇佑，使信風的出現更加準確。因此宋代由市舶官員祈風後，留下不少祈風祝文。這些祝文可視為海洋文學，也可當成印證本期海洋活動的資料。

第五節　樣態奇特的海洋生物

海洋生物的共同特點，就是以海洋為其生活場域。因深不可測的海水阻隔之故，絕大數的人類，無法真實地認識海洋生物。偶而接觸海洋生物，如鯨、鸚鵡螺、海蛇、珊瑚、玳瑁、水母、烏賊、海扇等，總是被其奇怪樣態、特殊習性所迷惑。海洋生物對文人而言，是全新的認識經驗，以此為寫作主題者頗多。

一、鸚鵡螺

鸚鵡螺屬頭足綱的動物，殼薄光滑，自臍部向四周輻射出波狀紅褐色的花紋，殼內有珍珠般光澤。鸚鵡螺殼內有許多氣室，氣室間有串管聯通，可調節浮力，浮沈於海中。奇特又美麗的鸚鵡螺，自古以來即為人所珍視，典籍亦多所記載。如唐朝劉恂《嶺表錄異》云：

鸚鵡螺，旋尖處，屈而朱，如鸚鵡嘴，故以此名。殼上青綠斑文，

大者可受三升，殼內光瑩如雲母，裝爲酒杯，奇而可翫。〔註34〕

又如宋朝范成大《桂海虞衡志》云：

鸚鵡螺，狀如蝸牛殼，磨治出精采，亦雕琢爲盃。〔註35〕

這兩段資料具體記錄鸚鵡螺的外形特徵。鸚鵡螺臍部的尖處，屈曲色朱，宛如鸚鵡鳥嘴朝其腹視，故命名爲鸚鵡螺。鸚鵡螺外形旋轉如蝸，體積與酒杯相仿，加上殼內如雲母般的光澤，奇而可翫，常被雕琢爲酒盃。鸚鵡螺的外形，令人讚嘆不已。

鸚鵡螺

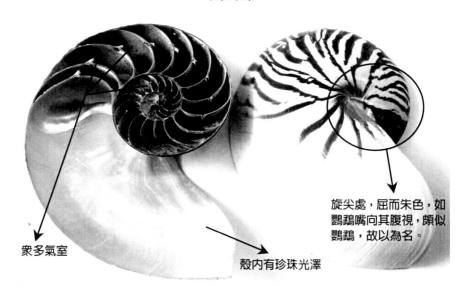

眾多氣室

殼內有珍珠光澤

旋尖處，屈而朱色，如
鸚鵡嘴向其腹視，頗似
鸚鵡，故以為名。

（本圖爲筆者自攝／加註）

文人常用文字來形容鸚鵡螺的奇特處，如歐陽脩〈鸚鵡螺〉（《歐陽脩全集》〔註36〕，頁 30）云：

大哉滄海何茫茫，天地百寶皆中藏。

牙鬚甲角爭光鋩，腥風怪雨灑幽荒。

〔註34〕唐・劉恂：《嶺表錄異》（《文淵閣四庫全書電子版》），卷中。

〔註35〕宋・范成大：《桂海虞衡志》（《叢書集成》初編，臺灣：藝文印書館，1966年），頁 19。

〔註36〕宋・歐陽脩：《歐陽脩全集》（臺北：世界書局，1983 年）。

珊瑚玲瓏巧綴裝，珠宮貝闕爛煌煌。

泥居殼屋細莫詳，紅螺行沙夜生光。

負材自累遭刳腸，匹夫懷璧古所傷。

濃沙剝蝕隱文章，磨以玉粉緣金黃，清樽旨酒列華堂。

隴鳥回頭思故鄉，美人清歌蛾眉揚，一釂凜冽回春陽。

物雖微遠用則彰，一螺千金價誰量，豈若泥下追含漿。

物類浩繁難數的茫茫滄海，是天地間的百寶箱。「牙鬚甲角」類的生物，互爭光鋩，珊瑚、珠宮、貝闕也綻放出爛爛煌煌的光采。「泥居殼屋細莫詳，紅螺行沙夜生光」兩句，點出鸚鵡螺的生活習性。鸚鵡螺以筋肉繫於其紅褐色的殼屋，食飽則縮入殼中〔註37〕。鸚鵡螺殼內的氣室構造複雜，除非剖開，否則難以了解其中的細部構造。水中沙行，鸚鵡螺紅褐色花紋的殼，好像火焰在暗夜生光。鸚鵡螺背負精美的殼屋，卻因殼屋而自累，竟遭破殼刳腸的厄運。因濃沙剝蝕的鸚鵡螺殼，花紋光澤已隱沒不現，在匠人「磨以玉粉緣金黃」的整治下，竟成光彩耀目的酒杯。化為羅列華堂的旨酒螺杯，臍部屈曲色朱的尖處，宛如鸚鵡（隴鳥）嘴朝其腹部回視，看在文人酒客的眼中，又富於「隴鳥回頭思故鄉」的浪漫意象。鸚鵡螺本為微遠之海物，製成螺杯後，用途彰明，可以盛酒助興，千金之價，又何可等量？歐陽脩本詩具體地描寫鸚鵡螺的形貌、習性，及其雕琢酒杯的實際用途。

　　至元十年（西元 1273 年），王惲居官平陽時，應監郡邀飲白雲樓上。監郡出示鸚鵡螺器勸客。初見鸚鵡螺的王惲，頗覺新奇，作〈鸚鵡螺〉（《元詩選（初集）・秋澗集》）六首，歌詠鸚鵡螺。以下試舉三首析論：

翠衿紅嘴漫多知，不覺流形入化機。

淒斷隴雲迷舊宿，潤涵炎海有餘輝。

酒波碧飲珠還浦，螺女棲深玉作圍。

昨日玳筵揮飲處，故令歌緩恐驚飛。(1)

「翠衿紅嘴漫多知，不覺流形入化機」兩句，將鸚鵡與鸚鵡螺結合。鸚鵡擁

〔註37〕《太平御覽》，九四一卷，引《南州異物志》云：「鸚螺狀如覆杯，頭如鳥頭向其腹視，如鸚鵡，故以名。肉離殼出食，唯以筋自係於殼，飽則入殼中。若為魚所食，殼乃浮出，為人所得，質白而文紫。」本段資料屢被古籍徵引，以明鸚鵡螺之生活習性，但通常被略去「唯以筋自係於殼」句，以致於出現「肉離殼出食，飽則入殼中」的錯誤認知，以為鸚鵡螺可以完全脫離其殼屋，到處覓食，食飽後，又回到殼屋。

有漂亮的翠羽與誇炫多知的紅嘴。陸地的鸚鵡流形，因神妙化機，竟在海中形成鸚鵡狀的海螺。鸚鵡螺臍部紅褐色火焰般的紋路，彷彿隴雲依附於舊宿（指殼），在炎海中散發溫潤的餘輝。「螺女棲深玉作圍」句，描寫散發珍珠光澤的殼屋內壁。當鸚鵡螺深棲於殼內時，彷若居身於雪白玉屋之中（「玉作圍」）。初見鸚鵡螺的王惲，充滿驚奇讚歎，惟恐鸚鵡螺如鸚鵡般飛走，特別要歌女緩歌，以免驚嚇到眼前的鸚鵡螺。

> 自嘆明言出更難，奮形飛入巨螺間。
> 中空蜃吐潛珍羽，外示文明變炳斑。
> 春釀儘供身後樂，彫籠全勝向來閒。
> 深藏且莫輕為用，合浦珠神有往還。（2）

「奮形飛入巨螺間」句，描寫鸚鵡飛入巨螺內，化身為鸚鵡螺，表現出王惲的浪漫想像。「中空蜃吐潛珍羽，外示文明變炳斑」兩句，在浪漫的想像中，又有鸚鵡螺的真實描寫。飛入巨螺中的鸚鵡，將珍羽斂藏於殼屋，靠著調整殼內各氣室的空氣（「中空蜃吐」），可以潛入海中。鸚鵡將斂藏於殼中的珍羽紋理，轉化為外殼上的褐色斑斕彩紋。鸚鵡螺死後餘殼，卻大有用處。被工匠雕琢成精巧的酒杯後，倒入酒杯中的春釀旨酒，好像供鸚鵡螺身後享樂之用。王惲頗珍視鸚鵡螺，要「深藏且莫輕為用」，也許日後有合浦珠還之時。

> 隴鳥何年別故山，珠房深鎖雪衣閒。
> 調音厭落佳人後，勸飲來陪狎客間。
> 山鬼吹燈驚怪供，春風浮酒憶蒼灣。
> 興來一吸三江盡，醉入無何肯易還。（3）

「隴鳥何年別故山，珠房深鎖雪衣閒」兩句，超越空間隔閡，將山中的鸚鵡與海中的鸚鵡螺，予以浪漫地聯結。王惲感性地詢問隴鳥（鸚鵡）何年揮別故山，飛入海中，自鎖於珠殼雪衣間？鸚鵡螺死後，竟變成宴客勸飲的杯器，浮酒卻憶滄海灣。王惲詠鸚鵡螺的詩作，緊扣著〔鸚鵡─鸚鵡螺〕間的聯想，以人們熟知的鸚鵡形象，來填補對鸚鵡螺生態的陌生。

鸚鵡螺得造化之機，殼狀及顏色，酷似陸上的鸚鵡，更增添文人的想像空間。精美的鸚鵡螺，被雕製成酒杯，文人盛酒長飲之餘，總會由鸚鵡形狀的殼，聯想到山林的紅嘴鸚鵡。文人結合寫實與浪漫，跨越山海藩籬，從各角度歌詠鸚鵡螺，使鸚鵡螺具有豐富的意象。

二、鯨

　　「鯨」為海洋文學中常用的字，能明確地傳達海洋主題。但作家對「鯨」字的意涵，則呈現多元化的認知。筆者自宋、元海洋作品中，輯錄含有「鯨」字的文句，以為分析之據：

鯨的巨大特質

巨　浪		「半夜鯨波浴日紅」、「鯨波張練」、「脫身鯨浪見吳天」、「更來蒼海看鯨波」、「萬頃鯨波朝日赤」、「鯨波期弗沸」、「波面走長鯨」(指鯨浪)、「飛舸鯨濤渡渺冥」、「海風栗栗刮鯨涎」、「鯨波十里隔人寰」、「鯨波渺渺四無涯」、「鯨浪翻江白雨飄」……
海中大物		「鯨吞鼉作渾閒事」、「長鯨東來驅海鰌」、「偶脫鯨鯢患」、「光連貝闕鯨鯢駭」、「鯨魚入穴浪還消」、「刺天鬐鬣鬥溟鯨」、「鼉吼鯨奔天黑」、「萬里長鯨吞吐」、「艤前復鯨怒」、「初疑大鯨噓浪來瀛洲」、「大鯨吞舟」、「長鯨吹浪莫飄搖」……
文人臨海抒發壯志的對象	斬鯨	「醉斬長鯨倚天劍」、「欲取長鯨膾」、「誓斬鯨鯢輩」、「問天暫借斬鯨劍」、「夜斬鯨鯢碧海中」、「擘取封鯨飫萬夫」……
	騎鯨	「好伴騎鯨公子、賦雄誇」、「茲遊不減騎鯨背」、「公自騎鯨去不返」、「騎鯨散髮出長嘯」、「便欲吹簫騎大鯨」……
	釣鯨	「少試鯨魚竿」……

　　鯨古代又名海鰌、鯨鯢，是海中生物之最者，被稱為吞舟之魚。由於鯨浮沈於大海中，人們以「若即若離」的距離認識鯨，將其體型及習性誇大，如「大者如山，長五六里」(《魏武四時食制》)、「大者長千里，小者數千丈，鼓浪如雷，噴沫成雨」(崔豹《古今注》)。「鯨」在宋、元海洋文學中，由海中龐然大物的「巨大」特質，延伸出虛、實雙重意象：

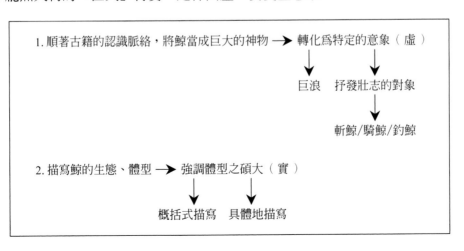

當鯨轉化爲特定的虛擬意象時，鯨被附會成可鼓動海浪的巨大生物，並轉變成鯨波、鯨浪、鯨濤等辭彙，以借指洶湧的海浪。巨大的「鯨」與洶湧的浪潮結合後，海浪就是鯨的力量展現。「鯨浪」一辭的使用，使自然的海浪，富於想像空間。又斬鯨、騎鯨、釣鯨，乃絕大數文人於現實海洋中，難以達成者，正好被文人借爲抒發現實生活中難以伸張壯志的意象。文人於作品中大量運用這些虛擬意象，不必然要認識眞正的鯨。

擁有較豐富海洋經驗的文人，緣於親見眞正的鯨，故作品以鯨的眞實形貌爲基礎，體現其巨大形象及其特殊習性。實寫鯨之形貌者，可分成兩大類：一類是誇大鯨之體型特徵；一類是如實地摩寫鯨的形貌。不雜想像，如實地摩繪鯨的形象，宛如對鯨的速寫。這類作品能呈現鯨的海洋生物特色。如李士瞻的〈壞舵歌〉（《經濟文集》卷六），以長篇詩歌描寫鯨的巨大，及其毀壞船舵的驚險過程：

> 南溟之魚頭尾黑，身長竟船頭似鐵。浮遊偃寒氣欲吞，斜日昏冥映旗纛。煦沫成煙浪花起，逐我船頭趂船尾。恐是昔年未死之蟹龍，一經譴斥皆屬鬼。舟中健兒眼盡白，彎弓擬之三復止。明日疾飈驅長雲，巨飂高張萬馬奔。舟辛思家窮力使，瞬息千里若不聞。捩舵逆指衝怒濤，歘如生馬當春驕。又如驚鵬直上干雲霄，萬里一息非爲遙。須臾有聲如裂帛，三百餘人同失色。鐵梨之木世莫比，今作舵根爲水齏。是木之產非雷同，來自桂林日本東。……

李士瞻所描寫的南溟巨魚，頭尾俱黑，身長如海船，頭硬似鐵，當其噴出高聳水柱時，激盪浪花，就是海中巨鯨。李士瞻自海舟看到如此巨大的鯨，令他極爲震撼，認爲是「昔年未死之蟹龍」，一經天神譴斥，竟化爲海中厲鬼。當體型與海船同大的鯨，出現在李士瞻的船側時，驚惶的船工「眼盡白」。李士瞻所遭逢的這條巨鯨，不懷好意地兜留在船舶四周，船工們再三彎弓射箭驅趕，才暫時驅走巨鯨。誰知巨鯨隔天又如萬馬奔躍，疾飈而來。窮盡氣力的船工，捩舵衝濤，仍無法躲避矯如生馬，驚如雲鵬的巨鯨猛烈攻擊。船舶被巨鯨攻擊後，船底忽然傳來裂帛巨響，原來竟是堅硬若鐵的舵木，應聲斷裂，令船工陷入難以置信的危險氛圍中，故「三百餘人同失色」。這一段描寫鯨的形態及對海船的攻擊，極富臨場感、眞實性，也展現鯨的巨大力量。

海舶一遇到叱吒滄海的巨鯨，往往陷入船毀人亡的危機。但活躍深海的巨鯨一旦擱淺於沙灘，只能無助地任漁民宰割。梅堯臣〈青龍海上觀潮〉（《宛

陵集》，頁 53），記錄衰老的巨鯨擱淺後的悲哀情狀：

> ……老魚無守隨上下，闊向滄洲空怨泣。推鱗伐肉走千艘，骨節專
> 車無大及。幾年養此膏血軀，一旦翻爲漁者給。……

此詩聚焦於退潮後，老魚擱淺於滄洲的淒涼景況。當潮水快速消退時，彷彿是海神奮力鼻吸，將潮水瞬間吸乾。體態衰弱的老鯨，無法抗拒浪潮的推移力，只能隨波浮沈，無助地擱淺於滄洲，徒留怨泣。曾經叱吒滄海，在海上追捕魚群，宛若千帆疾走，骨節可專滿一車的巨鯨，如今竟淪落到擱淺沙洲，任漁人宰制的景況，令梅堯臣心生無限感慨。

由於鯨的體型龐大，古代的船舶及漁具，幾乎不可能於深海中捕鯨。古代所捕到的鯨，都是隨潮擱淺者。鯨的體型巨大，可利用的部位頗多，一旦擱淺後，常慘遭肢解。宋朝趙汝适於《諸蕃志・中理國》曾詳記巨鯨被肢解：

> 每歲常有大魚死飄近岸，身長十餘丈，徑高二丈餘。國人不食其
> 肉，惟剖取腦髓及眼睛爲油，多者至三百餘燈，和灰修舶船，或
> 用點燈。民之貧者，取其肋骨作屋桁，脊骨作門扇，截其骨節爲
> 臼。〔註38〕

每年固定會有身長十餘丈的長鯨，擱淺在中理國〔註 39〕的海岸，任由當地漁民肢解。中理國人不食鯨肉，只挖取腦髓及眼睛製成油膏，用於點燈或和石灰以修補船舶。貧家還取鯨之肋骨作房屋桁架，以脊骨作門扇，截其骨節爲門臼。由此段記載，可以想見鯨的碩大。宋朝張舜民〈鯨魚〉（《全宋詩》冊十四，頁 9664），也詳細描寫長鯨擱淺後，被肢解的慘狀：

> 東海十日風，巨浪碎山谷。長鯨跨十尋，宛轉在平陸。
> 雷火從天來，舂然剖兩目。肌膚煮作油，骨節分爲屋。
> 腥羶百里內，戶戶至厭足。我聞海上人，明珠可作燭。
> 鯨魚復何罪，海若一何酷。從欲讒風伯，大鈞問不告。
> 躊躕復歎息，歸咎當溟瀆。託形天地閒，獨爾有含蓄。
> 大者不能容，小者又何益。卻羨蝦魚輩，安然保家族。

長跨十尋的長鯨，本該噴浪作雨，浮游滄海，卻因風浪之故，竟宛轉漂流到

〔註38〕趙汝适：《諸蕃志》（南投：臺灣省文獻會，1996 年），卷上，頁 26，「中理國」。

〔註39〕今東非之索馬里。

平陸。宛如龍困淺灘的長鯨，一籌莫展，只能聽人宰制。對漁民而言，鯨全身是寶。鯨的雙眼被漁民挖出，肌膚被熬煮以提煉油脂，骨節被立爲房屋樑架。鯨被肢解後，雖發出令人作嘔的腥羶惡味，卻可滿足海邊漁民的需求。目睹鯨被肢解的張舜民，心情激動，向無情的鈞天，發出沈痛的呼告：爲何殘酷的海若、風伯，要讓大鯨無容身之地？張舜民面對不能自全的長鯨，反而羨慕起能安保家族的蝦魚輩。

　　宋、元海洋文學中，鯨由充滿想像的虛擬意象，逐漸恢復其碩大的海洋生物意象時，鯨以各種面貌出現在讀者面前。滄海是長鯨浪游的場域，激浪噴水，爲其力量的展現。微渺的人類，與長鯨遭遇於深海，危機四伏。一旦時空環境轉變，長鯨落難於灘岸時，竟被微渺的人類任意凌割。宋、元以後的海洋文學中，鯨的形象既豪雄，卻又悲哀。

三、海　蛳

　　《浙江通志》引《杭州府志》云：「螺屬，杭俗，立夏以爲應時之味，以椒花灑之。」海蛳，出產於海中，螺屬之一，味頗鮮美。海蛳常見的烹煮方式：(1)以鹽炒；(2)鹽水煮熟後，灑上花椒；(3)以蔥薑炒，肉如翡翠。海蛳爲杭州地區立夏的應時美味，廣受群眾歡迎。海蛳爲海錯微物，但仍有作者歌頌、述異。

海　蛳

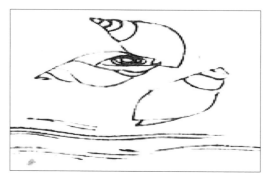

（本圖取自《和漢三才圖會》）

宋朝釋道濟〈海蛳頌〉（《全宋詩》冊五十，頁 31104）云：

　　此物生在東海西，又無鱗甲又無衣。

　　雖然不入紅羅帳，常與佳人做嘴兒。

釋道濟以幽默之筆描繪海蛳，饒富趣味。「此物生在東海西，又無鱗甲又無衣」
兩句，記載海蛳的生物特色。海蛳生於海中，除去殼室後，肉身赤裸，既無
鱗甲，又無表皮。「雖然不入紅羅帳，常與佳人做嘴兒」兩句，以戲謔之筆法，
將海蛳令人垂涎的滋味，以閨趣作比擬。釋道濟將海蛳比喻成不曾入閨房的
男子，卻因佳人以口吸吮螺殼內的海蛳肉，好像與佳人正親密地做嘴。釋道
濟頌海蛳不著於實相，運用趣味的聯想，使海蛳的形象鮮明。

　　宋朝洪邁《夷堅志》中，有〈張四海蛳〉短篇志異小說，所描寫的海蛳
形象，與釋道濟的作品，大異其趣。〈張四海蛳〉云：

> 臨安薦橋門外，太平橋北，細民張四者，世以鬻海蛳為業。每浙東
> 舟到，必買而實於家，計逐日所售，入鹽炒。杭人嗜食之，積戕物
> 命，百千萬億矣。淳熙十六年二月之夜，蛳在盎者，盡緣壁登屋，
> 上床繞衣，掃去復集，至於粘著肌膚不可脫。張慨然有悟，遂發誓
> 云：「從今日以往不復造此惡業，自別尋一營生道路。願諸佛子監
> 察。」言訖，悉墜於地。天明，空所有，投諸江，而改貨煎豆腐以
> 贍給。〔註40〕

〈張四海蛳〉描寫世以鬻海蛳為業的張四，因造殘殺海蛳惡業，而遭受被海
蛳附滿肌膚的果報。張四曉悟果報後，發誓不再鬻海蛳營生，並將所有海蛳
放生。本故事內容有三個重點：(1)強調殺生終究會有惡報的佛教思想。(2)
宋時海蛳為杭人嗜食的海物。(3)記載鹽炒海蛳的料理法。本故事將沿海人所
熟悉的海蛳與佛教因果之說相結合，使海洋生物雜有宗教色彩。

　　海蛳原為沿海地區尋常的海錯，無鸚鵡螺般亮眼的外形。但尋常可見的
特性，具備共同經驗，易引發共鳴。故作家以海蛳為主題創作，表現海蛳的
形象，又可託寓作家的思想、諷喻。

四、珊　瑚

　　屬腔腸動物門的珊瑚蟲，分泌出石灰質骨骼，經石化作用而形成珊瑚（化
石）。因珊瑚形似樹木，古人誤歸於草木類，常稱珊瑚樹。珊瑚的柏狀形體，
鮮艷的色澤（鮮紅、淡紅），具有極高的觀賞價值。美麗而珍稀的珊瑚，也
是海洋貿易的熱門珍寶之一。然而珊瑚質地易碎，柯枝易折，要從海中完整
採集，極為不易，故「樹身高大，枝柯叢多，紋細縱而色殷紅，如銀硃而有

〔註40〕宋・洪邁：《夷堅志》，卷三，「張四海蛳」。

光澤者」〔註41〕，極爲稀罕，特爲帝宦巨室所珍愛。東晉葛洪《西京雜記》云：

> 積草池中有珊瑚樹，高一丈二尺，一本三柯，上有四百六十二條，
>
> 是南越王趙佗所獻，號爲烽火樹，至夜，光景常欲燃。〔註42〕

漢宮上林苑積草池中，有南越王趙佗所獻之大珊瑚樹，高一丈二尺，一本（樹幹）三柯（樹枝），上有四百六十二條細枝，至夜間時，光明煥然，故又號爲烽火樹。顏色鮮艷，柯枝碩大的烽火樹，在珊瑚化石中極爲珍罕，被漢宮視爲稀有珍寶。

珊瑚的美麗珍貴，廣爲古人喜愛，常爲文人歌詠的對象。如「隱見珊瑚樹色紅」（元代顧瑛〈海洲夜景〉）、「刀擊珊瑚碎流雪」（元代碩裕實哈雅〈觀日行〉）、「好種珊瑚樹，他年繫釣船。」（元代貢師泰〈題黃觀瀾卷〉）、「珊瑚寶樹來三島」（貢師泰〈送顧仲莊之海北〉）。這些描寫珊瑚的詩句，都強調樹狀、色紅、易碎的特徵。宋朝趙汝适《諸蕃志》更詳細描寫珊瑚的樣態：

> 珊瑚樹出大食毗喏耶國。樹生於海之至深處。初生色白，漸漸長苗
> 拆甲，歷一歲許，色間變黃，支格交錯，高極三、四尺，大者圍尺。
> 土人以絲繩繫五爪鐵貓兒，用烏鉛爲墜，拋擲海中，發其根，以索
> 繫於身上絞車搭起，不能常有，蕎得一枝，肌理敷膩，見風則乾硬，
> 變爲乾紅色，以最高者爲貴，若失時不舉，則致盡敗。〔註43〕

這段文字詳細地記載珊瑚的生態、採集之法及其顏色。珊瑚生長於無沉積物，水質清澈的海中。珊瑚初生時是白色，經一年多的生長，顏色逐漸轉黃。成熟的珊瑚有各種顏色，其又以紅色最具價值。南越王趙佗向漢王所獻的烽火樹，就是鮮紅色的珊瑚樹。由於珊瑚生長於海中，漁民以繫有鉛塊的五爪鐵錨，拋擲海中，鉤住珊瑚的根部，再以船上的絞車拉起。體型大而枝柯完整，顏色鮮紅似血者，爲珊瑚之上品。不過趙汝适還是以傳統的認知，將珊瑚歸入草木類，故稱「樹生於海之至深處」。本文對珊瑚的描寫言簡意賅，能緊扣住珊瑚的生態、形貌。

〔註41〕 清・屈大均：《廣東新語》（北京：中華書局，1997 年），卷十五，頁 417，「珊瑚」。

〔註42〕 東晉・葛洪著，曹海東注譯：《新譯西京雜記》（臺北：三民書局，1991 年），頁 40。

〔註43〕 趙汝适：《諸蕃志》（南投：臺灣省文獻會，1996 年），卷上，頁 52，「中理國」。

宋代岳珂〈珊瑚〉(《全宋詩》冊五十六，頁 35353) 歌詠珊瑚，其中前兩句寫到珊瑚的採收方式：

> 銅柯凝異質，鐵網墜層淵。海霧夜涵潤，山霞朝欲然。
>
> 綠鬟尚攲枕，烏帽稱鳴鞭。勿爲毛錐子，日興靡萬錢。

在岳珂的眼中，珊瑚的枝柯，彷彿是銅柯凝聚異質而成。海人爲採集來自深海的珊瑚，以「鐵網墜層淵」。古代常見的珊瑚採集工具有兩種，第一種爲趙汝适所記之五爪鐵錨，第二種爲鐵網。爲保持珊瑚柯枝的完整，大部分皆以鐵網沈海裝載，再以船上絞車絞起。岳珂所見到的珊瑚，乃海人冒生命危險潛海，以鐵網費力採得。

元代楊維楨〈小臨海曲〉(《鐵崖先生古樂府》，頁 94) 第五首，描寫珊瑚的珍奇：

> 網得珊瑚樹，移栽瑪瑙盆。夜來風雨橫，龍氣上珠根。

「網得珊瑚樹，移栽瑪瑙盆」兩句，描寫利用海中鐵網採得的珊瑚樹，被移栽至瑪瑙盆中，更襯托出珊瑚樹的珍貴非凡。珊瑚樹的珍稀性，常與神靈聯結爲一。夜間風作雨橫，珊瑚樹根的水氣，彷彿是龍氣附著於珠根。

元代王旭〈雜詩〉(《蘭軒集》〔註44〕卷二) 對珊瑚的描寫，更具形象：

> 煌煌珊瑚樹，託根萬仞淵。陽光照羣物，海底無青天。
>
> 絕寶世所稀，幽沈多棄捐。誰能理鐵網，採獻君王前。

本詩以珊瑚潛隱深海的暗昧，與採集出海的光彩作強烈的對比。世人所珍愛的珊瑚，散發出煌煌光彩，卻託根於萬仞深海中。當陽光普照萬物，珊瑚卻立根於不見青天的海底。王旭感慨稀有的絕世珍寶，竟大多捐棄於幽深的海底！誰能理治鐵網，潛入深海中採集珊瑚，進獻於君王前？珊瑚因難以採集之故，使絕大部分的珊瑚隱身於深海，無法被人們寶愛。從王旭的感嘆中，可以體會其言外之意，弦外之音。世間有眾多如珊瑚般的人才，懷玉卻不被發掘，只能隱微於江湖，鬱鬱而終。王旭長嘆有誰能如海人理治鐵網，採集珊瑚般，將人才薦舉於君王？珊瑚在本詩中，成爲王旭托物寄諷之物。

原爲海中生物的珊瑚，竟能有如陸上樹木之形，再加上鮮紅討喜的色澤，易碎且採集不易的稀有性，成爲古人珍愛的寶物。珊瑚除了是海洋文學歌詠的主題之一，也常出現在其他的文學作品，用以稱代財富。

〔註44〕《文淵閣四庫全書電子版》。

五、玳瑁

玳瑁，又稱十三鱗、瑇瑁、文甲。玳瑁的背甲，具有極為特殊的紋理、色澤，被古人附會為卦象，視為海中靈貝，為沿海地區常上貢之海中珍寶。關於玳瑁的外形特徵，范成大《桂海虞衡志》與趙汝适《諸蕃志》均有散文詳細描述。范成大《桂海虞衡志》云：

> 瑇瑁，形似龜黿，背甲十三片，黑白斑文相錯，鱗差以成一背，其邊裙襴缺，嘴如鋸齒，無足而有四鬣，前兩鬣長，狀如檝，後兩鬣極短，其上皆有鱗甲，以四鬣棹水，而行海人養以鹽水，飼以小鱗。〔註45〕

范成大的這篇短文，精確地描寫玳瑁的外觀。玳瑁最明顯的外形特色，在於十三片背甲（椎盾五片，肋盾每側各四片）如覆瓦狀排列，邊裙襴缺，呈鋸齒狀。背甲具紅棕色光澤，而且黑白斑紋相錯。玳瑁無足，有槳狀四肢（「鬣」），前肢較長大，各具二爪，後肢較短小，各具一爪。玳瑁依靠槳狀四肢划水前進。「養以鹽水，飼以小鱗」則記玳瑁的生活習性。玳瑁殼可做裝飾品，甲片可入藥，具清熱解毒、滋陰潛陽等功效。

玳 瑁

（本圖引自《海龜圖鑑》／筆者加註）

〔註45〕宋代范成大：《桂海虞衡志》（《叢書集成》初編，臺灣：藝文印書館，1966年），頁18。

趙汝适《諸蕃志》云：

> 瑇瑁，形似龜黿。背甲十三片，黑白班紋間錯，邊欄缺齧如鋸。無
> 足而有四鬣，前長後短，以鬣棹水而行。鬣與首，斑文如甲。老者，
> 甲厚而黑白分明；少者，甲薄而花字模糊。世傳鞭血成斑，妄也。
> 漁者以秋間月夜採捕，肉亦可喫出。〔註46〕

這段描述，基本上同於范成大，再增加老、少瑇瑁背甲不同的描述。老瑇瑁
的背甲厚實，黑白分明，小瑇瑁的背甲薄，花紋模糊。趙汝适記載瑇瑁的形
貌，乃自己觀察瑇瑁所得，不信無根之臆測。如俗傳瑇瑁背甲之紅棕色斑紋，
乃海人鞭瑇瑁出血而成，則被趙汝适斥爲妄說。范成大與趙汝适記述瑇瑁形
貌的短文，純以記實之筆，精確地描繪瑇瑁，也不妄傳無根俗說，能以文字
傳達瑇瑁的正確形象。

胡仲弓〈賦瑇瑁魚〉（《葦航漫游藁》卷二，頁24），則從瑇瑁外形之奇妙
處，產生浪漫的聯想：

> 海靈如許巧，龜貝點成紋。背負十三卦，旁分四六文。
> 殼中藏勺水，身後管梳雲。貴介諸公蛻，何因得似君。

瑇瑁背甲的外形奇特，令世人讚嘆不已，被視爲靈巧的海靈。瑇瑁如覆瓦般
規則排列的十三片背甲，好像以十三卦對世人示現天地玄機，而背甲兩側的
黑白斑紋，又如四六文般分明不紊。瑇瑁死後，殼中可藏勺水，亦可製成精
美梳篦，管領梳雲之事。胡仲弓感歎瑇瑁被製成各種形狀的用品後，又有何
處與瑇瑁的原本形貌相似？瑇瑁在胡仲弓的筆下，由海洋生物變成海靈之
物，憑添幾分浪漫的想像。

海洋龜類中，瑇瑁以其長壽，神奇的十三片背甲，黑白相錯的紋理，紅
棕色的漂亮光澤，而披上神秘色彩。因此瑇瑁被古人視爲海中珍寶，並製成
珍貴的器物。文人詠頌瑇瑁時，也將描寫的重心，置於其外形之奇巧處。

六、水　母

水母，又名海蜇、樗蒲魚、石鏡、蚱、海鞘、蝦助〔註47〕等，是生長在
海洋的腔腸動物。水母在水中游動時，像張開的降落傘，傘緣有許多下垂的
觸手，下方中央爲其口。成年水母的直徑可達五十公分，最大可達一公尺。

〔註46〕宋代趙汝适：《諸蕃志》（南投：臺灣省文獻會，1996年），卷下，頁55～56，
　　　　「瑇瑁」。
〔註47〕水母，無目，凡行，蝦必附之，故云蝦助。

水母的傘狀物，膠質堅硬，又叫海蜇皮。晉代張華《博物志》已有食用水母的記載。唐朝時，人們利用洗、炸及薑醋調味，烹調水母。宋、元時期，人們更利用石灰、明礬浸泡水母，榨去體中水分，洗淨後，以鹽醃漬，即今日常食用的海蜇皮。

古人認為水母無目，卻有眾蝦附之，形成共棲現象，故誤認水母以蝦為目，因而有「蝦助」之名稱。《埤雅廣要》云：

> 水蟲，一名蟦，水母也，形如羊胃。其為物也，無目，以蝦為目。
> 蝦食其涎，見人則躍，水母因蝦躍，則知有警，故隨亦沈以避害
> 也。〔註48〕

水母口腕周圍，常有小蝦共棲。當外敵接近時，共棲的小蝦立即躲入水母的口腕之間。小蝦的驚躍動作，觸動水母傘部收縮，立即沉入深水區避難。共棲的小蝦，彷彿是水母的雙目。水母以蝦為「目」的奇特現象，在部分文人的眼中，有更深層的反思。如宋朝許綸〈德久送沙噀信筆為謝〉（《涉齋集》〔註49〕卷四）云：

> 海物惟錯羣分命，並海饞涎為物病。
> 采拾烹煮如擷蔬，豈念含靈鈞物性。
> 就中水母為最蠢，以蝦作眼資汲引。
> 蝦入罟罥自不知，水母浮悠亦良窘。……

在許綸的眼中，海錯中以借蝦為目的水母最愚蠢。無目的水母，依賴小蝦的眼睛引導。當小蝦引導水母誤入網罟而不自知，水母還自以為安全地悠浮網中。許綸以水母為戒，若徒借他人之目，而不善用己目觀察，將身陷危機。

宋朝沈邁〈錢塘賦水母〉（《全宋詩》冊二十九，頁18758），以長篇詩句，詳細描寫水母：

> 疾風吹雨回江城，觸牙嘔呀潮欲平。
> 客居喜無人事攖，相與環坐臨前楹。
> 眼中水怪狀莫名，出沒沙嘴如浮罌。
> 復如緇笠絕兩纓，渾沌七竅俱未形。
> 塊然背負群蝦行，嗟其巧以怪自呈。
> 凝目注視相將迎，老漁旁睨笑發聲。

〔註48〕 《淵鑑類函》（《文淵閣四庫全書電子版》），卷四四四引《埤雅廣要》。
〔註49〕 《文淵閣四庫全書電子版》。

曰此水母官何驚，江流如奔絕滄瀛。

潮汐往來月爲程，藏納眾污無滿盈。

浮浚沈滓涸九清，結成此物宜昏盲。

使蝦導迷作雙睛，乃能接跡蚌與蟶。

亦猶巨蛩二體并，離則無目爲光精。

江天八月霜葉鳴，罟師得蝦供水征。

水母棄擲羅縱橫，試令收拾輸庖丁。

絳礬收涎體紆縈，飛刀鏤切武火烹。

花瓷釘餖粲白英，不殊冰盤堆水晶。

稻醯蠡寒芼香橙，入齒已復能解酲。

遣漁止矣勿復評，嗟哉此性愚不更。

定矜故態招三彭，且摩枵腹甘藜羹。

第一段（「疾風吹雨回江城……相與環坐臨前楹」）描寫沈遘客居錢塘，能悠閒地欣賞前楹的潮汐往來。第二段（「眼中水怪狀莫名……離則無目爲光精」）描寫沈遘從未見過的水母形貌及其生活習性。水母有如浮瓶般出沒於沙嘴（自陸地突出水中的帶狀沙灘）間，狀如帽笠，全無七竅可供辨識，卻背負群蝦共行。對沈遘而言，水母怪巧至極，難以形容，只能以「水怪」稱呼。沈遘的驚怪，與習見水母的老漁夫，形成強烈的對比。老漁夫所熟悉的水母，藏納眾污，浮浚沈滓，經由上天的混雜而成，所以「宜昏盲」。昏盲無目的水母，只有「使蝦導迷作雙睛」，才能與蚌、蟶接跡，離蝦則無目可用。第三段（「江天八月霜葉鳴……且摩枵腹甘藜羹」）描寫老漁夫繼續介紹水母的料理。霜秋八月，罟師得蝦供餌後，將水母棄擲於羅網中，準備交給庖丁料理。庖丁先將水母浸泡於明礬中收涎（脫水），使其形體紆縮，顏色變白，瑩如晶玉。庖丁再將白色的海蜇皮，以飛刀細切爲縷，變成「水母線」，用武火（猛火）烹煮。當瑩如晶玉的水母線，堆疊在盤中時，燦如白色花瓣，與冰盤堆砌水晶，幾無分別。清爽的海蜇，入口已能解酲。沈遘中止老漁人對水母的評介，以爲水母之性「愚不更」，寧可「枵腹甘藜羹」，也不想大噉水母。

　　元朝薩都剌〈蝦助〉〔註50〕（《雁門集》〔註51〕，頁270）詩，則描寫水

──────────────

〔註50〕本詩的作者，於若干選本中，題作謝宗可。薩都剌《雁門集》卷十有本詩。
　　　　郎瑛《七修類稿》云：「〈蝦助〉詩乃元薩天錫作，薩詩予家所藏可謂全矣，

母的料理：

> 層濤濡沫綴蝦行，水母含秋孕地靈。
> 海氣凍成紅玉脆，天風寒結紫雲腥。
> 霞衣褪色脂流滑，瓊縷烹香酒力醒。
> 疑是楚江萍實老，誤隨潮汐落滄溟。

「層濤濡沫綴蝦行，水母含秋孕地靈」兩句，描寫水母的生活習性。小蝦棲附於水母之上，形成生物的共棲關係。水母形體，渾然凝結，其色紅、紫，故曰「海氣凍成紅玉脆，天風寒結紫雲腥」。水母如霞衣般的紅、紫色，經浸泡石灰、明礬後，體積縮小，腥味盡除，去其血汁，顏色變白，瑩如晶玉，故曰「霞衣褪色脂流滑」。宋、元人食用水母，常將浸過明礬，變爲白色的海蜇皮，細切作縷，名爲水母線。「烹香酒力醒」句中之「瓊縷」，即指白色的水母線。因海蜇有解酒的功效，先食海蜇，可使人多飲酒而不易醉，故元人宴席時，常先食用海蜇。「瓊縷烹香酒力醒」句，描寫的正是食用海蜇可以醒酒。薩都剌享用清爽的海蜇後，帶有些許的感慨，水母「誤隨潮汐落滄溟」，才落得被烹煮的命運。

水母以其狀若降落傘，七竅未形，以蝦爲目的奇特外形及生活習性，引起文人注意。雖然腥臭的水母，經由適當加工後，可變成晶白爽口的醒酒菜。但水母的外形、生活習性，留給文人的印象，卻是負面的。文人描述水母時，最常批判以蝦爲目的習性。

七、烏　賊

烏賊，又名墨斗魚、纜魚、烏鰂、墨魚、河伯度事小吏等。烏賊頭部兩側的眼徑甚大，頭前和口周有腕五對，其中四對較短，腕上有四行吸盤，一對很長的觸腕。烏賊有厚實的石灰質內殼，呈橢圓形，通稱烏賊骨，又名海螵蛸。烏賊墨囊發達，遇險時，會立即噴出黑色墨水，令水溷黑，擾亂敵人視線，趁機逃逸。

烏賊的名稱及浪漫傳說，與其特殊習性有密切的關係。以下所舉三種說法，爲各典籍中常出現對烏賊的解說：

1.周密《癸辛雜識》云：「世號墨魚爲烏賊，何爲獨得賊名？蓋其腹中之

亦失此律，況膾炙人口，特書之。」筆者依《雁門集》的收錄，將作者暫定爲薩都剌。

〔註51〕元・薩都剌：《雁門集》（上海：上海古籍出版社，1982 年）。

墨，可寫偽契券，宛然如新，過半年則淡然無字，故狡者專以此爲騙詐之謀，故諡曰賊云。」〔註52〕墨魚之墨汁，初寫時宛然如新，但過半年後則淡然無字。周密解釋墨魚又名爲烏賊，乃因狡詐者利用墨魚之墨無法持久的特性，僞立契券，以行詐騙之謀。「烏賊」即以其「烏」墨，「賊」騙對方。

2. 段成式《酉陽雜俎》云：「烏賊魚，海人言昔秦始皇東遊，棄算袋於海，化爲此魚，形如算袋，兩帶極長。」〔註53〕烏賊有一對很長的觸腕，似袋子的提把，再加上體內有墨囊儲存墨汁，形似儲放筆墨的算袋。因此烏賊的此項特徵，與秦始皇的事蹟連結後，烏賊變成秦始皇東遊時，棄算袋於海中所化。

3. 《南越記》云：「烏賊魚，常自浮水上，烏見以爲死，便往啄之，乃卷取烏，故爲烏賊。」本段資料以烏賊的生活習性，來解釋烏賊之名。相傳烏賊常浮於水上詐死，引誘烏鳥啄食，趁其無備，以觸腕捲住烏鳥。墨魚名「烏賊」者，言爲「烏」之「賊」害。

烏賊似算袋之外形，及遇敵噴墨遁逃的習性，常是作家聯想的基礎。如楊萬里〈烏賊魚〉（《誠齋集》，頁165）云：

> 秦帝東巡渡浙江，中流風緊墜書囊。
>
> 至今收得磨殘墨，猶帶宮車載鮑香。

烏賊相傳是秦始皇東遊浙江時，因中流風緊，算袋不慎遺墜海中所化，故至今猶口吐墨水。楊萬里想像烏賊腹中的黑墨，應是秦始皇當時留下的墨袋殘墨！楊萬里看著烏賊的墨汁，想的是死在巡行途中，以鮑味亂屍臭的秦始皇。楊萬里透過秦皇傳說來詠頌烏賊，以虛筆代替白描，使海洋生物染上濃郁的人文色彩。

黃、馬二君（姓名不詳）曾饋贈烏賊給梅堯臣。梅堯臣作〈烏賊魚〉（《宛陵集》，頁238），具體描寫烏賊的形貌：

> 海若有醜魚，烏圖有烏賊。腹膏爲飯囊，鬲胃貯飲墨。
>
> 出沒上下波，厭飫吳越食。爛腸夾雕蚶，隨貢入中國。
>
> 中國捨肥羊，啗此亦不惑。

〔註52〕周密：《癸辛雜識》（北京：中華書局，1988年），續集，卷下，頁210，「烏賊得名」。
〔註53〕唐・段成式：《酉陽雜俎》（臺北：臺灣學生書局，1987年），頁92。

烏賊屬軟體動物中的頭足綱，梅堯臣卻將烏賊視爲海中的魚類，稱之爲烏賊魚。梅堯臣以爲海若創造出烏賊這種醜魚，並盛產於烏圖〔註54〕。被梅堯臣視爲醜魚的烏賊，以腹膏爲胃（「飯囊」），隔胃貯放所飲之墨。唐、宋時，烏圖時有進貢，貢品中有烏賊。出沒於海波間的烏賊，竟使吳、越一帶，捨傳統肥羊美食，而嗜啗醜怪的烏賊。由「厭飫吳越食」句，可知吳越一帶自宋朝起，已愛吃烏賊。

元朝侯克中〈烏賊魚〉（《艮齋詩集》〔註55〕卷七），實寫烏賊的形貌、生活習性，並虛擬出人世的聯想：

> 每因食月怵蟾蜍，醜類何堪賊曰烏。
> 幸託滄溟亡後患，彊令黑水作前驅。
> 有鬚縱免風濤難，多足能逃鼎俎無。
> 啗肉未償臣子恨，直須粉骨謝餘辜。

侯克中將烏賊，與蟾蜍歸爲同類，兩者皆具有其貌不揚的特色。烏賊幸託身於大海而無後患，常噴出墨汁，以爲前驅。屠本畯《閩中海錯疏》云：「鰂遇風波，即以二帶，捉石浮身水上。」〔註56〕烏賊遇大海風濤，常浮身水上，以其一對長觸腕捉石，宛若海船下碇，能免風濤之患，故烏賊又名纜魚。然而烏賊雖有多足，卻無法逃遁鼎俎之難。烏賊的肉可食用，體內的烏賊骨（海螵蛸）可磨碎爲粉作藥。因此在侯克中的眼中，遭逢鼎俎之難的烏賊，肉被啗，骨作粉，好像孤臣要對敵人（烏賊）啗肉粉骨，才能消心中之恨。

元朝洪希文〈鰞鰂魚〉（《續軒渠集》〔註57〕卷二）則對烏賊作深入的介紹：

> 海族誠多奇，醜纇未易識。小童鬻市歸，蒲穿不盈尺。
> 團團類瓜瓝，混混無鱗脊。癩足疑醉泥，詰之曰鰞鰂。
> 烏賊俚語歟，取義中竊墨。群兒相睗言，墨瀋於焉得。
> 初疑梁進士，眊瞍澆以汁。又疑漢治書，殘馥餘膏蹟。
> 母乃近硯池，餘波淰啗咋。得非吞舟魚，尚餌沈河璧。
> 自蔽本求全，不知滅其跡。煦水水盡烏，竟以墨自賊。

〔註54〕烏圖又作烏荼，宋代時爲南海諸島國之一。
〔註55〕《文淵閣四庫全書電子版》。
〔註56〕明代屠本畯《閩中海錯疏》（《叢書集成》初編，臺灣：藝文印書館，1965年），卷下，「烏鰂」。
〔註57〕《文淵閣四庫全書電子版》。

　　　　子瞻謫海南，作說爲之述。爾雅注蟲魚，網漏欠詳悉。

對於熟悉陸地生活的洪希文而言，海族多奇物而不易識。當海邊小童自市場販賣歸來，洪希文看到以蒲草穿繫的海物，長不盈尺，圓圓似瓜蓏，外觀並無魚類常見的鱗脊以供辨識，充滿吸盤的足腕，宛如癩足般。洪希文詢問後，才知此海物名爲鯞鰂，因腹中竊墨藏之，故又俗稱烏賊。洪希文懷疑烏賊的墨瀋，是梁進士或漢人治書的遺墨，爲烏賊所啖。烏賊遇險輒噴墨自蔽求全，卻不知滅跡，以致於噴墨之處，海水盡黑，暴露行跡，反爲漁人網得，故洪希文感嘆烏賊「竟以墨自賊」，欲蓋而彌彰。《爾雅》注蟲魚之名物時，網漏此物，有欠詳悉。烏賊的外形、習性非常特殊，洪希文特以本詩詳記，以補《爾雅》記物之不足。

　　罕見的海物，本來就易令人產生聯想，更何況是外形奇怪、生活習性特殊的烏賊？無鱗無鬐，身體團團的烏賊，身儲墨囊，形似算袋，常以長觸腕挽石避濤。烏賊的外形、習性，對於少見海錯的文人而言，充滿驚奇與想像，並從而產生浪漫的幻想。因此覽閱作品，烏賊的形象，虛實相合，詠烏賊而不著於其實相。

八、海　扇

　　明朝劉積《霏雪錄》云：「海中有甲物如扇，其文如瓦屋，惟三月潮盡乃出，名海扇。」海扇又稱硨磲，其殼大而厚，略呈三角形，上下兩殼同形，殼緣呈波浪狀，表面粗糙，具有隆起的放射肋和肋間溝，若干種類的肋上有粗大鱗片。海扇大而美，殼內白皙如玉，常被誤作玉石類，爲佛教七寶之一，可加工爲藝品，肉亦可食。

　　海扇的外殼，碩大而美麗，狀如摺扇，具有鮮明的視覺效果。古人視海扇爲寶，並雕製成各種器物。文人多有詠記海扇者，如周去非《嶺外代答》云：

　　　硨磲：南海有蚌屬曰硨磲，形如大蚶，盈三尺許，亦有盈一尺以下
　　　者，惟其大之爲貴，大則隆起之處，心厚數寸，切磋其厚，可以爲
　　　杯，甚大雖以爲瓶，可也。其小者，猶可以爲環佩、花朵之屬，其
　　　不盈尺者，如其形而琢磨之以爲杯，名曰激灩，則無足尚矣。佛書
　　　所謂硨磲者，玉也。南海所產得非竊取其名耶。〔註58〕

周去非詳細記載海扇的形狀及用途。海扇可以長到三尺餘，小者也有一尺餘。

〔註58〕宋代周去非：《嶺外代答》（北京：中華書局，1999 年），卷七，頁 265，「硨磲」。

海扇以大者爲貴，因爲可雕製的器物較多。大型海扇隆起處，厚達數寸，可製成杯子，再厚者，甚至可以製成瓶。長不盈尺的小型海扇，也可順其形，琢磨爲瀲灩杯。不過周去非以爲佛教七寶中之硨磲是玉石，而南海的海扇又稱硨磲，乃竊用佛教七寶之名。周去非的說法，有可議之處。巨大的海扇，殼內白皙如玉，經切割加工後，常被誤認爲玉石。海扇又名硨磲者，乃就其外形特徵而言。海扇有粗大的肋條，肋條間的肋溝，有若車輪之渠溝，故以硨磲名之，古籍亦有稱車渠者。

海 扇

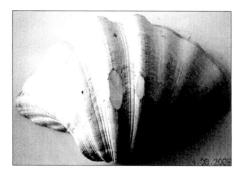

（本圖爲筆者自攝）

　　元朝任士林〈海扇〉（《松鄉集》卷八）詩，則將海扇浪漫地聯想爲海中摺扇，與漢代後宮佳人班婕妤之事結合，使海扇充滿浪漫的人文色彩：

　　　漢宮佳人班婕妤，香雲一笑秋風初。

　　　網蟲蒼蒼恩自淺，猶抱明月馮夷居。

　　　至今生怕秋風面，三月三日才一見。

　　　對天搖動不如烹，肯入五雲清暑殿。

成帝幸趙飛燕姊弟，班婕妤自知見薄而退居後宮，將自己的遭遇，寄寓於見捐的秋扇。海中的海扇應是抱明月獨居的班婕妤化身，心中滿是哀怨。任士林自註：「海中有甲物如扇，文如瓦屋，三月三日，潮盡乃出。」農曆三月三日潮盡，海扇才出現在岸邊。任士林以爲班婕妤應是生怕秋風面，故只有在三月三日才能一見。岸邊的海扇彷彿發出「對天搖動不如烹」的長嘆。巨大的海扇，白而厚的殼，既可加工爲杯、瓶、環佩、花朵，爲人珍賞，又彷彿是人間掉落海中的摺扇。優雅美麗的海扇，總是讓文人不禁產生浪漫的聯想，尤其是懷秋扇自怨的班婕妤。

第八章 宋元文學展現的人文海洋

　　將人類各種海洋活動抽離後，海洋只是客觀自然的存有（自然屬性），不具有文化的意義（人文屬性）。自然海洋因人類的參與，一變而為人文海洋。就宋、元時期的海洋文學考察，緣於涉海的基礎條件，輻射出的海洋人文活動，如神話、傳說、歷史典故、經濟活動、航海科技及航海體驗、食用海錯等，將客觀的自然海洋，變成生動而有情的人文海洋，使得海洋文學的表現多采多姿。

第一節　神秘的海神信仰

　　海洋的本體廣大，具有無窮的自然力。當古人無法用已獲得的知識、經驗解釋海洋現象，自然而然將神靈思想引入海洋現象的詮釋系統中。自然海洋因海洋神靈的加入，而變得人文化、社會化。海洋的自然屬性，也因而充滿濃厚的人文色彩。緣海水本體而生的海洋神靈，正反映出人類面對自然海洋的恐懼、無助。隨著海洋活動的昌盛，人類積極迎向海洋，海神逐漸人格化、人像化，並形成一套功利的海神信仰系統。藉由人格化海神的幫助，人類主觀相信能局部支配海洋，並從中得到預期利益。

　　出現在宋、元海洋文學中的海神，可分成兩大類型。第一類型，因應海洋廣大本體而生，如陽侯、北海若、祝融等，自然屬性明顯，與航海者的祈願距離較遠。這類海神代表海洋的無窮力量，因此在海洋文學中，常出現令人恐懼的形象。第二類型，以昌盛的海洋活動為其發展的外緣條件，因應航海者的功利需求，而具有人格化、人像性的特質，人與海神的距離更為接近。這類海神在海洋文學中具有鮮明的形象。

一、海洋神靈

有誰能推動無量的海水，激起壁立狂濤？在不了解客觀成因的古人眼中，應該是海洋神靈運起無窮神力，使平靜的海水瞬間波翻浪滾。古籍中的海神系統頗為龐雜，常出現在宋、元海洋文學的海神，則有陽侯、北海若、祝融等。這些海神各有其發展的淵源、特色：

（一）陽　侯

宋朝王應麟《玉海》云：「陶淵明集《聖賢羣輔錄》：金提主化俗，鳥明主建福，視默主災惡，紀通為中職，仲起為海陸，陽侯為江海。」〔註1〕王應麟引陶潛言「伏羲六佐」，其中陽侯主江海之事，故後世謂陽侯為海神，能興起海上風濤。陽侯本為伏羲六佐之一，被尊奉為海神之後，變成古人解釋海面風濤興起的成因時，常援引的套語。

（二）北海若

北海若的形象，在《莊子·秋水》中，有具體地描述：

> 順流而東行，至於北海，東面而視，不見水端，於是焉河伯始旋其面目，望洋向若而歎，……天下之水，莫大於海，萬川歸之，不知何時止而不盈；尾閭泄之，不知何時已而不虛；春秋不變，水旱不知。此其過江河之流，不可為量數。……〔註2〕

莊子藉由河伯與北海若的對話（七問七答），闡述宇宙無窮，道亦無窮的觀念，對於世俗的大小、是非、貴賤、功過等絕對的價值判斷，予以否定，主張相對、無常的概念，最終的目的在於復歸生命本真。莊子藉北海若之口論述宇宙之道，北海若雖是海神，卻展現哲人的面貌，不見其神通。北海若在《莊子》中的形象，近似於人，而出現在宋、元海洋文學的形象，則具有海神的威力。

（三）祝　融

李昉《太平御覽》云：「南海之神曰祝融，東海之神曰勾芒，北海之神曰玄冥，西海之神曰蓐收。」〔註3〕古人設想中土有四海圍繞，而四海各有神靈統領，其中統領南海之神乃祝融，為四海海神中神格最高者。古人想像的四

〔註1〕宋·王應麟：《玉海》（《文淵閣四庫全書電子版》），卷一二○。
〔註2〕清·郭慶藩：《莊子集釋》（臺北：華正書局，1985年），頁561、563。
〔註3〕宋·李昉：《太平御覽》（《文淵閣四庫全書電子版》），卷八八二。

海之神，對應中國實際倚臨的海區，只有東海之神、南海之神符合。宋、元時期的海洋活動重心在東南沿海一帶，故出現在作品中的原始海神，幾乎全為南海之神祝融。

　　海濤蘊含巨大的能量，為人類所無法估量，只能從神靈的角度來解釋。海神在古人的想像中，具有推波激濤的神力，令沿海百姓、航海者怖畏不已。海洋文學描述錢塘潮、潮汐、颶風所帶來的濤天巨浪，總會將海潮的印象，與海神連結。如蘇轍〈泝潮〉云：「潮來海若一長呼，潮去肅條一吸餘。」蘇轍以為大海的潮漲、潮退現象，乃海若奮力長呼、長吸所造成的。此種想像乃運用神靈來解釋時人無法理解的海潮漲落現象。陳師道〈月下觀潮〉云：「素練橫斜雪滿頭，銀潮吹浪玉山浮。猶疑海若誇河伯，豪悍須教水倒流。」（《後山集》〔註4〕卷八）壯觀的海潮，初如素練般橫斜在海面上，襲臨岸邊，與江水相激盪，海潮宛若玉山聳立於前。能興起如此偉壯的海潮，陳師道以為應是海若為了向見識淺薄的河伯，展現其巨大的力量，因而豪悍地命潮水自海上倒流。劉過〈觀白鷺洲風濤〉云：「行客駭看銀漢落，陽侯驚起玉山飛。」（《全宋詩》冊五十一，頁 31843）行經白鷺洲，劉過眼見勢如玉山聳飛的浪濤，設想應是陽侯撼動大海而生。蘇軾〈八月十五看潮〉（第五首）云：「海若東來氣吐霓。」蘇軾將海潮東來，使錢塘江水倒流的景象，浪漫地想像為海若呵氣驅使潮水，逼退錢塘江水。

　　陽侯、北海若、祝融等海神，出現在海洋文學中，形象近似海洋本體神，代表變幻莫測、能量無盡的海洋。海洋文學援引海神，強調壯闊海潮背後，一定有個神力無窮的海神。不具人格化的海洋本體神，不因人之祈願，而改變其興風作浪的本質。人與海神間的距離遙遠！

二、海神信仰

　　海神信仰發展的成熟，與昌盛的涉海活動，有密切的依存關係。宋、元時期的海神信仰，雖具有濃厚的宗教色彩，卻也反映出當時人們迎向海洋的殷切期盼。就先秦以來的海神信仰發展而言，宋、元時期所崇奉的海神，已由生物屬性海神（如鯨、龍等）、海洋本體屬性海神（四海之神），逐漸轉變為人鬼轉化的人格化海神。人類因應海洋活動需要，將歷史上的涉海人物轉化，創出人格化海神，將人與海神的距離拉近。透過誠心祭祀、祝禱，海神

〔註 4〕《文淵閣四庫全書電子版》。

能爲從事海洋活動的人們，消災降福。人格化海神信仰的興盛，正投射出人類想局部支配海洋，並獲得豐盈利益的心願。宋、元時期，常被文人歌詠的人格化海神，有海神伍子胥、伏波將軍馬援、通遠王、天妃媽祖等。

（一）伍子胥

審視宋、元海洋文學，最常被詠嘆的人格化海神，乃是激起錢塘潮的伍子胥（？～西元前 664 年）。伍子胥的海神信仰，流行於江、浙潮災頻繁之地。以下所引三段資料，描寫伍子胥的事蹟較詳細。《史記・伍子胥列傳》云：

> 然今若聽諛臣言，以殺長者，乃告其舍人曰：必樹吾墓上以梓，令可以爲器，而抉吾眼縣吳東門之上，以觀越寇之入滅吳也，乃自剄死。吳王聞之大怒，乃取子胥尸，盛以鴟夷革，浮之江中。〔註5〕

《史記》記載伍子胥自剄前，曾向舍人發下誓願：(1)以其墓上梓木爲吳王棺木；(2)掛其眼於吳國東門，以觀越國覆滅吳國。吳王聞伍子胥遺言盛怒，以鴟夷革盛裝其尸體，浮之江中，以消心中怒氣。

漢朝趙曄《吳越春秋》的記載，則略異於《史記・伍子胥列傳》：

> 吳王乃取子胥尸，盛以鴟夷之器，投之于江中，言曰：「胥，汝死之後，何能有知？」即斷其頭，置高樓上，謂之曰：「日月炙汝肉，飄風飄汝眼，炎光燒汝骨，魚鼈食汝肉。汝骨變形灰，有何所見？」乃棄其軀，投入江中。子胥因隨流揚波，依潮來往，蕩激崩岸。〔註6〕

伍子胥發誓要用高掛東門的「眼」，觀看越國滅吳國。吳王極爲憤怒，下令斷其頭，高掛城樓，軀體則裝入鴟夷之器，棄置江中。吳王並發下詛咒（「日月炙汝肉，飄風飄汝眼，炎光燒汝骨，魚鼈食汝肉」），要伍子胥屍骨無存，無法遂其遺願。被棄置江中的伍子胥，竟化爲依潮來往，蕩激崩岸的海神。《吳越春秋》的記載，較《史記・伍子胥列傳》具體地描寫伍子胥化爲隨流揚波的海神。

宋朝李昉《太平廣記》卷二九一引《錢塘志》的資料，記載伍子胥的事蹟，更富於故事性：

> 伍子胥累諫吳王，賜屬鏤劍而死，臨終，戒其子曰：「懸吾首於南門，以觀越兵來。以鮥魚皮裏吾尸，投於江中。吾當朝暮乘潮，以觀吳

〔註5〕瀧川龜太郎：《史記會注考證》，頁 874。

〔註6〕漢・趙曄著，黃仁生注譯：《新譯吳越春秋》（臺北：三民書局，1996 年），頁158。

之敗。」自是自海門山潮頭洶高數百尺，越錢塘漁浦，方漸低小，
朝暮再來，其聲震怒，雷奔電走百餘里，時有見子胥乘素車白馬在
潮頭之中，因立廟以祠焉。盧州城內，泌河岸上，亦有子胥廟。每
朝暮潮時，泌河之水，亦鼓怒而起，至其廟前高一二尺，廣十餘丈，
食頃，乃定。俗云與錢塘潮水相應焉。〔註7〕

《太平廣記》記載伍子胥被賜鏤劍自刎，臨終向其發下誓願：(1)要懸首於
南門以觀越兵入侵；(2)要以鮆魚皮裏尸，投於江中，使他可以朝暮乘潮觀吳
國之敗亡。《太平廣記》的資料著重於記載伍子胥死後化爲朝暮乘潮而來的
海神。自海門朝暮怒奔而來的潮頭，被百姓附會爲伍子胥的化身，甚至偶而
可在潮頭中，見到伍子胥乘素車白馬而來。故百姓建子胥廟祭祀，以平息
怒潮。

《史記·伍子胥列傳》、《太平廣記》、《吳越春秋》這三段資料，記載伍
子胥的事蹟大同小異。伍子胥忠而被迫自刎，懷有深怨，死前發下重誓，欲
觀吳國覆亡，死後被盛以鴟夷之器，投入江中，化爲海神。伍子胥的憤怒之
氣（虛），與海潮的洶湧激盪（實）相結合，襲岸而來的怒潮就是伍子胥神靈
的化身。伍子胥由歷史人物，變身爲海神，使自然海潮現象染上濃郁的人文
色彩。

伍子胥死爲海神，常激起怒潮的傳說，成爲海洋作家描寫錢塘潮、大海
潮的通用典故。檢視宋、元海洋文學，約有半數詠潮作品，將怒潮與伍子胥
的神靈連結。「千年未息靈胥怒，卷地潮聲到枕邊」（陸游〈夏秋之交，小舟
早夜往來湖中絕句〉）、「千年浪說鴟夷怒，一信全疑渤澥空」（蔡襄〈和江上
觀潮〉）、「伍胥神不泯，憑此發威名」（范仲淹〈和運使舍人觀潮〉其二）、「世
間亡國知多少，誰似靈胥恨未灰」（艾性〈觀潮〉）、「不知幾點英雄淚，翻作
千年憤怒濤」（劉黻〈錢塘觀潮〉）、「靈胥怒辟海門開」（元·謝宗可〈江潮〉）
等，將怒潮視爲伍子胥的化身。滾滾怒濤，彷彿是被吳王裹在鴟夷之皮的伍
子胥，英靈發怒，要親眼見到吳國覆滅的怒氣。「晴江斗起黏天浪，一洗忠胥
憤屈魂」（喻良能〈八月十八日觀潮〉）、「靈胥勇志嗟何在，共弔江山付此杯」
（袁說友〈觀潮〉）等作品，展現作家對子胥忠靈的緬懷。忠心進諫，卻被吳
王下令自刎的伍子胥，英靈未泯，運起波波相連的怒濤，喚醒作家對伍子胥
的記憶。臨風觀潮的作家，身處怒潮濤天的情境氛圍中，緬懷伍子胥的英靈，

―――――――――――
〔註7〕宋·李昉：《太平廣記》（臺北：古新書局，1980年），頁611。

也希望黏天雪浪能盡洗其忠魂。

就觀潮作家的視覺印象而言，錢塘潮及大海潮的排空怒濤，氣勢驚人，非人力可爲，若非海神發怒，又爲何能出現怒潮？伍子胥懷怒而死，化爲帶有怨氣的海神傳說，被作家拿來當作錢塘潮的合情解釋。伍子胥的身影，出現在各詠潮作品中，伴隨怒潮，向世人傾訴其無盡的冤屈。

（二）伏波將軍馬援

漢朝伏波將軍馬援（西元前 14～西元 49 年），敉平交趾，有功於嶺南百姓，百姓立祠祭祀。唐僖宗乾符二年（西元 875 年），詔封馬援爲靈昭王；宋神宗元豐五年（西元 1082 年）封爲忠顯王；宋徽宗宣和二年（西元 1120 年）封諡爲雷州忠顯王。相傳伏波將軍馬援，能順風伏波，助人濟海，故航海者啓航前，常祝禱於伏波廟，祈求風順波平。蘇軾〈伏波將軍廟碑〉（《蘇東坡全集》〔註8〕，頁 629），詳記海神馬伏波有濟渡之功：

> 漢有兩伏波，皆有功德於嶺南之民。前伏波，邳離路侯（路博德）也，後伏波，新息馬侯也。……海上有伏波祠。元豐中，詔封忠顯王，凡濟海者必卜焉，曰某日可濟乎？必吉而後敢濟。使人信之如度量衡石，必不吾欺者。嗚呼！非盛德，其孰能然？……南北之濟者，以伏波爲指南，事神其敢不恭？軾以罪謫儋耳三年，今乃獲遷海北，往返皆順風，念無以答神，覛者乃碑而銘之……

海神馬伏波信仰，因航海之需，流行於廣東海康、徐聞等地，爲地區性海神。在百姓心目中，馬伏波爲靈驗的海神，可平伏海上風濤。百姓航海前必先占卜開航吉日，然後才敢啓航。蘇軾貶謫瓊州三年，獲遷海北，乘船往返瓊州時，皆得馬伏波庇佑，而能順風渡海。爲答謝馬伏波的神恩，蘇軾特撰碑銘誌之。因馬援有順風伏波之神力，故廉州（廣州）一帶又流傳馬援射潮的傳說。清朝屈大均《廣東新語》記載：

> 廉州海中，常有浪三口連珠而起，聲若雷轟，名三口浪。相傳舊有九口，馬伏波射減其六。予有〈射潮歌〉云：「后羿射日落其九，伏波射潮減六口。海水至今不敢驕，三口連珠若雷吼。」〔註9〕

廉州一帶的海中，本有九口浪，波濤洶湧，常翻舟襲岸，危害甚巨。馬援仿

〔註8〕 宋・蘇軾：《蘇東坡全集》（臺北：河洛出版社，1975 年）。

〔註9〕 清・屈大均：《廣東新語》（北京：中華書局，1997 年），頁 132，卷四，「海水」。

后羿射日的作法，彎弓射潮，連減六口，剩三口浪。三口浪雖常連珠而起，聲若雷響，但已無法如昔日九口浪般危害人船。

除了蘇軾盛讚海神馬伏波的濟渡之功，同被遷謫瓊州的李綱，對於馬伏波的靈驗，亦誠心頌讚。〈次地角場俾宗之攝祭伏波廟〉（《李綱全集》，頁 318）兩首云：

> 夜半乘潮雲海中，伏波肯借一帆風。
>
> 滿天星月光鋩碎，匝海波濤氣象雄。（1）
>
> 大舶憑陵真渺渺，寸心感格在精忠。
>
> 老坡去後何人繼，奇絕斯遊只我同。（2）

勾留海康的李綱，請次子李宗之拜謁伏波廟，請示渡海之期，一卜即吉。誠心祝禱後，終能於渡海之夜，藉伏波將軍所借的一帆順風，平穩地抵達瓊州。宋高宗建炎四年（西元 1130 年），李綱奉赦回歸中州。白晝渡海時，風順波平，李綱彷彿又感應到伏波將軍之濟助。故李綱作〈北歸晝渡海風便波平尤覺奇絕成五絕句〉（《李綱全集》，頁 320）云：

> 去得南風來北風，神靈只在指呼中。
>
> 老坡有語舊曾記，信我人阨非天窮。（2）
>
> 來時風浪夜喧驚，歸去潮波枕席平。
>
> 非是波神有分別，故教清晝看寰瀛。（3）

南來之夜，乘著伏波將軍所借的一帆南風，順利抵達瓊管。北歸之日，又因伏波將軍之助，取得平順北風。李綱設想應是伏波將軍的用心，要讓他見識不同的海景，所以夜航南來，體驗喧驚風浪，晝航北歸，則遠觀平靜海面。

伍子胥的信仰，流傳較廣，生平事蹟富於張力，反映在海洋文學，被作家廣泛引入作品中，與海潮印象相結合，形成海洋文學的典故傳統。馬援的海神信仰，流傳於廣東一帶，就其海洋屬性（順風伏波）而言，不若伍子胥（怒潮）鮮明，較少出現在海洋文學中。

（三）通遠王

海神通遠王信仰，流行宋代福建沿海一帶，亦為地區性海神。關於通遠王的神蹟，杜臻《粵閩巡視紀略》有較具體的記載：

> 靈岳祠在九日巖，祠樂山神。唐咸通中，有僧募木，作佛殿，遇老
> 叟為導，得大木於永春之樂山。又遇暴漲，木自浮至，因祠之於此。

> 水旱致禱，海舶祈風，多奇驗。宋累封通遠王，又加封善利廣福顯
> 濟王。宋時泉有市舶司，每四月、十一（月），郡守同市舶提舉，率
> 屬以禱。〔註10〕

唐懿宗咸通年間，樂山老叟助僧得大木作殿，後變爲樂山神。樂山神爲海神
通遠王的神話原型。樂山神因海商祈風，卓有靈驗，被累封爲通遠王，又被
加封爲善利廣福顯濟王。季風是否按時律而起，關乎海外貿易活動，因此宋
朝將祈風儀式，定爲國家祀典。每年四月（夏祭）、十一月（冬祭），於福建
南安九日山延福寺昭惠廟通遠王祠舉行隆重的祈風儀式。祈風儀式由泉州郡
守、南外宗正〔註11〕、提舉市舶主持，向海神通遠王祈風。祈風典禮隆重肅
穆，禮畢勒石記事，即今日可見之十三段宋代祈風刻石。

宋代泉州郡守、市舶官員行祈風儀式時，皆撰有祈風祝文，如泉州太守
眞德秀〈祈風文〉（《石山先生眞文忠公文集》，頁773）云：

> 惟泉爲州，所恃以足公私之用者，蕃舶也。舶之至，時與不時者，
> 風也。而能使風之從律而不愆者，神也。是以國有典祀，俾守土之
> 臣，一歲而再禱焉。嗚呼！郡計之殫，至此極矣。民力之耗，亦旣
> 甚矣。引領南望，日需其至，以寬倒垂之急者，唯此而已。神其大，
> 彰厥靈，俾波濤晏清，舳艫安行，順風揚颿，一日千里，畢至而無
> 梗焉，是則吏與民之大願也。謹頓首以請！

泉州港因繁榮的海洋貿易，帆檣雲集，經濟、文化活動熱絡。蕃舶能否按時
來到泉州貿易，與冬、夏季風關係密切，而季風是否按時而起，又與通遠王
的庇佑有關。眞德秀誠心向通遠王祝禱，盼神能使波濤晏清，蕃舶能「順風
揚颿，一日千里，畢至而無梗焉」。提舉閩舶的林之奇，曾多次率官員祈風，
作有三篇祈風祝文，其中〈祈風舶司祭文〉（《拙齋文集》卷十九）云：

> 夫祭有祈焉，有報焉。祈也者，所以先神而致其禱；報也者，所以
> 後神而答其賜。祈不可以爲報，而報不可以爲祈，自古然也。而舶
> 事之歲，舉事祀典于神，則異乎是。於夏之祈，有冬之報；於冬之
> 祈，有夏之報。風之舒慘，每以時應，則祠之疏數，必以時舉，如
> 循環之不窮，禮雖不腆，在神宜歆之。

〔註10〕 清・杜臻：《粵閩巡視紀略》（《文淵閣四庫全書電子版》），卷四。
〔註11〕 南外宗正司爲宋代管理外居宗室的機構，擇宗室賢者一人爲知宗，後爲避戰
　　　　亂，輾轉遷入泉州。南外宗正司入閩，對於閩地的經濟、文化產生深遠影
　　　　響。

林之奇祭文中，有「於夏之祈，有冬之報；於冬之祈，有夏之報」的記載。由此可知宋代的祈風儀式一年兩次（夏祈冬之東北風，冬祈夏之東南風）。林之奇誠摯地向通遠王祝禱，希望季風能按時節而起，順風相送，使蕃舶能平安抵達泉州港。

本為地方性山神的通遠王，因泉州地利之便（為交通要港）、海貿活動興盛、官方的認定（定為官方祀典），而成為宋代泉州一帶的重要海神。元代時，泉州一帶的海神信仰，已由通遠王轉為天妃媽祖。宋、元海神信仰的轉變，可由九日山的祈風石刻得到印證。九日山祈風石刻十三段，全為宋刻〔註12〕。元代通遠王的海神地位，已由天妃媽祖取代。

（四）天妃媽祖

媽祖，俗名林默娘，福建莆田湄洲人，生於宋太祖建隆元年（西元 960年）三月二十三日，於宋太宗雍熙四年（西元 987 年）九月九日昇化，在世二十八年〔註13〕。《東西洋考》有關於林默娘的傳奇記載：

> 生而地變紫，有祥光異香。幼時通悟祕法，預談休咎，無不奇中。鄉民以疾告輒愈。長能坐席，亂流而濟，人呼神女，或曰龍女。雍熙四年二月十九日昇化。蓋是時，妃年三十餘矣。厥後常衣朱衣，飛翻海上。里人祠之，雨暘禱應。〔註14〕

林默娘出生時，湄洲土地出現變紫的瑞象，又能預言人之休咎。林默娘長而有神靈，能坐席往來於蒼海島嶼之間。林默娘昇化後，常著朱衣雲遊海上。生為異人，死而為通天女神的林默娘，具有改變海上風濤的神能，被航海者尊奉為海神，凡航行前必先祝禱，以求海靖風順。航海者於海上遇險，只要誠心祝禱，媽祖必循聲解危。宋、元文獻中，屢見媽祖在海上顯靈救難的神蹟。

海神媽祖的信仰，因宋、元時期的海洋事業（海洋漕運、海外貿易、漁業）高度發展，而日益昌盛〔註15〕。與海神伍子胥的雷霆震怒形象相比，媽

〔註12〕自北宋崇寧三年（西元 1104 年）起，至南宋咸淳二年（西元 1266 年）止，共十三方祈風石刻。

〔註13〕關於媽祖的生卒年，眾家說法不一。本文採用李玉昆〈媽祖信仰的形成和發展〉（《世界宗教研究》，1988 年，頁 124）的說法。

〔註14〕明·王起宗、張燮：《東西洋考》（臺北：西南書局，1973 年），卷九，頁 125，「祭祀」。

〔註15〕安煥然將媽祖信仰導入海洋史的脈絡中討論，詳細地論證媽祖信仰的高度發

祖慈眉善目，循聲救難的形象，與百姓的距離更接近，更能滿足航海活動的功利需求。人格化的媽祖，常令航海者轉危為安，比起其餘的海神信仰，更能契入百姓的心靈。航海者常能感應到媽祖的神靈。因此宋、元兩代，朝廷敕封媽祖的封號，總共二十一次，封號則由宋朝的「夫人」、「妃」，提升到元朝的「天妃」位階。元惠宗至正十四年（西元 1354 年），敕封媽祖「輔國護聖庇民顯佑廣濟福惠明著天妃」的封號，已多達十六字，顯示倚賴海漕運輸、海外貿易的元朝，對於媽祖信仰的重視。〔註16〕

宋元時期敕封媽祖封號一覽表

宋	宣和五年	西元 1123 年	賜「順濟」廟額
	紹興二十五年	西元 1155 年	始封「崇福夫人」
	紹興二十六年	西元 1156 年	加封「靈惠夫人」
	紹興三十年	西元 1160 年	加封「昭應夫人」
	乾道二年	西元 1166 年	加封「崇福夫人」
	淳熙十一年	西元 1184 年	加封「善利夫人」
	紹熙三年	西元 1192 年	封「靈惠妃」
	慶元四年	西元 1198 年	加封「助順妃」
	嘉定元年	西元 1208 年	加封「顯衛妃」
	嘉定十年	西元 1217 年	加封「英烈妃」
	嘉熙三年	西元 1239 年	加封「嘉應妃」
代	寶佑二年	西元 1254 年	加封「協正妃」
	寶佑三年	西元 1255 年	加封「慈濟妃」
	寶佑四年	西元 1256 年	封「靈惠協正嘉應慈濟妃」
	寶佑四年	西元 1256 年	封「靈惠協正嘉應善慶妃」
	景定三年	西元 1262 年	封「靈惠顯濟嘉應善慶妃」

展，與宋、元時期的興盛海洋事業有密切的關係。詳細論述請參閱安煥然〈宋元海洋事業的勃興與媽祖信仰形成發展的關係〉（《道教學探索》，第八期，1994年）一文。

〔註16〕元朝王敬方〈褒封水仙記〉云：「國朝漕運，為事最重，故南海諸神，有功於漕者皆得祀，唯天妃功大號尊，在祀最貴。」（《海寧州府志》卷十四）王敬方文中特別指明元代獨尊天妃為海神的原因，在於有功於海漕運輸，故尊號日益尊貴。

元	至元十八年	西元 1281 年	封「護國明著天妃」
	大德三年	西元 1299 年	封「護國庇民明著天妃」
	延祐元年	西元 1314 年	加封「廣濟天妃」
代	天曆二年	西元 1329 年	封「護國庇民廣濟福惠明著天妃」
	至正十四年	西元 1354 年	封「輔國護聖庇民顯佑廣濟福惠明著天妃」

※ 本表資料,參考安煥然〈宋元明清敕封媽祖事因類型與歷朝海洋事業發展之「官民關係」
的探討〉《國立編譯館館刊》,二十四卷一期,1995 年）的考證。

暫時略去宋、元作家為天妃廟所作之廟記、祝文、上樑文、誥文、碑銘,
就海洋文學考察,以詩歌形式歌詠媽祖及湄洲嶼者,皆集中於元代。李士瞻
〈壞舵歌〉（《經濟文集》卷六）云:

……蒼天高高若不聞,稽顙齊念天妃神。我知天命固有定,以誠感
神豈無因。少時風馴浪亦止,以舵易舵得不死。我今幸爾同更生,
開闢以來無此比。女媧氏天妃神,補天護國相等倫。……

元代每年高達四百萬斛的海漕運量,為國家經濟命脈。要保障海漕船隊能平
安地航行南北方,除了靠專業的船工外,還得靠海神庇佑。李士瞻乘漕運海
舶,航行蒼海,鐵梨之木製成的舵,竟被巨鯨破壞,全船只能誠敬地向天妃
祝禱。當全船「號泣呼蒼天」,而蒼天卻不聞問時,只能「稽顙齊念天妃神」。
慈悲的天妃,顧念眾生,只要航海者有難,誠心祝禱,即救其危難。不久後
風馴浪平,壞舵的海船,竟因天妃庇護,得以人船平安。督導福建海漕事務
的李士瞻,親歷壞舵之險,誠心感念天妃的護海功勳,以為足以媲美補天的
女媧。

元代特別崇奉天妃媽祖,因此湄洲嶼的天妃祖廟,亦成為文人登覽,官
員及航海者祭祀的勝地。湄洲嶼位於在福建莆田東南方七十里的海中。湄洲
嶼與莆田間的海域,鯨波渺茫,更增添天妃的海洋氣息。張翥作〈湄洲嶼〉（《蛻
菴集》〔註17〕卷三）,記其渡海參訪天妃廟所見:

飛舸鯨濤渡渺冥,祠光壇上夜如星。
蛟龍筍簴縣金石,雲霧衣裳集殿庭。
萬里使軺遊冠絕,千秋海甸仰英靈。
乘槎欲借天風便,仿佛神山一髮青。

〔註17〕《文淵閣四庫全書電子版》。

本首詩為詠湄洲嶼之名作。在星夜中，大海環繞的湄洲嶼，富於神秘感，有若海上神山。嶼上海霧繚繞，天妃殿前雲霧如衣裳般鳩集。張翥借天風之便，乘飛舸渡越鯨濤，尋訪的是千秋海甸所崇仰的天妃神靈。湄洲嶼祖廟在元代已成為崇仰天妃神靈的信仰勝地。

　　張翥〈代祀湄洲天妃廟次直沽〉（《蛻菴集》卷二）詩，則記其自直沽三叉口啟航，抵達福建後，代祀湄洲嶼天妃廟：

　　　　曉日三叉口，連檣集萬艘。普天均雨露，大海靜波濤。

　　　　入廟靈風肅，焚香瑞氣高。使臣三奠畢，喜色滿宮袍。

天曉啟航前的三叉口，萬艘帆檣雲集，大海平靜無波。船隊平安抵達福建時，張翥登湄洲嶼天妃廟，入廟焚香祭祀天妃，呈現「靈風肅」、「瑞氣高」的吉祥氛圍。敬獻完三奠禮的張翥，彷彿感應到天妃的神靈，因而「喜色滿宮袍」。

　　貢師泰亦曾登上湄州島，祭祠天妃媽祖，還歸後，作〈興化湄州島祠天妃還〉（《玩齋集》〔註18〕卷三）詩二首以記之：

　　　　清朝嚴典禮，宣閣遣詞臣。衣帶天邊雪，花逢海上春。

　　　　稍能更祀事，亦足慰疲民。萬里行方遠，朝來更問津。（1）

　　　　夜宿吳山上，朝行莆海東。地偏元少雪，天闊自多風。

　　　　不見波濤險，寧知造化功。百年神女廟，長護海霞紅。（2）

元代自南方啟航的海運和漕運，船隊起航前，官府及航海者必到天妃廟祝禱，祈求順風相送，浪濤平伏，人船平安。漕運尚書貢師泰於清晨親自登湄州島，以莊嚴祀事，誠心祭拜天妃，祈求天妃為遠航降福。觀覽湄州島的貢師泰，感受到地偏而無雪，天闊多風的南方海島風情。湄州島聳立蒼海，卻無凶險波濤，應是百年天妃廟的神靈，鎮海安瀾，慈悲地長護閩海。此外洪希文作〈題聖墩妃宮湄洲嶼〉（「我昔纜舟謁江干」）詩，以七言古風長篇歌頌湄洲島的不凡氣勢、天妃廟的宏偉及天妃顯靈救危。

　　因宋、元海洋事業興盛之故，媽祖已由地區性的海神，變為全國性海神。在媽祖信仰的發展過程中，媽祖在宋代海神信仰中，佔有重要地位。入元以後，因助漕運有功〔註19〕，地位大幅提升，成為影響力最大的全國性海神。

〔註18〕景印摛藻堂四庫全書薈要集部第六十冊，臺北：世界書局，1988年。

〔註19〕關於元代獨尊媽祖為海神的問題，徐曉望於《媽祖的子民——閩台海洋文化研究》（上海：學林出版社，1999年，頁397）書中，以為與投降元朝後，任

元代媽祖信仰地位的提升，從作品也可得到印證。文人對媽祖神功的頌揚，或湄洲嶼勝境的描寫，均集中於元代。

第二節　豐富的海洋神話傳說、涉海事蹟

　　古人將神靈性導入海洋自然現象的詮釋系統中。海洋對於古人而言，是人類世界的異化，有各類仙人、異物充斥於大海。海中神仙異物，常運用無邊神力，使大海的面貌產生極大變化，古人因而創造各種奇幻的涉海傳說。這些涉海傳說的背後，正是微渺的人類面對滄溟大海，所展現的願望。除了虛幻誇誕的涉海傳說外，歷史上也有信而可稽的涉海事蹟。虛幻的海洋傳說，與真實的涉海事蹟，使海洋與人類的距離若即若離。

一、海洋神話傳說

（一）鮫人織綃

　　古人理解陌生的大海時，常將陸地的空間思維，不自覺地移至海中。陸地有人類生活，古人設想海中也應有「人類」生活其中。干寶《搜神記》云：「南海之外，有鮫人，水居如魚，不廢織績，其眼泣，能出珠。」〔註20〕張華《博物志》云：「鮫人從水出，寓人家，積日賣絹，將去，從主人索一器，泣而成珠，滿盤以與主人。」〔註21〕古人見到人魚狀的生物，將之附會為鮫人，並衍生出美麗的傳說。在古人的想像中，南海一帶的海底有鮫人，手能織綃，眼能泣珠，常上岸賣綃。鮫人的神話，使海洋多一分浪漫色彩。

　　南海鮫人織綃泣珠的美麗傳說，已成為寫作海洋文學常用的典故。宋朝釋寶曇〈觀潮行〉以「生綃直下鮫人機」來形容壯觀的錢塘潮。遠觀晃盪的潮水，有如一匹精巧的白練，在作者的眼中，應是直下鮫人機杼的生綃。元朝顧瑛於〈海洲夜景〉中，浪漫地想像，海上東方日出，乃自海中的鮫人國

　　　市舶使的蒲壽庚有重大關係。徐曉望以為蒲壽庚家族是信仰媽祖，而不信通遠王，因此宋代祭祀通遠王的傳統，在蒲氏家族中斷絕，而媽祖信仰則得到高度發展。徐曉望之說自有其見地。然而我們也可以思考另一個問題：元代宋而興，為外族建政的全新局面，於文化、信仰、制度，不必然要全部延續宋朝。元朝以自身漕運的需要獨尊媽祖，既可符合航海利益，又可於海神信仰上，拋開宋代的傳統，自成新局，以強調其政權的新創、獨立性。

〔註20〕晉・干寶：《搜神記》（臺北：里仁書局，1982 年），卷十二，頁 154。
〔註21〕晉・張華：《博物志》（臺北：臺灣古籍出版公司，1997 年），頁 63。

躍升（「東方日出鮫人國」）。元朝吳萊〈夕泛海東，尋梅岑山觀音大士洞，遂登盤陀石望日出處及東霍山迴過翁浦問徐偃王舊城〉詩中之「投珠鮫人泣」，傳述鮫人泣而淚成珠的浪漫傳說，以詠海東珠貝的豐盈。元朝楊維楨〈冶春口號〉云：「鮫卵兼斤傳海上，海人一尺立階前。」（《鐵崖先生古樂府》，頁101）更具體描寫鮫人的一尺身高。

　　南海鮫人織綃泣珠的傳說，使自然的海洋，增添神秘而美麗的色彩。在文人的眼中，目力難及的深海，應該不是死寂一片。或許鮫人正勤於編織美麗的細綃，眼淚所成之珠，讓海底閃閃發亮。鮫人傳說使海洋文學更富於浪漫想像。

（二）精衛填海

　　遠古先民創造海洋神靈，在使其人格化的過程中，同時也歌頌敢挑戰浩瀚海洋的微薄力量。《山海經·北山經》載有精衛銜木石填東海的淒美傳說：

> 又北二百里，曰發鳩之山，其上多柘木。有鳥焉，其狀如烏，文首、白喙、赤足，名曰精衛，其鳴自詨，是炎帝之少女，名曰女娃。女娃遊于東海，溺而不返，故爲精衛，常銜西山之木石，以堙于東海。〔註22〕

精衛填海的傳說，流傳久遠，感人至深。炎帝之女女娃游東海時，溺水而亡，魂魄化爲文首、白喙、赤足的精衛鳥，不斷地發出呼叫自己名字（精衛）的鳴聲。涉海而死的精衛，面對浩瀚的海洋，不斷地以微薄之力，銜西山之木石填東海。這段淒美的海洋傳說，反映出人類涉海的處境。浩瀚的大海具有人類難以抗衡的力量，常無情地鼓動風濤，吞噬孤弱無助的人類。從理智上來看，精衛填海的舉動是徒勞無益的，但就情感而言，滄海固然浩大，但身形微小的精衛，卻懷有填平東海的壯志。銜西山之木石填平東海，是不可能達成的任務，卻象徵古人征服海洋的渴望。人類面對凶惡海洋時的孤危處境，卻展現知其不可爲而爲之的毅力，正是人類精神特質的可貴之處。《山海經》出現的精衛填海故事原型，在任昉的《述異記》中又產生些許的變化。〔註23〕

〔註22〕袁珂：《山海經校注》（臺北：里仁書局，1982年），頁92。

〔註23〕任昉《述異記》卷上云：「昔炎帝女溺死東海中，化爲精衛。偶海燕而生子，生雌狀如精衛，生雄狀如海燕。今東海精衛誓水處，曾溺此川，誓不飲其水。一名誓鳥，一名冤禽，又名志鳥，俗稱帝女雀。」本段資料以《山海經·北山經》故事爲原型，衍生出與海燕生子的情節。

　　歌頌精衛塡海的淒美傳說，已成爲文人讚嘆浩瀚大海時，用以對比人類的微渺，及面對廣漠海洋的無力感。宋朝黎廷瑞〈精衛行〉（《全宋詩》冊七十，頁44518）云：

　　微禽負大恥，勁氣橫紫冥。口銜海山石，意欲無滄溟。滄溟茫茫雲正黑，濤山峨峨護龍國。假令借爾秦皇鞭，驅令石頭塡不得。布囊盛土塞江流，孫郎覽表笑不休。勞形區區讎浩渺，志雖可尚難乎酬。蓬萊有人憐爾苦，勸爾休休早歸去。精衛精衛我亦勸汝歸，滄海自有變作桑田時。

黑雲籠罩的茫茫滄海，峨峨濤山正護衛著龍國。被無情龍國吞噬的女娃，化爲身負大恥的精衛。微小的精衛，憑恃著一股雪恥的勁氣，往來山海之間，口銜西山之木石，立誓塡平東海。形體區區的精衛，銜木塡海的舉動，看在黎廷瑞的眼中，雖然壯志可敬，行爲卻難以理解，即使能借得秦皇長鞭，驅策巨石塡海，也無法達到目的。黎廷瑞勸精衛打消塡海的空泛念頭，因爲「滄海自有變作桑田時」。黎廷瑞以憐憫之心勸阻精衛塡海的舉動背後，正是人類對海洋毀滅力量的畏懼、無助，只能寄望滄海慢慢地變爲桑田。黎廷瑞詩中除了詠嘆精衛的傳說，也點出「滄海桑田」的觀念。就極長時間的大自然變遷角度而言，「滄海桑田」（海陸變遷）是可能發生的。在許多內陸山地岩層中，往往可發現螺蚌等海洋生物化石，這就是地表海陸變遷的明證。出海口的泥沙淤積作用，更易看出滄海桑田的變遷。

　　劉克莊〈精衛銜石塡海〉（《全宋詩》冊五十八，頁36498）云：

　　精衛銜冤切，輕生志可憐。只愁石易盡，不道海難塡。

　　幻化存遺魄，飛鳴累一拳。終朝納芥子，何日變桑田。……

本詩前四句歌詠精衛塡海壯舉，多了分憐憫之情。銜冤塡海的精衛，不憐惜生命，也不考量東海深廣難平，只愁西山木石易用盡。精衛欲銜芥子般微小的木石，塡平東海，看在劉克莊眼中，盡是「何日變桑田」的疑問！詩中「幻化存遺魄」點出精衛神話，蘊含靈魂不死的觀念。以靈魂不死的觀念爲想像基礎，則萬物可互相化生，生、死可透過其他形式進行溝通。炎帝之女女娃，溺死於東海後，魂魄不滅，化生爲精衛，以新的生命形式（鳥），對抗巨大的東海。人形（女娃）的冤怨、意志，隨著魂魄的化生，也轉移到鳥形（精衛）之上，不斷地與東海相對抗。

　　林希逸〈精衛銜石塡海〉（《全宋詩》冊五十九，頁37340），以感性的筆

觸，刻劃精衛的不幸遭遇：

> 精衛誰家女，悲鳴苦自憐。石知銜不盡，海有恨難塡。
>
> 妾父曾爲帝，禽言自訴天。磷磷空爾啄，渺渺浩無邊。
>
> 志有愚公似，冤同杜宇傳。揚塵終可待，且伴羽衣仙。

林希逸以「精衛誰家女」，將精衛的神話性淡化，強調其人文色彩。悲鳴自憐
的精衛，本是炎帝的掌上明珠，卻不幸溺死於東海。面對浩渺東海的精衛，
對蒼天泣訴其不幸遭遇。女娃的魂魄，藉由精衛的悲鳴聲，娓娓道出無法樂
享天倫的愁苦遭遇，只能將愁怨化爲堅毅不輟的銜石塡海壯舉。精衛憑著愚
公般的堅毅意志，雖無法銜盡西山木石，塡平有恨的東海，但只要不移其志，
終將親見東海揚塵之時。林希逸凸顯出子女不幸發生意外的人倫悲痛，勾起
讀者的同理心，頗爲動人。本詩所展現的精衛形象，以人性的刻劃，取代神
話的誇誕。

張耒〈山海〉（《柯山集》，頁 113），引精衛塡海的神話傳說，指出世間看
似恒久存在的山海，仍有變遷的時候：

> 愚公移山寧不智，精衛塡海未必癡。
>
> 深谷爲陵岸爲谷，海水亦有揚塵時。
>
> 杞人憂天固可笑，而不憂者安從知。
>
> 聖言世界有成壞，況此馬體之毫釐。……

從人類的短暫生命及微薄能力來看待世間的山、海，往往無法見其變遷軌跡，
故視愚公移山、精衛塡海爲愚癡之舉。若從自然的變化規律而論，則世間的
存在，皆歷經成、住、壞、空的過程，故「深谷爲陵岸爲谷，海水亦有揚塵
時」。張耒以爲海水終有揚塵之時，精衛塡海的舉動未必愚癡。

精衛塡海的神話原型，在宋、元海洋文學中，透過作家的浪漫想像，藝
術加工，具有豐富的意象。作家或感嘆精衛的不幸遭遇及其深沈遺恨，或強
調其以小（微禽）搏大（東海）的塡海意志，或以精衛塡海引出滄海桑田的
可能性。精衛塡海的神話原型，被作家以浪漫想像或理性議論手法處理後，
展現出多樣丰采，豐富海洋文學的內涵。

（三）蓬萊仙山傳說

古人對於浮天無涯的大海，充滿著豐富的幻想。雲合浪舞的大海，在古
人的想像中，存在仙人的靈居，眾仙人出沒其間。起源於山東沿海一帶的蓬
萊神話，自春秋、戰國時期開始發展，於秦皇、漢武時達到高峰。綜合各家

說法及典籍資料，蓬萊神話的成形，與下列各項因素有關：

(1) 山東登州一帶的海面，偶而出現的海市蜃樓，可見奇幻的宮殿、車馬、人物出沒，易被觀者附會為神秘仙山的示現。

(2) 常被海霧繚繞的海島，因海水阻隔，或地形因素，人類無法登陸探索，只能隔海遐觀。航海者觀海島的輪廓、顏色、霧氣，想像島上應有不死的仙人、仙物。孤立難登的海島，成為海上仙山想像的建構基礎。

(3) 燕、齊一帶的方士，受到浩瀚海洋的影響，迎合人類的長生願望，創出蓬萊仙山神話。

(4) 東漢、魏晉南北朝，道教興起，神仙、長生的概念被深化於人們的意識中。陸地有人類的現實世界，海上則有完整的神仙世界，兩相對應。

以上這四項因素中，前兩項為形成蓬萊仙山神話的海洋自然條件，後兩項為促成其發展的人文條件。蓬萊仙山神話流傳悠久，成為作家書寫神秘虛幻的海洋時，常運用的海洋典故。

關於蓬萊仙山的神話傳說，《史記・封禪書》有詳細的記載：

> 自威、宣、燕昭使人入海求蓬萊、方丈、瀛洲。此三神山者，其傳在勃海中，去人不遠，患且至則船風引而去。蓋嘗有至者，諸僊人及不死之藥皆在焉。其物，禽獸盡白，而黃金、銀為宮闕。未至，望之如雲，及到，三神山反居水下。臨之，風輒引去，終莫能至云。世主莫不甘心焉。及至秦始皇并天下，至海上，則方士言之不可勝數。始皇自以為至海上，而恐不及矣，使人乃齎童男女入海求之。船交海中，皆以風為解，曰未能至，望見之焉。〔註24〕

《史記・封禪書》記載蓬萊仙山的資料頗為詳細。筆者把這段資料分類後，作細部的分析：

(1) 仙山的所在地

蓬萊、方丈、瀛洲三神山，相傳在勃海中，去海岸不遠，卻難以登臨。《史記》的記載合於海洋活動的歷史發展。先秦時期，山東濱海一帶的百姓，接觸海洋，認識海洋，因此依海而生的蓬萊仙山神話，自然地出現在此地。

〔註24〕瀧川龜太郎：《史記會注考證》，頁502。

（2）仙山的存在樣態

　　爲強調仙山的神秘性，仙山的存在樣態，異於尋常海島。尋仙者未至仙山，「望之如雲」；接近仙山，「三神山反居水下」；抵達仙山，「風輒引去」。《史記》描寫的仙山，存在形態因人之探訪而變動，與人類保持著若即若離的距離。仙山與人類的距離，使人無法登臨，更增加其神秘感。有長生慾求的帝王，因無法登臨仙山而不甘心。人類欲長生而不可得的不甘心，使尋訪仙山的企圖持續不斷。

（3）仙山的居住環境

　　諸仙人出入的三神山，有長生不死仙藥，禽獸盡爲白色，宮闕以黃金、白銀爲飾，金碧輝煌。蓬萊仙境及長生不死藥，與苦難凡間及有限人壽，形成極端的對比，因此蓬萊仙境成爲人類離苦得樂的遙遠企盼。

（4）帝王的求仙活動

　　蓬萊仙境的喜樂，及長生不死藥，經方士的再三誇談，引發帝王尋訪仙山的念頭。齊威王、齊宣王、燕昭王皆曾派人入海求蓬萊、方丈、瀛洲三神山。秦始皇更使徐福率童男女入海求之。帝王求仙的舉動，更強化海上蓬萊仙山傳說。

　　《史記‧封禪書》對蓬萊仙山的具體描寫，使我們對古人所想像的蓬萊仙山，有概略的了解。海上蓬萊三仙山的神話，在其他的典籍中，也有不同的發揮，使仙山神話的內涵更爲豐富。如《列子‧湯問》云：

　　（渤海）其中有五山焉：一曰岱輿、二曰員嶠、三曰方壺（一曰方丈）、四曰瀛洲、五曰蓬萊。其山高下周旋三萬里，其頂平處九千里，山之中間，相去七萬里以爲鄰居焉。其上臺觀皆金玉，其上禽獸皆純縞，珠玕之樹皆叢生，華實皆有滋味，食之皆不老不死。所居之人，皆仙聖之種，一日一夕，飛相往來者，不可數焉。而五山之根，無所連著，常隨潮波上下往還，不得暫峙焉。仙聖毒之，訴之於帝。帝怒流於西極，失群聖之居，乃命禺彊，使巨鼇十五，舉首而戴之，迭爲三番，六萬歲一交焉。五山始峙，而龍伯之國有大人，舉足不盈數步，而暨五山之所，一釣而連六鼇，合負而趣歸其國，灼其骨以數，於是岱輿、員嶠二山，流於北極，沈於大海。〔註25〕

〔註25〕戰國‧列禦寇：《列子》（臺北：金楓出版社，1998年），頁149。

《列子‧湯問》這段資料，與上引《史記‧封禪書》資料相比較，最大的差別，在於說明仙山原本有五座，後來減爲三座的原因。渤海中原有岱輿、員嶠、方壺、瀛洲、蓬萊等五座仙山，各自以七萬里爲間隔，常隨著潮汐上下往還。漂浮不定的仙山，令眾仙苦不堪言。天帝於是命令海神禺彊，派十五隻巨鼇，分爲五組，每組三隻，負責一座仙山。神山的每隻巨鼇舉首頂著一座仙山，固定於海上，每六萬年輪班一次。漂浮海上的仙山，終於固定於海上。好景不久，龍伯國的巨人，一釣而連中六鼇，使得岱輿、員嶠無巨鼇可頂，竟流到北極，沈入深海。《列子‧湯問》的內容，極盡想像之能事，將仙山的浮沈與海中巨鼇、龍伯巨人結合爲一，使蓬萊仙山神話更加豐富。《史記‧封禪書》以客觀角度，平實筆法，記載仙山之事，而《列子‧湯問》則以瑰麗的想像，解說五仙山變爲三仙山的原因，具有極高的故事性，增添蓬萊仙山的神秘性，並常爲文人所引用。

　　蓬萊仙山傳說，在宋、元海洋文學中，普遍被運用。覽望無垠的滄海，常將文人自現實海洋中抽離，在虛擬的海洋中，恣意想像，建構海上蓬萊仙境。蘇軾〈望海〉云：「憶觀滄海過東萊，日照三山迤邐開。桂觀飛樓凌霧起，仙幢寶蓋拂天來。……」（《蘇軾詩集》，頁 1492）蘇軾回憶起曾於山東一帶觀覽滄海，三仙山在海上迤邐而開，中有凌霧而起的桂觀飛樓，仙幢寶蓋拂天而來。詩中有「凌霧起」句，則蘇軾所見之仙境，應是登州一帶偶見的海市奇景。海市映射附近島嶼的各式人物、景物，在蘇軾的視覺認知上，應該就是傳說中的仙山奇境。陳襄〈觀海〉云：「天柱支南極，蓬山壓巨鼇。……」宋代陳襄所引用的正是《列子‧湯問》所記載的仙山典故。陳襄望海冥想位於海上某處的神秘蓬山，正由禺彊驅使的巨鼇托住。宋代宋之才於夜暮觀潮來潮回，心生「片槎直欲到蓬萊」（〈觀潮閣〉）的聯想。宋代張掄〈蝶戀花〉〔神仙〕（《全宋詞》〔註26〕冊三，頁 1423）則以詞體歌詠海上蓬萊仙山：

　　　　弱水茫茫三萬里。遙望蓬萊，浮動煙霄外。若問蓬萊何處是。珠樓
　　　　玉殿金鼇背。　　飛仙能馭氣。霞袖飄颻，來往如平地。除□飛仙誰
　　　　得至。只緣山在波濤底。

作者遙望煙霄浮動的海上，被金鼇駝住的珠樓玉殿，正是凡人夢寐以求的蓬萊仙境。下片描寫海上蓬萊山只有凌風馭氣的飛仙，可以往來如平地，而存

〔註26〕唐圭璋編：《全宋詞》（臺北：洪氏出版社，1981 年）。

心求仙的凡人，卻無法遂其心意，因爲一接近仙山，三仙山反而隱沒在波濤底。蓬萊仙山，雖爲凡人指出長生之路的可能，但實際上仙、凡界限分明，可望而不可即。蓬萊仙山的存在（虛），與凡間的追尋（實），就像是兩條永不交會的平行線。

南宋遺民謝翱作〈望蓬萊〉（《晞髮集》〔註27〕卷四），以宋代帝王對蓬萊仙境的追求，來諷刺宋室無法守住一片江山：

> 青枝啼鳥波延延，方士指海談神仙。
> 五雲垂天光屬夜，老父相傳說車駕。
> 千官此地佩宛宛，舟發黃門止供頓。
> 繞檣赤日護龍旗，西北驛書馳羽箭。
> 百年塵空滄海晚，月落無人度灞滻。
> 雞鳴白日爛如銀，蓬萊不見夷州遠。

本詩前六句描述宋室耽於逸樂，熱中追尋蓬萊仙山之事。自先秦以來，方士不斷地對海波延延的大海，誇談蓬萊仙山異事，使得宋室帝胄心嚮往，而屢有求仙之舉。當日帝室享樂、求仙的車駕浩蕩，從屬官吏眾多，竟成爲日後父老口耳相傳的事蹟。七、八兩句描寫當船隊的檣桅升起護龍旗，準備啓航求仙時，而西北軍情告急之驛書，卻如羽箭般傳入京師。第九、十句，則爲謝翱心中的深沈感慨。由於朝廷耽於逸樂、求仙，不思積極振作，聽任百年光景宛如塵空，以致於坐失美好江山，更遑論收復關中灞水、滻水之地。末兩句用祖逖聞雞起舞典故，指出遭逢末世，人人當如祖逖及時奮起，然而朝政卻已江河日下，國家大運已去。帝王積極求仙的目的不僅未能達成，連守住江山的願望也轉成空。謝翱因望蓬萊而生黍離之悲。

元朝傅若金作〈方壺〉（《傅與礪詩集》〔註28〕卷六），描寫蓬萊仙境之幻奇瑰麗，卻也感慨世人費心向外求仙之舉：

> 蓬萊員嶠對嵯峨，知有羣仙日日過。
> 琪樹曉通雲氣溼，羽輪秋會月明多。
> 秦人采藥空依海，漢使乘槎但入河。
> 誰識高齋有仙島，不勞萬里涉風波。

海上嵯峨的蓬萊山、員嶠山，隔著滄海相對峙。海上群仙日日憑虛御風，自

〔註27〕《文淵閣四庫全書電子版》。
〔註28〕《文淵閣四庫全書電子版》。

由地往來各仙島之間。蓬萊仙境中的琪樹，隱現於清曉中的雲氣裏。明月皎潔的爽秋時節，仙人乘著鸞鶴爲馭的羽輪相會。前四句所描寫的仙島仙人氣象，令塵世凡人著迷不已，以致於有秦皇命徐福求仙采藥、漢使張騫乘槎溯河之事。對於世人甘涉萬里風波，積極向外求仙，傅若金以爲枉費心力，因爲高齋（書齋）之中，自有可安定身心的仙島，何必苦心向外探求？

　　與蓬萊仙山神話關係極爲密切的傳說，乃秦始皇命徐福率童男女入海求仙藥之事。《史記‧秦始皇本紀》云：

> 齊人徐市等上書，言海中有三神山，名曰蓬萊、方丈、瀛洲，僊人
> 居之，請得齋戒，與童男女求之。於是遣徐市，發童男女數千人，
> 入海求僊人。〔註29〕

秦始皇二十八年，齊人徐福（徐市）等人上書秦始皇，極論海中三仙山之事，並請秦始皇齋戒，並派童男女向仙人求長生之藥。秦始皇頗重生死之事，故命徐福率領數千名童男女，入海求訪仙山。徐福等人尋仙無著，只能以海上風浪過大而未能至，爲辯解之辭。秦始皇尋仙卻無所得，最後只淪爲後人嘲諷之柄。北宋劉敞〈過海舟〉（《全宋詩》冊九，頁 5770），詠秦始皇求仙之事，中多諷喻之音：

> 秦王好神仙，東上琅琊台。蛾眉綠髮五千輩，去乘長風款蓬萊。對
> 此秦人海旁立，生別死分不敢泣。但見高帆雲中沒，野鳥悲鳴爲翔
> 集。過海舟，何時還，火焚荊棘空驪山。

秦始皇好神仙之說，曾東上琅琊台（青島琅琊台），並遣徐福入海求神僊。徐福銜命率五千童男女，乘著長風尋訪未知的海上蓬萊仙境。令秦始皇滿意的壯觀求仙隊伍，背後正暗含多少家庭的生別死分，「不敢泣」三字道盡箇中辛酸。求仙船隊隱沒於海雲之中，天際翔集的野鳥所發出的悲鳴，彷彿爲數千個破散的家庭啜泣。劉敞發出長嘆：渡海求仙的船隊，何時才能求得仙藥而回呢？企望仙藥延壽的秦始皇，已先永眠於驪山。歷史上的求仙者，從未有能如願者，即使是權傾天下的秦始皇，也不例外。劉敞以爲求仙的愚昧舉動，不但無法延壽，反而勞民傷財，求仙者宜引以爲鑑。

　　蓬萊仙山傳說，爲海洋文學題材中較特殊者。作家因觀海而興起的蓬萊仙境想像，與其他根據實際海洋景觀、事物爲主題的作品相較，完全以先秦以來流行的蓬萊神話爲構思基礎，可與眞實海洋分離。蓬萊仙山神話系統，

〔註29〕瀧川龜太郎：《史記會注考證》，頁 121。

雖被設計於海洋之中,實爲陸地宮闕的投射,加入道教神仙觀念後,逐漸形成蓬萊仙山傳說,是人類逃避塵世煩憂,追求長生的渺遠理想。作家創作脫離眞實海洋的蓬萊神話作品,甚至可以不必親見海洋,但憑流傳的仙山故事爲素材,逕行加工創作。詠蓬萊仙山之作,雖然多著力於仙境、仙人、仙藥的鋪陳,但在華麗炫奇的背後,仍寓有作者對求仙乃不可恃的諷喻。

(四)仙人乘槎

乘槎傳說起於魏晉時期,傳說的主體定型於北朝,盛於唐代。乘槎傳說屢屢出現於文學作品中,蘊含深厚的文化意義。乘槎傳說隨著流傳的不同,出現不同的面貌,基本上可歸爲兩大主線:(1)浮槎泛海傳說;(2)溯河源與張騫傳說的結合〔註30〕。出現在宋、元海洋文學中的乘槎,均指浮槎泛海一線的傳說,故以下關於乘槎的論述以此爲本。

「槎」爲乘槎傳說的基本要素,即木筏。相較於構造日益精良的海舶而言,槎爲極簡陋的浮水工具。就現實的經驗而言,槎的構形、機能配置、耐風波性,均無法用做渡海工具。然而乘槎傳說中,乘槎卻可以長途渡海,甚至直抵天河。槎在乘槎傳說中,具有神靈性,可以用爲交通仙界、凡間的工具。乘槎神話的發展,正反映出先秦以來方士乘普通海船尋訪海上仙山,卻不可得的事實。既然人類所依恃的普通海船無法找到仙山,自然創造出具有神力的巨槎,以濟天河仙境。

關於乘槎渡海傳說的詳細記載,主要有兩處。秦代方士王嘉《拾遺記》云:

> 堯登位三十年,有巨查浮於西海。查上有光,夜明晝滅,海人望其光,乍大乍小,若星月之出入矣。查常浮繞四海,十二年一周天,周而復始,名曰貫月查,亦謂挂星查。羽人棲息其上,羣仙含露以漱,日月之光則如瞑矣。虞夏之季,不復記其出沒,遊海之人,猶傳其神偉也。〔註31〕

《拾遺記》這段故事,有幾項重點:(1)槎(「查」通「槎」)的體型巨大,才合乎渡海的合理性。因體型之大,故「遊海之人,猶傳其神偉」。體型大的槎,爲仙人長途航行(「查常浮繞四海,十二年一周天」)的論述,建構工具的合

〔註30〕趙炳祥:〈乘槎傳說的文化史意義考察〉,《新疆師範大學學報》(哲學社會科學版),第一期,1997年一文,針對此兩主線有詳細的論述。
〔註31〕李劍國:《唐前志怪小說輯釋》(臺北:文史哲出版社,1987年),頁346。

理性。(2)槎上有乍大乍小的光亮，海人望之若星月所出入。海上浮槎能發出可明顯辨識的光亮，正呼應其體型之大，可爲人（仙人）所居。(3)槎爲靈槎，非凡間木槎，常有仙人棲止。(4)巨槎出現於堯世，而消失於虞、夏之季。神靈巨槎的出現，似乎與世間的治亂有關。

張華《博物志》所記載者，則與王嘉《拾遺記》的仙人乘槎傳說，有明顯差異：

> 舊說云：天河與海通，近世有人居海濱者，年年八月，有浮槎去來不失期。人有奇志，立飛閣于槎上，多齎糧，乘槎而去。十餘日中猶觀星月日辰，自後芒芒忽忽，亦不覺晝夜。去十餘日，奄至一處，有城郭狀，屋舍甚嚴。遙望宮中，多織婦，見一丈夫牽牛，渚次飲之。牽牛人乃驚問曰：「何由至此？」此人具說來意，并問此是何處。答曰：「君還至蜀郡，訪嚴君平則知之。」竟不上岸，因還如期。後至蜀，問君平，曰：「某年月日，有客星犯牽牛宿。」計年月，正是此人到天河時也。〔註32〕

《博物志》所引舊說，可分幾點解析：(1)望向夜間大海的盡處，海天一線，彷彿大海與天河相通。依此想像爲前題，巨槎才有航向天河的可能性。(2)浮槎往來不失期。航海利用季風的特性，可依季風之期，按時往來。傳說中依期往來的浮槎，似有海舶的影子。(3)浮槎體型龐大，才能於槎上立飛閣、齎糧。(4)因大海與天河相通，所以描寫浮槎沿途所見，由「觀星月日辰」（大海），到「奄至一處，有城郭狀……」（天河仙闕），景觀產生極大的變化。(5)乘槎登上天河的凡人，見牽牛人（牽牛星）後，牽牛人請凡人訪嚴君平，即可知事情原委。嚴君平告以「某年月日，有客星犯牽牛宿」，正是凡人登天河之時。這段資料利用浮槎泛天河事，強調凡間的術士，具有預測天文的本領。凡間透過術士的預測及靈槎的往來，仍可與仙界相通。《博物志》與《拾遺記》關於浮槎的記載，雖有差異，但仍有共通的基礎：巨大的浮槎，具有神靈性，往來大海不失期。

海槎爲海洋文學中，常被運用的神秘意象。宋代俞德鄰觀雄偉的錢塘潮，讚嘆之餘，心生「乘槎有約終須去，見說銀潢與海通」（〈觀潮〉）的幻想。每年依期而來的海槎，終會航向與大海相通的銀潢。張耒於涼秋時節，登上海州（江蘇連雲港）乘槎亭遠望滄茫大海，也有「蓬萊方丈知何處」（〈秋日登

〔註32〕 晉·張華：《博物志》（臺北：臺灣古籍出版公司，1997年），頁301。

海州乘槎亭〉〕的聯想。宋代丁謂歌頌大海,自大海聯想到天河,以為「客槎如可泛,咫尺是星河」〈〈海〉〉,只要海上有客槎可泛,渺遠的星河將近如咫尺般。元代楊載〈望海〉〈《元詩選(初集)·仲弘集》,頁23〉云:

> 海門東望浩漫漫,風颼無時縱惡湍。
> 黑霧漲天陰氣盛,滄波銜日曉光寒。
> 豈無方士求靈藥,亦有幽人把釣竿。
> 搖蕩星槎如可馭,別離塵土亦何難。

楊載自海門眺望茫茫的大海,只見颼風激起令人驚駭的惡湍。海上黑霧漲天,上下起伏的滄波,時而蔽日,令曉光染有寒意。海面的驚駭詭奇,令楊載生起奇幻的想像。隨著惡湍搖蕩的星槎,如果有幸能駕馭,則別離塵世,航向喜樂的仙境,應非難事。本詩描寫海景,進而興起星槎仙山的想像,又於神秘想像中,寄寓自己別離煩擾塵世的企盼。元代丁鶴年〈題昌國普陀寺〉〈《丁鶴年詩集》卷二〉第二首,對於浙江寧波普陀寺的海景,有浪漫的聯想:

> 昆明劫火忽重然,宇內名山悉變遷。
> 古剎獨存龍伯國,豐碑猶記兔兒年。
> 三更日浴咸池水,八月潮吞渤海天。
> 雲漢靈槎如可御,便應長往問羣仙。

位處海中孤島的昌國州普陀寺,海水環繞,潮、日構成多變的海洋景致。普陀寺流傳許多觀世音的傳說,使這座島充滿神聖的氛圍。丁鶴年自島上向海中眺望,接天滄海無窮藍的雄偉氣象,讓他浪漫地想像如果真有靈槎可駕馭,應乘槎長往渺遠的雲漢,殷勤地向群仙問訊。

　　海槎神話傳說在海洋文學中,是文人抒發現實生活牢騷,揮灑對壯觀大海的神秘想像,常託寓的海洋意象。現實海洋的海舶,可將人的視線引導到海天盡處,而神秘的浮槎意象,更將視線外推到存在想像中的仙境。透過想像力的作用,波濤洶湧的大海,或天際的明河,存在著一片可讓精神依止的神仙淨土,只要能乘靈槎,或許有登臨的可能。

　　（五）秦皇鞭石

　　秦始皇鞭石是神奇的海洋傳說,為海洋文學注入瑰麗的想像色彩。晉朝伏琛《三齊畧記》云:

> 秦皇鞭石:秦始皇作石橋,欲過海觀日出。有神人能驅石下海,石

　　去不速，神輒鞭之，石皆流血。又云始皇以術召石，石自行至，今
　　皆東首。〔註33〕

《三齊畧記》記秦始皇鞭石的傳說有二：(1)海上旭日既壯觀又奇特，秦始皇
欲建石橋渡海以觀東方日出。神人展現神通，驅石入海爲橋。巨石移動不速，
神人遂振長鞭鞭石，石皆流血。石橋建成後，顏色偏紅，似巨石血流之跡，
石上瘢形，似鞭撻之痕。傳說中的「欲過海觀日出」，表明秦始皇要建的是跨
海大橋，此乃人力所不能及，才會有神人驅石下海的情節。(2)秦始皇以法術
召來巨石，巨石自行東向入海，故石皆東首（朝東）。第二種說法，與秦始皇
熱中求仙的形象不合。凡人之身的秦始皇，欲求長生，聽信方士之言，訪求
仙藥。若秦始皇身懷神仙法術，就不會有其他的求仙傳說。

　　以上這兩段傳說均附會於秦始皇，背後反映出人類向神秘海洋探索的積
極舉動。除了船舶以外，向海中構築長橋，可拓展人類探索海洋的眼界。然
而要在波濤洶湧的大海中建築綿長的石橋，是極爲困難的事，因此自然而然
地出現神力爲助的情節，使傳說具有邏輯的可行性。

　　在宋、元海洋文學中，秦始皇鞭石入海的傳說，常被用以反襯出海岸工
程的鬼斧神工，或形容海洋景觀的奇特。如劉克莊〈洛陽橋〉（《全宋詩》冊
五十八，頁 36300）云：

　　嬴氏曾驅六合人，蔡侯只用一州民。

　　立犀豈不賢川守，鞭石何須役海神。

嘉祐三年（西元 1058 年），泉州太守蔡襄號召泉州百姓捐款，鳩集民工，運
用筏型基礎法、種蠣固基法、浮運架樑法等工法，耗時七年，建成橫跨海港
的洛陽石橋，使天塹變爲通途。蔡襄單憑泉州的人力、資源，竟能克服日日
襲岸的海潮，建成洛陽石橋。蔡襄的成就，令劉克莊頗爲讚嘆。蔡襄運用人
類的巧思搬動巨石，堆疊成跨海石橋，根本不需如秦始皇得依靠海神鞭石築
橋。宋朝趙友直〈望海尖望海〉云：「疊岸猶疑鞭石起，獨慚無計覓蓬萊。」
趙友直登上高峻有如天懸一柱的望海尖，望著滄茫大海。趙友直注視層層堆
疊的海岸，讚嘆其構作奇偉，彷彿是秦始皇鞭石而成。元代丁鶴年〈題昌國
普陀寺〉云：「若使祖龍知勝概，豈應驅石訪蓬萊。」丁鶴年將普陀寺所處的
海島視爲海上仙山，如果秦始皇領略此島的勝概，應該會請海神驅石築橋，
以便他能親訪蓬萊勝境。

〔註33〕　《錦繡萬花谷》（《文淵閣四庫全書電子版》），前集，卷五，引《三齊畧記》。

秦始皇鞭石傳說，反映古人面對浩瀚海洋時，人類力量的微薄。正因力量微薄，反而激起涉海的雄心。這個源於濱海地區的傳說，充滿濃厚的神話色彩，背後傳達古人想深入認識海洋的意圖。此外作家也運用此傳說，凸顯海洋工程的成就，讚嘆奇壯的海岸景觀。

（六）吳越王射潮

與海潮相關的神話傳說，以海神伍子胥、伏波將軍馬援、吳越王射潮三者爲主。吳越王射潮傳說，反映出人類不向險惡海洋低頭的意志。五代十國的武肅王錢鏐，本以販售私鹽爲業，後從軍征戰，升鎮海節度使。日後錢鏐建立吳越政權，自立爲吳越王。清代吳任臣《十國春秋·武肅王世家》載有錢鏐出生時的異象：

> 武肅王，姓錢，名鏐，字具美，杭州臨安人也。……始誕之夕，鏐父寬，方他適，鄰人急奔告，曰適過君家後舍，聞甲馬聲甚眾，寬疾馳歸，而鏐已生。復有紅光滿室，寬怪之，將棄於水丘氏之井。鏐大母知非常人，固不許，因小字曰婆留。〔註34〕

錢鏐出生前，時傳甲馬之聲，出生時，紅光滿室，異象顯現。其父驚懼，欲棄錢鏐於井中，後因大母（祖母）強留，故取「婆留」爲錢鏐的小名。本段資料強化錢鏐的帝王天命。

吳越國居浙江沿海一帶，坐擁豐富的海洋資源，故錢鏐興修水利，大力發展海運、海洋漁業。後梁開平四年（西元 910 年）八月，錢鏐開始修築捍海石塘，因而有射潮傳說：

> 初定其基，而江濤晝夜衝激沙岸，板築不能就。王命強弩五百，以射濤頭，又親築胥山祠，仍爲詩一章，函鑰置于海門。其略曰：爲報龍神并水府，錢塘借取築錢城。既而潮頭遂趨西陵。王乃命運巨石，盛以竹籠，植巨材捍之，城基始定。其重濠累壍，通衢廣陌，亦由是而成焉。〔註35〕

錢鏐欲修築捍海石塘，卻因錢塘江的怒潮，日夜以排山之勢，自入海口襲向海岸，無法以板築奠定海塘地基。錢鏐以爲海塘工程無法順遂進行的原因，在於海潮破壞，故雙管齊下，先命強弩手五百人，用強弩射向潮頭，以平潮浪，又興建胥山祠，祈求海神伍子胥庇佑，終於使潮頭趨向西陵，得以鞏固

〔註34〕清·吳任臣：《十國春秋》（《文淵閣四庫全書電子版》），卷七十七。
〔註35〕宋·錢儼：《吳越備史》（《文淵閣四庫全書電子版》），卷二。

海塘的基礎。本段資料除了記載錢鏐射潮之事外，也記載當時建築海塘的工法。為抵抗海浪無止盡的沖擊，將巨石盛裝於竹籠內，才能穩固不動，又在石塘後面種植巨材，成為捍衛海岸的第二道防線。此種雙重設計，使得海塘能抵擋海波拍擊，守護海塘後方的城鎮、民田。

　　錢鏐射潮的傳說，常與觀潮作品連結。作家觀潮的體會：第一層是奇特壯觀的視覺印象，第二層是讚嘆海洋的無窮力量，第三層是征服自然的念頭。錢鏐射潮正是作家征服海潮的深沈念頭的映現。蘇軾〈八月十五看潮〉（《蘇軾詩集》，頁484）第五首云：

　　江神河伯兩醯雞，海若東來氣吐霓。

　　安得夫差水犀手，三千強弩射潮低。

浪濤滾滾的錢塘潮，在蘇軾的想像中，應是水神用「醯雞」使江水發酵，與海神驅來的浪潮，相互激盪而成。蘇軾自註云：「吳越王嘗以弓弩射潮頭，與海神戰，自爾水不近城。」只有吳越王〔註36〕率眾強弩射手射潮，才能平伏凶險的錢塘潮。本詩寄寓蘇軾欲平息錢塘怒潮的豪情。賀鑄〈錢塘海潮〉（《慶湖遺老詩集·補遺》）云：

　　高岸如陵累石頑，一支漲海橫中間。

　　九軍雷鼓震玉壘，萬里墨雲驅雪山。

　　秦政維舟羞膽怯，史遷舐筆恨才慳。

　　錢郎幾許英雄氣，強弩三千擬射還。

本詩前四句描寫錢塘潮的無比氣勢。錢塘江兩岸累石而成的石塘，高如丘陵。自海上向江口推進的一線海潮，橫亙在兩岸之間，聲勢驚人。奔馳到賀鑄眼前的錢塘潮，高若雪山，發出大軍雷鼓般的聲音，驚天動地。錢塘潮的驚濤駭浪，令秦始皇所乘的維舟膽怯而不敢航行，也令司馬遷舐筆自恨才慳，無法曲盡其妙。前六句極力頌揚錢塘潮的壯觀，後兩句則表現對錢鏐射潮傳說的緬懷。為利益國計民生，順利興築海塘，錢鏐憑藉幾許英雄氣概，親率三千強弩手射潮，終能令潮頭轉向。傳說中的錢鏐射潮，可滿足人類對抗洶湧的錢塘潮的企望。

　　錢鏐射潮的傳說，具有史實的基礎，想像的成分較少。錢鏐以人力射潮，就理智而論，於事無補；就情感而言，現實生活中，人力無法平伏潮頭，就只能憑藉錢鏐射潮傳說，傳遞人類挑戰海洋的勇氣。

〔註36〕蘇軾詩中，以「夫差」借代五代十國的吳越王。

二、歷史涉海事蹟

（一）孔子乘桴意

孔子因聖道不行，思欲乘桴浮海之事，是宋、元海洋文學中，常引用的歷史典故。《論語・公冶長》云：「子曰：『道不行，乘桴浮于海，從我者，其由與！』……」程子曰：「浮海之歎，傷天下之無賢君也。」孔子懷有殷切的濟世之心，盼能致君澤民。然而孔子風塵僕僕周遊列國，卻不被諸國君任用，使其聖道不行，無法啓迪世道人心，故偶興感歎，有乘筏浮海避世的念頭。

孔子因聖道不行，欲乘桴泛海的感歎，卻成爲貶謫海外文人，常援引的泛海典故，用以自我解嘲。如蘇軾〈六月二十日夜渡海〉（《蘇軾詩集》，頁2366）云：

> 參橫斗轉欲三更，苦雨終風也解晴。
> 雲散月明誰點綴，天容海色本澄清。
> 空餘魯叟乘桴意，粗識軒轅奏樂聲。
> 九死南荒吾不恨，茲游奇絕冠平生。

紹聖四年（西元 1097 年），因過被遠謫瓊州的蘇軾，在獲赦渡海的前夕，心中百感交集。因白天的苦雨終風，候船直至深夜的蘇軾，抬頭遙望夜空，天容海色又回復到原本的澄清爽淨。被赦渡海的前夕，蘇軾聆聽規律的海濤聲，從海濤聲中粗識軒轅黃帝奏樂之妙。孔子因聖道不行於世，萌生乘桴浮海的念頭，而蘇軾自省其渡海，竟是因罪被謫。孔子與蘇軾皆有渡海之舉（意），但背後的動機，則判若雲泥。蘇軾設想自己渡海，雖無孔子乘桴浮海的深意，卻因此機緣，而能認識瓊州的奇絕風物，因此即使九死南荒海隅，也不會有絲毫的憾恨。蘇軾於詩中反用孔子乘桴泛海的典故，自我解嘲，凸顯自己被貶謫的處境。

又如李光〈渡海〉（《全宋詩》冊二十五，頁 16453）第二首，描寫他被貶瓊州，渡海的沈鬱心情：

> 出處從今莫問天，南來跨海豈徒然。
> 須知魯叟乘桴興，未似商巖濟巨川。

地處南荒海涯的瓊州，常有宋代大臣被貶謫於此，如蘇軾（紹聖四年／西元1097 年）、李綱（建炎二年／西元 1128 年）、李光（紹興十四年／西元 1144年）等。南宋李光力主抗金，反對議和，屢遭貶謫。高宗紹興十四年，李光

被貶到瓊州，橫渡瓊州海峽有感，作此詩。南來跨海的李光，自嘆渡瓊州「豈徒然」？若非因堅持自己的主戰理念，又如何會落得遷謫瓊州的厄運！李光感嘆孔子乘桴渡海的意興，與商巖賢士〔註37〕濟越巨川大不相同。自比商巖賢士的李光，因過被謫海外，與因聖道不行而欲浮海的孔子，意興迥異。詩中言孔子乘桴事，暗襯李光渡海的無奈。

張侃〈觀海〉（《全宋詩》冊五十九，頁37100），則引孔子乘桴渡海的典故，對比其泛舟渡海的自在：

> 孔聖道不行，乘桴浮于海。非子深寓言，誠欲警不逮。
> 我生遊江湖，汎舟聽自在。有時月初生，滿天雲去靉。
> 今朝到海邊，潮遲立可待。固知源脈長，下藏魚龍隊。
> 想見景晴明，間亦露光彩。因介觀自然，天地能主宰。

孔子因聖道不行，欲乘桴浮于滄海。孔子的聖道不行，並非因聖道深寄於令人難解的寓言之中，實乃人君世主無意推行聖道。面對此等政治現勢，孔子充滿無力感，故興起乘桴遁離現實的念頭。生遊江湖的張侃，自在地遊賞海洋，乘船渡海的心情迥異於殷行聖道的孔子。張侃以好奇的心遊覽大海，欣賞大海的無邊光彩。張侃渡海的自在心情，與心繫聖道的孔子，形成強烈的對比。

孔子只是抒發其聖道不行的牢騷，並未有浮海之舉。然而在宦海浮沈的文人心中，孔子乘桴是執著政治理想的主動表現，反映其濟世之悲心；而被貶謫海外的文人，政治主張不被當道接受，被動渡海，兩者的動機、心境完全不同。因貶謫緣故而渡越重洋的文人，心境往往如海潮般起伏不已，因此創作渡海作品，常運用孔子乘桴之事，來託寓心境，甚至自我解嘲。

（二）魯仲連蹈海

魯仲連，戰國齊人，其欲蹈海之事，偶而會出現在海洋文學中。《史記·魯仲連鄒陽列傳》云：

> 時魯仲連適游趙，會秦圍趙，聞魏將欲令趙尊秦爲帝，乃見平原君，曰：「事將奈何？」平原君曰：「勝也，何敢言事？前亡四十萬之眾於外，今又內圍邯鄲而不能去。魏王使客將軍新垣衍令趙帝秦。今其人在是，勝也，何敢言事？」魯仲連曰：「吾始以君爲天下之賢公

〔註37〕《尚書·說命·上》云：「說（傅說）築傅巖之野，惟肖傅。」傳說初版築於傅巖之野，後被商王武丁舉以爲相，後以「商巖」比喻在野賢士。

子也。吾乃今然後知君非天下之賢公子也。梁客新垣衍安在？吾請
爲君責而歸之。」……魯連見新垣衍而無言。新垣衍曰：「吾視居此
圍城之中者，皆有求於平原君者也。今吾觀先生之玉貌，非有求於
平原君者也，曷爲久居此圍城之中而不去？」魯仲連曰：「世以鮑焦
爲無從頌而死者，皆非也。眾人不知，則爲一身。彼秦者，棄禮義
而上首功之國也。權使其士，虜使其民。彼即肆然而爲帝，過而爲
政於天下，則連有蹈東海而死耳！吾不忍爲之民也。所爲見將軍者，
欲以助趙也。」……〔註38〕

《戰國策》卷二十亦有相同的記載。魯仲連周遊列國到趙國時，正逢秦兵圍
攻趙都邯鄲。魏王因懼秦而派辛垣衍勸說平原君尊秦爲帝。趙勝因長平一役，
被坑殺四十萬人，今又被秦軍所圍，擬聽魏國的建議，奉秦爲帝。魯仲連向
趙勝請纓，與辛垣衍激辯，並義正詞嚴的表示，秦國拋棄禮義，崇尚首功，
秦如稱帝，他寧可蹈東海而死，也不做暴秦的臣民。

　　魯仲連願蹈海而死，傳達其寧死而不受屈辱的氣節。文人歌誦海洋，自
波瀾壯闊的大海，總會聯想到寧守節而蹈海的魯仲連。宋代林一龍〈觀海〉（《全
宋詩》冊六十九，頁 43455）云：

　　昔者吾夫子，浮海思乘桴。彼美魯仲連，蹈海恥帝呼。

　　寥寥千載間，此意霜月孤。而我欲涉海，夫豈夫子徒。

　　長風吹我帆，高浪拍我艫。所願鷗鳥同，浩蕩煙中徂。

魯仲連謹守節義，鄙視拋棄禮義，只重首功的秦國。如果秦國稱帝，魯仲連
將蹈躍東海而死，也不願稱秦王爲帝。孔子乘桴浮海、魯仲連蹈海的深意，
千載年來，宛如霜月般孤寂。思欲追步涉海聖賢的林一龍，觀海感觸良多，
願如海上鷗鳥，飛入浩蕩煙雲之中。文天祥〈漁舟〉（《文文山全集》，頁 343）
云：

　　一陣飛帆破碧煙，兒郎驚餌理弓弦。

　　舟中自信婁師德，海上誰知魯仲連。

　　初謂悠揚真賊艦，後聞欸乃是漁船。

　　人生漂泊多磨折，何日山林清晝眠。

文天祥自元營脫險，循海路入通州海門界。以「一陣飛帆破碧煙」的氣勢，
逼臨文天祥的海船，被船伕懷疑是賊艦，經過交涉辨認後，原來只是漁船。

〔註38〕瀧川龜太郎：《史記會注考證》，頁 1000～1001。

文天祥自比唐代婁師德丞相般恭勤樸忠，可是在海上又有誰知如魯仲連般的
斡旋人才？文天祥於海上遇到危機，也賴船上有如魯仲連般的斡旋人才，妥
當交涉後，才得以化解危機。

　　站立在孤絕的海涯，要縱身躍入波濤洶湧的大海，會產生極大的恐懼感。
當堅守理想的決心，超越恐懼，則蹈海反而成為見證自己堅守氣節的神聖儀
式。魯仲連堅守節義，不尊奉秦王為帝，更不願當暴秦的子民，乃有蹈東海
的誓言。魯仲連願守義蹈海的事蹟，在部分憂時憂國的文人的眼中，是值得
讚美的典型。

（三）范蠡浮海適齊

　　范蠡，春秋楚人，為越王句踐之臣，佐越王滅吳，隱退後，浮海適齊，
化名為鴟夷子皮。范蠡浮海隱遁的事蹟，亦為海洋文學常運用的典故。《史記‧
越王勾踐世家》云：

> 范蠡浮海出齊，變姓名，自謂鴟夷子皮，耕于海畔，苦身戮力，父
> 子治產。居無幾何，致產數十萬。齊人聞其賢，以為相。范蠡喟然
> 嘆曰：「居家則致千金，居官則至卿相，此布衣之極也。久受尊名，
> 不祥。」乃歸相印，盡散其財，以分與知友鄉黨，而懷其重寶，閒
> 行以去，止於陶，以為此天下之中，交易有無之路通，為生可以致
> 富矣。於是自謂陶朱公。〔註39〕

范蠡與越王句踐深謀二十餘年，佐越王滅吳，以雪會稽之恥，被尊稱上將軍。
然而范蠡以為大名之下，難以久居，且句踐為人可與之同患難，難與同處安，
故功成隱退，以避災厄。後來范蠡浮海適齊之海畔，變名姓為鴟夷子皮，戮
力營聚，終成巨室。關於范蠡變名姓為鴟夷子皮的問題，司馬貞《史記‧索
隱》以為「蓋以吳王殺子胥而盛以鴟夷，今蠡自以有罪，故為號也。」顏師
古《漢書‧注》云：「自號鴟夷者，言若盛酒之鴟夷，多所容受，而可卷懷，
與時張弛也。鴟夷，皮之所為，故曰子皮。」根據司馬貞、顏師古的解釋，
范蠡改名為「鴟夷子皮」的原由有二：(1)范蠡自以為有罪，故仿吳王殺子胥
而盛以鴟夷之故為名，以示自警。(2)以盛酒之鴟夷，比喻范蠡能包容，可與
時張弛。考察范蠡的行事，能審時度勢，靈活屈伸，以退為進，居高位又能
慮危，得財又能散財，智以保身，故此二說皆可成理。

〔註39〕瀧川龜太郎：《史記會注考證》，頁 671。

　　范蠡於大業初具，名登高位時，知所進退，掛帆浮海至齊，耕植海畔。范蠡放棄浮名，泛海隱退的瀟灑風神，常令望海文人緬懷不已，甚至心生效法之意。王十朋〈次韻寶應（印）叔觀海三絕〉（《王十朋全集》，頁 245）第三首：

> 誤入蓬萊朝未央，至今魂夢記微茫。
>
> 扁舟欲效鴟夷子，遙望滄波興已狂。

王十朋將夢中微茫的蓬萊印象，與當前海景結合。王十朋遙望滄波，興致飛揚，進而想效法能放下浮名羈絆，浮海至齊的范蠡，瀟灑地縱一葉扁舟，盡覽滄海的奇麗。舒岳祥〈七月十五日競傳有鐵騎八百來屠寧海人懼罹仙居禍傔船入海從鴟夷子遊余在龍舒精舍事定而後聞之幸免奔竄深有羨于漁家之樂也作漁父一首〉（《閬風集》卷六），描寫對海村恢復平靜的期望：

> 年來避世羨漁郎，全載妻兒雲水鄉。
>
> 隔葦鳴榔分細火，帶苔收網曬斜陽。
>
> 一絲寒雨鱸腮紫，半箔歸潮蟹斗黃。
>
> 欲逐鴟夷江海去，西風無奈稻花香。

寧海一帶的海村，原本充滿祥和氣息。如今卻因凶暴元兵的騷擾，改變海村的平靜生活。因競傳元兵將屠村，百姓懼罹禍，傔船入海避難。隱居於龍舒精舍的舒岳祥，幸免於奔竄入海之累，希望元兵退去後，海村又恢復原本的寧靜。詩中「欲逐鴟夷江海去」，正是舒岳祥的深切盼望。范蠡自高位急流勇退，以一介平民的身分，渡海隱遁於齊國海畔，自食其力，過著充實自在的生活。范蠡隱於江海的生活，正是由宋入元的舒岳祥，所企望的生活方式。當元兵對寧海的騷擾逐漸消失後，舒岳祥又可在寧海海村，過著遠離紛擾的閒靜生活。

　　海洋是自然的景觀，也是人類逃避世間各種政治紛爭、戰亂的選項之一。海洋的寬闊，令人類謙卑。雖然臨海生活，得面對自然海洋的無情威脅，但只要能了解海洋，融入海洋，也可變成一片平靜的樂土。自知高名重權不可久恃的范蠡，改名為世人罕知的鴟夷子皮，渡海到齊國的偏僻海濱，認真地過著全新的生活，既能平安保身，又能自給度日。范蠡渡海之事，成為歌詠海洋的文人，心中底層的喟望。當人生際遇不如預期時，效法鴟夷子浮江海的念頭，便自文人的筆端流瀉出。

第三節　熱絡的海洋經濟活動

　　海洋是一個超級大寶庫！海洋本身既是船舶運輸的載體，又是豐富資源的提供者。能以開放的心胸開發海洋資源，發展海洋經濟，則可富國裕民。就第二章的論述，宋、元時期的海洋活動達到頂峰。宋代結束五代十國的分裂局面，國家漸趨安定，經濟繁榮，城市興起，生產技術進步，為海洋活動創造有利的基礎條件，加上航海技術的精進及政府的鼓勵等積極條件配合，宋代的海洋經濟活動較唐代更為興盛。元代更積極發展海上運輸、貿易。元代開始以大規模的海運取代陸運及運河漕運，又以開放的態度，發展海外貿易。宋、元時期，繁榮的海洋活動為國家、人民帶來巨大的利益。熱絡的海洋經濟活動，為沿海地區創造新的海洋氛圍及生活方式。海洋資源開發、海運、貿易等主題，不斷地出現在海洋文學中。

一、海洋資源的開發

（一）海鹽生產

1. 鹽對民生的重要性

　　產自海水的海鹽，是極為重要的民生必需品。以海鹽調味，可使食物的滋味更加美好。元朝黃庚〈鹽〉（《月屋漫稿》）〔註40〕，即歌頌海鹽的珍奇：

　　　同絺入貢載遺經，分賜群臣羨水晶。

　　　潤下作鹹從海產，熬波出素似天成。

　　　享神潔白惟形似，富貴珍奇以寶名。

　　　此物可方為相事，他時商鼎用調羹。

《尚書·禹貢》云：「厥貢鹽絺，海物惟錯。」經典中曾記載，水晶般的海鹽，與絺同為入貢珍寶，並為分賜群臣的珍貴賞賜。自海水熬煮提煉的素白海鹽，為調羹作菜的必備之物，被視為富貴珍寶。飲食無海鹽調味，則滋味索然。海鹽的生產，關乎民生，自古以來為各朝政府所重視。

2. 生產海鹽的方法

　　海鹽既為重要的民生必需品，歷代不斷地精進產製技術，提高產量，降低生產成本，使人人都能食用便宜的海鹽。海鹽的提煉方式，最早為直接煮海水為鹽，但費時費工，產能低，成本高。為提高產能，逐漸發展為先引海

―――――――――――――――

〔註40〕《文淵閣四庫全書電子版》。

水入鹽田，曬海水爲含鹽濃度高的鹵水，再以柴薪煎煮鹵水，如此則海鹽的產量大增，成本下降。南宋時，又發展出曬鹵成鹽法，元代甚至已出現專門曬鹽的鹽場。

　　出現在海洋文學中的製鹽法，多屬曬鹵煎鹽法。如歐陽脩〈送朱職方提舉運鹽〉云：「穴灶如蜂房，熬波銷海水。」梅堯臣〈送朱表臣職方提舉運鹽〉云：「蜃灶煮溟渤，航鹹播楚越。」王安石〈收鹽〉云：「不煎海水餓死耳。」王安中〈潮陽道中〉云：「萬灶晨煙熬白雪。」柳永〈煮海歌〉云：「……牢盆煮就汝輸徵……晨燒暮爍堆積高，才得波濤變成雪。」這些作品所描寫的製鹽法，是將引入鹽田的海水，變成含鹽濃度高的鹵水。各鹽場的亭戶再以牢盆、蜃灶等工具，以柴薪熬煮成潔白的海鹽。寶元間，曾任明州（舟山群島）曉峰鹽場鹽官的柳永，作〈煮海歌〉（《宋詩紀事》〔註41〕，頁 317），對於當日鹽場的製鹽過程有具體的描寫：

> 煮海之民何所營，婦無蠶織夫無耕。
> 衣食之源太寥落，牢盆煮就汝輸徵。
> 年年春夏潮盈浦，潮退刮泥成島嶼。
> 風乾日曝鹽味加，始灌潮波增成鹵。
> 鹵濃鹽淡未得間，采樵深入無窮山。
> 豹跡虎跡不敢避，朝陽出去夕陽還。
> 船載肩擎未遑歇，投入巨灶炎炎熱。
> 晨燒暮爍堆積高，才得波濤變成雪。……

曬鹵煎鹽法中，取得高濃度鹵水的方式有二：(1)在特定季節（季節不同，海水濃度不同），利用潮汐作用，將海水引入鹽田中，再藉烈日暴曬，蒸發海水的水分，得到高鹽度的鹵水。(2)春夏時，海潮盈浦，潮退時，將含鹽量高的沙泥刮走。在含鹽量高的鹹土上，撒滿乾燥的草灰，風乾後，使鹽附著於草灰，再澆灌適當的海水，成爲高鹽度的鹵水。柳永〈煮海歌〉所描寫者（「年年春夏潮盈浦，潮退刮泥成島嶼。風乾日曝鹽味加，始灌潮波增成鹵」），就是第二種取鹵水的方法。鹵水煎製前，還要「驗鹵」，測鹵水的含鹽度。煎煮合於標準的鹵水，才符合經濟效益。宋、元時期，流行以蓮子爲比重計，來測試鹵水含鹽度〔註42〕。鹵水的含鹽度合乎標準後，則進入煎煉的過程。鹵

〔註41〕清・厲鶚輯：《宋詩紀事》（臺北：台灣中華書局，1971 年）。
〔註42〕以下爲宋、元時期蓮子測鹵法的演變：(1)宋代江休復《嘉祐雜誌》云：「煮

水裝入鐵製鹽盤後，置於巨灶，以柴薪煎燒。煎鹽需要大批的柴薪，所以鹽戶得冒險入山，辛苦取材。柳永詩中之「采樵深入無窮山。豹跡虎跡不敢避，朝陽出去夕陽還。船載肩擎未遑歇」，將鹽戶取材的辛苦，明顯地表露出。經由烈火的煎燒，鹵水終於變成霜雪般的海鹽。

3. 鹽利與鹽政

海鹽為民生必需品，具有極大的利益，因此官榷就成為宋、元時期的基本鹽策。鹽為國家專賣，為宋、元兩朝財政歲入挹入大筆財源。郭正忠主編《中國鹽業史‧古代編》云：

> 宋代的官收鹽利，曾在中央財政歲入中佔居顯要地位。或曰「當租賦三分之一」，或曰「天下之賦鹽利居半」……南宋人甚至說：「天下大計仰東南，而東南大計仰淮鹽。」〔註43〕

東南沿海的鹽利，對於宋代中央財政、國防軍費的影響極大。南宋偏安江南後，經濟重心南移，更加積極開發東南沿海的海鹽資源。南宋中央財政的歲入，也更仰賴東南沿海鹽利的挹注。元代承宋代開發海鹽的政策，並加強對海鹽產、銷的控制，從中榨取更多的利益。郭正忠主編《中國鹽業史‧古代編》又云：

> 在元代各項稅賦收入中，鹽稅佔有非常重要的地位。元政府的官方

鹽用蓮子為候，十蓮者，官鹽也。五蓮以下，鹵水漓，為私鹽也。」（《文淵閣四庫全書電子版》）北宋時以十蓮子浮於鹵水為濃，五蓮子浮於鹵水為薄。(2)宋代姚寬《西溪叢語》云：「予監台州杜瀆鹽場，日以蓮子試鹵，擇蓮子重者用之。鹵浮三蓮四蓮味重，五蓮尤重。蓮子取其浮而直，若二蓮直，或一直一橫，即味差薄。若鹵更薄，即蓮沉於底，而煎鹽不成。」（《文淵閣四庫全書電子版》）稍晚的姚寬改進蓮子測鹵法，擇較重的蓮子，使十蓮子的比重統一，比重計可標準化。姚寬除了以浮水的蓮子數量為標準外，又加入蓮子浮水的姿態是直或橫（橫比直更能反映鹽度高）為第二個標準。(3)元代陳椿《熬波圖》云：「管蓮之法：採石蓮先於淤泥內浸過，用四等鹵分浸四處。最鹹□鹵浸一處（第一等），三分鹵浸一分水浸一處（第二等），一半水一半鹵浸一處（第三等），一分鹵浸二分水浸一處（第四等）。後用一竹管盛此，四等所浸蓮子四放於竹管內，上用竹絲隔定竹管口，不令蓮子漾出，以蓮管汲鹵試之，視四管蓮子之浮沉，以別鹵鹹淡之等。」陳椿改良蓮子測鹵法，將石蓮先用淤泥浸過，使各蓮子的比重不再變化，再利用比重液（四種不同鹽度的鹵水），對蓮子的比重進行分級，如此就有四管不同等級的比重計。蓮子測鹵法的不斷改良，反映出宋、元以來，海鹽生產活動的興盛。

〔註43〕郭正忠主編：《中國鹽業史‧古代編》（北京：人民出版社，1999 年），頁286。

文書中常説：「經國之費，鹽課爲重。」大德七年（西元 1303 年）
中書省的文件中說：「天下辦納的錢，鹽課辦著多一半有。」有的記
載甚至說：「國家經費，鹽利居十之八。」〔註44〕

元代生產的鹽，以海鹽爲主。國家從鹽權中獲得豐厚的鹽利，爲中央財政收
入中的最大宗。因此元代比宋代更重視海鹽的生產、運銷，進而制訂嚴密的
鹽法，及設立龐大的管理機構。

海鹽官權制度爲宋、元兩代政府獲得巨大的利益，卻也產生重大弊端，
影響民生甚巨。《續資治通鑑》云：

> 臣僚言：「私鹽之不可禁者，其弊三：亭户煎鹽入官，官不以時給直
> （值），往往寄居，爲之干請而後予之，至有分其大半者，一也。煎
> 煉之初，必須假貸於人，而監司類多乘時放債，以要其倍償之息，
> 及就場給直，往往先已克除其半，而錢入於亭户之手者無幾，二也。
> 鹽司及諸場人吏，類多積私鹽以規厚利，亭户非不畏法，以有猾胥
> 爲之表裡，互相蒙庇，三也。」〔註45〕

上段資料指出宋代鹽政弊端有三點：(1)官府不以合於市場的價值收購海鹽，
且經過層層扣苛，所剩無幾。(2)煎煉的資本，要先向人借貸，鹽司趁機放高
利貸，等發放製鹽工本時，亭民無法得到足以營生的收益。(3)鹽司、鹽場官
吏，積聚私鹽，謀求私人厚利。鹽民勤力煎鹽，卻無法過著豐足的生活，只
好鋌而走險，盜販私鹽或淪爲海賊。柳永〈煮海歌〉將鹽民的辛酸血淚，表
露無遺：

> ……周而復始無休息，官租未了私租逼。驅妻逐子課工程，雖作人
> 形俱菜色。煮海之民何苦辛，安得母富子不貧。本朝一物不失所，
> 願廣皇仁到海濱。……

爲了煎鹽而借貸的官租、私租，逼得鹽民無喘息的機會。鹽民全家爲了煎鹽
工程，周而復始，無法休息，「雖作人形俱菜色」。關心鹽民生活的文人，
總是希望能有仁德者主鹽政，改善鹽民生活。因此柳永沈痛地希望主政者：
「願廣皇仁到海濱」。又如梅堯臣〈送朱表臣職方提舉運鹽〉（《宛陵集》，頁
293）云：

〔註44〕郭正忠主編：《中國鹽業史・古代編》（北京：人民出版社，1999 年），頁
490。

〔註45〕清・畢沅：《續資治通鑑》（臺北：建宏出版社，1995 年），頁 3161。

> ……朝廷用朱侯，提職欲無闕。侯因許專畫，拜疏陳其說。曰臣有
> 更張，敢以肝膽竭。荊湘嶺下城，恃遠不畏罰。堂堂事私賈，遮吏
> 遭驅突。願使商自通，輸金無暴猝。淮江且循常。約束備本末。國
> 用必餘資，亭民無滯物。事下丞相府，論議不可拔。從之東南蘇，
> 拒之財賦過。聽侯侯往施，所便黔黎活。五味既和調，萬里銷狂
> 悖。……

朱職方曾上疏陳說當代鹽政之弊，故被調任提舉運鹽，以解決鹽政問題。朱職方主張放鬆榷禁，「使商自通」，則「國用必餘資，亭民無滯物」。梅堯臣認同朱職方的主張，以為「從之東南蘇，拒之財賦過」。鹽的合理流通，不但可利民生之需（五味調和），更可甦活東南沿海亭民的生計。

　　元代的統治者為掌握龐大的鹽利，制定更嚴苛的鹽法，透過完備的產銷制度，將鹽收歸國家專賣。元代的鹽政系統，對鹽民極盡剝削壓迫之能事。王冕〈傷亭戶〉（《竹齋集》卷中）云：

> ……課額日以增，官吏日以酷。不為公所幹，惟務私所欲。田關供
> 給盡，鹺數屢不足。前夜總催罵，昨日場胥督。今朝分運來，鞭笞
> 更殘毒。……

鹽場鹽官為營聚私鹽，謀求私人暴利，殘酷地增加對亭民的海鹽課額。凡上繳鹽額不足者，亭民屢遭催罵，甚至被殘毒地鞭笞。任職鹽場的楊維楨，特別感嘆「鹺無善政」。

4. 鹽民的生活

　　宋、元海洋文學中，作家除了觀覽壯盛海景，也深入觀察沿海百姓的真實生活，其中又以鹽民的悲慘生活，最被文人所關注。如王安石〈收鹽〉（《臨川先生文集》，頁177）云：

> 州家飛符來比櫛，海中收鹽今復密。
> 窮囚破屋正嗟欷，吏兵操舟去復出。
> 海中諸島古不毛，島夷為生今獨勞。
> 不煎海水餓死耳，誰肯坐守無亡逃。
> 爾來賊盜往往有，劫殺賈客沈其艘。
> 一民之生重天下，君子忍與爭秋毫。

海中不毛諸島，島民只能賴煎鹽憑生。政府為攫取巨大鹽利，有司向海島鹽民發出收鹽的命令，如櫛齒般密集。吏兵頻繁地操舟收鹽，使得百姓過著「窮

因破屋正嗟欷」的生活。官府剝削鹽民，與他們爭奪煎鹽的微利。鹽民爲求
活路，只得結黨淪爲海賊。王安石爲底層的鹽民生計，發出不平之鳴，希望
政府不要與民爭秋毫之利，爲鹽民留一條生路。

　　元代楊維楨曾任浙江錢清場鹽司令，對於鹽民生活及當代鹽政弊端，有
極深刻的體會，作多首詩作，如〈鹽車重〉、〈賣鹽婦〉、〈海鄉竹枝詞〉、〈鹽
商行〉等，揭露鹽政、鹽民生活等相關問題。〈鹽車重〉（《鐵崖先生古樂府》，
頁 48）云：

> 鹽車重，鹽車重，官驥牽不動。官鉈私秤秤不平，秤秤束縛添畸令。
> 鹽車重，重奈何？畸令帶多私轉多，大商鬻不盡，私醶夾公引。烏
> 乎江南轉運澀如膠，漕吏議法方呶呶。

官驥拖不動沈重的鹽車，看在辛苦煎鹽的亭戶眼中，格外諷刺，鹽車沈重又
奈何？亭民煎鹽本應獲得政府的合理工本鈔補貼，卻被層層剝削。官府與大
鹽商之間的勾結，加上各種畸令，使得公引（官鹽）夾帶私醶（私鹽），爲官
府、鹽商帶來暴利，而亭民卻貧窮依舊。〈賣鹽婦〉（《鐵崖先生古樂府》卷四）
藉賣鹽婦之口，道出鹽民的血淚：

> 賣鹽婦，百結青裙走風雨。雨花灑鹽鹽作鹵，背負空筐淚如縷。三
> 日破鐺無粟煮，老姑飢寒更愁苦。道旁行人因問之，拭淚吞聲爲君
> 語。妾身家本住山東，夫家名在兵籍中。荷戈崎嶇戍閩越，妾亦萬
> 里來相從。年來海上風塵起，樓船百戰秋濤裏。良人賈勇身先死，
> 白骨誰知塡海水。前年大兒征饒州，饒州未復軍尚留。去年小兒攻
> 高郵，可憐血作淮河流。中原封裝音信絕，官倉不開口糧關。空營
> 木落烟火稀，夜雨殘燈泣嗚咽。東隣西舍夫不歸，今年嫁作商人妻。
> 繡羅裁衣春日低，落花飛絮愁深閨。妾心如水甘貧賤，辛苦賣鹽終
> 不怨。得錢糴米供老姑，泉下無慙見夫面。君不見繡衣使者淛河東，
> 采詩正欲觀民風。莫棄吾儂賣鹽婦，歸朝先奏明光宮。

著百結青裙的賣鹽婦，走在淒涼的風雨中，雨灑鹽筐，將鹽變爲鹵水，自筐
中流出。背負空筐的賣鹽婦，含淚對行人道出生活困境。賣鹽婦因夫君奉命
遠戍閩、越一帶，而南來相從。時局動盪，全家男丁殞落殆盡，只餘賣鹽婦
獨力事奉老姑，不得已改嫁賣鹽商，辛苦賣鹽。賣鹽婦寄望采詩的繡衣使者，
能將鹽民的悲慘生活，如實地反映給執政者。楊維楨以平鋪直敘的筆調，呈
現賣鹽老婦的淒苦一生，令讀者悲憫不已。〈海鄉竹枝詞〉（《鐵崖先生古樂

府》，頁 106）（錄一首）嚴肅地反映亭民生活的疾苦：

> 顏面似墨雙腳頹，當官脫袴受黃荊。
>
> 生女寧當嫁盤瓠，誓莫近嫁東家亭。

鹽女的秀麗顏面，因烈日曝曬及海水反射而黧黑似墨，雙腳則因赤足來回鹽灘而紅赤。鹽女辛苦製鹽，卻因未達預定的引額，竟要「當官脫袴受黃荊」。對鹽家生活絕望的鹽女，發下誓願，寧可女兒遠嫁南蠻，也不嫁鄰近的鹽家子弟。〈海鄉竹枝詞〉以鹽亭女兒的口吻，道出鹽戶的苦難生活。

（二）水產養殖

宋、元時期，積極向海洋開發各類資源，除了海鹽以外，海洋生物也是開發的重點。取用海洋生物資源的最原始方式，就是在海岸區採集，後來更發展為入海撈捕。直接入海撈捕海洋生物，受限於船舶設計、航海技術、捕撈技術、海洋環境等因素，產能會有極大的落差。當若干海洋生物，為時人所珍好，極具經濟價值，也促進水產養殖業的興起。水產養殖活動的繁盛，正代表著人類對海洋生物資源開發的進步。自北宋以來，除了繼續撈捕海中生物外，也開始人工養殖具有經濟價值的海產。

就宋、元海洋文學而言，出現在作品中的水產養殖種類，有蠔、蛤、江珧等。「薄宦遊海鄉」的梅堯臣，細細地領略海濱風情，見漁民養蠔的方式頗覺新奇，作〈食蠔〉，詳加記錄：

> ……亦復有細民，並海施竹牢。採掇種其間，衝激恣波濤。鹹鹵與
>
> 日滋，蕃息依江臯。……

野生蠔常攀附於海邊岩石，或堆疊相粘為蠔山，採集蠔肉，頗費工夫。宋代陳藻〈海口吟〉云：「估客趁潮撐米入，沒人忍凍采蠔粘。」陳藻詩中之「采蠔粘」，即指漁民採集海邊岩石上堆疊相粘的野生蠔。野生蠔既難採集，產量又不大。自宋代以來，因應食用需求，開始在海濱以插竹養蠔的方式，人工大量養蠔，提高市場供應量。詩中記載沿海漁民於海岸淺處，施用竹牢（約三尺餘），植入泥中，以繫附置入蠔苗的蠔殼，形成所謂的蠔田。蠔苗因波濤衝激，帶來豐富的浮游生物，得以快速成長。以竹枝繫縛蠔殼，除了加速蠔的生長外，又方便採收。

周必大〈周愚卿江西美劉棠仲同賦江珧詩牽強奉答〉（《全宋詩》冊四十三，頁 26796），描寫沙田養殖的江珧：

> 東海沙田種蛤珧，南烹苦酒濯瓊瑤。

　　饌因暫棄常珍變，指爲將嘗異味搖。

　　珠剖蚌胎那畏鷸，柱呈馬甲更名珧。

　　累人口腹吾何敢？慚愧三陰喜且謠。

江珧（瑤）即櫛江珧，又名玉珧，兩殼無法完全閉合，以直立姿態立插於淺
海沙泥中。《臨海志》云：「玉珧似蚌，殼中柱美。」江珧的貝肉並無特殊滋
味，然而閉殼的柱幹，白如雪玉，甘脆鮮美，即江珧柱，古稱馬甲柱（「柱呈
馬甲」），可鮮食，或用酒浸漬貯藏，亦可加工爲乾貝。江珧柱爲人所喜愛，
採集野生者，數量有限，故自宋代起，明州開始大面積養殖江珧。周必大自
注：「四明江珧，自種而爲大，生致行都廣南。」本詩之「東海沙田種蛤珧」，
說明當日養殖江珧之田，位於海濱潮水可往來的沙地。

江　珧

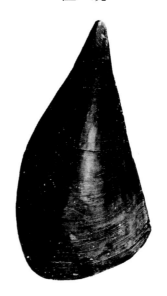

（本圖引自《中國海洋貝類圖鑒》）

　　設籍於福建霞浦的謝翱，對於沿海百姓的生活，有最深刻的體會。〈島上
曲〉（《晞髮集》卷四）描寫的是漁民種蛤的情形：

　　皮帶墨鱗身卉衣，晚隨鬼渡水燈微。

　　石門犬吠聞人語，知在海南種蛤歸。

蛤類滋味鮮美，廣受飲食市場的歡迎，但採集野生的數量有限。自宋代起，
已開始於海邊灘塗泥地，設置大面積的蛤田，人工養蛤。天未亮，海島石門

一帶傳來人聲，原來是島民已開始一天的工作。打赤膊的漁民，背上沾滿灘塗裏的黑泥巴，經烈日曝曬後，就如同象魚身上的黑鱗片般。日日頭頂烈日，皮膚黝黑的漁民，於海邊灘塗的蛤田辛苦養蛤，希望能有好豐收。透過謝翱的寫實描寫，讓人感受到濱海養殖業的艱辛。

以上所舉之水產養殖生物（蠔、蛤、江珧）為出現在文人筆下者，只佔宋、元時期水產養殖項目的一小部分。這些水產養殖生物，因其味美，為文人所青睞，故以詩筆記錄其生產方式。文人筆下的海洋生物生產方式，也可當成古代漁產養殖的研究資料。

二、海洋貿易、運輸活動

（一）貿　易

宋、元代官方積極開放海洋貿易，透過市舶機制，從中獲得厚利，以挹注國家財政。宋代逐漸設計出完備的市舶制度，有效管理海外貿易。南宋時，市舶收入幾佔國庫收入的 15%。元代依循宋代市舶舊制，設立泉州、上海、澉浦、慶元、溫州、廣東、杭州等七個市舶司，管理海外貿易。元代海外貿易達到蓬勃發展的局面，與元代有海上貿易關係的國家多達一百四十五個。〔註46〕

東南沿海地區，由於缺乏膏腴的耕地，農業發展不易，但濱海的地理特色，卻成為發展海洋經濟的新契機。宋代謝履〈泉南歌〉（《方輿勝覽》卷十二引詩）云：

> 泉州人稠山谷瘠，雖欲就耕無地辟。
>
> 州南有海浩無窮，每歲造舟通夷域。

謝履描寫故鄉泉州一帶，盡是貧瘠不毛的山谷之地，人口稠密，欲耕而無地。泉州的地理特色，使百姓積極面向浩瀚海洋，尋求活路。泉州以外的濱海地區亦然。宋、元時期，東南沿海一帶的蓬勃海洋貿易活動，帶動港市高度發展，不但活絡經濟，開張人民眼界，也促進國際文化交流。因此海洋文學也出現描寫海洋貿易的作品。如吳郡（蘇州）人朱長文，作〈海賈〉（《全宋詩》冊十五，頁 9809）云：

> 千艘萬貨集江邊，爭較錐刀逐利遷。
>
> 生理幸逃魚腹餒，夢魂猶怕蜃樓煙。

〔註46〕關於宋、元代的海洋貿易活動、政策，請參本書第二章第五節的論述。

宋代沿海各港口，貿易興盛，海賈海舶雲集，各類貨物在此互通有無。朱長文觀察貿易港市的繁榮景象，背後動機就是為競逐錐刀之利。為貿易生理，乘風破浪，雖然有幸能逃離魚腹，但夜夢中出現的海上蜃氣，還是會令海賈驚悸不已。本詩點出海洋逐利的高風險。朱長文又作〈青龍江上偶書兩絕呈無逸監鎮〉（《全宋詩》冊十五，頁9809）二首云：

> 潮滿溝塍稻滿田，暑天不雨自豐年。
> 海商有貨官無擾，遊子爭來就一廛。（1）
>
> 卷碇初來海客船，脫身鯨浪見吳天。
> 千帆總約秋風至，應助關征額外錢。（2）

第一首詩的前兩句，描寫海邊特有的潮田。潮田位於河流出海口附近的感潮帶，利用潮水上漲，將水引入潮田灌溉〔註47〕。因此即使暑天不雨，潮田也能豐收。第三句「海商有貨官無擾」，指出海賈有各色貨物可供交易，只要官府不以苛法畸令干擾貿易活動，則經濟自然活絡，遠方遊子爭來濱海地區，過著自給自足的生活。第二首則是描寫海洋貿易的情景。海客所乘的貿易船，起碇開航後，利用季風航行，在秋風起時，同時來到蘇州一帶。遠來的海舶，脫離外海鯨浪，平穩航行，吳天已在望。乘秋風來到蘇州的千帆萬檣，活絡商品交易，也使市舶海關可徵得更多的關稅。

景祐四年（西元1037年）後，王安石定居江蘇江寧。其〈予求守江陰未得酬昌叔憶陰見及之作〉（《臨川先生文集》，頁272），回憶故鄉的繁榮海貿景況：

> 黃田港北水如天，萬里風檣看賈船。
> 海外珠犀常入市，人間魚蟹不論錢。
> 高亭笑語如昨日，末路塵沙非少年。
> 強乞一官終未得，祇君同病肯相憐。

江陰北方的黃田港，是繁榮的貿易港口。乘著萬里長風而來，停泊在港中的眾多賈船，形成特有的海港景觀。海舶運來的珍珠、犀角等奇珍異寶，及各類鮮美漁貨，充斥市集，交易熱絡。江陰一帶的港市，因蓬勃的貿易活動，展現富於海洋活力的城市氛圍。

〔註47〕潮田利用潮水上漲，引水灌溉，看似海水，其實是淡水。河流往大海流時，遇到漲潮時，海水將河水往回推，因鹽水重，沈下，淡水輕，浮上，故潮田所引之水，就是浮在海水上的淡水。

元代貢師泰〈泉州道中〉(《玩齋集·拾遺》)云：

　　千山落日丹霞北，萬里孤城白水南。

　　玉椀霜寒凝紫蔗，金丸露暖熟黃柑。

　　海商到岸纔封舶，蕃國朝天亦賜驂。

　　滿市珠璣醉歌舞，幾人爲爾竟沈酣。

本詩前四句描寫泉州的孤遙空間特色，及其地域作物。後四句則詠歌泉州的
海洋貿易盛況。地處東南海隅的泉州，自古以來即爲政經邊陲之地。自宋以
後，泉州卻因航海之便，得以快速發展。泉州的海外貿易到元代時登上頂峰，
成爲梯航萬國的世界大港。海賈、蕃使雲集泉州，使得泉州珠璣滿市，處處
歌舞酣醉，一片富足氣象。本爲海隅荒城的泉州，因繁榮的海洋貿易，發展
爲具有海洋特色的大城市。

　　宋、元兩代的海洋貿易，爲官、民帶來極大的利益，卻也隱藏很高的風
險。要安全越洋航行，全賴順風順水，及避開颶風湧浪。海洋貿易雖得冒極
大的風險，卻也是巨利之所在。富貴險中求的觀念，鼓舞人們投身海洋，從
事海洋貿易活動。宋代王十朋〈提舉延福祈風道中有作次韻〉云：「大商航海
蹈萬死，遠物輸官被八垠。」蹈萬死海路而來的航商，將遠方的貨物運輸入
港，流通八垠，獲利可期。故王十朋〈提舶生日〉云：「北風航海南風回，遠
物來輸商賈樂。」乘北風航海而來，又乘南風而回的海商，利用規律的季風，
定期輸運遠物，獲得巨大的利益，故云「商賈樂」。海洋貿易除了有海洋的自
然風險，也有人爲風險——海寇。海寇猖獗，嚴重影響海洋貿易。元代宋本
〈舶上謠送伯庸以番貨事奉使閩浙〉(第三首)：「朱張死去十年過，海寇凋零
海賈多。」朱清、張瑄等大海商壟斷海外貿易，使原本從事貿易的海民，因
無法合法地從事海洋貿易，不得已淪爲海寇。朱清、張瑄死後，原本的海寇
又變回百姓的身分。當海寇凋零，海賈自然又變多。

　　東南沿海一帶港市，因海洋貿易而興盛，逐漸形成新的城市氛圍。海賈、
海舶、海港、奇珍異寶，對於內陸文人而言，是新奇的城市經驗，對於長期
居住在沿海的文人而言，有著更深層的意義。航海貿易，改變港市的經濟活
動、生活方式、文化氣度、國際視野。本爲貧瘠的海隅孤城，因海洋貿易而
有了蓬勃生機。

(二)海洋漕運

歷代政治中心集中於黃河流域。然而就土地生產而論，豐盈的糧食產區，

卻集中於南方。糧食盛產區與政治重心不重疊的現象，使得南糧北運成爲常態。南方大批糧食，要長途北運，最初依賴河漕運輸。然而河漕運輸效益，受限於河道寬度、深度、季節水量、河道淤積、漕船噸位等因素，無法滿足經常性的大規模運糧行動。隨著造船科技的發展、航海技術的精進、遠洋航線的成熟，海漕運糧逐漸取代河漕。海漕運輸能以船隊的形式運輸大批糧食，具有極高的運能。

　　元代以前已開始利用海路運糧，然受限於航海科技、海洋航路等因素，運量小，糧損比例高。元代開始利用海路大規模運輸米糧。朱清、張瑄等人組織船隊，實際航海測量，疏濬港口，沿航線設立導航標誌，開闢由南向北的海運航線。元初海漕航線，於冬季啓航，自江蘇太倉港啓航後，沿海岸線北上，經山東半島，到山東沙門島，進入萊州洋，沿著海岸抵達天津直沽，頂風頂水，耗時二個月，糧損高達 16%。至元三十年（西元 1293 年），開闢取道黑水洋（深水區）的新航線，避開沿海的淺灘暗礁，又可利用黑潮暖流及信風。新航線順風順水，航程縮減爲十天，糧損降到 3%。原本一歲一運，至此則增爲一歲二運。運輸高峰期，年運量甚至高達三百八十萬石（至正元年的資料），對於調節南北糧食的需求，貢獻良多。

　　海漕事業興盛，是元代海洋活動的大事，部分文人甚至負責海漕相關業務，對於海漕有更深入的了解。文人將漕運盛事及其相關問題，寫入作品中，爲當代海洋文學的特色之一。元代張昱〈輦下曲〉云：「國初海運自朱張，百萬樓船渡大洋。」記述朱清、張瑄等人，戮力擘劃海漕事務，使海運勃興，船隊不絕如縷地航渡大洋。傅若金〈直沽口〉（《傅與礪詩集》卷四）云：

　　　　遠漕通諸島，深流會兩河。鳥依沙樹少，魚傍海潮多。

　　　　轉粟春秋入，行舟日夜過。兵民雜居久，一半解吳歌。

傅若金詩中之「遠漕通諸島」、「轉粟春秋入，行舟日夜過」句，描寫的正是海漕終點港的情景。直沽爲海漕終點港，自南方遠上的漕船，沿航線途經諸島，使海上交通運輸更爲通暢。海漕船隊自南方轉運的米粟，於春、秋時節，源源不絕地輸入直沽口。元代王懋德〈直沽海口〉（《元詩選（三集）·仁父集》）描寫的亦是直沽海口附近的漕運盛況：

　　　　極目滄溟浸碧天，蓬萊樓閣遠相連。

　　　　東吳轉海輸粳稻，一夕潮來集萬船。

王懋德遠望直沽海口，除「滄溟浸碧天」的自然海景，及蓬萊樓閣幻影的想

像外，最特殊的人文景觀，就屬規模宏大的海漕船隊。東吳一帶盛產的粳稻，透過海路漕運到北方的直沽。漕運船隊要利用漲潮入港，所以當傍晚漲潮時，直沽口外，聚集等候進港的萬船，極爲壯觀。「一夕潮來集萬船」句，具體描繪出當代海漕之盛。

元代糧食運補的命脈，繫乎海漕的運量及安全。海漕雖能運補大量的糧食，但長達 4,000 里的航程，除了要考量風浪外，還要提防盤踞荒島的海寇從中劫掠。元政府無法綏靖海寇，護航漕運船隊，使得漕船被海寇劫奪的風險極高。元代作家也關切此一問題。如黃鎮成〈直沽客〉云：「海中多風多賊徒，未知來年來得無？」（《秋聲集》卷一）海路雖然較陸路迅捷，卻有出沒不定的海賊，增加航行的風險。故直沽客才有「未知來年來得無」的感嘆！黃鎮成〈島夷行〉（《秋聲集》卷一），更明確指出島嶼海寇對海運的威脅：

> 島夷出沒如飛隼，右手持刀左持盾。
>
> 大舶輕艘海上行，華人未見心先隕。
>
> 千金重募來殺賊，賊退心驕酬不得。
>
> 爾財吾彙婦吾家，省命防城誰敢責。

大海舶最怕遇上迅如飛隼的海寇船。當大海舶與海寇船並行於海上時，令舟師恐懼萬分。船隊不得已只好千金雇用武勇，護衛性命及船貨。黃鎮成在海運昌盛的背後，看到海盜日益猖獗的問題。天如惟則禪師〈漕運萬戶某脫險于海因和韻唁之〉云：「語未開脣已改顏，向來海運歷多難。連檣影落蛟涎窟，孤枕魂飛鬼骨山。……」（《元詩選（初集）‧師子林別集》，頁 4）海上脫險的漕運萬戶，餘悸猶存，尚未開脣述說恐怖的遭遇，容顏已先改變。天如惟則禪師對於「向來海運歷多難」，感慨萬千。

元代所重視的海洋漕運，正是國家迎向海洋，利用海洋的具體表現。本爲阻隔障礙的海洋，搖身一變爲海上運輸的場域。人類只要認識海洋的本質，迎合海洋的自然規律，海洋將提供無限的資源。元代以強大的海漕運能，維繫糧食供給鍊路，利國益民。當代文人既歌頌海漕運輸的規模、利益，卻也擔心海寇掠奪的風險。

第四節　航海工具及航海體驗

偌大的海洋，對於人類而言，總是充滿神秘感！利用航海工具，人類可以航向神秘的海洋國度。人類探索海洋的深度，與航海工具的發展，有直接

的關係。航海工具將人類的活動空間，自陸地延伸到廣漠的大洋。藉由不斷發展的航海工具，人類勇於迎向未知的海洋，體驗廣大的海洋空間。文人搭乘航海工具，體驗航海的眞實感受，抒發對海洋的感受，也會留意自己所乘的航海工具。海洋文學中，文人記載航海所見，會結合航海工具的形狀、大小、功能的描寫，使作品的海洋性格鮮明。若干作品中，對航海工具的具體描寫，也可當成研究古代航海科技發展的素材。關於航海工具的功能及發展，本書第二章已作細部的探討，本節則專就作品文本的描寫，爲論述依據。

一、航海工具

最常出現在作品的航海工具，有帆（篷）、櫓、碇、舵（柁）、指南針、探水器等。這些航海工具爲海舶的組成或航行要件，關乎航行安全，也是航海意象的明顯象徵。作家觀覽天然海景之餘，對於各類航海工具，也多加關注，並以文學之筆，描寫大多數人陌生的航海工具。透過作家的生動描寫，使讀者於浪漫詩情之中，認識眞正的航海工具。

（一）帆（篷）

海洋文學中，帆又作蒲帆、蓬，皆指平衡折疊竹篾帆。宋、元以後的大型海舶，都採用多桅多帆、帆面寬闊的平衡折疊竹篾帆。帆的設計精良，代表馭風能力的提升，使船能馭八方之風，連續航行。甲板上高聳的船帆，是海舶最易辨識的視覺印象，尤其船身半隱沒於海水，帆便成爲辨識遠方海舶的明顯標誌。

海洋作家筆下，帆是船舶意象的代表，常見於各作品中，如千帆、孤帆、遠帆、雲帆、風帆等。部分作家對帆的描寫更爲具體，如「臥看十幅蒲」（陸游〈航海〉）、「十丈蒲帆百夫舉」（陸游〈夜宿陽山磯將曉大雨北風甚勁俄頃行三百餘里遂抵雁翅浦〉）、「十幅輕蒲連夜發」（宋代陳淵〈錢塘江〉）、「十幅蒲帆掛煙水」（元代薩都剌〈過嘉興〉）等。這些詩句所描寫的船帆，有兩個重點：(1)多達十幅的船帆，正說明當時海舶噸位之大。(2)帆的材質爲竹篾夾蒲葉的平衡折疊竹篾帆。作家對帆的具體描寫，符合宋、元時期海舶的主流設計。也有部分作品，以帆篷爲描寫主題，如元代王惲〈篷〉（《元詩選（初集）·秋澗集》〔註48〕，頁7）云：

〔註48〕臺北：世界書局，1982年。

> 尺簀編黃蘆，節節數須隻。長短隨所宜，張弛易為摘。
>
> 一傍繫腳索，若網綱總緝。北人布為帆，南俗篷以荻。
>
> 舟師貪重載，高挂借風力。順流與溯波，巨鷁添羽翮。
>
> 望從遠蒲來，一片雲影黑。亂衝渚煙開，重帶江雨溼。
>
> 百里不終朝，用舍從順適。夕陽見晚泊，堆疊紛褻積。
>
> 水雖物善利，其助乃爾益。

又如宋代宋無〈落篷〉（《鯨背吟》）云：

> 潮信篷留風力慳，落篷少歇浪中間。
>
> 殷勤為向梢人道，又得浮生半日閑。

這兩首詩對於篷有極為精細的描寫，可歸納為以下四個重點：

1. 篷的材質

以尺簀（竹箴）夾著蘆荻葉，為篷的本體。整面篷由數十支竹子橫向加固，形成一片片的篷面。篷帆比布帆更能耐強風，破損易補，不會如布帆般完全撕裂。故宋、元時期的載重海舶，為有效利用風力，幾乎都使用篷帆。

2. 篷的收放

篷帆有一定的重量，收篷時放掉繩索，則可快速落下，堆疊在一起（「堆疊紛褻積」）。故收篷帆曰「落篷」。張篷時則需要眾多水手合力拉。由於篷帆有如摺扇，可隨風力調整篷帆的片數，以取得最佳的推力（「用舍從順適」）。

3. 篷的控制

篷可轉動，以取八方方之風。為轉動篷帆，於各片篷帆末端繫上繩索，以調整篷帆的角度。

4. 篷的效用

巨舶因有篷帆高挂取風，彷若「巨鷁添羽翮」，才能快速航行於海洋。

透過這些描寫帆篷的詩作，我們可以明確地知悉宋、元時期，帆篷的詳細設計、功用、操作。

（二）碇

船舶必配備的碇錨，宛如車輛的煞車。碇錨有石碇、木石碇、鐵碇之分，依航線的海底地質差異，而靈活配置。元代宋無〈拋碇〉（《鯨背吟》）云：

> 千斤鐵碇繫船頭，萬丈波中得挽留。

想見夜深拋擲處，驚魚錯認月沈鉤。

詩中描寫繫縛於船頭的鐵碇，有千斤之重，映襯出海船的碩大，需要千斤重的鐵碇，才能將船穩穩地挽留於萬丈波中。詩中描寫鐵碇拋擲海中，竟讓「驚魚錯認月沈鉤」。由此可知鐵碇為抓泥力強的有爪鐵錨，以致於驚魚將鉤狀鐵錨誤認為沈水的月鉤。因海舶的碇錨又大又重，要在適當的時機，拋入正確的位置，則需要碇手指揮船工。元代貢師泰〈海歌〉（《玩齋集・拾遺》）第八首，歌詠碇手之功：

碇手在船功最多，一人唱聲百人和。

何事淺深偏記得，慣曾海上看風波。

舶船要能快速下碇、收碇，有賴熟練的碇手指揮船工轉動船首的絞車。船舶下碇錨前，要先打水測深，才能預估下碇深度。慣看海上風波的碇手，經驗豐富，偏能記得航線各點的淺深。能正確指揮下碇的碇手，讓航行更加安全，故曰「碇手在船功最多」。

（三）櫓

櫓呈一定的弧度，使櫓板入水的面積加大，並以支軸連結於船身，形成槓桿結構。手搖櫓時，入水櫓板如魚尾般，在水中左右往復運動，形成連續推力，只要持續搖動櫓把，船便可保持前進。海舶進、出港及海上無風時，櫓代替帆提供動力。宋代孔平仲〈詠櫓〉（《全宋詩》冊十六，頁 10898），歌頌櫓的天機妙用：

以小能行大，天機寄物形。沿流最有助，深塹屢嘗經。

迅速功無比，謳鴉韻可聽。……

櫓與船帆相較，雖然體積較小，卻因設計之妙，而有極佳的推進效率，故「以小能行大」、「迅速功無比」。孔平仲對櫓有極高的評價，以為推動巨舶的天機，竟寄託於櫓的弧形。元代宋無〈櫓歌〉（《鯨背吟》）則描寫連空響起的櫓聲：

浪靜船遲共一艭，櫓聲齊起響連空。

要將檀板輕輕和，又被風吹別調中。

海上風微浪靜，以致於「船遲」，此時櫓接續帆推動海舶。為平穩地推動海舶，船工高唱櫓歌，以齊一搖櫓的動作。宋無聽到富於節奏感的整齊櫓聲，欲持檀板輕和，卻因海風的吹撓，使檀板的節拍，無法與連空響起的櫓聲應和。詩中的浪靜與響空櫓聲，形成明顯的聲響對比。

（四）舵

舵可調整航向，是船舶的重要組件之一。宋、元海船幾乎都採用轉向效能高的大型垂直舵。爲了避免行到水淺處，舵可能卡住或損壞，舵又具有升降功能。水淺或入港時，將舵提高，以免損壞。大洋航行時，將舵放入水線以下，可以避開船尾的渦流，提高轉向效能，又可減少橫向漂移，增加航行穩定度。

一組舵竟關乎航行安全，故不管是船工或乘船渡海的文人，都極重視舵的功能。宋代孔平仲〈詠柂〉（《全宋詩》冊十六，頁 10898），對於舵有極爲具體的描寫：

> 厥初誰創物，似此亦難求。擺合千尋浪，回旋萬斛舟。
>
> 行如一臥扇，力敵九犛牛。出沒居相半，東西勢自由。
>
> 高風當絕倚，淺瀨亦徐收。軋軋微鳴曉，峨峨迴浸秋。
>
> 隨灣掉轉尾，避石掣開頭。自有施功地，何嘗厭下流。

與海舶相比，舵的體積雖小，卻能於千尋浪中，使萬斛巨舶自由回旋。舵在船舶直行時有如水中一把臥扇，轉動舵把，卻可發揮力敵九犛牛的力道，使船舶靈活轉向。詩中「高風當絕倚，淺瀨亦徐收」句，描寫的正是垂直升降舵。海上高風大作時，舵完全降入水中，可穩定船舶的航向，進入淺灘水域，則將舵徐徐往上拉，才不會損害舵。舵居船尾底部，可以「隨灣掉轉尾，避石掣開頭」。舵雖居下流，然而下流正是它可施功之處，故舵「何嘗厭下流」？正因舵爲重要的航海工具，當它於航行中損壞時，是非常危險的事。元代李士瞻〈壞舵歌〉（《經濟文集》卷六）描寫壞舵時，船上所瀰漫的緊張氣氛：

> ……須臾有聲如裂帛，三百餘人同失色。鐵梨之木世莫比，今作舵根爲水齧。是木之產非雷同，來自桂林日本東。當時不惜千金置，便欲雲仍傳勿替。箕裘相紹近百年，甌已墮矣奚容言。眼前生死尚未保，惟有號泣呼蒼天。蒼天高高若不聞，稽顙齊念天妃神。我知天命固有定，以誠感神豈無因。少時風馴浪亦止，以舵易舵得不死。……

以昂貴的鐵梨木製成的巨舵，被鯨撞擊後，發出裂帛般的斷裂聲響。在風浪中壞舵，船舶隨風漂流，眾人無計可施，只能稽顙齊念天妃神號，盼能度過危機。等到風馴浪止後，以備用舵替換壞舵後，終能轉危爲安。〈壞舵歌〉描

寫壞舵的情景及恐怖的氛圍，極為真實。

舵的功能極為重要，而操舵者更是航行的靈魂人物。元代貢師泰〈海歌〉（《玩齋集·拾遺》）第七首，描寫大工駕舵的情形：

> 大工駕柁如駕馬，數人左右拽長邊。
>
> 萬鈞氣力在我手，任渠雪浪來滔天。

大工為舵工之首，依火長的指示，指揮舵樓內的舵工操舵。操舵技術純熟的大工，指揮舵工左右舵把，或轉動絞車，升降舵面。大工海上駕舵，有如陸上駕馬般靈巧，使得航行於滔天雪浪的巨舶，能輕靈地轉向，故貢師泰讚美大工操舵的雙手，具有令船轉向的萬鈞氣力。

（五）指南針與探水器

橫無際涯的海洋，海底深淺不一。海舶要安全地航行，要能辨識精確的方位及探測水深。因此指南針及探水的工具，是重要的航海輔助器材。宋代朱繼芳〈航海〉云：「浮針辨四維。」詩中所言之浮針，是靈敏度較高的航海用水針。海舶靠著指南針的指引，再對照航海圖（針路簿），即可正確地航向目的地。

船舶沿近岸航行時，雖可利用沿途的地標導航（地文導航），但卻也面臨各海域深淺不一，或暗藏險礁的危機，因此航海圖均會標出打水處。如《順風相送·福建往交趾針路》云：「五虎門開船，用乙辰針，取官塘山。船行有三礁在東邊，用丙午針取東沙山西邊過，打水六七托，用單乙針三更，船取浯嶼……」〔註49〕其中「打水六七托」即標示船行至東沙山西邊時，要打水測深，確認是否為六七托。朱繼芳〈航海〉云：「沈石尋孤嶼。」詩中之「沈石」，即指沈石打水測深。元代宋無〈探淺〉（《鯨背吟》），則詳細描寫航海打水的過程：

> 探水行船逐步尋，忽逢沙淺便驚心。
>
> 蓬萊近處更難偏，揚子江頭浪最深。

「忽逢沙淺便驚心」句，道出船工進入淺沙區的忐忑心情。海船為抵抗波濤，常設計為尖底。尖底海船最怕在淺水區遇到淺沙或水中暗礁，常會翻覆或船身破裂。因此海船進入淺水區時，得依航海圖的指示，放慢船速，打水探深。

〔註49〕《順風相送·福建往交趾針路》（北京：中華書局，2000年），頁49。

　　設計精良的帆、櫓使船舶獲前進的動力，碇錨將船安全地停泊，舵使船能任意轉向，南針使船能辨正方位，探水測深使船避險。帆、櫓、碇、舵、指南針、探水器等航海工具，各以其精妙的功能，實現人類探索海洋的意志。這些航海工具在作家的眼中，也海洋意象的代表。

二、航海體驗

　　自陸岸望海觀潮，觀海者局部體驗海洋，與海洋的距離，若即若離。當觀者乘船，深入浩渺海洋，被海天包圍，感受又大不相同。海上風浪、海水顏色變化、天上雲雨、罕見的海洋生物、孤絕海島、夜空的星辰、險惡的颶風、船體的搖晃、狹窄的船上生活空間等，使航海者產生極大的震撼。宋、元時期的海洋活動日熾，走向海洋者眾。部分作家開始有不同的航海經驗，也獲得多樣的航海體驗，化爲文學作品，擺脫唐以前的虛幻風格，展現出寫實風格。

　　陸游擁有豐富的航海體驗，創作多首航海詩，藉海洋抒展其豪壯之氣。如〈海上作〉（《陸放翁全集·劍南詩槀》，頁678）云：

　　　　厭逐紛紛兒女曹，挂帆江海寄吾豪。

　　　　鯨吞鼉作渾閑事，要看秋濤天際高。

陸游挂帆浮遊江海，「要看秋濤天際高」，不是爲了閑適作樂，而是要藉壯闊的大海，抒展心中被世俗壓抑的豪邁之情。又〈航海〉（《陸放翁全集·劍南詩槀》，頁6）記其航海所見，及因偉壯海洋而生起的豪氣：

　　　　我不如列子，神遊御天風。尚應似安石，悠然雲海中。

　　　　臥看十幅蒲，彎彎若張弓。潮來湧銀山，忽復磨青銅。

　　　　饑鶻掠船舷，大魚舞虛空。流落何足道，豪氣蕩肺胸。

　　　　歌罷海動色，詩成天改容。行矣跨鵬背，羿節蓬萊宮。

陸游雖無法如列子駕御天風而行，應可如謝安般，吟嘯自若的悠遊雲海中。悠閒臥坐的陸游，望向甲板上聳立的十幅竹篾巨帆，在勁揚的海風吹拂下，帆帆曲如彎弓，形成獨特的視覺美感。佇立船上的陸游，極目遠望銀山般的浪潮，須臾又如青銅鏡般澄靜。飛掠過船舷的饑鶻，與躍出海面的大魚，交織成一幅生機盎然的海洋畫。陸游面對眼前的天風海濤之景，心生欲跨鵬御風，尋訪海上蓬萊宮的念頭。海際無涯，波濤瞬變，鳥翔魚躍，抒張陸游心中的豪氣。

　　元代戴良航海詩，所表現的又是另一種航海體驗。〈渡海〉（《元詩選（二
集）‧九靈山房集》〔註50〕，頁1063）云：

　　　　結屋雲林度半生，老來翻向海中行。
　　　　驚看水色連天色，厭聽風聲雜浪聲。
　　　　舟子夜喧疑島近，估人曉卜驗潮平。
　　　　時危歸國渾無路，敢憚波濤萬里程。

元朝遺民戴良，入明之後，拒絕出仕爲宦〔註51〕，結屋雲林〔註52〕，過著閒
逸生活。老來興起，戴良乘船體驗陌生的海洋。對海洋陌生的戴良，在船上
驚看海色連天色的壯景，飽聽風浪夾雜的聲響。初見海洋，帶給戴良視覺
（「水色連天色」）、聽覺（「風聲雜浪聲」）的震撼。「舟子夜喧疑島近，估人
曉卜驗潮平」兩句，描寫船上日夜的活動情形。戴良航海有感：元朝亡後，
欲歸故國已無路，如今怎會懼怕萬里波濤航程？戴良於航海中，抒發心中淡
淡的亡國哀怨。〈渡黑水洋〉（《元詩選（二集）‧九靈山房集》，頁1056）則具
體地描寫橫渡黑水洋的驚險：

　　　　舟行五宵旦，黑水乃始渡。重險詎可言，忘生此其處。
　　　　紫氣氛作雲，玄浪蹙爲霧。舵底即龍躍，�前復鯨怒。
　　　　掀然大波起，欸與桅檣遇。入水訪馮夷，去此特跬步。
　　　　舟子盡號泣，老篙亦悲訴。呼天天不聞，委命命何據。

黑水洋因海水深邃，黯湛如墨，故名黑水洋。黑水洋中風濤高揚，屹如萬山。
海舶行至黑水洋時，船處高浪，不覺有海，船落波谷，水高蔽空。船隨波濤
上下俯仰，令航海者腸胃翻騰，心生佈懼。戴良所乘的海舶航行五天，才通
過驚險的黑水洋。「紫氣氛作雲，玄浪蹙爲霧。舵底即龍躍，艫前復鯨怒」四
句，鋪陳出黑水洋的詭異氣氛。忽然掀起的濤天海波，打在帆檣，灌注到船
上，彷彿要沈入海中（「入水訪馮夷」）。黑水洋的恐怖浪濤，連舟子、老篙也
像是發出悲泣聲。處於此等險境，戴良只能以「呼天天不聞，委命命何據」，
表達心中的驚恐、無助。

　　宋無的航海詩，爲宋、元海洋文學中，極富特色者。宋無以其親身的航
海體驗爲據，創作《鯨背吟》，以三十三首七言絕句，完整地記錄航海過程及

〔註50〕清‧顧嗣立編：《元詩選（二集）》（北京：中華書局，1987年）。
〔註51〕明太祖初定金華時，任用戴良爲學正。戴良棄官逃去。
〔註52〕戴良居浦江之九靈山下，故號九靈山人，又號雲林先生。

其感受，是具有文學性的航海實錄。《鯨背吟》中，如〈梢水〉（「拔矴張篷豈暫停」）、〈海船〉（「輕裝方解盡無遺」）、〈揍沙〉（「萬斛龍驤一葉輕」）、〈水程〉（「九日灘頭不可移」）、〈走風〉（「夜颿顛狂浪卷天」）、〈大浪〉（「吞天高浪雪成堆」）、〈吐船〉（「不知饑飽只思眠」）、〈討水〉（「海波鹹苦帶流沙」）、〈討柴〉（「海樹年深成大材」）等詩〔註53〕，將宋無在航程中所遇到海象變化、船上的生活、航行感受，以詩的形式記錄，既有文學的感性，又具有航海的真實性。

　　從海洋文學分析，作家航海的動機，有乘興旅遊、挂帆放懷、貶謫海外、督導漕運、交通往返、外交出使等，而渡海時的海象，或風平浪靜，或波濤洶湧，或風雲變幻，再加上航線不同，海洋景觀、生物不同，使得航海詩所展現的航海體驗，繽紛多彩。

第五節　令人食指大動的珍鮮海錯

　　種類繁多，滋味鮮美的海錯，是海洋獻給人類的佳禮。古代受限於海錯的保鮮技術，只有在沿海產地，才能吃到鮮美的海錯。對於居處內陸者而言，新鮮的海錯，乃珍稀食品。蘇軾食用蟳蚌時，曾云：「蠻珍海錯聞名久」（〈答丁公默送蟳蚌詩〉）。因海錯滋味鮮美，因此發展出許多烹調方式，使食用海錯變成一大樂事。為了將海錯致送遠方，又發展出許多加工技術，使內地百姓亦能食用味美的海錯。文人對於海錯的滋味，情有獨鍾，常以詩文詠歌珍鮮海錯。因此宋、元海洋文學中，歌頌海錯的滋味，或表達食用心得的作品頗多。這類作品也可視為海洋飲食文學。

一、海錯的食用評價、心得

　　作家品嚐鮮美的海錯，滿足味覺的享受後，常會運起浪漫詩筆，記載食用的過程、心得，甚至評價其滋味。如宋張九成〈子集弟寄江蟹〉（《橫浦集》卷三）云：

　　　　吾鄉十月間，海錯賤如土。尤思鹽白蟹，滿殼紅初吐。
　　　　薦酒欻空尊，侑飯饞如虎。別來九年矣，食物那可睹。
　　　　蠻煙瘴雨中，滋味更荼苦。池魚腥徹骨，江魚骨無數。

〔註53〕宋無《鯨背吟》諸詩，在本書第六章論宋無的海洋文學中，有各詩的詳細解析。本節為避免重複，故諸詩之解析，略而不論。

> 每食輒嘔噦，無辭知罪罟。新年庚運通，此物登盤俎。
>
> 先以供祖先，次以宴賓侶。其餘及妻孥，咀嚼話江浦。
>
> 骨淬不敢擲，念帶煙江雨。手足義可量，封寄無辭屢。

設籍錢塘的張九成，游宦他鄉，對於故鄉的海錯滋味，難以忘懷。海鄉因產區之故，海錯賤如土。在家鄉的海錯之中，張九成特別鍾愛鹽白蟹。游宦他鄉九年的張九成，以爲「池魚腥徹骨，江魚骨無數」，皆不如故鄉的海錯，食之往往作嘔（「嘔噦」）。鹽煮白蟹的鮮味，讓張九成「侑飯饞如虎」。因蟹的數量有限，張九成極爲珍惜，先供奉祖先，再饗賓侶，其餘才分給妻孥。張子集所寄之蟹，既滿足張九成的口腹之欲，也慰藉思鄉之情。詩中點出池、江、海的魚產，無論是口感、味道，均有所差異。又黃庭堅〈代二螯解嘲〉（《山谷內集詩注》〔註54〕，頁 938）云：

> 仙儒昔日卷龜殼，蛤蜊自可洗愁顏。
>
> 不比二螯風味好，那堪把酒對南山。

螃蟹的兩隻巨螯，經過蒸煮後，擊碎螯殼，露出雪白的蟹肉，滋味滋美，口感極佳，最適宜佐酒。因此黃庭堅願對著南山，把酒持螯，享受螃蟹的美味。又韓駒〈食蟹〉（《全宋詩》冊二十五，頁 16605）云：

> 海上奇烹不計錢，枉教陋質上金盤。
>
> 饞涎不避吳儂笑，香稻兼償楚客餐。
>
> 寄遠定須宜酒漬，嘗新猶喜及霜寒。
>
> 先生便腹惟思睡，不用殷勤破小團。

海邊沙泥的海蟹，因產量大而價格便宜，故曰「不計錢」。海蟹的外形陋奇，初登金盤時，「陋質」難與其鮮美滋味相聯結。然而剝開蟹殼後，「陋質」的外形，竟有霜白而鮮美的肉質，令韓駒「饞涎不避吳儂笑」，故以「奇烹」稱之。新鮮的海蟹，用酒醃漬，製作成酒蟹，便可致送遠方。

歐陽脩〈初食車螯〉（《歐陽脩全集》，頁 42），則記車螯的外形、烹煮過程，及其食用心得：

> 纍纍盤中蛤，來自海之涯。坐客初未識，食之先歡嗟。……此蛤今
> 始至，其來何晚邪。螯蛾聞二名，久見南人誇。瑞璨殼如玉，斑斕
> 點生花。含漿不肯吐，得火遽已呀。共食惟恐後，爭先屢成譁。但
> 喜美無厭，豈思來甚遐。多慚海上翁，辛苦斲泥沙。

〔註54〕宋・黃庭堅：《山谷內集詩注》（臺北：學海出版社，1979 年）。

車螯又名車蛾，故詩中有「螯蛾聞二名」之說。來自海邊沙地，久爲東南沿海百姓所讚美的車螯，因北客未識而不以爲奇，然一入口，卻立刻讓坐客先嗟嘆。北方的飲食文化原陋於東南沿海一帶，難得品嘗海中珍鮮。後因交通便利，生鮮保存技術進步，北方才得以品嘗海中珍鮮。「水載每連舳，陸輸動盈車」句，點出海產品因應當時的飲食需求，大量輸運北方的現象。歐陽脩今日才得以品嘗南方稱美已久的車螯，直嘆「其來何晚邪」？車螯「瑞璨殼如玉，斑斕點生花」的外形，原本「含漿不肯吐」，一經碳火攻煮後，殼內鮮美的白色漿液，令眾人垂涎三尺。盤中纍纍的車螯，被喧嘩的賓客爭先搶食。歐陽脩感嘆盤中的車螯，眾賓客嗜之無饜，怎會思量它竟是來自遠方的海濱？歐陽脩在品嘗車螯之餘，心懷愧疚地感謝海上漁翁，在海岸沙灘辛苦地斷除車螯的泥沙。

　　宋人除了嗜好車螯外，也珍愛蛤蜊的鮮味。頗多作家以詩記其食用心得。如韋驤〈食蛤蜊〉（《全宋詩》冊十三，頁 8565）云：

　　　　適口珍鮮品格高，泥深海近不能逃。

　　　　若教畢卓曾知味，豈肯甘心把蟹螯。

韋驤食用蛤蜊後，對蛤蜊有極高的評價，故曰「適口珍鮮品格高」。晉朝吏部郎畢卓嗜酒，曾向人說「右手持酒杯，左手持蟹螯」，便可了此一生〔註55〕。深深著迷於蛤蜊鮮味的韋驤，以爲畢卓若品嘗過蛤蜊，怎麼肯甘心左手拿蟹螯，而不端蛤蜊呢？又如李正民〈食蛤蜊〉（《全宋詩》冊二十七，頁 17471）云：

　　　　泊水沉沙族類豐，外緘頑殼力難收。

　　　　雖云眉目虧天巧，誰使瓊瑤美內充。

　　　　海畔屢曾逢野士，坐間那復識王融。

　　　　一樽風味思傾倒，賴有芳鮮可薦公。

生活在海邊沙泥地中的海蛤，種類繁多，而蛤蜊爲其中之一者。蛤蜊以頑力緊閉外殼，令人難以開啟。蛤蜊的外殼，雖形似眉目，卻虧缺上天的巧手，

〔註55〕《晉書‧畢卓傳》云：「畢卓……太興末，爲吏部郎，常飲酒廢職。比舍郎釀熟，卓因醉，夜至其甕間盜飲之，爲掌酒者所縛。明旦視之，乃畢吏部也，遽釋其縛，卓遂引主人宴於甕側，致醉而去。卓嘗謂人曰：『得酒滿數百斛船，四時甘味置兩頭。右手持酒杯，左手持蟹螯，拍浮酒船中，便了一生矣。』」（中央研究院「漢籍電子文獻」之《二十五史》）畢卓嗜酒，甚至因而延誤吏部郎的職務。嗜酒的畢卓，認爲以蟹螯佐酒，是人生最快意的事。

而無亮眼的光耀。在不起眼的外殼內，蛤蜊卻有瓊瑤般的美質。本詩引用《南
史》王融的典故。當沈昭畧輕視躁傲的王融的自詡高論時，只冷淡地以「不
知許事，且食蛤蜊」，表達其蔑視不論之意〔註56〕。李正民用此典故，強調席
間何須高論，且食蛤蜊，才是最重要的事。這個典故也反映出，蛤蜊是當日
王公大臣宴會的珍品。「一樽風味思傾倒，賴有芳鮮可薦公」結尾兩句，表達
李正民對蛤蜊的高度評價。其他如李彭〈夜坐食蛤蜊〉（「統統寒鼓鳴」）、孔
武仲〈食蛤蜊呈子駿明叔〉（「兩君霜夜兩相過」）、員興宗〈詠蛤蜊〉（「君起
西南思」）等作品，對蛤蜊的鮮美，有深入的描寫。蛤蜊在宋人的筆下，外形
特色及食用滋味，都被栩栩如生地表現出來。

　　牡蠣在宋、元時期，亦爲廣受歡迎的海錯。爲滿足食用需求，自宋以後
開始人工養殖牡蠣。（請參本章第三節）牡蠣難以開啓的外殼，及肉質的鮮
美，使不少品嗜過的作家，印象深刻。如楊萬里〈食蠣房〉（《誠齋集》，頁
165）云：

　　　　蓬山側畔屹蠔山，懷玉深藏萬壑間。

　　　　也被酒徒勾引著，薦它尊俎解酡顏。

牡蠣的外殼充滿尖銳的邊角。不起眼的外殼內，竟懷有玉般的肉質。費力地
以錐刀鑿開後，一房一肉，味極鮮美，爲當日極受歡迎的海錯之一。鮮美的
牡蠣，適合佐酒。將牡蠣端上酒席，芳鮮滋味可以解醉客的酡顏。廣受饕客
歡迎的牡蠣，被棄置的牡蠣殼，竟然堆積如山，屹立在蓬山側，蔚爲海濱奇
觀。以「蠔山」與「蓬山」相對比，說明當日牡蠣受歡迎的程度。牡蠣雖然
味美，卻是難以處理的海錯。尖銳而緊閉的外殼，常弄傷人手。故作家在讚
美鮮味之餘，也免不了抱怨取食牡蠣的艱難。如宋劉子翬〈食蠣房〉（《全宋
詩》冊三十四，頁 21357）云：

　　　　蠣房生海壖，堅頑宛如石。其中儲可欲，雖固必生隙。

　　　　嵌岩各包藏，碨碖相附積。終逢霹靂手，妙若啓扃鐍。……

生於海壖的牡蠣，被劉子翬形容爲「堅頑宛如石」。劉子翬以爲堅頑的牡蠣，

〔註56〕《南史‧王融傳》云：「融躁於名利，自恃人地三十內，望爲公輔。初爲司徒
　　　　法曹，詣王僧祐，因遇沈昭畧，未相識。昭畧屢顧盼，謂主人曰：『是何年少？』
　　　　融殊不平謂曰：『僕出於扶桑，入於暘谷，照耀天下，誰云不知，而卿此問！』
　　　　昭畧云：『不知許事，且食蛤蜊！』」（中央研究院「漢籍電子文獻」之《二十
　　　　五史》）人微名薄的王融，躁進於名利。當沈昭畧輕視王融的自詡高論時，只
　　　　冷淡地以「不知許事，且食蛤蜊」，表達其蔑視之意。

存有被打開的可能性，因爲再堅固之物，必定存在縫隙。堅頑如石的牡蠣殼，終於遇到「霹靂手」，如打門閂鎖鑰般，巧妙地撬開牡蠣殼。劉子翬運用誇張的「霹靂手」辭彙，反襯出打開牡蠣殼的艱難。梅堯臣〈食蠔〉在歌頌牡蠣的美味之餘，也抱怨其取食之難：

> ……中厨烈焰炭，燎以菜與蒿。委質已就烹，鍵閉猶遁逃。稍稍窺
> 其戶，清瀾流玉膏。人言噉小魚，所得不償勞。況此鐵石頑，解剝
> 煩錐刀。戮力劾一割，功烈纔牛毛。若論攻取難，飽食未爲饕。……

宋人常以烤炙的方式料理牡蠣。詩中描寫牡蠣連同菜與蒿，以猛烈的炭火燒炙。即使殼內的肉已被炭火烹熟，但牡蠣殼仍頑強地閉合，彷彿想閉殼遁逃。經由烈火的燒炙，牡蠣殼終於打開一線，殼內「清瀾流玉膏」。牡蠣鮮味的代價是剝殼取肉的艱難。梅堯臣感嘆要剝解「鐵石頑」般的牡蠣殼，竟要動用到錐刀。費盡心力撬開牡蠣殼後，結果只得到小團的蠣肉，不足以飽餐。費心攻取牡蠣的功烈，竟得到如牛毛般的回報，令梅堯臣感慨不已。由這些作品中，我們可以了解牡蠣鮮美的汁液、飽滿的肉質，與其難以開啓的殼，形成強烈的對比。文人食用牡蠣後，常心生複雜的食用心得。

鰒魚亦屬珍稀味美的海錯。宋代鰒魚的價格極高，常出現在官宦巨室的宴席上。孔平仲〈食鰒〉（《全宋詩》冊十六，頁 10844），對鰒魚有極高的評價：

> 風流東武鰒，三月已看花。及冬稍稍盛，來自滄海涯。
> 味腴半附石，體潔不藏沙。被之以火光，何幸掛齒牙。
> 一舉連十頭，不復錄魚蝦。海物類多毒，惟汝性則佳。
> 清水洗病眸，七九爲等差。況今咀其肉，課効想更加。
> 劉邕最可怪，辛苦剝瘡痂。

東武即密州（山東），盛產鰒魚。東武沿海冬季有捕鰒魚的習慣，故云「及冬稍稍盛」。鰒魚攀附在石崖的生長特性，使其「體潔不藏沙」。爲了緊緊攀附在石崖上，鰒魚的足肌富有彈性，故味腴而有嚼勁。鰒魚的料理方式頗多，詩中「被之以火光」，指用燒炙的方式料理。鍾愛鰒魚滋味的孔平仲以爲「海物類多毒」，只有鰒魚的肉質溫順，爲海錯之佳者。鰒魚外殼有七孔或九孔，爲其等差之別。孔平仲食用具有明目功效的鰒魚後，病眼彷彿經清水洗濯，格外清新。孔平仲最後舉劉邕嗜食氣味近似鰒魚的瘡痂典故〔註 57〕，來映襯

〔註 57〕《說郛》卷二十八云：「南史劉邕嗣南康郡公，性嗜瘡痂，以爲味似鰒魚。嘗

鰒魚的美味。曾任杭州官的葛勝仲，也作〈從人求鰒魚〉（「海邦郱莒固多品」），歌頌鰒魚之腴美。鰒魚以其富於嚼勁的口感，芳鮮滋味，廣獲文人的青睞。

河豚亦爲時人嗜食的海錯。河豚雖有劇毒，但肉質甘甜，故文人乃願「搏死食河豚」。文人以詩記詠河豚之肥美。「春洲生荻芽，春岸飛楊花。河豚當是時，貴不數魚蝦。……」（梅堯臣〈范饒州坐中客語食河豚魚〉）詩中點出河豚配上荻芽，乃爲時人所重的珍味。「……蘆芽橄欖實，調芼雜薑桂。甘肥比西子，王鮪安足貴。……」（曾鞏〈金陵初食河豚戲書〉）以蘆荻及薑、桂烹調，河豚肉的甘肥，彷彿可與西施的肌膚相比，連珍美的王鮪都無法比擬。蘇軾亦嗜食河豚，願因而「消得一死」〔註58〕，當「蔞蒿滿地蘆芽短，正是河豚欲上時」（〈題惠崇春江晚景〉），乃其大啖肥美河豚肉的好時機。周紫芝嗜食河豚，即使食用回魚時，亦難忘河豚的滋味，故作〈食回魚頗念河魨戲作二詩〉（「皤腹鱗鱗品自珍」、「蘆笋初生水繞村」）以記之。

宋、元時期，海洋撈捕、養殖技術的精進，擴大海錯的供給面。外形迥異，各具風味的海錯，經妥當烹調後，成爲豪宴、小酌的珍饈。舉凡鹽煮海蟹、漿鮮肉美的車螯、鮮甜的蛤蜊、味美卻難以剝食的牡蠣、肉質爽脆柔滑的鰒魚、肥美的河豚，均展現獨特的滋味、口感。文人以詩作描寫其品嚐海錯的心得、評價，也反映出當時流行的飲食風尚。

二、海錯烹煮方式

海錯種類繁多，物性不同，自然發展出適合的烹煮方式。除了傳統的烹調方式外，水煮、作羹、膾縷等，是最常出現在海洋文學中的烹煮方法。新鮮的海錯，經由適當的烹煮後，更能迎合時人的飲食口味。

最新鮮的海錯往往以簡單的方式料理，以保留海錯的鮮甜滋味。水煮是常見的海鮮烹調方式。如楊萬里〈食車螯〉云：「珠宮新沐淨瓊沙，石鼎初燃淪井花。紫殼旋開微滴酒，玉膚莫熟要鳴牙。……」詩中描寫的是以水汆燙

詣孟靈休，炙瘡痂落床上。邕取食之。靈休大驚。邕答云：『性之所嗜。』靈休瘡痂未落者，悉琥取以飴邕。」鰒魚的滋味鮮美，在南北朝時爲珍貴的海錯，廣受權貴歡迎。劉邕因瘡痂的特殊氣味近似鰒魚，因而嗜食瘡痂。孟靈休炙瘡痂，瘡痂落於床上，竟被劉邕取而食之。劉邕嗜食瘡痂，正反映出當日鰒魚受歡迎的情形。

〔註58〕 元·陶宗儀《南村輟耕錄》卷九云：「東坡先生在資善堂與人談河豚之美，云『據其味，真是消得一死。』」（北京：中華書局，1997年，頁115）

車螯，掌握火候，保持肉質的脆嫩，咀嚼時則有輕脆的彈牙聲。王安石〈車螯〉云：「……機緘誰使然，含蓄略相同。坐欲腸胃得，要令湯火攻。……」詩中描寫車螯的烹煮方式，亦爲水煮。沈遘〈錢塘賦水母〉云：「……絳礬收涎體紆縈，飛刀鏤切武火烹。」水母烹調前，先浸泡在石灰、明礬中收涎去腥，再將晶瑩的海蜇皮，以飛刀細切爲縷狀的水母線後，再用武火烹煮。水煮的水母線，就成爲酒席中醒酒的涼菜。

　　貝類常用水煮的方式烹調，而魚類則常用膾或膾縷的方式料理。膾（鱠）指細切的魚，而膾縷則是將魚肉細切爲絲。鮮魚洗淨後，去除鱗片、大骨、細刺，將魚肉切成細絲，再沾上特調醬料〔註59〕，即可生食，能盡得魚肉鮮味。宋代劉敞〈聽江十誦食鱠詩戲簡聖俞〉（《全宋詩》冊九，頁5760）云：

> 長安貧客食無魚，浩歌彈鋏歸來乎。
> 主人聆歌知客意，酌酒買魚相與醉。
> 一魚百金不可償，操刀作鱠揮雪霜。
> 鱗分骨解珠玉光，舉盤引筯絲線長。……

本詩所描寫的就是膾縷的烹調方式。主人買得鮮美價昂的好魚後，立即操刀處理。主人具有熟練的膾魚刀工，刮除魚鱗後，將霜雪般的魚肉一片一片取下，並細切爲絲縷，只剩魚骨。盛在盤中的雪白絲縷，不雜細刺，誘人引筯爭食。詩中「絲線長」具體形容膾魚之後的魚肉形狀。南宋王洋〈食鱠〉云：「……老妻生過計，爲我鱠鮮鱗。飣餖盤箸間，玉縷鋪繽紛。……」（《全宋詩》冊三十，頁18925）王洋之妻熟於膾魚刀工，特別爲脫險而歸的王洋膾鮮鱗。「玉縷鋪繽紛」指細切的魚絲，燦如玉縷，鋪在盤中，令人食指大動。元代顧瑛〈和韻〉云：「銀盤雪落千絲鱠」。詩中以「雪」來形容魚膾的潔白，「千絲」強調魚膾的細長狀。

　　鮮美的海錯，除了水煮、膾縷生食外，楊萬里〈食蛤蜊米脯羹〉（《誠齋集》，頁165）詩，還描寫潮州一帶流行的煮羹烹調法：

> 傾來百顆恰盈盈，剝作杯羹未屬厭。
> 莫遣下鹽傷正味，不曾著蜜若爲甜。
> 雪揩玉質全身瑩，金緣冰鈿半縷纖。

〔註59〕生食魚膾的滋味，與所沾的醬料有密切的關係。宋朝流行以鹽、豉、醋、薑、椒等食料，去腥提鮮，有時也會加入橙橘，增加魚膾的酸味、甜味。食膾前，要先將上述食料研磨成「齏」（陸游〈買魚〉云：「斫膾搗齏香滿屋。」）再用以拌、沾魚膾。

更漸香秔輕糝卻，發揮風韻十分添。

潮州地區常將蛤蜊摻入米脯，烹煮成蛤蜊米脯羹。先剝取晶瑩雪白而邊緣帶金色的蛤蜊肉，再加入米脯烹煮，可增添蛤蜊的風味，又有飽足感。蛤蜊米脯羹不需放鹽、蜜調味，以保持蛤蜊的自然鮮味。

　　鮮美而營養的海錯，是海洋賜予人類的珍寶。眾海錯的形狀、色澤、味道、口感，各有特色，也發展出合適的烹調方式。水煮、膾縷、煮羹等烹調法，屢屢出現在作品中。這些烹調法的共同特點，就是以新鮮的海錯為料理食材。能用上述烹調方法料理海錯，侷限在保鮮運輸力可及的區域。其他區域的百姓，只能食用經過加工的海錯。

三、海錯加工方式

　　古代缺乏良好的保鮮技術，無法將大量生鮮海錯致送遠方。為因應沿海地區以外的食用需求，逐漸發展出多種海錯加工技術。將海錯適當地加工，可調節四季食用需求，也可致送遠方，提高海錯的經濟價值。宋、元時期流行的海錯加工技術已有鮓、醬、乾、糟、滷等。各種海錯有其適用的加工方法，才能保有海錯的風味。

（一）鮓

　　鮓即透過醃製發酵的方式，使魚肉可以久藏。製作魚鮓時，將鮮魚切成塊狀，用酒、鹽、香料醃過，以一層魚肉一層米飯（米飯加入酒或中藥）的方式，層層堆疊於密封容器中。魚肉因發酵作用，得以長期保存。周去非《嶺外代答・老鮓》云：

> 南人以魚為鮓，有十年不壞者。其法以鼉及鹽、麵雜漬，盛之以甕，甕口周為水池，覆之以椀，封之以水，水耗則續。如是，故不透風。鮓數年生白花，似損壞者。凡親戚贈遺，悉用酒鮓，唯以老鮓為至愛。〔註60〕

周去非記南方人所製作的魚鮓，以水封住甕口的覆椀，使魚鮓無法與空氣接觸。製作得當的魚鮓，甚至可以十年不壞。魚鮓因可久藏，加上發酵後的特殊香氣，倍受食客青睞，成為饋贈的首選。宋、元時期，魚鮓產品眾多，交易熱絡，其中以鱘魚鮓、青魚鮓、鯉魚鮓最普遍。

〔註60〕宋・周去非：《嶺外代答》（北京：中華書局，1999 年），卷六，頁 237，「老鮓」。

　　作家對於美味的魚鮓多所歌詠。如范成大〈從聖集乞黃巖魚鮓〉（《全宋詩》冊四十一，頁 25795），歌頌美味的黃巖魚鮓：

　　　　截玉凝膏膩白，點酥粘粟輕紅。千里來從何處？想看舶浪帆風。

打開密封的甖，取出黃巖魚鮓，只見魚肉白膩凝膏如玉。雪玉般的魚鮓，還殘留有醃製所加的紅粟。雪白的魚肉，有紅粟的點綴，更增添視覺的美感。范成大設想美味的黃巖魚鮓來自何處？應該來自「舶浪帆風」的遠方。王十朋〈買魚行〉（《王十朋全集》，頁 348）云：

　　　　風伯一怒聲如雷，排空濁浪山崔嵬。
　　　　江湖千里人影絕，一葉小舟何處來。
　　　　蘆荻花中有漁者，簑笠為衣楫為馬。
　　　　止將烟水作生涯，紅麴鹽魚荷裹鮓。
　　　　舟人爭買不論錢，我亦聊將薦杯斝。
　　　　烹庖入坐氣微腥，飣餖登盤色如赭。……

九月既望，王十朋乘舟遇怒風排浪，不敢航行。泊船數日，無魚肉果蔬之味，糧亦所剩無幾。日暮之時，賣紅鹽魚及魚鮓的小舟，破浪而來。同舟之人不論價錢，爭買美味的魚鮓，王十朋也趁機購買，用以佐酒。「烹庖入坐氣微腥，飣餖登盤色如赭」兩句，乃對魚鮓的具體描寫。醃製好的魚鮓，帶有些微腥味，因有紅麴之故，色呈赤褐色。詩中之「荷裹鮓」，為較特別的魚鮓。沈自南《藝林彙考飲食篇》引《吳興掌故》云：「秋深時，湖上人作裹鮓，小魚加香料、米粉，荷葉包裹，熟過可食，名荷葉鮓。」〔註61〕荷裹鮓即荷葉鮓，不用密封容器，只用荷葉包裹魚肉，即可熟成。樓鑰〈玉版鮓次陸子充郎中韻〉（《攻媿集》卷二），歌詠的對象則是鱘魚鮓：

　　　　鱘黃不減鯨與鱣，迎風鼓鬣噴腥涎。
　　　　漁人不顧浪如山，談笑坐致扁舟前。
　　　　不鉤香餌不得去，何用大網相索纏。
　　　　揮刀紛紜臠肉骨，巨口喙喝誠可憐。
　　　　珍鮓萬甕不論錢，頭顱萬里禎行肩。……

鱘魚（「鱘黃」）的體型較大，魚肉與軟骨（鼻骨、脊骨）均可加工為魚鮓。鱘魚鮓又名玉版鮓〔註62〕，顏色潔白，口味純正，為宋代最著名的魚鮓之一。

〔註61〕　清・沈自南：《藝林彙考飲食篇》（《文淵閣四庫全書電子版》），卷四引《吳興掌故》。

〔註62〕　鱘魚鮓又名玉版鮓，以其色瑩白如玉，故名。

漁人捕獲鱘魚後，立即揮刀將魚肉、軟骨切成塊狀（「鬐肉骨」）。肢解鱘魚的過程中，不斷開合的巨口，彷彿泣訴其痛苦，惹人憐惜。「珍鮓萬甕不論錢」句，正說明鱘魚鮓的價值，為當日貢送、饋贈的貴禮。

（二）醬

沈自南《藝林彙考飲食篇》云：「今閩中有蠣醬、鱟醬、蛤蜊醬、蝦醬，嶺南有蟻醬，則凡轟而切之醃藏者，縣謂之醬矣。」〔註63〕甲殼類的海錯，有許多種可以製醬，如牡蠣醬、鱟醬、蛤蜊醬、蝦醬等。這些海錯的肉切碎後，加入大量的鹽，醃藏一段時間而成醬。海錯製作的醬，佐酒配餐，別具風味，又能久藏，致送遠方，為饋贈的珍品。

作家品嚐各種醬，對於其特殊滋味，印象深刻，常於詩文中記載食用心得。梅堯臣〈病癉在告韓仲文贈烏賊鮨生醢醬蛤蜊醬因筆戲荅〉（《宛陵集》，頁147）云：

> 我嘗為吳客，家亦有吳婢。忽驚韓夫子，來遺越鄉味。
>
> 與官官不識，問儂儂不記。雖然苦病癉，饞吻未能忌。

梅堯臣雖苦於病癉，得韓仲文所饋贈之烏賊鮨、生醢醬、蛤蜊醬等吳地海味後，又喚起腦中的家鄉味。因此雖苦於病癉，但嘴饞而不忌口，盡情品嚐海味。韓仲文所饋贈之蛤蜊醬，為蛤蜊的加工製品。新鮮的蛤蜊煮湯，可盡得其滋味之鮮美，為最佳的食用方式。若要貯藏或致送遠方，只能將蛤蜊加工為蛤蜊醬。蛤蜊醬主要是以鹽為添加物，故偏鹹的風味，與新鮮蛤蜊的清淡，形成極大的差別。

常出現在海洋文學中的海錯醬，除了蛤蜊醬外，就屬鱟醬最普遍。鱟醬無論是製作材料（鱟肉、鱟卵）或入口的滋味，都極有特色，故常為文人歌詠的主題。鱟的體形巨大而怪異，生活在淺海或潮間帶沙灘。鱟肉可鮮食，但為平常之味，將鱟肉、鱟卵製成醬，則為奇異之味。唐代劉恂《嶺表錄異》卷下：「鱟魚……腹中有子如菉豆，南人取之，碎其肉、腳，和以為醬食之。」製作鱟醬時，取鱟魚腹中如菉豆般的卵，及被剁碎的肉、腳，加上粗海鹽，充分攪拌後，儲入器皿密封貯藏，即成珍貴的鱟醬。梅堯臣〈昨於發運馬御史求海味馬已歸闕吳正仲忽分餉黃魚鱟醬紫子因成短韻〉（「前欲淮南求海物」），記其友吳正仲分餉黃魚、鱟醬、紫子（刀魚）等海味。詩中有「齏品

〔註63〕清・沈自南：《藝林彙考飲食篇》（《文淵閣四庫全書電子版》），卷二。

分傳事按杯」句，其中「罌」（小口大腹）即爲儲鱟醬之器。楊萬里〈小飲俎豆頗備江西淮浙之品戲題〉之「鱟醬子魚總佳客」句，指的就是美味的鱟醬。楊萬里〈鱟醬〉（《誠齋集》，頁 101），吟詠鱟醬的美味：

> 忽有瓶罌至，捲將江海來。玄霜凍龜殼，紅霧染珠胎。
>
> 魚鮓兼蝦鮓，奴才更婢才。平章堪一飯，斷送更三盃。

楊萬里食用瓶罌內的鱟醬後，讚美不已。「玄霜凍龜殼」之「龜殼」，指鱟魚的甲殼。「紅霧染珠胎」之「珠胎」，指鱟魚腹部的卵。滋味濃郁的鱟醬正宜配酒佐飯。岳珂〈奉謝趙季茂遣餽鱟醬〉（《全宋詩》冊五十六，頁 35364）云：

> 逃禪繡佛正長齋，誰遣鮓罌海上來。
>
> 鮫室玄雲按犀甲，蜃樓紅霧染珠胎。
>
> 把螯便合閒雙手，據殼未應期九垓。
>
> 尊俎折衝定無敵，江湖歲晚莫論才。

杜甫〈飲中八仙歌〉云：「蘇晉長齋繡佛前，醉中往往愛逃禪。」令長齋繡佛前的蘇晉逃禪的物品是酒，而令岳珂放棄長齋的，正是來自海上的鮓罌（瓶裝鱟醬）。「鮫室玄雲按犀甲，蜃樓紅霧染珠胎」兩句，描寫的是鱟魚的甲殼及腹中之卵。諸家品嚐鱟醬的殊味時，總會聯想到鱟魚的巨大背甲，及腹中如綠豆般的卵。鱟由奇特的外形，一變爲色黑味殊的鱟醬，令作者讚嘆不已。

（三）乾（魚乾）

漁民保存魚產品的方式，除了鮓、糟以外，也運用製乾的方式保存漁獲。魚體剝開洗淨後，以鹽醃漬，再完全曬乾。從飲食的角度而言，並非所有魚類的乾製品，皆有芳香的風味。若干魚類的乾製品，味頗不佳，難以食用。

嘉祐二年（西元 1057 年），歐陽脩收到北州人所致送之達頭魚乾，特分贈梅堯臣，並作〈與梅聖俞書〉（《歐陽脩全集》，頁 1288）寄之：

> 又某啓，陰雨累旬，不審體氣如何？北州人有致達頭魚者，素未嘗聞其名，蓋海魚也。其味差可食，謹送少許，不足助盤飧，聊知異物爾。……

歐陽脩收到名爲「達頭魚」的魚乾，爲前所未見者，只約略知是海魚。歐陽脩爲使梅堯臣能有機會品嚐此味，故分贈少許達頭魚乾。梅堯臣收到歐陽脩

所寄的達頭魚乾後，作〈北州人有致達頭魚于永叔者素未聞其名蓋海魚也分以爲遺聊知異物耳因感而成詠〉（《宛陵集》，頁 116）記之：

> 孰云北海魚，乃與東溟異。適聞達頭乾，偶得書尾寄。
>
> 枯鱗冒輕雪，登爼爲厚味。向來昧知名，漁官疑竊位。
>
> 有如藏文仲，不與柳下惠。從茲入杯盤，應莫慚鮑肆。

歐陽脩所謂的達頭魚乃今之鯨〔註 64〕。鯨肉要能久藏致遠，要先鹽漬，再曬成肉乾。「枯鱗冒輕雪」句，形容鯨肉乾的樣態，其中「冒輕雪」指的是魚乾表面的薄鹽。枯硬的魚乾，經過適當的烹調後，能「登爼爲厚味」。

　　體型細長，長三寸多的銀魚，製作成魚乾後，風味頗佳。梅堯臣與楊萬里均有詩詠銀魚乾。梅堯臣〈黃國博遺銀魚乾二百枚〉（《宛陵集》，頁 228）云：

> 乾若會稽筍，色比荊州銀。熟宜煨栗火，飲助擁爐人。
>
> 低陰欲飛雪，酒微生煩熱。海上使方來，多饟不爲餮。

銀魚乾的乾瘦，如會稽所產的箭筍般，亮白的色澤則有如荊州銀。瘦長的銀魚乾，適合以微火慢慢烘烤，芳香四溢。烤好的銀魚乾，最宜佐酒。在低陰欲雪的天氣，梅堯臣臉頰紅熱，持酒享用黃國博饋贈的美味銀魚乾。楊萬里〈銀魚乾〉（《誠齋集》，頁 165）云：

> 初疑柘繭雪爭鮮，又恐楊花糝作氈。
>
> 卻是翦銀成此葉，如何入口軟於綿。

霜白的銀魚乾，初看來有如雪白的蠶繭，又像楊花在地上鋪上一層白氈子。再細看熠熠的銀魚，應是從銀片剪裁而成的葉子吧？銀魚乾入口後，竟然鬆軟如綿，令楊萬里大爲讚嘆！本詩對銀魚的銀白外形、鬆軟口感，描寫深刻。

（四）糟

　　糟指用酒糟、鹽、各種香料醃漬的食品加工方式。《齊民要術》卷九記載

〔註 64〕歐陽脩答梅堯臣〈達頭魚〉云：「……波濤浩渺中，島嶼生頃刻。俄而沒不見，始悟出背脊。有時隨潮來，暴死疑遭讁。海人相呼集，刀鋸爭剖析。骨節駭專車，鬚芒伴劍戟。腥聞數十里，餘臭久乃息。始知百川歸，固有含容德。潛奇與秘寶，萬狀不一識。嗟彼達頭微，誰傳到京國。乾枯少滋味，治洗費炮炙。聊茲知異物，豈足薦佳客。一旦辱君詩，虛名從此得。」達頭魚浮於海面有如島嶼，隨潮水擱淺於海灘時，被海人以刀鋸肢解，骨節之大可專擅一車。巨大形體腐敗後，發出的惡臭，可傳十餘里。依歐陽脩描寫達頭魚的特徵，應該是海上大鯨。

有作糟肉之法：

> 作糟肉法：春夏秋冬皆得作。以水和酒糟，搦之如粥，著鹽令鹹
> 內，捧炙肉於糟中，著屋陰地。飲酒食飯皆炙噉之，暑月得十日不
> 臭。[註65]

作糟漬食品的主要目的在於保存食物。當令的生鮮食品，除了鮮食之外，若
要隨時食用，得依賴醃漬的技術，保存食物。經醃漬過的食物，滋味雖異於
新鮮狀態，但卻因醃漬添加物的不同，而別具新風味。以酒糟醃漬的海錯，
有特殊的酒香及口感，爲時人所好。如元代王惲〈糟魚〉（《元詩選（初集）・
秋澗集》，頁 32）云：

> 霜刀截斷玉腴芳，暖貯銀罌釀粉漿。
> 錦尾帶頳傳內品，金盤堆雪喜初嘗。
> 解酲未減黃柑美，雋味能欺紫蟹香。
> 一筯饜餘乘醉臥，夢橫滄海聽鳴榔。

「霜刀截斷玉腴芳，暖貯銀罌釀粉漿」句，描寫製作糟魚的過程。芳鮮的魚
體，刮除鱗片後，以利刃切成塊狀，再置於銀罌瓶中，放入大量的酒糟，將
魚肉完全覆蓋。糟漬完成的糟魚，經烹煮後，置於盤中，宛如「金盤堆雪」。
味道芳美的糟魚勝過紫蟹，也能醒酒。初嚐糟魚的王惲，滿足地醉臥，夢中
親臨滄海聆聽漁船的鳴榔聲。

　　宋、元時期，除了以糟漬的方式處理鮮魚外，還流行以酒糟漬蟹，即所
謂的糟蟹。製做糟蟹，最忌諱雄、雌蟹同甕，否則味道鬆散。醃製糟蟹時，
每隻蟹體內塡入一小撮的酒糟入味，再於甕底鋪酒糟，以一層糟一層蟹的方
式，加入酌量的鹽、醋，封口後，置於陰涼處。宋、元時期，糟蟹已經成爲
流行的吃蟹法。糟蟹的風味特殊，最宜佐酒，文人多所歌詠。如楊萬里〈糟
蟹賦〉云：「……奏刀而玉明，剖腹而金生，使營糟丘，義不獨醒，是能納夫
子于醉鄉，脫夫子于愁城。……」賦中歌詠帶有酒香的糟蟹，可令食者脫愁
城，入醉鄉。楊萬里又作〈糟蟹六言〉（《誠齋集》，頁 134）二首，讚賞糟蟹
的美味：

> 霜前不落第二，糟餘也復無雙。一腹金相玉質，兩螯明月秋江。(1)
> 別業拋離水國，失身墮在糟丘。莫笑草泥郭索，榮勳作醉鄉侯。(2)

[註65] 後魏・賈思勰：《齊民要術》（臺北：中國子學名著編印基金會，1978 年），頁
476。

楊萬里以爲蟹在海錯中的滋味不落第二，即使製成糟蟹，也是無雙之味。製成糟蟹後，「一腹金相玉質，兩螯明月秋江」，樣態美好。蟹本安居於別業（蟹殼），竟被拋離水國，失身墮落於酒糟堆中。楊萬里對於原本居草泥裏的郭索〔註66〕，經酒糟醃漬後，變成美味的糟蟹，擁有醉鄉侯的榮勳，給予很高的評價。宋代曹勛〈送新酒糟蟹與賈之奇〉（《全宋詩》冊三十三，頁21188）云：

> 小酢銀槽新撥醅，帶糟郭索佐樽罍。
>
> 一時送上天台友，助對梅花人舉杯。

酒與糟蟹是味覺的絕佳組合！曹勛釀有未濾過的新酒（「撥醅」），特別隨酒附上糟蟹，寄送給天台好友賈之奇。希望賈之奇一杯新酒一口糟蟹，盡得賞梅之趣。陸游〈糟蟹〉（《陸放翁全集·劍南詩彙》，頁487）云：

> 舊交髹簿久相忘，公子相從獨味長。
>
> 醉死糟丘終不悔，看來端的是無腸。

對陸游而言，舊交故友也許因空間的乖隔而相忘，只有無腸公子（螃蟹）常伴酒食，滋味獨長而不變。陸游面對盤中的糟蟹，感嘆極深。無腸公子醉死在糟丘，卻終不後悔，看來應是無腸的緣故。

（五）滷

滷乃是以鹽加香料，或用醬油煮製食品。海錯以滷的方式加工後，口味偏鹹，適合佐飯。海錯中以貝類最適合製成滷製品。宋代鄭清之〈適得滷蛤頗佳遣餉菊坡因記曾作蛤子詩有文身吳太伯緘口魯銅人之句戲綴前語代簡〉（「文身太伯甘斧鹵」），對於滷蛤的佳味有極高的評價。張鎡〈戲詠醶蛤〉云：「鹽作棲巢滋作脂，樽前風味不勝低。縱教一衲被雲水，無奈胸中著淤泥。」（《全宋詩》冊五十，頁31674）詩中「鹽作棲巢滋作脂」句，指滷與鹽有非常密切的關係。滷製完成的醶蛤蜊，具有獨特的風味，令張鎡大爲讚賞。

爲了儲存沿海產區盛產的各類海錯，發展出鮓、醬、乾、糟、滷等食品加工技術，既可調節四時食用需求，也可流通各地，豐富飲食內涵。鮓、醬、

〔註66〕漢·揚雄《太玄經·銳》云：「蟹之郭索，心不一也。」（臺北：中國子學名著集成編印基金會，1978年）明代葉子奇注：「郭索，蟹多足，躁擾貌，言蟹之多足，而躁擾不能深藏。」郭索指螃蟹爬行貌，亦指蟹爬行時的聲音，後專指蟹。

乾、糟、滷等加工技術不同，主要添加物不同，產生與生鮮差異頗大的新風味。魚鮓透過醃製發酵後，會有特殊的發酵香氣。海錯製作的醬，因加入大量的鹽及香料，滋味鹹香，口感綢密。魚體以鹽醃漬後，完全曬乾，食用時味道偏鹹，口感富有嚼勁。以酒糟醃漬的海錯，則含有濃濃的酒香。以滷加工的海錯，主要的添加物為鹽或醬油，口味偏鹹，適合佐飯。這些海錯加工技術，使海洋生鮮食品的經濟價值大為提升，也豐富傳統的飲食文化。

第九章　宋元海洋文學的藝術特色

　　本書第五、六、七、八章，已對宋、元海洋文學之內容，作深入的探討。從前述各章的探討中，可以感受到海洋文學異於大陸文學（海洋文學以外的作品）的整體藝術風貌。海洋文學無論在形式或內容上，均展現鮮明的特色，與大陸文學形成明顯的區隔。本章以上述四章的探討內容爲討論基礎，從宏觀的視野，分析宋、元海洋文學所呈現的整體藝術特色。

第一節　形式特色

一、用韻較具彈性

　　宋、元海洋文學以詩歌爲最大宗，押韻爲其顯著的形式特色，故本段所論述之海洋文學用韻特色，以詩歌爲代表〔註1〕。就古典詩歌的藝術形式而論，韻部的選擇，會影響作品情意的表達。王易《詞曲史》云：

> 韻與文情關係至切，平韻和暢，上去韻纏綿，入韻迫切，此四聲之別也。東董寬洪，江講爽朗，支紙縝密，魚語幽咽，佳蟹開展，眞軫凝重，元阮清新，蕭篠飄灑，歌哿端莊，麻馬放縱，庚梗振厲，尤有盤旋，侵寢沉靜，覃感蕭瑟，屋沃突兀，覺藥活潑，質術急驟，勿月跳脫，合盍頓落，此韻部之別也。此雖未必切定，然韻切者情亦相近，其大較可審辨得之。〔註2〕

〔註 1〕 海洋散文不押韻，海洋賦也非律賦，故不列入用韻分析。詞、曲之用韻規範，乃依附於各詞牌、曲牌，故亦不列入討論。

〔註 2〕 王易：《詞曲史》（臺北：廣文書局，1988 年），頁 283。

王易首先強調「韻與文情關係至切」的原則,並歸納出「平韻和暢,上去韻纏綿,入韻迫切」的聲情趨向,再具體地分析各韻部容易營造的情境。王易的分析結果,雖以詞、曲用韻為主,亦適用於詩歌用韻。作者創作詩歌,常會斟酌主題的屬性,選用聲情較合適的韻部,從該韻部中慎擇妥當的韻腳。茲分仄聲韻、窄韻險韻兩項,討論海洋詩歌的用韻特色:

(一)仄聲韻

就詩作考察,近體詩以押平聲韻為正例,古體詩則可押平、上、去、入聲。平聲韻易表達平和、舒暢的文情,仄聲韻則易於表達奇雄、迫切、振厲的情思。海洋詩人以近體詩創作時,仍蹈襲詩學軌範,以平聲韻為主,但也偶用仄聲韻,以表達特定情意。以下為宋、元海洋詩的仄聲韻用例舉隅:

上聲	二腫	王安石〈浮石湫之壑以望海〉(「蜿蜒水溝穿蘆叢」)
	四紙	釋文珦〈觀海〉(「粵自兩儀分」)(排律)
		牟巘〈和漁具十絕——榔〉(「登登遠還合」)
		吳萊〈夕泛海東尋梅岑山觀音大士洞遂登盤陀石望日出處及東霍山迴過翁浦問徐偃王舊城八首之第七首〉(「老篙迴我舟」)
	七麌	牟巘〈和漁具十絕——笛〉(「臥吹月明裏」)
去聲	九泰	梅堯臣〈和穎上人南徐十詠之五——望海樓〉(「嘗聞觀蹄涔」)
		韓淲〈浙江亭〉(「海風吹潮聲」)
入聲	四質	李唐卿〈飛魚港〉(「嘗聞一鯉魚」)
	九屑	牟巘〈和漁具十絕——燈〉(「熒熒枯蚌中」)
		吳萊〈夕泛海東尋梅岑山觀音大士洞遂登盤陀石望日出處及東霍山迴過翁浦問徐偃王舊城八首之第三首〉(「茫茫瀛海間」)
	十藥	蒲壽宬〈漁父〉(「昨日賣魚到城郭」)
		吳萊〈夕泛海東尋梅岑山觀音大士洞遂登盤陀石望日出處及東霍山迴過翁浦問徐偃王舊城八首之第六首〉(「笑揮百川流」)

如王安石〈浮石湫之壑以望海〉(《臨川先生文集》卷八十三)詩云:

> 蜿蜒水溝穿蘆叢,茫茫海灘涉潮涌。
> 天怒水狂生靈憂,囑民浚渠築堤壠。

王安石在鄞縣任上,東巡至石湫考察水利時,視察通達海岸的排水溝渠時,眼見漲涌的潮水,日日侵襲海灘,心中掛念大海對灘岸田舍、人民的巨大威

脅，故殷切囑念百姓要勤於疏浚排水溝渠，修築沿岸海塘。本詩押上聲二腫韻，以「涌」、「壠」上聲韻腳，形成紆曲的聲情，與王安石心繫沿海百姓安危的意念相結合，加強作品的情感渲染力。又梅堯臣〈和穎上人南徐十詠之五——望海樓〉(《宛陵集》，頁56) 詩云：

> 嘗聞觀蹄涔，詎識海水大。浩浩與天同，滔滔眾流會。
>
> 平吞江作練，遠瀉河如帶。終日郡樓間，欲取長鯨繪。

本詩描寫梅堯臣在南徐〔註3〕望海樓眺望浩瀚海景的視覺震撼。平日習見蹄涔〔註4〕般小水的人，難以體會眾水流會大海的壯闊氣勢。小、大的極端對比，使梅堯臣的眼界隨之開闊，心境為之昂揚，興起欲取長鯨為膾的豪情。本詩押去聲九泰韻，「大」、「會」、「帶」、「繪」等四個韻腳，以簡潔而有力的聲韻，開展本詩的遠大、雄豪氣象。

　　以上所舉近體詩之仄聲韻用例，與平聲韻相較，雖然數量不多，卻能使海洋詩歌的情境表現，更為多元、深刻。至於形式較自由的古詩、樂府，不管是全詩同押一韻，或一詩換多韻，取用仄聲韻的比例頗高。就各體海洋詩歌而言，以平聲韻為主體，雜用仄聲韻，使海洋詩歌能彈性運用四聲中的合適韻部，表現多元的海洋風貌與人文風情。

（二）險韻、窄韻

　　平聲韻雖為詩歌（尤其是近體詩）〔註5〕普遍運用，然而平水韻中的平聲三十韻，又因韻字多寡或常用與否，而有所謂寬韻、中韻、窄韻、險韻之分。作家作詩用韻，常避用窄韻、險韻，多用寬韻、中韻。依王力《漢語詩律學》的歸類〔註6〕，繫屬寬韻、中韻、窄韻、險韻的韻部如下：

寬韻	支、先、陽、庚、尤、東、眞、虞	窄韻	微、文、刪、青、蒸、覃、鹽
中韻	元、寒、魚、蕭、侵、冬、灰、齊、歌、麻、豪	險韻	江、佳、肴、咸

　　寬韻、中韻的韻部，韻字較多〔註7〕，大多屬於常用字，具有豐富的字義，

〔註3〕　南徐，古州名，治所在京口（今江蘇鎮江）。

〔註4〕　《淮南子·泛論訓》云：「夫牛蹄之涔，不能生鱣鮪。」高誘注：「涔，雨水也，滿牛蹄跡中，言其小也。」後以「蹄涔」指容量、體積之微小。

〔註5〕　近體詩以平聲韻為正例，仄聲韻罕見。

〔註6〕　王力：《漢語詩律學》（上海：上海教育出版社，2002年），頁46。隸屬寬韻、中韻、窄韻、險韻的韻部，各家略有出入，今以王力之說為本。

〔註7〕　如上平四支韻三百九十五字、上平七虞韻二百六十三字、下平一先韻二百一

使作者有較寬廣的韻腳選擇空間，便於構思詩意。窄韻、險韻的韻部，合適的韻字較少〔註8〕，若干韻部之字，罕用字極多，令作者窘迫。詩人創作古典詩歌，盡量選擇寬韻、中韻的韻部，以利詩意之抒張。宋、元作家創作海洋詩歌，除了運用寬韻、中韻外，窄韻、險韻也不避用。

　　窄韻、險韻雖有字數較少及罕用字較多的限制，但作者創作海洋詩歌時，面對的是奇特、壯闊、罕見、多變、豐富的海洋景觀，觀覽經驗迥異於陸地景致，妥用窄韻、險韻中較生僻的韻字，反而可營造出具有特色的文字風格，使讀者覽讀詩歌時，可以和陸地主題詩作，形成明顯的情境區隔。如宋代陳藻〈海口吟〉（《全宋詩》冊五十，頁31299）云：

> 按圖自古無人到，二百年來戶口添。
> 架屋上山成市井，張官近海課魚鹽。
> 估客趁潮撐米入，沒人忍凍采蠔粘。
> 仲尼有廟塵誰掃，寺觀崢嶸香火嚴。

陳藻為福建長樂人，僑居福建福清之橫塘，對於濱海區的生活，有真實的描繪。本詩描寫一個「按圖自古無人到」的海口村落，二百年來的形成過程（增添戶口、聚成市井、張設官府），及其經濟活動（魚鹽、貿易）、精神信仰（不拜孔子而拜鬼神）。本詩押下平十四鹽韻，「添」、「鹽」、「粘」、「嚴」等韻腳之意涵，能貼合漁村的海洋特質。鹽韻共有七十四個韻字，泰半為罕用、難僻字〔註9〕，創作近體詩時，較少被作家運用。這些被視為罕用、難僻字的韻腳，在描寫豐富而特殊的海洋主題時，反而較貼切。又如元代陳基〈遊狼山寺〉（《元詩選（初集）‧夷白齋藁》，頁15）第二首云：

> 鯨波渺渺四無涯，闤闠天低手可排。
> 一塔倚空凌浩劫，兩潮爭港撼層崖。
> 半晴半雨龍歸海，衝煖衝寒鴈度淮。
> 安得乞身依佛日，遍尋靈迹訪齊諧。

　　　　十五字、下平七陽韻二百四十二字等。
〔註8〕如上平九佳韻四十一字、下平十三覃韻七十七字、下平十四鹽韻七十四字、下平十五咸韻三十七字等。
〔註9〕下平十四鹽韻：「鹽、檐、廉、簾、嫌、嚴、占、髯、謙、奩、纖、籤、瞻、蟾、炎、添、兼、縑、霑、尖、潛、閻、憺、黏、淹、箝、甜、恬、拈、砭、銛、暹、詹、襜、漸、殲、黔、鈐、猒、蒹、蕲、痁、鍫、忺、貼、鶼、磏、覘、帘、沾、僉、緁、憸、苫、杴、蚺、活、撏、佔、蠊、薕、襝、詀、鬑、鑯、柟、崦、閻、燅、灔、瀸、鰜、噞、粘。」

南宋方岳〈狼山寺重建僧堂記〉云：「狼山面江腋海，以山水之勝望淮南，而寺又最古異。」狼山寺位於江蘇南通。陳基遊覽地勢高聳，可展望蒼海的狼山寺，感受到山（狼山）海的無比氣勢。登上狼山上倚空而立的高塔，彷彿可用手排開天門（「闢闔天」），四周盡是渺渺鯨波，晝夜兩潮爭湧入港，聲勢撼動陳基所處的層崖。本詩押上平九佳韻，其中「排」、「崖」兩韻字，凸顯出狼山寺所處空間的高聳。

綜合上述兩小節的用韻分析：海洋詩歌，雖以平聲韻為用韻主體，也雜用仄聲韻，以表達奇雄、豪壯、險阻、振厲的情思。於平聲韻中，既用寬韻、中韻，也不避用窄韻、險韻，以營構出海洋情境。靈活的用韻，使得海洋詩歌便於表現多元的海洋風情。

二、大量運用具海洋特色的辭彙

宋、元海洋文學與當代其他文學作品相較，能透顯出鮮明海洋特質的關鍵，在於大量運用具有海洋特色的辭彙。這些辭彙可將作品的主要內容、氛圍、意象，緊扣在海洋的範疇之中，形成濃郁的海洋興味。綜覽宋、元海洋文學，援用具有海洋特色的辭彙，可分成五類：眾海錯及加工製品之名、海洋神話傳說、海洋生活、航海工具、海洋氣候及現象。這五類辭彙，大量重複出現在宋、元各家作品之中。以下所舉各類辭彙，均出現於多首作品，為免蕪贅，只註明一次出處。

（一）海錯及加工製品之名

「大哉滄海何茫茫？天地百寶皆中藏！」（歐陽脩〈鸚鵡螺〉）海洋為無盡的寶庫，在湛藍的海水中，蘊藏大量已知、未知的水族。繽紛的海錯，既可鮮食，也可透過食品加工技術，長期保存。宋、元海洋文學大量出現各類海錯及其加工製品之名，具有非常濃厚的海洋風味。以下為作品中出現的辭彙：

辭　彙	解　　　釋	出　　　　　處
車　螯	紫色殼，殼上有斑點，棲息於淺海邊的蛤類。	王安石〈車螯〉（「海於天地間」）
黃巖魚鮓	用醃糟等方法加工的黃巖魚。	范成大〈從聖集乞黃巖魚鮓〉（「截玉凝膏膩白」）
鸚鵡螺	海螺的一種。	歐陽脩〈鸚鵡螺〉（「大哉滄海何茫茫」）
蝤蛑	棲居於溪邊的小蟹。	蘇軾〈答丁公默送蝤蛑詩〉（「溪邊石蟹小於錢」）

鰒　魚	即鮑魚。	蘇軾〈鰒魚行〉(「漸臺人散長弓射」)
蠔	牡蠣。	梅堯臣〈食蠔詩〉(「亦復有細民」)
達頭魚	指鯨。	梅堯臣〈北州人有致達頭魚于永叔者素未聞其名蓋海魚也分以為遺聊知異物耳因感而成詠〉(「孰云北海魚」)
水　母	腔腸動物。形似傘，傘蓋下中央有口，傘蓋周圍有很多觸手。	吳萊〈初海食〉(「乍秋冒重險」)
蚱	海蜇，水母之一種。	王禹偁〈仲咸借予海魚圖觀罷有詩因和〉(「偶費霜縑與綵毫」)之「鮚蚱腳多垂似帶」句
鯨　魚		張舜民〈鯨魚〉(「東海十日風」)
玳　瑁	龜鱉目海龜科，分布熱帶海洋。	胡仲弓〈賦玳瑁魚〉(「海靈如許巧」)
蠯	指狹長的蚌蛤。	李綱〈南渡……紀土風志懷抱也〉〔註10〕(「四郡環黎母」)
蠃	通「螺」，為蚌的一種。	李綱〈南渡……紀土風志懷抱也〉(「四郡環黎母」)
蛤　蜊		楊萬里〈食蛤蜊米脯羹〉(「傾來百顆恰盈盈」)
銀　魚	體細長，銀白色，長三寸許，棲息海邊。	楊萬里〈銀魚乾〉(「初疑柘繭雪爭鮮」)
六六鱗	鯉魚脊中有鱗片一道，大小皆三十六鱗，故稱「六六鱗」。	文天祥〈石港〉(「王陽眞畏道」)之「紅黃六六鱗」句
江　珧	閉殼的柱幹，白如珂雪，甘鮮脆美，可加工製成乾貨，即為乾貝。	周必大〈答周愚卿江珧詩〉(「東海沙田種蛤珧」)
黿	似鱉而大者，背甲近圓形，散生小疣，暗綠色，腹面白色，前肢外緣和蹼均呈白色。	徐集孫〈秋晚看潮〉(「八月西風噓沆瀣」)
鼉	背部暗褐色，有六橫列角質鱗，具黃斑和黃條。腹面灰色，有黃灰色小斑和橫條。前肢五指無蹼，後肢四趾具蹼，穴居於池沼底部。	徐集孫〈秋晚看潮〉(「八月西風噓沆瀣」)
海　扇	即硨磲貝，外殼略呈三角形，殼緣呈鋸齒狀，形若摺扇。	任士林〈海扇〉(「漢宮佳人班婕妤」)

〔註10〕李綱本詩之詩題全文為：〈南渡次瓊管江山風物與海北不殊民居皆在檳榔木間黎人出市交易蠻衣椎髻語音兜離不可曉也因詢萬安相去猶五百里僻陋尤甚黃茅中草屋二百餘家資生之具一切無有道由生黎峒山往往剽劫行者必自文昌縣泛海得便風三日可達艱難至此不勝慨然賦詩二首紀土風志懷抱也〉。

老婆牙	貝類之屬。	任士林〈老婆牙賦〉（「東海有物曰老婆牙」）
酒中虎	乃俗諺稱鹹海錯者。	鄭清之〈適得鹵蛤頗佳遺餉菊坡因記曾作蛤子詩有文身吳太伯織口魯銅人之句戲綴前語代簡〉（「文身太伯甘斥鹵」）之「努力去爲酒中虎」句
郎君鯗〔註11〕	以全魚形式醃製的石首魚。	宋本〈舶上謠送伯庸以番貨事奉使閩浙十首〉（「東海澄清南海涼」）之「郎君鯗好江珧脆」句
石 首	以頭中有骨兩枚，色白，大如豆，堅如石，故名「石首」。產於海中，體扁，口闊，鱗細，腹黃，亦稱黃花魚或黃魚。	楊維楨〈蘇台竹枝詞〉（「荻芽抽筍楝花開」）之「不見河豚石首來」句
河 豚		楊維楨〈蘇台竹枝詞〉（「荻芽抽筍楝花開」）之「不見河豚石首來」句
烏 賊		宋本〈舶上謠送伯庸以番貨事奉使閩浙〉第九首（「東海澄清南海涼」）
蟛 子	指生於海邊的小蟹。	楊維楨〈海鄉竹枝詞〉（「門前海坍到竹籬」）之「階前腥臊蟛子肥」句
鱟	頭胸甲殼寬廣，作半月形，俗呼爲鱟帆。腹部甲殼呈六角形，尾部呈劍狀，腹面有六雙附肢。	樂雷發〈林送人之瓊州招捕海寇〉（「蜑家洲畔路」）之「舟楫鱟簰風」句
鮪	背藍黑色，腹灰白色，吻尖，尾鰭深叉形，分布於溫帶或熱帶海洋中，體型較大，爲重要經濟魚類。	張昱〈輦下曲〉（「國初海運自朱張」）

（二）海洋神話傳說

先秦以來逐漸出現的海洋神話傳說，變成海洋文學常引用的典故，部分甚至成爲書寫傳統。以海洋神話傳說爲基調的作品，文字間充斥著神仙、仙島、異獸。海洋文學因神話傳說的大量運用，而產生虛幻浪漫的想像空間。以下爲經常出現在作品的辭彙：

〔註11〕宋代《寶慶四明志》注云：「俗呼冬天簿中者曰石首，三四月從海入，每以潮汛競往采之，曰洋山魚。舟人連七郡出洋取之者，多至百萬艘。鹽之可經年，謂之郎君鯗。」（《文淵閣四庫全書電子版》）《至正四明續志》亦云：「魚首有枕堅如石，故得名。冬月得之，緊皮者良，三月八月出者，次之用鹽醃之，破春而枯者曰鯗；全其魚而醃曝者謂之郎君鯗。」（《文淵閣四庫全書電子版》）「郎君鯗」即以全魚形式，用鹽醃製，經烈日曝曬乾燥後，的石首魚乾。

辭　彙	解　　釋	出　　　　處
贔　屭	龍生九子之一，好負重，常置於碑下以馱負石碑。	李復〈登高丘望遠海〉(「登高望遠海」)
濛　汜	指神話傳說中的西方日落之處。	釋文珦〈觀海〉(「粵自兩儀分」) 之「西或稱濛汜」句
飛　廉	風神。	折彥質〈北歸渡海〉(「去日驚濤遠拍天」) 之「飛廉幾覆逐臣船」句
封　姨	指神話裡的風神。	胡仲弓〈海月堂觀濤〉(「青天與海連」) 之「封姨助餘威」句
陽　侯	指水神，又稱馮夷。	胡仲弓〈海月堂觀濤〉(「青天與海連」) 之「陽侯倏起舞」句
天　妃	指海神媽祖。	楊維楨〈小臨海曲〉(「潮來神樹沒」) 之「雲裏天妃過」句
麻　姑	神話中的仙女，能為種種變化之術。	陳基〈次韻孟天暐郎中看湖四首之二〉之「麻姑消息近如何」句
祖龍鞭石	指秦始皇鞭石的傳說。	陳基〈遊狼山寺〉(「天風吹上狼山頂」) 之「為訪祖龍鞭石處」句
靈　胥	相傳春秋吳伍子胥死後化為濤神。	王逢〈觀錢塘江潮時教化平章大醮江上〉(「蒼蒼吳越山」)
龍　伯	傳說中龍伯國的巨人。	丁鶴年〈題昌國普陀寺〉(「昆明劫火忽重然」)
伏波射潮	漢代伏波將軍馬援在廉州射浪平海波的神話傳說。	

（三）海洋生活

　　沿海之民，就漁鹽地利之便，取用各種海洋資源，供衣、食、住、行之需。沿海之民的海洋生活風情，在深居廣陸的百姓眼中，實為新奇的經驗。以下為常出現在作品的辭彙：

辭　彙	解　　釋	出　　　　處
鹽　筴	指食鹽者的戶口冊籍。	歐陽脩〈送朱職方提舉運鹽〉(「齊人謹鹽筴」)
海　榷	指海鹽。	楊維楨〈鹽商行〉(「人生不願萬戶侯」) 之「亭丁焦頭燒海榷」句
蜃　炭	即蜃灰。蜃炭可以禦濕，兼可殺蟲，故擣其炭為灰，以被牆屋。	黃溍〈初至寧海〉(「地至東南盡」) 之「蜃炭村村白」句
蜃　灶	煮鹽的灶。	梅堯臣〈送朱表臣職方提舉運鹽〉(「蜃灶煮溟渤」)
檳　榔		李綱〈檳榔〉(「疏林蒼海上」)

（四）航海工具

人類非水族，以各種航海工具爲載體，既可取用海洋資源，又可利於海外貿易、運輸、捕撈、海洋作戰。海洋文學記載人類的各種海洋活動，自然也在作品中出現大量的航海工具。以下爲航海工具的辭彙：

辭　彙	解　　　釋	出　　　　　處
海　鰌	指戰艦。	蘇軾〈送馮判官之昌國〉（「斬蛟將軍飛上天」）
漁　舠	指刀形的小漁船。	劉過〈偕陳調翁龍山買舟待夜潮發〉（「來逢春雨長魚苗」）
簰	指竹筏。	樂雷發〈林送人之瓊州招捕海寇〉（「疍家洲畔路」）之「舟楫駕簰風」句
艕艋	船名。	周紫芝〈與同舍郎觀潮，分韻得還字、一字、江字三首，一字、江字爲坐客作〉（「神州古都會」）之「千艘碎艕艋」句
蜑　船	蜑人用以爲家的船。	蔡襄〈宿海邊寺〉（「潮頭欲上風先至」）之「蜑船爭送早魚迴」句
舳　艫	泛指前後首尾相接的船。	吳萊〈早秋偶然作寄宋景濂〉（「往者東入海」）之「飛雪洒舳艫」句
舸	南方楚、江、湘地，凡船大者謂之舸。	張肅〈湄洲嶼〉（「飛舸鯨濤渡渺冥」）
鷁	古代在船首以彩色畫鷁鳥之形，後借指船。	黃溍〈題觀海圖〉（「昔年解纜岑江上」）之「鷁飛仍挾半帆風」句
舨	沿海或江河上用槳划的小木船，作渡客或救護之用。	貢師泰〈海歌〉（「黑面小郎棹三舨」）
沈　石	爲航海打水的工具，觀察水底的泥樣，可辨淺深及方位。	朱繼芳〈航海〉（「地角與天倪」）之「沈石尋孤嶼」句
浮　針	置於水盤中的航海用指南針。	朱繼芳〈航海〉（「地角與天倪」）之「浮針辨四維」句
榔	爲船後近柁的橫木，漁人以椎擊榔，使魚驚伏以便捕捉。	潘牥〈漁父〉（「小舟眞箇白鷗輕」）之「一一鳴榔作陣行」句
矴（碇）	讓船停泊的工具。	宋無〈梢水〉（「拔矴張篷豈暫停」）
櫓	行舟工具。	孔平仲〈詠櫓〉（「以小能行大」）
柁	舵也。	孔平仲〈詠柁〉（「厥初誰創物」）
篷	船帆。	洪咨夔〈包港風濤〉（「倅百丈幾牟掣斷」）之「駭浪翻天雪壓篷」）

（五）海洋氣候及異象

詭譎多變而具有巨大能量的海洋氣候、異象，既令人讚嘆不已，也令人迷惑驚悸。海洋文學中，出現海洋氣候、異象的辭彙，使作品洋溢著海洋的神秘、能量、變動性。以下爲作品常用的辭彙：

辭　彙	解　　　釋	出　　　　處
颶　風	明以前將颱風稱爲颶風。	秦觀〈海康書事〉（「蒼茫颶風發」）
回　風	旋風。	陳師道〈回風行〉（「懸流洶洶從天來」）
潮　汐	月球和太陽引力的作用下，海水周期性的漲落現象。白晝稱潮，夜間稱汐。	喻良能〈次韻郭刪定觀潮〉（「天地潮汐渺難推」）
舶趠風	使商船順風遠渡重洋的季風。	蘇軾〈舶趠風〉（「三旬已過黃梅雨」）
羊角風	即龍捲風。	劉敞〈羊角風〉（「我似靈鯤初化鵬」）
蜃　樓	指海市蜃樓的虛幻現象，而生成的神仙想像。	徐琬〈題萊州海神廟〉（「龍宮高拱六鼇頭」）之「戟門烘霧蜃噴樓」句
海　市		米芾〈蝶戀花〉詞（「千古漣漪清絕地」）之「靄靄春和生海市」句

以上列舉五類海洋辭彙：(1)眾海錯及加工製品之名（鯨魚、鮪、車螯、鸚鵡螺、蜻蛑、鰒魚、蚝、達頭魚、蚱、玳瑁、蛤蜊、銀魚、蠡、贏、六六鱗、珧、黿、鼉、海扇、老婆牙、石首、河豚、烏賊、蟶子、水母、鱟、黃巖魚鮓、酒中虎、郎君鮺）；(2)海洋神話傳說（贔屭、濛汜、飛廉、封姨、陽侯、天妃、麻姑、祖龍鞭石、靈胥、龍伯、伏波射潮）；(3)海洋生活（鹽筴、海榷、蠔炭、蠔灶、檳榔）；(4)航海工具（海鰌、漁舠、簰、蜑船、舳艫、舸、艑、舨、沈石、浮針、榔、矴、櫓、柂、篷）；(5)海洋氣候及現象（颶風、回風、潮汐、舶趠風、羊角風、蜃樓、海市）。這五類的辭彙大量地出現在作品之中，形成海洋文學文字構作的特色。這些辭彙正是沿海地帶繁盛海洋活動的映現，具有鮮明的涉海性及地域性，散發出濃厚的海洋氣息。這些辭彙在篇幅有限的作品中，可以發揮擴張情境，鍊結海洋的藝術效果。因此海洋文學創作者大量運用這些辭彙，構作海洋意象。缺乏海洋生活經驗及海洋知識的讀者，閱讀充滿海洋特色辭彙的作品時，在濃厚的海洋氛圍聚籠下，常會產生神秘、想像、浩瀚、驚駭、新奇的藝術感受，彷彿自身正處於充斥著海浪、沙灘、魚貝、鹽鹵、帆檣、海日、海風的海國一隅。這正是

海洋文學的藝術特色之一，與大陸文學形成明顯的區隔。

三、善用疊字修辭營造情境

疊字修辭常用於韻文創作。疊字修辭的雙音節特性，可使作品的音韻和諧，節奏明快，富於聲律之美，又可強調被描繪事物的特徵，使形象更為生動，抒發的感情更深切感人。當單詞不足以曲盡對象的動態、意態、形象、聲情時，作家常會以重言疊字的修辭形式，摹形擬聲，增強語言的渲染力，營造濃厚氛圍，提升整體意境。宋、元海洋文學（尤其是詩歌），大量運用疊字修辭，形成良好的藝術效果。以下為出現在作品的用例：

「掠水翻翻沙鷺過，供廚片片雪鱗明」（陸游〈遊鄞〉）

「臥看十幅蒲，彎彎若張弓」（陸游〈航海〉）

「此非想與因，了了目中見」（陸游〈假寐見海山異甚，作小詩記之〉）

「殘燈耿耿不成眠」（陸游〈夏秋之交，小舟早夜往來湖中絕句〉）

「浩然縱棹去，漫漫菰蒲聲」（陸游〈海氣〉）

「濤頭洶洶雷山傾」（陸游〈觀潮〉）

「青山斷處塔層層」（蘇軾〈望海樓晚景〉五絕之三）

「江邊身世兩悠悠」（蘇軾〈八月十五看潮五絕〉）

「驚飄蕺蕺先秋葉，喚醒昏昏嗜睡翁」（蘇軾〈舶趠風〉）

「眇眇雲間扇……鉦漏歷歷數」（蘇軾〈食檳榔〉）

「苒苒中秋過，蕭蕭兩鬢華」（蘇軾〈南歌子〉詞）

「乘槎亭外水茫茫」（張耒〈秋日登海州乘槎亭〉）

「荒田寂寂無人聲」（張耒〈海州道中〉）

「杳杳櫓聲何處客」（張耒〈登乘槎亭〉）

「望望孤城滄海邊」（張耒〈將至海州明山有作〉）

「此身與世悠悠」（張耒〈登山望海〉四首之一）

「落花吹盡浪悠悠」（張耒〈潮水〉二首之一）

「春流日日自東來」（張耒〈潮水〉二首之二）

「紅波爛爛陽烏熱」（梅堯臣〈送潘司封知解州其父嘗守此州〉）

「茫茫海灘涉潮涌」（王安石〈浮石湫之壑以望海〉）

「懸流洶洶從天來」（陳師道〈回風行〉）

「漫漫平沙走白虹」（陳師道〈十七日觀潮〉三首之三）

「江水悠悠自在流」（陳師道〈十七日觀潮〉三首之二）

「堂堂雲陣合，屹屹雪山行」（范仲淹〈和運使舍人觀潮〉其二）

「屑屑已甚矣……英英職方郎……隋堤樹氄氄，汴水流瀰瀰」（歐陽脩〈送朱職方提舉運鹽〉）

「大哉滄海何茫茫」（歐陽脩〈鸚鵡螺〉）

「纍纍盤中蛤」（歐陽脩〈初食車螯〉）

「滄溟茫茫雲正黑，濤山峨峨護龍國……勞形區區儷浩渺」（黎廷瑞〈精衛行〉）

「窮秋漫漫兼葭雨，裋褐休休白髮翁……四海租庸人草草」（黃庭堅〈古漁父〉）

「停車冉冉看潮生」（趙抃〈觀海〉）

「納納春潮草際生」（蔡襄〈春潮〉）

「迢迢直至海門東」（蔡襄〈離錢塘〉）

「窗外簾旌飛獵獵……珠盤縷縷青鴉茸」（蔡襄〈八月十九日〉）

「處處壞堤防」（謝景初〈餘姚董役海堤有作〉）

「沈沈水面正陰黑……飄飄番船隨上下……碧波湛湛千萬頃……隱隱微見煙林青」（蔣之奇〈望海歌〉）

「冥冥濕天際……浩浩無增虧……」（李復〈登高丘望遠海〉）

「紛紛畢集繞長堤……區區下客久不逢……」（韋驤〈八月十八日觀潮〉）

「軋軋微鳴曉，峨峨迥浸秋」（孔平仲〈詠柁〉）

「鱗餘銀皎皎，目帶淚浪浪」（孔平仲〈詠網〉）

「委輸江漢任滔滔。盪雲處處千層浪，沃日重重萬里濤」（袁正規〈望海亭〉）

「洶洶瀾無際，滔滔勢欲東」（郭異〈觀海〉）

「隱隱征帆去未休」（李正民〈扈從航海〉）

「沈沈碧海絕津涯」（李綱〈海南黎人作過據臨皋縣驚劫傍近因小留海康十一月望聞〉）

「古來雲海浩茫茫」（李綱〈郡城南曰瓊臺北曰語海余易之爲雲海登眺有感〉）

「挾以幽闕雙嵬嵬」（程俱〈次韻和江司兵浙江觀潮〉）

「茫茫雲海迷煙空……勢益洶洶怒而噫……大聲吹地恣淙淙……餘

響振天轟磕磕……風攪旌幢紛旆旆」（劉才邵〈陪同舍登望越亭觀潮〉）

「堂堂白日欺紅顏」（劉才邵〈登高丘而望遠海〉）

「年年偉觀近中秋……一一檣帆如過鳥，時時煙雨要沈牛」（李處權〈觀潮〉）

「大海湯湯水所積，太山巖巖雲所出」（史堯弼〈大海水〉）

「百川渺渺不勞吞……翩翩驚浪怒濤間」（喻良能〈八月十八日觀潮〉）

「年年秋後厭旌旗。只今廓廓渾無事」（喻良能〈次韻郭刪定觀潮〉四絕之二）

「峰巒疊疊青螺髻，翠幄重重錦繡堆」（李洪〈南臺點集海艦〉）

「頻頻獨在大海中……歷歷更革不勝計……彼岸往往夕陽春……平平之策用定遠，下下之考書陽公」（樓鑰〈送萬耕道帥瓊管〉）

「班班雲燾陰」（韓淲〈浙江亭〉）

「萬事悠悠均夢爾」（劉宰〈夢使高麗到東海口占〉）

「筆底颯颯洪濤奔」（張侃〈錢塘潮歌送吳子才赴禮部〉）

「磷磷空爾啄，渺渺浩無邊」（林希逸〈精衛銜石填海〉）

「子產之意徒洋洋，庚氏之呼可策策」（白玉蟾〈觀魚歌〉）

「紛紛炙熱總成擒……煌煌堂上禍機深」（蕭立之〈食蟹〉第五首）

「柳月蘆風處處春」（潘牥〈漁父〉）

「尤勝紅紫芳菲菲」（衛宗武〈送龍孝梅過上海及見郊外巨室〉）

「輕綃淡墨天冥冥……新生白髮星星明」（胡仲弓〈錢塘潮圖〉）

「浩浩無津涯」（胡仲弓〈海月堂觀濤〉）

「獨步溪頭冉冉風」（舒岳祥〈海上口占〉）

「裊裊不自持……熒熒枯蚌中……登登遠還合」（牟巘〈和漁具十絕〉）

「青山淡淡水幽幽」（蒲壽宬〈漁父〉）

「渺渺茫茫遠愈微」（文天祥〈使風〉）

「冥冥不敢向人啼……大海茫茫隔煙霧」（〈二月六日海上大戰國事不濟孤臣天祥坐北舟中向南慟哭爲之詩曰〉）

「屑屑窮算鞭……待旦尤乾乾……物物歸機璇……皇皇風霜節，炳

炳奎壁躔」（熊禾〈上致用院李同知論海舶〉）

「青枝啼鳥波延延……千官此地佩宛宛」（謝翱〈望蓬萊〉）

「蕩蕩無停機，虛虛無掛礙」（胡帛〈海雲〉）

「茫茫坤軸中……峨峨蓬萊山……寥寥乘槎意……蕩蕩游難名」（易履〈觀海〉）

「近樹遠山青歷歷」（楊萬里〈過金沙洋望小海〉）

「橋柱疏疏四寂然……一聲磔磔鳴榔起」（楊萬里〈垂虹亭觀打魚斫鱠〉）

「傾來百顆恰盈盈」（楊萬里〈食蛤蜊米脯羹〉）

「中有滾滾長江橫……歲歲吳儂來看潮……悠悠哀樂永相忘」（周端臣〈觀潮行〉）

「點點風帆底處還」（朱正中〈洛陽橋觀水〉）

「杳杳江天橫一線」（曾覿〈定風波〉詞）

「弱水茫茫三萬里」（張掄〈蝶戀花〉詞）

「荞荞雲平……浪猛深深鷗抱穩，波寒縮縮魚沈底」（王質〈滿江紅〉詞）

「雲海茫茫不見涯」（丘處機〈太清宮〉）

「茫茫瀛海間」（吳萊〈夕泛海東，尋梅岑山觀音大士洞，遂登盤陀石望日出處及東霍山迴過翁浦問徐偃王舊城〉第三首）

「漫漫際海漲天涯」（張翥〈憶閩中〉）

「滄海一望漫漫」（張翥〈望海潮〉詞）

「蜃炭村村白，棕林樹樹圓」（黃溍〈初至寧海〉）

「肅肅洋山暮」（黃溍〈洋山夜發〉）

「大星煌煌天欲明……霧氣昏昏海上黃……事事辛苦不辭難」（貢師泰〈海歌〉八首）

「鳳池春早珮珊珊」（貢師泰〈送顧仲莊之海北〉）

「海角釣龍人杳杳，雲間待雁路迢迢」（范椁〈游南台閩粵王廟〉）

「煙波閃閃海門開」（樊執敬〈觀潮題樟亭〉）

「蘆芽短短穿碧沙」（薩都剌〈過嘉興〉）

「蕩蕩發航船」（楊維楨〈商婦詞〉）

「寥寥千載間」（林一龍〈觀海〉）

「海風栗栗」（郝經〈長蘆舟中遇風〉）

「海門東望浩漫漫」（楊載〈望海〉）

「錢塘江上風颼颼……闐闐霹靂駕羣龍」（周權〈浙江觀潮〉）

「夢涉關山猶惴惴，起看煙水尚綿綿」（李瞻〈紀事〉）

「候潮翻雪響瀧瀧」（朱德潤〈又和顧仁甫觀潮〉）

「漠漠平楚遠」（方瀾〈海陵道中〉）

「嗟爾得食亦稍稍」（李存〈叉魚〉）

「濠上春晴花朵朵……拍拍茆柴薦新釀」（鄭元祐〈漁莊〉）

「冉冉趨畏塗，戚戚慎宵征」（陳基〈海安〉）

「青入楚封山點點，白添吳鏡雪絲絲」（陳基〈二十日福山港寄省院張思廉陳惟允諸友〉）

「鯨波渺渺四無涯」（陳基〈遊狼山寺〉）

「蒼蒼吳越山……溫溫香卷陣，婉婉眉鬭綠」（王逢〈觀錢塘江潮時教化平章大讌江上〉）

「江海壖家家」（王逢〈憂傷四首上樊時中參政蘇伯修運使〉）

「民物欣欣始生息……花柳邨邨各安堵……何况堂堂障滄海」（丁鶴年〈題餘姚葉敬常州判海隄卷〉）

「冉冉長蛇漢水東」（顧瑛〈張仲舉待制以京口海上口號見寄瑛以吳下時事答之〉）

「寒煙漠漠天冥冥」（王冕〈趙千里夜潮圖〉）

以上詳列的資料，反映出疊字，乃宋、元海洋文學普遍運用的修辭手法。單字重疊施用後，形成和諧、規律的聲律，又彰顯被描寫對象的樣態。或具體模擬聲音（如浪濤聲），使描寫對象的形象更爲立體（形、聲俱備），或形容主要樣態，使形象更爲鮮明。上述資料可區分爲海洋相關事物類及其他事物類，以下進一步地將討論聚焦於海洋相關事物類的疊字修辭。

海洋相關事物類的疊字修辭，依其內容，可再細分爲：

1. 摹海洋生物、海村生活者：「供廚片片雪鱗明」、「纍纍盤中蛤」、「熒熒枯蚌中」、「蜃炭村村白」、「鱗餘銀皎皎」。

2. 摹航海、捕撈工具者：「臥看十幅蒲，彎彎若張弓」、「飄飄番船隨上下」、「紛紛畢集繞長堤」、「隱隱征帆去未休」、「眇眇雲間扇」、「一一檣帆如過鳥」、「點點風帆底處還」、「蕩蕩發航船」、「杳杳櫓聲何處

客」、「軋軋微鳴曉」、「一聲磔磔鳴榔起」。

3. 摹海水之萬端者：「濤頭洶洶雷山傾」、「洶洶瀾無際，滔滔勢欲東」、「懸流洶洶從天來」、「勢益洶洶怒而噫」、「筆底颯颯洪濤奔」、「候潮翻雪響瀧瀧」、「闐闐霹靂駕羣龍」（狀濤聲）、「濤山峨峨護龍國」、「委輸江漢任滔滔」、「翩翩驚浪怒濤間」、「落花吹盡浪悠悠」、「江水悠悠自在流」、「青枝啼鳥波延延」、「乘槎亭外水茫茫」、「大哉滄海何茫茫」、「茫茫海灘涉潮涌」、「茫茫坤軸中」、「雲海茫茫不見涯」、「茫茫瀛海間」、「大海茫茫隔煙霧」、「大海湯湯水所積」、「浩浩無增虧」、「浩浩無津涯」、「渺渺浩無邊」、「海門東望浩漫漫」、「漫漫際海漲天涯」、「滄海一望漫漫」、「鯨波渺渺四無涯」、「紅波爛爛陽烏熱」、「煙波閃閃海門開」、「浪猛深深鷗抱穩」、「沈沈碧海絕津涯」、「沈沈水面正陰黑」、「納納春潮草際生」、「碧波湛湛千萬頃」。

4. 摹海風、海雲、海霧者：「海風栗栗」、「錢塘江上風颼颼」、「堂堂雲陣合」、「古來雲海浩茫茫」、「滄溟茫茫雲正黑」、「茫茫雲海迷煙空」、「班班雲壽陰」、「荶荶雲平」、「霧氣昏昏海上黃」。

5. 摹寫海景者：「漫漫平沙走白虹」、「沃日重重萬里濤」、「峨峨蓬萊山」、「杳杳江天橫一線」。

這五類海洋相關事物的疊字修辭，使文字的海洋意象更加深刻。據此資料，得出以下三點分析結果：

1. 宋、元海洋文學中，被作家普遍運用的疊字修辭，如「洶洶」、「茫茫」、「浩浩」、「漫漫」、「滔滔」、「渺渺」、「沈沈」、「湛湛」等，不但被諸家廣用於海洋文學，也成為明、清海洋作家襲用的文字傳統。這些疊字較單詞，更能彰顯海洋的廣大、詭奇、渺遠、深邃意象，具有深刻的語言渲染力。

2. 描寫海洋相關事物的疊字修辭，以描寫海水之變化萬端者為最大宗，也最富特色。人自海邊高山、海灘或船上觀覽海景，寬廣的海面，充滿無可量數的海水，時而巨浪吼天，時而聳如壁立，時而細浪層層，時而澄澈見魚，時而深沈難測。面對海水樣態的多變，作家欲狀海上濤頭騰涌的磅礴氣勢，則用「洶洶」（兼摹濤之鳴響）、「颯颯」（摹濤如風般迅疾）、「瀧瀧」（摹濤之滾流聲）、「闐闐」（摹洪大之濤聲）、「峨峨」（摹濤浪之高壯）、「翩翩」（摹濤浪之疾飛）等疊字；欲狀遼闊無

際，連綿不絕的海浪，則用「悠悠」、「浩浩」、「湯湯」、「延延」等疊字；欲狀難以望盡的遼闊海面，則用「茫茫」、「渺渺」、「漫漫」等疊字；欲狀海面耀目的日光倒影，則用「閃閃」、「爛爛」（光芒閃耀貌）等疊字；欲狀海水之深沈難測，則用「深深」、「沈沈」等疊字；欲狀海水平靜時的澄澈明淨，則用「湛湛」疊字。

3. 除了描寫海水的疊字外，摹寫航海載具的疊字，也頗具特色。海洋意象由自然景觀與人文景觀組成，而船舶為顯著的人文景觀。最能代表船舶航行瀚海的符象，則非「帆」莫屬。帆繫附於桅檣，隨風張翕，彎若張弓，故用「彎彎」、「飄飄」等疊字，摹況船帆受風的外形。帆為船舶最醒目的構件，常成為船舶的代稱，故用「隱隱」、「點點」、「一一」，形容船舶航行在浩瀚海上的孤渺意象。

適當運用摹形寓聲的疊字修辭，使海錯、海村生活、船舶、捕撈工具、海濤、海風、海雲、海霧、海景、海水的描寫，形象鮮明，韻律和諧，意味綿長，也抒張作品的聯想空間。

四、描寫海洋的語辭新奇、精當

為曲盡作品主題的海洋特色，作家構思語辭時，費心思量，再三斟酌，從平面的文字，開展出立體的海洋形象，使讀者能產生深刻的印象。作家或以具體的事物，巧妙譬喻，使海洋意象的傳達更為深刻，或鍛鍊動詞，使尋常的語彙展現新的丰采。以下試舉諸例析論：

◎陸游〈航海〉云：「潮來湧銀山，忽復磨青銅。」

　解析：陸游以「銀山」形容海上高浪的形狀（山）、顏色（銀），又以「湧」字強調高浪向上躍動的能量。平滑的「青銅」可照映景象，陸游以「青銅」形容海波的平靜，再用「磨」字強調平靜海水的澄澈意象。「湧銀山」傳達海浪的高聳運動意象（動），「磨青銅」則傳達海浪平靜後的澄澈意象（靜），兩者形成極端對比。

◎陸游〈航海〉云：「或挂風半帆，或貯雲一舸。」

　解析：「或挂風半帆，或貯雲一舸」兩句，形容海上氣象變化頗大，有時揚起大風，得收半帆，有時平靜無風，海霧籠罩於海船四周。為具體表現海面的無風狀態，特別用「貯」字，形容海霧

因無風吹拂而凝滯，彷彿貯藏於巨舸中。

◎陸游〈海中醉題時雷雨初霽天水相接也〉云：「浪跳半空白，天梁無盡青。」

解析：當海上雷雨初霽，海浪仍激盪噴薄不已。陸游運用「跳」字，強調巨浪噴薄的力道：激浪奮力踢出半空的雪白。以「浪跳半空白」形容海上巨浪所產生的白色浪花，富於動態感，也表現出海洋的巨大力量。

◎陸游〈觀潮〉云：「濤頭洶洶雷山傾，江流卻作鏡面平。」

解析：海上洶洶濤頭，常令舟人震撼。為強調濤頭的驚人氣勢，陸游以「雷山傾」來形容。「山傾」摹繪濤頭的洶湧狀，「雷」字表現濤頭的懾人聲響。「雷山傾」三字同時表現濤頭的驚人聲、勢，也加強震撼力。

◎蘇軾〈八月十五看潮五絕〉第五首云：「江神河伯兩醯雞，海若東來氣吐霓。安得夫差水犀手，三千強弩射潮低。」

解析：「醯雞」是可使酒發霉發酵的酒蟲。在蘇軾的想像中，錢塘潮彷彿是江神、河伯以「醯雞」使錢塘江水發酵，與海神東驅而來的海潮，相互激盪而成。大多數作家描寫錢塘潮的成因時，都與含怨而死的伍子胥連結。蘇軾則別出心裁，以能使酒發酵的「醯雞」為想像基礎，解釋奔騰的錢塘潮，乃「醯雞」的神奇作用而成，用語奇趣。

◎宋之才〈觀潮閣〉云：「晚山過雨亂鬟擁，細舶點空浮雁來。」

解析：「細舶點空」對比出海面的寬廣及海潮的雄偉。「細舶」之「細」字，襯出海洋的廣漠無際，而「點空」則具體呈現細舶隨波俯仰的姿態。當海濤將細舶的船首抬起時，從遠處觀望，像是細舶頻頻「點空」。

◎白玉蟾〈觀魚歌〉云：「綠玻璃裏飛璃梭，碧琉璃中擲金尺。」

解析：白玉蟾在這兩句中，用「綠玻璃」、「碧琉璃」形容海水的顏色，用「璃梭」、「金尺」形容海中的游魚。「璃（瓊）梭」，本指如瓊玉般的飛梭，此用以形容游魚如海中的玉梭般，快速游動。「金尺」則強調游魚的銀鱗，彷若擲入海中的金尺般耀眼。這兩句詩的辭彙，呈現海中游魚的耀眼形象。

◎ 王義山〈觀海潮〉云：「霎地起來銀一線，駕山卷起雪千堆」

　　解析：錢塘潮在遠方有如一線銀，奔臨到海門時，又忽然高聳如山。
　　　　　為強調海潮由「一線」急遽變化為「山」，王義山特別於「山」
　　　　　字之前，加上「駕」字，增強海潮的急奔氣勢。

◎ 蒲壽宬〈漁父〉云：「昨日賣魚到城郭，暑氣千門正炮烙。」

　　解析：「炮烙」本為商紂患刑輕而設之燒灼酷刑。蒲壽宬要強調東南
　　　　　沿海一帶，令人煩悶的溽暑，特別借用「炮烙」一語，以營造
　　　　　溽暑的痛苦氛圍，造語奇特。

◎ 王明清〈詩〉云：「天風吹作海濤聲，揮斥浮雲日更明。」

　　解析：當天風吹作海濤聲時，風力強勁，故下句以帶有強制意味的「揮
　　　　　斥」一詞，來描寫天際浮雲因天風揮斥而完全消散，白日也更
　　　　　加晶明。

◎ 喻良能〈八月十八日觀潮〉云：「晴江斗起黏天浪，一洗忠胥憤屈
魂。」

　　解析：「黏天」謂貼近天，彷彿與天相連。「黏天浪」，形容浪高接天，
　　　　　以「黏」字加強天、浪密接的意象。陸游〈點絳唇〉「扁舟不怕
　　　　　黏天浪」、清代曹爾堪〈漁家傲〉「船輕不怕黏天浪」，有相同的
　　　　　用法。楊萬里〈過金沙洋望小海〉「萬頃一碧波黏天」，為類似
　　　　　的用法。

◎ 楊萬里〈垂虹亭觀打魚斫鱠〉云：「一聲磔磔鳴榔起，驚出銀刀躍玉
泉。」

　　解析：漁者駕船鳴榔捕魚時，水中游魚因磔磔的鳴榔聲，而驚躍海
　　　　　面。出水銀鱗，在陽光的照耀下，金光閃閃。楊萬里特別以閃
　　　　　亮「銀刀」射出水面，來比擬出水銀鱗的耀眼特點。一把把出
　　　　　水銀刀，因「躍」的動作，使得觀魚者頃刻回神，原來銀刀竟
　　　　　是銀鱗。

◎ 楊萬里〈泊流潢驛潮風大作〉云：「潮來潮去有何功，費盡辛勤辦一
風。」

　　解析：海潮費盡辛勤來去，目的在治辦一風。「辦」字，將費盡辛勤的
　　　　　海潮，與潮上之風連結。楊萬里以為潮上之風，因潮而生，故
　　　　　曰「辦」字，以明兩者的從屬關係。

◎楊萬里〈浙江觀潮〉云:「海湧銀爲郭,江橫玉繫腰。」

解析:當錢塘江水與海潮相會後,會激越爲高聳的水牆。錢塘潮具有高聳、雪白浪花的外形特色。楊萬里以「銀爲郭」比擬錢塘潮的水牆,將水牆想像爲海面上聳立的銀白色城郭。

◎蘇頌〈觀潮〉云:「萬疊銀山橫一線,千撾鼉鼓震重城。」

解析:海上的雪白浪花,宛如片片白銀般,逐漸堆疊成一線的「銀山」,故曰「萬疊銀山」。「千撾鼉鼓」形容海潮的聲響,有如千人奮擊鼉鼓,聲震重城。「萬疊銀山」描寫海潮的雪亮、壯觀外貌,「千撾鼉鼓」描寫海潮的懾人聲響。這兩組辭彙生動表達錢塘潮的雄偉氣勢。

◎曹既明〈夜宿浙江亭〉云:「夜半潮聲撼客床,臥聽柔櫓鬧空江。」

解析:船工搖櫓可以行船。櫓板於水中左右擺動時,曹既明以「鬧」字形容櫓的動態及聲響,使水面充滿律動的氛圍。

◎周紫芝〈觀潮示元龍〉云:「潮頭初來一線白,雪浪翻空忽千尺。」

解析:當海潮尚在遠方時,在岸邊觀潮者的眼中,有如一條閃亮而綿長的白線,故以「一線白」強調其外形特徵。海潮一路挺進錢塘江口時,因與江水相激,浪濤洶湧急漲。爲強調浪濤急漲的瞬間動態感,周紫芝巧用「翻空」來形容雪浪急漲的樣態。浪濤也因「翻空」陡落,而碎裂爲雪白的浪花,使眼前布滿雪浪。

◎釋寶曇〈觀潮行〉云:「八月十八錢塘時,潮頭攪海雷怒飛。」

解析:觀潮作品眾多,爲呈現海潮的洶湧氣勢,作家費心鍛鍊,以新奇用字,彰明錢塘潮的雄偉意象。錢塘江口的浪濤,聲勢有如萬馬奔騰,釋寶曇別出新裁,用「攪海」來形容海水的激烈晃盪。潮頭大力攪動海水,不但造成浪花噴薄的景象,更帶來「雷怒飛」的震人聲響。

◎李士瞻〈壞舵歌〉云:「鐵梨之木世莫比,今作舵根爲水齧。」

解析:舵根即入水的舵面。李士瞻爲了強調船舵沒於海水中的特點,特別用「齧」字形容。入水的舵根,與海水密合無間,彷彿被海水緊緊齧咬著。「水齧」的用法,使舵的入水意象更爲鮮明。

◎顧瑛〈和韻〉云:「銀盤雪落千絲鱠,玉手冰分五色瓜。」

解析:新鮮而肉質好的海魚,刮除鱗片後,常被作成魚鱠(膾)。鱠乃

將魚肉切得很細。「雪落千絲鱠」，以「雪」字形容魚肉之白，「千絲」形容生魚肉切成細絲狀。透過鱠手的巧技，銀盤所盛的千絲魚鱠，就如雪般清涼潔白。

以上列舉的用例，只是海洋文學中的一小部份。作家以其觀察到的海洋景觀、事物印象，深入思考，選用新妙的語辭（如一線白、銀郭、萬疊銀山、千搥鼉鼓、銀刀、炮烙、黏天浪、雷山傾、醯雞、玻璃、琉璃、璃梭、金尺等），使主題的意象凸出。作家也善於鍛鍊動詞（醬、攪、翻空、辮、揮斥、駕、蹴、點、磨、貯等），使結合的尋常語辭具有新意。妥當運用新奇、精當的海洋語辭，可避免海洋文學流於粗率、淺白，提高其藝術性。

五、構句奇特

海洋文學除了運用新奇、精當的語辭外，也講究構句的奇特、尖新。對絕大多數的古人而言，海洋及其相關事物、活動，充滿著新奇的體驗。作家接觸海洋，為了深刻表現自己的感受，有時會創造文字風格奇特的句子。構句奇特，使文意紆曲而深邃，有助表達海洋主題的奇險性、多樣性。以下為用例舉隅：

◎洪咨夔〈包港風濤〉云：「顛風立海雷轟柁，駭浪翻天雪壓篷。夜半乖龍酣戰退，一奩冰鑑本來空。」

　解析：洪咨夔描寫包港風濤，構句奇絕，能深刻表現風狂濤翻的駭人景象。「顛風立海雷轟柁」，描寫顛風立海，鼓動海浪，一打在舵面，則發出轟雷巨響。「駭浪翻天雪壓篷」，承上句顛風鼓起的駭浪，向上崩裂開後，散落的白色浪花，有如密雪壓在帆篷上。「顛風立海雷轟柁，駭浪翻天雪壓篷」兩句，以強而有力的文字，表現海風、浪潮力量。當風濤平息後，海面復歸平靜，洪咨夔以「一奩冰鑑本來空」句來形容。「一奩冰鑑」原指閨女梳妝用的鏡子，用以形容海面平靜無波。前兩句展現海洋的強大力量，後兩句則呈現靜謐氣氛，前兩句與後兩句，產生鮮明的情境對比。

◎蘇軾〈催試官考較戲作〉云：「……八月十八潮，壯觀天下無。鯤鵬水擊三千里，組練長驅十萬夫。……」

　解析：「鯤鵬水擊三千里，組練長驅十萬夫」兩句，以充滿想像的比

喻手法為構作基調。「鯤鵬水擊三千里」句，引《莊子‧逍遙游》中由鯤化為鵬的典故〔註12〕。巨鯤轉化為大鵬，鼓起洶湧的潮水，用以比喻八月十八日極盛的錢塘潮。「組練長驅十萬夫」句，以精銳部隊長驅十萬夫的氣勢，比喻眼前的錢塘潮。這兩句呈現錢塘潮的開闊、雄偉氣象。

◎蘇軾〈儋耳〉云：「殘年飽飯東坡老，一壑能專萬事灰。」

　解析：被遠謫瓊州的蘇軾，對政治的雄心壯志已日益消平，只求能平安度過餘生。「一壑能專萬事灰」句，指衰老病羸的蘇軾，萬事灰心之餘，只求能專有一壑之地，可以平安飽食，而儋耳正是最適宜的選擇。「專」字，點出蘇軾心中的渴望。

◎蘇頌〈觀潮〉云：「緩如積雪飛霜路，急似砯崖轉石雷。」

　解析：海潮逼臨錢塘江岸時，因海岸、海底地形的變化，使潮水變化不已。「緩如積雪飛霜路，急似砯崖轉石雷」兩句，以陸上景物為喻，摹寫錢塘潮的變化萬端。當潮水和緩時，濤頭散裂的白色浪花，好像路上的積雪飛霜，一片銀白。當潮水湍急奮激時，就像怒水裂巖轉石，發出轟雷聲響。「砯」，狀水激巖之聲。「砯崖轉石雷」一辭，轉化自李白之「砯崖轉石萬壑雷」（〈蜀道難〉）句。

◎梅堯臣〈青龍海上觀潮〉云：「百川倒蹙水欲立，不久卻迴如鼻吸。……推鱗伐肉走千艘，骨節專車無大及。……」

　解析：「百川倒蹙水欲立，不久卻迴如鼻吸」兩句，描寫潮來潮退的情景，筆法怪異。當潮水急湧而來時，百川之水被海潮阻擋，形成宛如立壁般的高聳浪潮。當潮水快速消退時，又彷彿是海神奮力鼻吸，將潮水瞬間吸乾。「推鱗伐肉走千艘，骨節專車無大及」兩句，形容叱吒滄海的長鯨。長鯨在海上推鱗伐肉（追捕魚群），宛若千帆疾走，碩大的骨節可佔滿一車。梅堯臣構作奇特詩句，描寫海潮、長鯨，使作品增添不少瑰奇想像的氛圍。

〔註12〕《莊子集釋‧逍遙游》云：「北冥有魚，其名為鯤。鯤之大，不知其幾千里也！化而為鳥，其名為鵬。」（臺北：華正書局，1985年，頁14）蘇軾詩中之「鯤鵬」，即指巨鯤化為大鵬之事。

◎蘇轍〈泝潮〉云：「潮來海若一長呼，潮去蕭條一吸餘。」

　　解析：循大自然規律運行的潮汐現象，在古人眼中，卻充滿神秘感。
　　　　　蘇轍想像推動潮漲潮消的力量，定是海若所施展的神通。當海
　　　　　若張口長呼，無盡的潮水借海若之氣，奮力前行。當海若用力
　　　　　長吸，則海潮蕭條而速退。蘇轍與梅堯臣皆以海若的呼吸來解
　　　　　釋潮水起落，別有新意。

◎周權〈浙江觀潮〉云：「飛廉賈勇咄神變，倒掀滄溟躍天半。」

　　解析：「飛廉賈勇咄神變，倒掀滄溟躍天半」兩句，以風神飛廉的
　　　　　神變，來解釋海上的蔽天浪濤。飛廉鼓足勇氣，發出驚人的呵
　　　　　叱聲，使海上產生神奇變化。飛廉鼓動的狂風，掀起海水，
　　　　　變為躍天巨浪。「咄」字，既是飛廉的呵叱聲，也是海風的狂
　　　　　吼聲。

◎陸游〈航海〉云：「鬼神駭犀炬，天地赫龍火。」

　　解析：海洋各種異象，總是超乎人類的知識、經驗。陸游泛舟航海，
　　　　　望見海面上瑰奇的光耀，特以富於想像的「鬼神駭犀炬，天地
　　　　　赫龍火」詩句來描寫。海上奇特光耀，應是天地間得水而熾的
　　　　　龍火〔註13〕，又像是令海中鬼神驚駭的犀炬〔註14〕。海上的瑰
　　　　　奇光耀，在陸游的筆下，更增添不少的神秘感。

◎徐積〈錢塘江潮〉云：「塵土刮開心目外，冰霜留在骨毛間。」

　　解析：「塵土刮開心目外」以雙重意象描寫錢塘潮。錢塘潮既刮開心
　　　　　目外的岸邊塵土，也滌除心目中的塵土。當心目內外的塵土刮
　　　　　盡後，錢塘潮的冰霜之氣，沁入骨毛之間，令人寒顫不已。

◎袁正規〈望海亭〉云：「飄然直欲乘槎去，世累須憑割愛刀。」

　　解析：袁正規由望海亭望向蒼茫大海，產生浪漫的聯想，也許大海的
　　　　　盡處，只要能乘坐仙槎，便可通達天河。飄飄然的袁正規以為
　　　　　要乘槎通天河，要先持「割愛刀」割斷世俗的一切牽累。「割愛
　　　　　刀」即無形的慧劍。「世累須憑割愛刀」句，將觀潮與人世間的
　　　　　哲理合一。

〔註13〕沈括《夢溪筆談》卷二十云：「佛書言龍火得水而熾，人火得水而滅，此理信
　　　　然。」（鄭州：大象出版社，2006年，頁151）陸游以為海上的亮光，應是遇
　　　　海水而愈熾的龍火。
〔註14〕「犀炬」典故解釋，請參閱本書第五章之陸游作品析論之註解。

◎韓元吉〈浙江觀潮〉云：「江翻海湧勢難平，鼇擲鵬騫自不停。端為君王洗兵馬，參旗井鉞萬雷霆。」

解析：錢塘潮波翻浪滾的氣勢，無人可擋，無物可阻。錢塘潮的激浪狂濤，正可用來為君王洗去長期征戰兵馬的塵埃。韓元吉所描寫的錢塘潮，雄壯中帶有豪氣。君王的軍容壯盛，正可與錢塘潮相輝映，故言「端為君王洗兵馬」。

◎劉戩〈錢塘觀潮〉云：「不知幾點英雄淚，翻作千年憤怒濤。」

解析：吳王賜伍子胥縷劍，命其自剄。忠而被迫自剄的伍子胥，滿懷怨氣，流下幾點英雄淚後，結束其性命。劉戩將伍子胥死前的「幾點英雄淚」，與錢塘潮的「千年憤怒濤」結合為一。昔日「幾點」英雄淚（小），竟因不平之怨，而能化為眼前含著「千年憤怒」的怒濤（大）。這兩句詩句，將歷史事跡與自然海潮，以因（「幾點英雄淚」）果（「千年憤怒濤」）的關係融合，使錢塘潮具有濃厚的人文色彩。

◎樂雷發〈桂林送人之瓊州招捕海寇〉云：「旌旗楓鬼雨，舟楫鱟簰風。」

解析：樂雷發以此兩句，描寫送友人循海路至瓊州招捕海寇的場景。「旌旗楓鬼雨」，指海船的旌旗在「鬼雨」（淒涼的陰雨）中飄搖不定。「舟楫鱟簰風」，指友人所乘帆舶，有如乘風渡海的「鱟簰」〔註15〕。這兩句詩以「鬼雨」、「鱟簰」等詭奇語辭，營造出前往瓊州的海路，風雨飄盪，及招捕海寇的風險。

◎陳允平〈錢塘八月潮〉云：「五丁椎碎爛銀堆，注作東南水一杯。」

解析：「五丁椎碎爛銀堆」句，以「銀堆」形容錢塘潮激湧的浪花。這些銀白的浪花，正是五丁神將，運起神鎚敲碎銀山而成。五丁神將椎碎的爛銀堆，以一杯之量注入錢塘江。對五丁神將而言，一杯之量的爛銀堆，卻是令人間驚駭的錢塘怒潮。這兩句造語、命意新奇，令人耳目一新。

◎謝翱〈島上曲〉：「皮帶墨鱗身卉衣，晚隨鬼渡水燈微。」

解析：謝翱以「皮帶墨鱗身卉衣」句，形象化地刻劃島民的辛苦生活。

〔註15〕鱟，背上有骨如角，高七、八寸，如石珊瑚狀。鱟每過海，相負於背，乘風而游，俗呼鱟帆，亦曰鱟簰。此句以乘風渡海的鱟帆比喻所乘的海船。

島民於海邊灘塗泥地養蛤。頭頂烈日，打赤膊的漁民，背上沾滿灘塗裏的黑泥巴，就如同象魚身上的黑鱗片般。將漁民身上的黑泥巴，具體比喻成象魚的黑鱗片，句意新奇，加深讀者對漁民辛苦養蛤的印象。

◎張九成〈子集弟寄江蟹〉云：「薦酒欸空尊，侑飯饞如虎。」

解析：作家描寫海錯，大多數從外形、色澤、味道來強調其鮮美。張九成爲凸顯江蟹的鮮美滋味，則從食用的動作下筆。張九成將弟弟所寄的江蟹，烹調成能保持蟹味的鹽白蟹，以之配飯，令他嘴饞如虎。「侑飯饞如虎」句，以饑虎狂食來比喻自己的食蟹趣態，也映襯出蟹的美味。

◎楊萬里〈瀆頭阻風〉云：「琉璃地上玉山起，玉山自走非人推。」

解析：這兩句描寫靜如琉璃地的海面，瞬間聳立起自走的玉山。句中以「玉山」比喻濤山的巨大、雪白，而碩大的玉山竟能自走而不須人推，則點出背後的強大自然力。楊萬里以此二句描寫阻風時出現的高聳濤山，形象生動鮮明。

◎元楊維楨〈龍王嫁女詞〉（「小龍啼春大龍腦」）之「海田雨落成沙砲」句。

解析：當雨滴夠大，打在乾鬆的海田沙上時，向外爆裂的雨滴，在沙上留下一個個圓而淺的小洞，宛如沙砲爆炸。楊維楨以「海田雨落成沙砲」描寫雨落沙灘的情景，構句新奇，富於動態形象，令人印象深刻。

作家根據心中的海洋印象，精心設計，鍛鍊出不少奇特、精妙文句，強化海洋文學的情境渲染力。從以上例子的析論中，可以歸納出幾項特色：

1. 作家描寫壯觀的錢塘潮或潮汐，爲曲盡其潮浪的奇險、偉壯、多變意象，常費心構作奇特的詩句，曲盡潮水形貌、浪花顏色、風潮聲勢。讀者閱讀這些詩句，透過想像的作用，就如自己親覽潮水盛景般。

2. 這些文句有時會徵引典故（如犀炬、龍火、鯤鵬等），使詩句的文意深刻、豐富，形成多層次的意境。

3. 這些詩句跳脫傳統窠臼，以新奇構思（如「海若鼻呼爲潮」），尖新語辭（如沙砲、鬵簰風），生動比喻（如「侑飯饞如虎」）、動態描摹（如「玉山自走非人推」、「急似砍崖轉石雷」），展現極佳的文字表現技巧。

第二節　內容特色

一、營造豐富的海洋意象

　　作家凝視海洋時，深廣的海洋本體、詭奇的海氣、多變的海風、威力無比的颶風、洶湧的海浪、偉壯的風暴潮、孤絕的海島、神秘的日出、海上幻影、多樣海中生物等，使作家充滿新奇的感受與神秘的聯想。因此作者創作海洋文學時，以這些元素為藝術加工素材，使文字具備多層意象，進而創出豐富的想像空間。

　　微渺的人類面對無涯的海洋，常以「滄海」、「瀛海」、「溟澥」、「滄溟」等語辭，頌讚海洋的廣漠無邊，進而推想海洋是否有窮盡之時，所以「尾閭」、「精衛填海」、「滄海桑田」等神話想像，便緣海而生。海洋充滿著理性的存在（自然海體）、文學的感性（滄海、瀛海、溟澥、滄溟），與想像的延伸（尾閭、精衛填海、滄海桑田）。當作家的觀點，聚焦於展現海洋力量的浪濤時，湧動的白浪，經由藝術加工，變成富有文學意象的「銀山」、「雪山」、「雪浪」、「雪練」。作家再深入設想，應是「長鯨吹浪」、「鼉吼」、「海若鼻呼」，才能鼓動海上無盡的「銀山」、「雪山」。浪濤在作品中呈現豐富的意象，形象由平面變成立體。至於罕見的暴漲潮，展現巨大的摧毀力道，更是令人驚懼，故常以「怒潮」來描摩暴漲潮。究竟是誰驅馳暴漲的怒潮呢？不了解暴漲潮真實成因的作家，只能以「靈胥」、「鴟夷怒」來解釋這種特殊海潮現象，甚至主觀認為伏波將軍馬援彎弓射潮能平息暴漲潮。海上多變的海風，使海面出現浪紋、波濤，既推動船舶遠航，也能襲岸翻舟。多變難測的海風，在作家眼中，有時是高揚的「長風」、「雄風」、「天風」，有時則是詭奇的「黑風」，或令舟人、海民怖懼的「颶風」。激起海風的神秘力量，應是風神（「風伯」、「飛廉」、「封姨」）或「颶母」吧！作家眺望被廣漠海水包圍的海島，產生若隱若現、遠而難渡的視覺感受，進而凝結為孤窮的情調，故「孤島」、「窮島」成為作家的表層印象。「孤島」、「窮島」以其難近的距離，形成仙、凡兩隔的合理空間想像基礎，透過作家的想像，「孤島」、「窮島」應是海上仙人居處，與「海市蜃樓」幻景相繫連後，奇幻的「壺嶠」、「蓬山」神話因應而生，成為海洋文學經常援引的海洋意象。自海舟望日，「扶桑」、「浴日」成為日出的想像表徵。由舟中望海，海中大型而罕見的生物，破浪前進，不斷地激起浪花，引人遐想，鯨變成可吞舟吹浪的「長鯨」。作家為抒發凌海意氣，總希望

能如「騎鯨公子」李白般，馴服海上長鯨，或持倚天神劍，醉斬瀛海長鯨。本質爲客觀的海洋自然場景，經過作家的構思、開展，使海洋具備豐富而多彩的意象。

　　人類雖然微渺，但迎向海洋的意志不減。人類憑著不斷精進的航海科技，及堅忍卓絕意志，將活動的空間向海洋延伸。船舶成爲人類參與海洋活動的鮮明象徵。海舶的帆篷巨大，帆數眾多，承風張帆時，帆面彎曲如弓，就視覺效果而言，「帆」是船舶最明顯的形象特徵。作家歌詠各類海洋活動時，憑此意象設計語辭，「風帆」、「雲帆」、「帆檣」、「秋帆」、「海帆」就成爲海舶的意象代稱。海舶乘長風，破萬里浪，往來橫無際涯的滄海，是否有可能探訪海上仙山？在作家的想像中，也許藉助「海槎」、「靈槎」、「仙槎」，凡人也有交通塵俗與仙境的可能性。至於利用海舶航行的航海者，在作家的眼中，有的是冒險逐利的「海賈」，有的是隨風飄泊的「海客」、「舶客」。「海客」、「舶客」只是大海中的過客，充滿飄零的辛酸。

　　以上論述的海洋、人文相關元素，經由作家深沈構思，藝術加工，賦予海洋辭彙多層次的意涵，使作品的意象更爲豐富。以下用簡表歸結上述的分析：

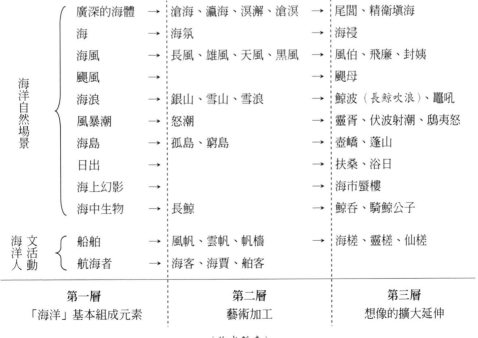

	第一層「海洋」基本組成元素	第二層藝術加工	第三層想像的擴大延伸
海洋自然場景	廣深的海體 →	滄海、瀛海、溟澥、滄溟 →	尾閭、精衛填海
	海 →	海氛 →	海祲
	海風 →	長風、雄風、天風、黑風 →	風伯、飛廉、封姨
	颶風 →		颶母
	海浪 →	銀山、雪山、雪浪 →	鯨波（長鯨吹浪）、鼉吼
	風暴潮 →	怒潮 →	靈胥、伏波射潮、鴟夷怒
	海島 →	孤島、窮島 →	壺嶠、蓬山
	日出 →		扶桑、浴日
	海上幻影 →		海市蜃樓
	海中生物 →	長鯨 →	鯨吞、騎鯨公子
海洋人文活動 船舶	→	風帆、雲帆、帆檣 →	海槎、靈槎、仙槎
航海者	→	海客、海賈、舶客	

（作者製表）

海洋的客觀現象，與作家深淺不一的海洋體驗相結合，透過層層藝術構思（第一層：「海洋」基本組成元素→第二層：藝術加工→第三層：想像的擴大延伸），化爲深刻的文字表現，將作品意象的界域，由表層意義，向外擴張，使海洋辭彙具有豐富而立體的意象。換言之，閱讀海洋文學的文本，讀者接受表層的意義後，能逐漸發掘隱藏於文本的深層意象。海洋文學因此能超越有限的文字藩籬，帶領讀者進入神秘多彩的海洋世界。

二、大量運用海洋神話傳說

無窮盡的海洋，永遠藏有人類所不知的一面！即使人類不斷地探索海洋，大海與人類仍保持著一定的距離。對作家而言，適當的認識距離，可產生想像的美感！作家提筆書寫海洋，有幾種創作模式可供選擇：(1)以寫實的手法摹繪眞實海洋。從作品的文字表現，彷彿可以聽到海的聲響，聞到海的腥鹹，看到海的激盪。(2)擺脫眞實海洋，純以海洋神話傳說爲想像的素材。作家不必親臨海洋，即可援引古代神話傳說，逕行藝術加工。以神話建構的海洋，感受不到眞實海洋的風潮律動，只有仙怪飛馳的飄然場景。(3)以現實海洋爲構思依據，適度運用神話傳說，由現實的海洋開展出想像的海洋意境。作品在虛、實之間擺盪，既有海洋的眞實性，又有浪漫的想像空間，營造出若即若離的情境氛圍。這三種創作模式的選擇，使海洋文學呈現豐富的風貌。

就宋、元海洋文學而論，大多數的作品，或多或少地運用海洋神話傳說，形成內容的一大特色。根據本書前數章的討論，被作家引入作品中的海洋神話傳說，有陽侯、北海若、祝融、東海揚塵、南海鮫人織綃泣珠、精衛銜木石塡東海、蓬萊三仙山、浮槎濟天河、徐福求仙、秦皇鞭石築橋、天妃媽祖、伍子胥激起錢塘潮、伏波將軍馬援射潮、吳越王射潮等。作家引用這些海洋神話傳說的方式有三種：

（一）作品專引單一神話傳說深入歌詠

作家接觸海洋，以緣海而生的神話傳說爲歌詠主體。瑰麗奇特的神話傳說，使冰冷的海洋，帶有濃厚的人文色彩。如林希逸〈精衛銜石塡海〉（《全宋詩》冊五十九，頁 37340）歌詠的是不畏懼海洋廣大，誓願銜石塡海的精衛：

> 精衛誰家女，悲鳴苦自憐。石知銜不盡，海有恨難塡。

　　妾父曾爲帝，禽言自訴天。磷磷空爾啄，渺渺浩無邊。

　　志有愚公似，冤同杜宇傳。揚塵終可待，且伴羽衣仙。

炎帝之女女娃，不幸溺死於東海，魂魄化爲精衛。林希逸以感性的筆觸，刻劃精衛的不幸遭遇。林希逸藉由歌詠悲怨的精衛，也凸顯出子女不幸發生意外的人倫悲痛。本詩所描寫的精衛形象，褪下誇誕外衣，展現出人性色彩。形體微渺的精衛，與無窮的大海，形成極小與極大的對比。本神話所蘊含的意義，在於展現人類不屈服於大自然的堅毅意志。

　　劉才邵登上高丘，凝望遠方，作〈登高丘而望遠海〉（《樗溪居士集》卷二），歌詠因觀海而想像出的仙山世界：

　　登高丘，望遠海。銀臺芝闕排空煙，青童羽駕今安在。

　　炎涼相續如循環，堂堂白日欺紅顏。誰能混跡塵埃間，

　　當驅風馭凌三山。問天暫借斬鯨劍，長鬐中斷蒼波間。

　　卻憑海若檄北極，員嶠岱輿宜見還。

劉才邵以流傳久遠的海上三仙山傳說，爲眼前海景的想像基礎。無涯盡的大海，雲霧繚繞，彷彿應有一片神仙世界。劉才邵厭倦塵俗的炎涼循環，心生超脫塵俗，驅風尋訪仙山的念頭。劉才邵想像有「銀臺芝闕」、「青童羽駕」的海上仙山，如今何在？除了欲凌風尋訪三仙山外，只要得海若之助，向北極發出檄文，便要回員嶠、岱輿二仙山〔註16〕。海上仙山成爲世人遁避塵俗的海上桃花源。謝翱〈望蓬萊〉（「青枝啼鳥波延延」）更詳細描寫仙山勝景。

　　海洋文學中，作家於眞實海洋主題之外，另闢蹊徑，歌詠緣海而生的神話傳說，以寄寓自己面對塵世的各種反省態度。這類深入歌詠單一神話傳說的作品，於絢麗、奇特的想像文字中，往往有作家的深沈寄寓、殷切渴望。

（二）作品雜引多種神話傳說鋪陳神秘氛圍

　　豐富的海洋神話傳說，是作家描寫深邃海洋的素材庫。爲了營造海洋的神秘氣氛，表現其豐富物類，部分作家會雜引多種海洋神話傳說，營造出濃

〔註16〕《列子・湯問》云：「五山始峙，而龍伯之國有大人，舉足不盈數步，而暨五山之所，一釣而連六鼇，合負而趣歸其國，灼其骨以數，於是岱輿、員嶠二山，流於北極，沈於大海。」（臺北：金楓出版社，1998年，頁149）仙山本有五座，因岱輿、員嶠二仙山失去神鼇的馱負，流到北極，沈於大海，故仙山只剩三座。劉才邵於詩中不但想探尋三仙山，還企圖藉海若神力之助，尋回亡失的兩座仙山。

厚的想像氛圍，並用以解釋各種海洋景觀。如胡仲弓〈海月堂觀濤〉云：

> 青天與海連，羲娥代吞吐。封姨助餘威，陽侯倏起舞。
>
> 或奔千丈龍，或轟萬疊鼓。蓬弱此路通，祇界一斥鹵。
>
> 浩浩無津涯，尾閭闢地戶。嬴女驅鮫人，獻怪扶桑府。
>
> 琛球來百蠻，玭珠還合浦。獨立象罔外，身世等一羽。
>
> 宇宙納溟渤，萬山齊傴僂。清風與明月，造物不禁取。
>
> 臨流喜得句，玉欄失笑拊。眺望此一時，澒洞注千古。
>
> 安得捲上天，霈作天上雨。

本詩之「青天與海連……獻怪扶桑府」等句，運用諸多神話傳說，來比附海上的各類景象。藍海遠接青天，日御羲和與月神嫦娥於海上更迭隱現。海神陽侯舞動浪濤，而風神封姨則揚起長風，挹助陽侯餘威，一時浪濤氣勢，有如千丈龍奔，萬疊鼓轟。海面上的景觀，在各類神力的運作下，充滿變化，而海面下也有可觀之處。看似浩無津涯的大海，卻以尾閭為泄海的門戶。嬴女吹起玉簫〔註17〕，神奇簫聲驅遣海中鮫人，獻怪於扶桑府。這段詩句運用「羲」、「娥」、「封姨」、「陽侯」、「尾閭」、「嬴女」、「鮫人」等神話傳說，使海面上的日月更迭，多變海濤，及深邃海水，不再單調生冷，而充滿浪漫的風情與神秘的氛圍。

以海洋相關事物為主題的賦作，為編織出華麗而神秘的海洋世界，更是大量運用神話傳說。透過神話傳說的具體鋪陳，海洋各種景觀不再是自然的存在，而蘊含濃厚的人文想像色彩。如羅公升〈浙江觀潮賦〉（《海塘錄》卷十八），描寫「瑰偉傑特之觀亙萬古」的錢塘潮，鉅細靡遺地鋪陳神話傳說，增加錢塘潮的震懾力：

> ……方潮之未至也，乾坤為爐，陰陽為鞲，一元之氣，秋高而益盈，
>
> 望舒之精，霸生而變態，倒河海於累空，納萬流於一噫，陽侯捲波
>
> 其欲立，百神嚴駕分有待。及潮之既至也，怒如驚霆，疾若飛雨，
>
> 日車為之掀簸，風師助其呼舞，峨峨分層冰之素，千里飛雪，淘淘
>
> 分萬馬之奔，四合如堵，倏谷變以陵遷，恐山摧而嶽仆，見者膽落，

〔註17〕 李白〈鳳凰曲〉云：「嬴女吹玉簫，吟弄天上春。」（《全唐詩》卷二十一，頁283）杜甫〈玉臺觀〉云：「遂有馮夷來擊鼓，始知嬴女善吹簫。」（《全唐詩》卷二二八，頁2476）嬴女指傳說中的秦穆公之女弄玉，善於吹玉簫，鳳凰為之雲集咸陽。此詩指弄玉的神奇簫聲，可驅使海中鮫人，獻怪於扶桑府。

聞者毛豎，於是賁育之倫，虓虎之士，因茲水戲以習戰事。捝文□，建彩標，砍鷩湍，逐駭猋，駕蛟鼍以為車，履鯤鯨而成橋，大䕫摛靈鼉之革，脩竿曳鮫人之綃，三山為陸，暘谷為徼，縱橫南北，合散先後，鬼沒神出，鱗甲相弔，或擁蓋以高驤，或援戈而疾剿，或觀海若而分餘甘，或叩珠宮而逢一笑，歡聲達於淮壖，餘風騰乎越嶠。層瀾既平，鼓者未息，掣鼇首，耀鯤脊，洗月窟，探地極。馮夷鼕，游龍卻，呂梁丈人涉降乎左右，蓬邱仙人逢迎於咫尺，此闔閭夫差之所以雄長百蠻，憑陵上國也。……

羅公升描寫錢塘潮時，運用大量的神話傳說、水族神物，使錢塘潮的形象極為鮮明。羅公升分三階段描寫潮水之貌：(1)潮水未至：以「望舒」（為月神駕車的御者）之精（盛）來解釋陰曆八月十八日的錢塘江大潮，海中百神正嚴駕以待。(2)潮水既至：羅公升以「日車」、「風師」，強調海潮的無比氣勢。當虎賁之士戲潮以習戰事時，羅公升更是連用「駕蛟鼍」、「履鯤鯨」、「靈鼉之革」、「鮫人之綃」、「海若」、「珠宮」等辭，營造出弄潮的驚險奇絕。(3)層瀾既平：當潮水漸漸平息，羅公升用「掣鼇首」、「耀鯤脊」來歌詠弄潮者之驍勇，以「馮夷鼕」、「游龍卻」、「呂梁丈人涉降」、「蓬邱仙人逢迎」來形容潮平時的海上氛圍。

作品中運用大量的神話傳說、海中靈物，鋪陳出濃厚的神話世界，宛如在藍布鑲綴各色金絲，絢爛異常。此外透過這些神話傳說，將海洋的自然現象與人文解釋相連結，結果海洋的所有現象，都是緣於某種神力、異物而出現。大量的海洋神話傳說，正是人類對海洋現象所提出的主觀解釋。

（三）以神話傳說深化真實海洋的感染力

作家描寫真實的海洋場景時，有時雖援引神話傳說，但意不在此，而是憑藉奇幻的神話傳說，擴大海洋情境，凸顯海洋意象，使作品具有深刻的空間感染力。如劉過〈觀白鷺洲風濤〉（《全宋詩》冊五十一，頁 31843）云：

> 一聲雷鼓挾風威，頃刻衝濤沒釣磯。
> 行客駭看銀漢落，陽侯驚起玉山飛。
> 蛟龍便爾爭先化，鷗鷺茫然失所依。
> 安得長竿入吾手，翩然東海釣鼇歸。

劉過行經白鷺洲，遇到壯觀的風濤，不管是視覺或聽覺，均受到極大的震撼。為了將心中的震撼具體表現出，劉過引用一些海洋神話來加強作品的感染

力。「一聲雷鼓挾風威，頃刻衝濤沒釣磯」，強調白鷺洲風濤的聲（雷鼓聲）、勢（頃刻衝濤）。風濤的聲勢令劉過驚駭不已。劉過爲了將風濤具象化，特別以「陽侯驚起玉山飛」來形容。映現在劉過眼前的玉山般飛濤，正是陽侯運用無窮的神力所驚起。面對氣勢驚人的風濤，劉過也心生豪情，欲手持長竿，釣起東海神鼇。詩中雖用陽侯、東海釣鼇等神話傳說，並無喧賓奪主之失，風濤的雄偉意象仍是詩作的主線。

又如宋朝趙友直〈望海尖望海〉（《全宋詩》冊七十，頁 43963）云：

　　天懸一柱鬱崔嵬，海若遙看出不回。

　　疊岸猶疑鞭石起，獨慚無計覓蓬萊。

趙友直登上巖石崔嵬，聳如天懸一柱的望海尖，望著滄茫大海，感受海洋的氣象萬千。趙友直遙看滄海，海若出而不回，近觀層層岩石堆疊的海岸，岩狀奇偉有序，彷彿是秦皇鞭石而成。趙友直以巧若秦皇鞭石而成的海岸爲想像起點，自慚無計可尋覓海中蓬萊仙山。詩中之海若、鞭石、蓬萊，將趙友直由望海之實，轉化爲想像之虛。海洋神話傳說的運用，使海洋場景既現實又帶有虛幻。

作品不管是專引單一神話傳說深入歌詠，或雜引多種神話傳說鋪陳神秘氛圍，或以神話傳說深化眞實海洋的感染力，皆自海洋神話素材庫，擇取合用的神話傳說素材。作家考量作品的調性，巧用海洋神話傳說，經藝術處理後，使作品由自然海洋場域延伸到人文海洋場域。

三、化用歷史人物典故抒詠海物

抒詠一物，作家可用文字曲盡其形貌，宛如擬眞的寫實畫。作家亦可詠物而不著於物形，使被詠之物，在似與不似之間，產生豐富的聯想。無盡藏的海洋，充滿眾多奇特的生物。人類讚歎海物外形、生理結構、生態習性之奇，常緣此而產生綺美的聯想。部分作家詠海物時，不求形似，常以其明顯的外形特徵、生物習性爲思考焦點，結合特定的歷史人物典故，使海物具有豐富的意涵。海物與特定典故結合後，形象鮮明，既保有生物性，又具有濃厚的人文色彩。

常被文人化用歷史典故歌詠的海物，如烏賊魚、海扇、蛤、蟹等。楊萬里〈烏賊魚〉（《誠齋集》，頁 165）云：

　　秦帝東巡渡浙江，中流風緊墜書囊。

　　　　至今收得磨殘墨，猶帶宮車載鮑香。

烏賊頭有一對很長的觸腕，似袋子的提把，體內則有墨囊儲存墨汁。烏賊此項特徵，形似儲放筆墨的算袋，與秦始皇東游之事相結合後：烏賊即是秦始皇東遊浙江時，因中流風緊，算袋不慎遺墜海中所化。烏賊腹中的黑墨，在楊萬里的想像中，應是秦始皇墨袋的殘墨！宋朝虞儔〈食墨魚有感〉（《全宋詩》冊四十六，頁 28472）云：

　　　　誑人吐盡胸中墨，不料反爲人所得。

　　　　禍變之來非所慮，僅與詩人供一箸。

　　　　韓非竟以說難死，楊惲詩成汙刀机。

　　　　子雲嗜學甘寂寞，晚年奇字終投閣。

　　　　撐腸文字五千卷，不救顏回忍飢面。

　　　　三年博士冗不治，半生鉛槧寧非癡。

　　　　老兵兩眼不識書，飽食高眠我不如。

烏賊海中遇險輒噴盡胸中墨，欲自蔽求全，但噴墨之處，海水盡黑，反暴露行跡，爲漁人網得。水中烏賊能噴吐黑墨的生物特性，在虞儔的眼中頗爲奇特。虞儔以烏賊之墨汁，延伸出文學翰墨的概念，並連結到歷史上五位精於翰墨的文人的遭遇。韓非精於書論，竟以說難而死；楊惲詩成，卻因言禍而血汙刀机〔註18〕；揚雄口吃而好學，晚年終於因辭賦奇字而得以校書天祿閣；顏回雖有五千卷撐腸文字〔註19〕，卻無助於飢面困境；韓愈擔任三年冗不見治的國子博士〔註20〕，半生鉛槧〔註21〕寫作難道不是愚癡。虞儔見烏賊因墨

〔註18〕　宋·洪邁《容齋隨筆·四筆》「漢人坐語言獲罪」條云：「楊惲之〈報孫會宗書〉初無甚怨怒之語，其詩曰：『田彼南山，蕪穢不治。種一頃豆，落而爲萁。』張晏釋以爲言朝廷荒亂，百官諂諛，可謂穿鑿，而廷尉當以大逆無道，刑及妻子。」（《文淵閣四庫全書電子版》）楊惲作詩言田耕蕪穢不治，卻被廷尉穿鑿曲解爲諷刺朝廷荒亂，百官諂諛，不但身遭斧鉞，甚至累及妻子。

〔註19〕　宋·葉適〈哭鄭丈〉第三首云：「插架軸三萬，撐腸卷五千。京都通百郡，溟渤匯羣川。深淺人隨汲，東西意各便。後生無復見，媚學謾踖踖。」（《全宋詩》冊五十，頁 31240）「撐腸」猶言滿腹，喻飽學。

〔註20〕　韓愈〈進學解〉云：「……暫爲御史，遂竄南夷。三年博士，冗不見治，命與仇謀，取敗幾時？……」韓愈曾任三年國子博士職位。

〔註21〕　韓愈〈送無本師歸范陽〉云：「老懶無鬥心，久不事鉛槧。」（《全唐詩》卷三四〇，頁 3810）鉛，鉛粉筆；槧，木板片。鉛槧爲古人書寫文字的工具，比喻寫作。

汁而得禍，聯想到歷史上工於翰墨的文人，也有不同的遭遇。烏賊在虞儔的筆下，結合歷史典故人物，產生豐富的人文聯想。

　　海扇貝的摺扇外形，常與漢代班婕妤之事連結，充滿浪漫的人文色彩。任士林〈海扇〉云：「漢宮佳人班婕妤，香雲一笑秋風初。網蟲蒼蒼恩自淺，猶抱明月馮夷居。至今生怕秋風面，三月三日才一見。對天搖動不如烹，肯入五雲清暑殿。」海扇於三月三日，潮盡乃出。扇廣用於炎夏，入秋則無用，故以秋扇自喻的班婕妤，生怕秋風面，因爲將被收藏而冷落。任士林將見捐的秋扇，與三月三日潮盡乃出的海扇融合爲一：班婕妤（海扇）應是生怕秋風面，故只有在三月三日才能一見。詩中之海扇浪漫地轉變爲班婕妤的化身。

　　蟹二螯八足，外有介殼，瞋目橫行，被古人戲稱爲無腸公子、介夫。文人常以蟹的這些特徵，將蟹擬人化，並聯想到特定古人的形貌或事跡。南宋蕭立之作〈食蟹〉（《全宋詩》冊六十二，頁 39162）九首之第一首云：

> 瞋目相如長是怒，它腸衛綰本來無。
>
> 江湖結客知多少，識面微生只蔡謨。

本詩引用司馬相如、衛綰、蔡謨等人的事跡來詠蟹。蟹眼爲有柄複眼，兩眼有如怒目。文人就以司馬相如瞋目怒視的樣子，來形容蟹之怒目。蟹無腸，又稱無腸公子〔註 22〕。蕭立之以漢代「實無他腸」的衛綰〔註 23〕來比喻無腸的蟹。晉代蔡謨曾將彭蜞誤認爲蟹〔註 24〕，故蕭立之稱識蟹面微生而誤認的只有蔡謨。本詩以歷史人物典故抒詠蟹的明顯特徵，蟹彷彿具有人的形象。宋代陳與義〈咏蟹〉（《全宋詩》冊三十一，頁 19490）云：

> 量才不數制魚額，四海神交顧長康。
>
> 但見橫行疑是躁，不知公子實無腸。

〔註 22〕　《新編抱朴子·內篇·登涉》云：「稱無腸公子者，蟹也。」（臺北：國立編譯館，2002 年，頁 539）蟹腹看似內空，故被古人視爲無腸。

〔註 23〕　《史記會注考證·萬石張叔列傳》云：「郎官有譴，常蒙其罪，不與他將爭，有功常讓他將。上以爲廉忠，實無他腸，乃拜綰爲河間王太傅。」（臺北：洪氏出版社，1986 年，頁 1135）司馬貞《索隱》云：「案小顏云：心腸之內，無他惡也。」「無他腸」即心腸耿直，無容他惡。行事耿直的衛綰，「實無他腸」。蕭立之以蟹又稱無腸公子，故將兩者結合。

〔註 24〕　《晉書·蔡謨傳》云：「謨初渡江，見彭蜞，大喜，曰蟹有八足，加以二螯，令烹之，既食，吐下委頓，方知非蟹。」（中央研究院「漢籍電子文獻」之《二十五史》）彭蜞的體型較小，蟹的體型較大，蔡謨認識未清，竟將彭蜞誤認爲蟹，並且烹食之。

浪遊四海的螃蟹，與擅長丹青的顧愷之（字長康）神交。陳與義以為螃蟹橫行沙泥，看似躁急，實則螃蟹本無心腸，橫行乃天性，故曰無腸公子。螃蟹在陳與義的筆下，以無腸公子的形象，令讀者印象鮮明。

鮮美的海蛤有特別的外形及緊閉的特性，常會產生豐富的聯想。鄭清之〈食蛤戲成〉（《全宋詩》冊五十五，頁 34622）云：

> 滿殼濡潮汐，因沙產海滸。文身吳太伯，緘口魯銅人。……

生長在海滸沙地的海蛤，日日浸漬於潮汐之中。海蛤外殼的多變紋路，有如遠奔荊蠻的吳太伯，身上所刺的紋身般〔註 25〕。海蛤時常緊閉雙殼，狀似緘口不語的魯銅人。本為海邊微物的海蛤，因鄭清之援用吳太伯、魯銅人等典故，而具有特殊的意味。

文人對於海物常因少見而多怪，多怪則產生豐富的聯想。為了拉近人與海錯的距離，文人將海物的特徵、習性，與相關的歷史人物、典故結合。本為海洋微物的海洋生物，因歷史人物、典故的浪漫連結，而具有雙重的形象（物的本性、所比擬之人），也豐富了海洋文學。

四、寫實手法表現海洋生活的真實面

對於遊覽海洋的內陸文人而言，海洋的壯麗景觀、生物的奇特、漁產的豐饒、航海的驚奇、漁村生活的閒逸、港口的繁盛等，都是驚嘆的對象。文人可以單獨擷取海洋的表層意象盡情歌詠。對於生活在濱海地區的人們而言，海洋則是生活的重要組成元素。濱海地區土地貧瘠，不易依賴農耕為業，只好以海為田，從海洋獲得漁、鹽微利糊口。濱海營生的辛酸，只有長期居住在濱海的文人，才能體會海洋生活的真實面。因此文人運用寫實筆法，不雜渲染，將所觀察到的濱海生活，予以平實地披露。

鹽戶的苦難生活，是宋、元兩朝濱海地區的普遍現象。政府為攫取巨大的鹽利，以苛刻的鹽政，壓榨鹽戶的生計。面目黧黑的鹽戶，頂著海邊烈日，迎著腥鹹海風，赤足行走於鹽鹵田中，將海水煉製成潔白的鹽。辛苦的鹽戶

〔註25〕《史記會注考證·吳太伯世家》云：「吳太伯，周太王之子，而王季歷之兄也。季歷賢而有聖子昌（姬昌）。太王欲立季歷以及昌，於是太伯、仲雍二人，乃犇荊蠻，文身斷髮，示不可用，以避季歷。季歷果立為王，季而昌為文王。太伯之犇荊蠻，自號句吳。」（臺北：洪氏出版社，1986 年，頁 537）吳太伯為讓位給季歷及其子姬昌，奔走荊蠻，依俗文身斷髮，以示不可用為王的決心。

如果無達到鹽場規定的引額，甚至還會被鹽官用竹杖鞭笞。可供調味的雪白鹽花，正是鹽戶們含淚辛苦的成果。文人以悲憫之心，寫實手法，具體呈現鹽戶的真實生活及困窘心情。如歐陽脩〈送朱職方提舉運鹽〉（「齊人謹鹽筴」）、梅堯臣〈送朱表臣職方提舉運鹽〉（「蜃灶煮溟渤」）、王安石〈收鹽〉（「州家飛符來比櫛」）、王安中〈潮陽道中〉（「火輪升處路初分」）、元代楊維楨〈鹽車重〉（「鹽車重」）、〈賣鹽婦〉（「賣鹽婦」）、〈海鄉竹枝詞〉（「顏面似墨雙腳頳」）、〈鹽商行〉（「人生不願萬戶侯」）、王冕〈傷亭戶〉（「清晨度東關」）等作品，鉅細靡遺地揭露鹽政之苛，製鹽之苦，鹽商之富，及鹽民之痛。上述諸作品已於第八章已詳細論述，此略而不論。

　　濱海地區的地理缺點是土地貧瘠，耕地稀少，優點是擁有浩瀚無窮的大海。濱海的地理空間，使百姓不得不離開陸地，向海洋捕撈各類漁產。梅堯臣〈時魚〉云：「四月時魚逴浪花，漁舟出沒浪為家。甘肥不入罟師口，一把銅錢趁槳牙。」鰣魚肉質細嫩，被視為盤中珍饈。每逢四月汛期，鰣魚群起越浪而行。漁人為了捕捉鮮美的鰣魚，辛苦以浪為家。然而漁人逐浪撈捕的甘肥鰣魚，卻全入達官巨室之口，漁人反而無緣親嚐美味的鰣魚。

　　海上蜑民常被人視為賤民，受到歧視，並有蜑夷、蜑蠻的稱呼。蜑民的特殊生活方式，亦是文人描寫的主題。楊萬里〈蜑戶〉（《誠齋集》，頁 149）具體描寫蜑民的真實生活：

> 天公分付水生涯，從小教他蹈浪花。
> 煮蟹當糧那識米，緝蕉為布不須紗。
> 夜來春漲吞沙嘴，急遣兒童劚荻芽。
> 自笑平生老行路，銀山堆裡正浮家。

蜑民以船為家，視水如陸。蜑民的「水生涯」，應是「天公分付」的，所以「從小教他蹈浪花」，熟諳水性！蜑民世居海上，以魚蟹為糧，緝蕉為布。蜑民的生活，在穩居平實陸地的人們眼中，頗為奇特。楊萬里自嘲「平生老行路」，見識到「銀山堆裡正浮家」的海上蜑民，也頗感新鮮。元朝傅若金〈送盧茂實之廣東憲幕〉云：「鮫宮織罷魚龍出，蜑戶珠還蚌蛤來。」詩中所描寫的是蜑民憑其水性採珠，為其主要的經濟活動之一。長期被人歧視的蜑民，在部分文人的眼中，生活方式雖然奇特，卻不低賤。文人拋棄陸居為是的觀點，肯定其海居的生活方式，以文字記錄其向大海辛苦討生活的面貌。

　　海外諸島，孤立於海中，物質生活條件較濱海地區更差。海外諸島的生

活真貌，只有因過被謫的官宦，才能親身體會。宋代蘇軾、李綱、李光等名臣，均因政治因素而有機會認識海外瓊州的真實生活。如李綱對於被貶到僻遠的瓊州萬安軍，感到怏怏失志，作〈次瓊管〉（《李綱全集》，頁319）記瓊州的窮僻風土：

> 四郡環黎母，窮愁最萬安。……去死垂垂近，資生物物殫。舶來方得米，牢醯或無餐。樹芋充嘉饌，蠃蠃薦淺盤。蔞藤茶更苦，淡水酒仍酸。黎戶花縵服，儒生椰子冠。檳榔資一醉，吉貝不知寒。……

瓊州萬安軍窮愁僻遠，孤處瘴海之端，民居纔百數，築草屋於叢篁中，地多瘴癘之氣，又常有颶風侵襲。因萬安軍地處僻遠，米糧、物資全賴船舶輪運，故常「牢醯或無餐」。當地黎人就地取材為生，如以山上樹芋、海中蠃蠃充當佳饌，飲用苦澀的蔞藤茶及酸的淡水酒，身著花縵服，儒生服椰子冠，嗜嚼檳榔，以吉貝禦寒。窮愁的萬安軍，無論氣候、交通、飲食、穿著、居處，均令初到的李綱極不適應。自陸地展望海中孤島，因空間距離的真實阻隔，文人常對孤島心生虛無的想像，甚至主觀認為是海上仙山。若因緣具足，得以生活在海島，則又將產生完全不同的體會。少了陸地多元物資的供應，島民只能就地取材營生，過著窮苦的生活。只有親身經驗的文人，才能將海島的真實生活表現出。

　　海洋文學就其表現手法而言，可分成：(1)以精細筆法，摹寫觀覽之景。(2)以寫實手法，表現真實的海洋生活。作家以精細筆法，刻繪觀覽之景，重在表現海洋的雄奇偉壯，並寄寓個人的感受、抱負。作家以寫實手法，將自己深刻觀察到的或親自體驗的海洋生活表現出，不重雕辭藻飾，重在傳達生活的真實面貌。前者表現海洋文學的瑰麗印象，後者表現海洋文學的深層面貌。

第十章　結　論

　　本論文以析論中國海洋文化的內涵與發展歷程爲研究基礎，進而將論述方向集中於海洋文學，探討其定義、作品的取捨標準，及海洋文學的發展分期。建立海洋文化、海洋文學的整體概念後，將研究聚焦於「宋元海洋文學」。細論宋、元海洋文學之前，筆者先就本期創作的基礎資料作分析，以了解海洋文學的外緣條件。論文主體先分論宋、元兩代的重要作家作品，再將宋、元兩代併爲一體，討論宋、元海洋文學所呈現的自然海洋、人文海洋，最後再分析其整體藝術特色及侷限處。以下八點即爲本論文的研究成果：

一、海洋文化的發展爲宋元海洋文學奠定基礎

　　緣海而居的人類，發揮意志，透過航海工具，將活動範圍由陸地推向無垠的大海，展開豐富的海洋活動。人類與海洋密切互動後，產生有形、無形的結果，具體展現在精神認知、語言行爲、社會組織、物質經濟等層面。各層面再輻射出與海洋相關的具體內容，就是海洋文化。海洋文化具有涉海、地域、開放、交流、變異、融合、多元、崇商、競爭、冒險、開拓、神秘等特性。大陸文化長期構成中華文化的主體。就中原統治者的角度而言，海洋文化居於附從的角色。大陸文化與海洋文化，應該拋棄價值優劣的成見，讓兩種文化互爲對方滋長的養分。

　　中國海洋文化發展的條件，與以下幾項因素有關：(1)海洋觀念的成熟：先秦以來，海洋觀念由萌發而成熟，海洋活動日趨興盛，海洋文化不斷地展現獨特的丰采。(2)航海科技的發展：水密隔艙技術、具有連續性推力的櫓、平衡折疊竹簾帆、八方取風技巧、垂直升降舵、四爪鐵錨、四十八方位羅

經、航海圖、天文導航、地文導航、潮候季風預測、海上氣象預測等航海科技，爲海洋文化的發展，提供必要的航海條件。(3)海洋資源的龐大利益：海洋交通、運輸、貿易、經濟生產，蘊含龐大的經濟利益，爲官民的海洋事業，提供直接的動機。在這三項條件的支持下，歷代海洋活動規模逐漸擴大，也促進中國海洋文化的發展。

　　中國海洋活動的發展歷程，分爲「海洋觀念的萌發」（春秋、戰國）、「海洋活動的興起」（秦漢、三國、六朝）、「海洋活動的高峰」（隋唐、宋、元）、「海洋活動的盛極而衰」（明、清）四期。三代時期萌發的海洋觀念，在春秋、戰國時期繼續發展，濱海諸國的海洋活動展現興隆氣象，海洋文化也開始略具雛形。秦、漢時期，憑藉成熟的海洋知識及航海科技，探索廣漠的滄海。三國、魏晉南北朝，沿海各州郡，與經貿、軍事相關的海洋活動仍十分活躍，尤其是東南沿海地區。隋、唐時期，海洋活動呈現蓬勃發展的氣象，富國利民。宋代社會漸趨安定，城市繁榮，生產技術進步，爲海洋活動創造有利的基礎條件，加上航海技術的精進及政府的鼓勵等積極條件配合，宋代的航海貿易活動較唐代更爲興盛。元代持續以積極的態度發展海外貿易。當時從廣州、泉州出航貿易的海船絡繹不絕，盛況空前。中國古代海洋活動，至宋、元時期，達到頂峰。可惜明、清時期，緣於禁海基本國策的制約，君王治國的格局，僅及海岸線，形成內縮的海洋政策，限縮海洋活動的發展規模，也影響海洋文化的持續發展。歷代的海洋活動，影響海洋文化的發展，而海洋文化又左右海洋文學的面貌。因此了解各期的海洋活動、海洋文化，便能掌握海洋文學的發展趨向。

二、於發展中不斷質變的古典海洋文學

　　微渺的詩人與無窮盡的大海相遇後，作品總是充滿震撼人心的藝術效果。海洋文學以海洋及其相關事物爲寫作主題，具有強烈的地域性格，能表現鮮明的海洋意識。凡是海洋天然景觀、海象變化、災害、海船、經濟、貿易、神話傳說、信仰等，皆爲海洋文學的寫作主題。海洋文學的表現內容，反映海洋文化內質的多樣性。由於作者情思的多變性，處理相同的海洋素材，也會產生不同的藝術效果，使海洋文學呈現繽紛多采的風貌。因海而生，緣海以成的海洋文學，具有涉海性、冒險性、幻想性、神秘性、哲理性、寫實性、海商性、壯闊性等八項藝術特點，形成獨特的藝術風格。

從文學的角度而論,「海洋文學」可歸入文學題材的類別之一,如山、水、田園、戰爭、愛情、社會、海洋等。從文化的層次而論,將「海洋文學」視為表現海洋文化的載體,便會將「海洋文學」與大陸大化所代表的「大陸文學」並列相較。就歷代海洋文學的質、量而論,無法提高到與大陸文學相同的高度,應置於諸類題材的層次,與山、水、田園、戰爭、愛情、社會等題材並列,方符合發展實情。

單以作品文本出現與「海」字相關字彙,無法據以為認定海洋文學的標準。筆者提出具體的取捨標準,當成是否為海洋文學的判定依據。「取」的標準有七:(1)以海洋自然現象為描寫主體;(2)航海經驗的敘述;(3)歌詠海中生物;(4)緣海而生的幻想、傳說、信仰;(5)以海為場景映襯情感;(6)與海洋活動有關之人事物;(7)雖為江題實則言海事。「捨」的標準有三:(1)「江、湖、河、澤」類;(2)內容偶用「海」字,非專寫海題;(3)題目有「海」字,卻非指海事。用上述十項取捨標準為衡斷之據,能揀選出嚴謹的海洋文學。

中國古典海洋文學發展的分期,大體上與歷代海洋活動的分期,有密切的關係。筆者將中國古典海洋文學的發展,分成六期:

(一)先秦海洋文學

先秦海洋文學屬於醞釀階段。若干被認定為海洋文學的作品,與海的關係極少。至於先秦經典中,以片段、資料匯集的形式記載大量的海洋神話、傳說,已成為後代海洋文學典故的源頭。

(二)漢魏六朝海洋文學

漢魏六朝海洋文學開始脫離片段資料形式,專門抒寫海洋,粗具海洋文學的雛形。本期作家常以賦、詩的體裁創作海洋文學,其中又以海賦最具特色。作家常以旁觀者的角度,憑空冥想,脫離真實的海洋。本期已開始有作家以觀海經驗為基礎,抒寫個人感受,雖仍不免雜有神仙幻想成份,但已是海洋文學發展史的一大步。

(三)唐代海洋文學

唐代海洋文學隨著涉海經驗的累積,作品雖然還保有神話、幻想基調,但已開始出現少部分體驗海洋的作品。不少作家敞開心胸,摹繪神秘的海洋。本期詩人創作海洋詩歌時,由於受到傳統海洋思維的制約,常會不自覺地從

現實走入虛幻。作品的海洋意象，在眞實與虛幻之間游移不定。海洋賦以長篇詳細舖寫海洋，舒張對海洋的神秘想像，呈現若實若虛的風格。

（四）宋元海洋文學

宋元海洋文學由詠頌海景，延伸到海洋貿易交通、風俗信仰、漁業撈捕、漁民生活、海洋天災、海洋地理環境、海洋經濟活動等主題，也彰顯積極雄邁的海洋意象。本期海洋文學的海洋意象，由朦朧想像轉變爲眞實。作家善用多樣的文學體裁，描寫豐富的海洋題材。本期的海洋文學，體裁雖趨多元，其中實以詩體爲主。作家以詩體描寫海洋風物，蔚爲風潮，故本期出現極多海洋名詩。

（五）明代海洋文學

明代海洋文學產生新的質變。詩人對眞實的海洋，進行深層思考，富於務實的海洋精神。海洋詩歌呈現三項特色：(1)由於海疆不靖，海洋戰爭類的作品較多。(2)詩人登樓觀海之作佔絕大部分。(3)開始正視海洋天災的破壞力。海賦則由飄渺的仙怪幻想，拉回眞實的海洋，重視航海體驗及海洋活動的記述，以寫實風格取代虛擬想像。海洋散文則以諸海外記遊筆記中的部分篇章，較具代表性，風格寫實。由於民間海洋活動繁盛，活動於海洋的各色人物，成爲小說、戲劇創作的基礎。

（六）清代海洋文學

清代海洋文學極富現實意義，亦能反映政局時勢。經過長期探索海洋，海洋從朦朧的意象，回歸到眞實的面貌。清代海洋詩歌，既有傳統的海洋主題描寫，更將海洋與時局結合，從海洋尋找國家發展的契機，展現宏大格局。海洋賦少寫虛幻的海上仙怪，常基於憂國憂時的襟懷，分析國家局勢的困窘，並試圖從海洋找到出路。海洋散文除了傳統的海洋題材外，因應來自海洋的巨大挑戰，文人以樸實之筆，擘畫發展海洋事務的願景。海洋小說仍以短篇筆記形式爲主，篇幅雖短，但情節緊湊，具有很強的故事張力，部分小說也蘊含對社會現狀的諷喻。

三、宋元作家以豐富的海洋生活經驗創作瑰麗的海洋文學

宋、元時期，空前繁盛的海洋活動，爲海洋文學的發展提供必要的養分。海洋文學的高度發展，又與作家的濱海地域經驗有直接關係。本期的作家都

擁有深淺不一的海洋經驗，而且大多數的作家設籍或長期僑居於濱海地區。作家以其海洋生活、遊歷經驗為基礎，書寫奇麗海洋，描摹海國風情，記錄海洋生活，歌詠海中生物，雖免不了援用海洋傳統典故，但絕大多數的內容，都能體現真實的海洋。

兩宋海洋作家集中於江蘇、浙江、福建等地，南宋定都臨安後，更加速浙江海洋文學的發展。入元以後，江蘇籍的作家則遠高於福建籍，正反映江蘇、福建兩地海洋人文活動的消長。元代時期，山東、河北、廣東等濱海地域，相對於浙江、江蘇、福建等地，屬於海洋活動發展遲緩的地區。區內的海洋人文活動較不繁盛，故海洋文學的數量極少。設籍或僑居濱海地域的作家，在海洋氛圍的薰染下，觸發其地域性自覺。作家書寫海洋題材時，已由表層的認識，進入到深層的體驗。如楊維楨（浙江籍）、吳萊（浙江籍）、岳舒祥（浙江籍）、宋無（江蘇籍）、宋本（江蘇籍）等作家，歌詠奇特水族，讚嘆雄偉海舶，頌揚海戰英雄，留意漁鹽之利，體會海洋生活甘苦，富於鮮明的地域性格，非長期體驗濱海生活者所不能為。

擁有豐富海洋經驗的作家，運用各類文體創作海洋文學。本期大量運用詩體（尤其是七言律絕），抒寫海洋，成果斐然。詩人以齊言詩句，摹繪海洋，宛若海潮般，一波波地打動讀者的心弦。詞、曲雖具有濃厚的音樂性，富於婉曲之美，畢竟與海洋的特質不相契合，無法激起海洋的獨特風情，只能退居幕後，由詩體獨力詠頌海洋。漢、唐之際，賦以鋪陳之勢，將海洋的各種想像，編綴成五彩的文字錦緞，可惜真實的海洋卻被一縷薄紗罩住。宋、元之際，海洋的薄紗漸褪，作者迎向海洋，進而以散文的自在筆法，取代賦體，細緻地描寫海洋。

宋代海洋作家，由觀海而歷海、入海，作品貼近海洋，具有極鮮明的海洋意象。元代的海洋文學，繼踵宋代所開創的成熟海洋文學餘風。宋、元時期的海洋文學，質與量均超越隋、唐。

四、宋代作家巧手書寫海洋的絢爛光采

宋代書寫海洋蔚為風尚，名家輩出，佳作隨處可見。北宋海洋作家之犖犖大者如：

1. **梅堯臣**：觀察濱海的生活、物產，以樸素自然的語言，深刻描寫海洋景觀，關注鹽政敝端，歌頌海洋漁產的滋味。

2. **蔡襄**：摹寫海洋景觀時，能緣海景而得體悟；記海洋生活時，能呈現海洋的眞實面；戒弄潮之危，能體現其護愛百姓之心。

3. **王安石**：對濱海地區的景致、生活，有深層的觀察，書寫海景、海山名勝、海洋生活、海錯等主題，不務藻飾，以平實筆觸，呈現海洋生活的眞實面。

4. **蘇軾**：屢謫於東南沿海一帶，得以接觸海洋風物，因而創作頗多海洋詩詞。蘇軾的海洋文學，題材豐富（觀錢塘潮、覽海山勝景、顧念海外瓊州、記海洋自然現象、詠濱海物產），充滿濃濃的海洋意象。

5. **蘇轍**：作品以觀潮、望海爲主，旁及海洋生活的描寫，雖不若蘇軾作品之豐富，卻能在詠頌海洋之餘，從中領悟若干道理。

6. **陳師道**：對於錢塘潮，情有獨衷，十首海洋文學中，有九首爲觀潮之作。陳師道觀覽錢塘潮，將感受到的視覺、心靈震撼，化爲雋雅詩句，爲其海洋文學特色。

7. **張耒**：描寫楚州、海州一帶的海景，不是連結到海鄉生活，便是將海景與自身遭遇結合，寓寄對仕宦功名的深沈慨嘆。張耒筆觸平易、流麗，習用疊字，善於鍛造佳句，不見雕鑿之痕，能傳遞海洋的獨特興味，又可不流於粗疏直敍，於淡雅之中，別有韻味。

8. **蘇過**：作〈颶風賦〉以記錄颶風的文獻爲基礎，結合親身經驗，描寫颶風之狀，細膩生動，層次分明，神話想像的成分極少，能呈現颶風的眞實面貌。

南宋海洋作家之雄傑特出者如：

1. **周紫芝**：周紫芝的海洋文學，全爲觀潮之作。周紫芝能以精妙筆法，摹寫變化萬端，氣象宏肆的海潮，也善用具體的物象，凸顯海潮的形象，使詠潮文字更爲生動。

2. **李綱**：渡瓊州諸作，將個人情愁融入渡海過程及瓊州生活之中。海洋對李綱而言，不是客觀之海，而是有情之海。北歸中土後，又將自己置於旁觀者的角度，欣賞、觀察海洋事物。

3. **楊萬里**：以望海、航海經驗、海邊風情、漁村生活、海錯等主題，創作不少具有特色的詩歌。楊萬里不重誇飾渲染，純以平實筆風，善用活潑的俚語村言，抒詠海洋景觀、生活。其中對眾海錯的寫生，形象生動，既具寫實性，又饒富生活趣味，最能凸顯其海洋文學的寫實特色。

4. 王十朋：海洋詩作雖然不多，但書寫家鄉沿海一帶的海岸、海島潮浪景致，頗能表現海洋風情。調任泉州後，除了歌詠海洋風光外，也記錄祈風、洛陽橋等海洋人文景觀，護愛濱海百姓之情，油然而生。

5. 陸游：所見所聞皆爲海鄉風光、雲帆巨舶，也親自體驗海洋的蒼茫、豪雄。陸游描寫航海歷程、海洋自然現象、濱海風光、遊覽普陀山寺院等作品，頗有可觀。

6. 文天祥：對文天祥而言，海洋奇特景觀不是悠閒遊賞的客體，而是生命流離的載體。文天祥自元營脫險，循海路南逃，沿途創作海洋敘事詩，既記自身遭遇，也反映南宋末期的國家危機，不假雕琢巧飾，卻具波瀾開闊氣勢，具有詩史意味。

7. 胡仲弓：對於海洋的印象，全體現在觀海望潮之上。胡仲弓觀海望潮，除了藉海洋的波瀾壯闊，抒張眼界，開展襟懷外，更將潮水的起伏，與鄉愁連結，聽聞潮水聲，常勾起流寓錢塘的記憶。

兩宋海洋文學呈現以下的整體風格：(1)能表現眞實的海洋；(2)海洋題材豐富；(3)神話虛幻色彩逐漸消褪；(4)擴大對海洋的眼界；(5)書寫的筆風偏向寫實；(6)常將客觀的海洋與人的境遇結合。宋代海洋文學的創作成果，反映人類與海洋的密切互動，展現鮮明的海洋意象。

五、元代作家以地域性自覺，書寫家鄉海洋風情

元代海洋文學，除了踵繼宋代的創作餘風，也開始出現作家的地域性覺醒。東南沿海地區的作家，開始關切家鄉的海洋環境，深入探討海洋生活的問題，其中又以浙江爲甚。作家競相書寫家鄉的人文活動、海景、航海、船舶、貿易、漁產、海戰等題材，並從中發掘問題，作品具有濃濃的地域風格。

浙江籍作家爲元代海洋文學的主力，代表作家如：

1. 舒岳祥：歸隱於故鄉寧海的舒岳祥，以海村的樸實生活爲創作主題，旁及海濱自然風光。海村生活、風光，是舒岳祥逃遁現實政治，精神得到寄託的所在。因此對於血腥兵亂，破壞海村的寧靜，耿耿於懷，發爲作品，中多怨懟之音。

2. 任士林：對於故鄉的海洋風物有深刻的觀察，除了以詩體抒詠海洋外，更善用長篇的散文、賦等形式，深刻地表現家鄉的海洋風情。任士林

的文章，除了〈老婆牙賦〉較深僻外，其餘作品的文字意象，少套用
海洋傳說、陳言套語、神話物種，呈現自然質樸的風格，流露出海洋
風情。

3. **黃溍**：黃溍的海洋詩文，或以遊記的筆風，詳細刻劃海村生活；或以
平淡真實之筆，記錄海洋景物、航海經驗；或以浪漫的想像，將人文
景觀與海洋傳說結合，形成若即若離的海洋印象。

4. **楊維楨**：善用樂府、民歌形式，歌詠沿海百姓生活。楊維楨的海洋文
學中，以揭露鹽場亭民悲慘生活的作品，最具代表性。當楊維楨書寫
自己熟悉的海洋景觀時，常避開實寫，將海洋自現實中抽離，賦予它
浪漫多采的想像。

5. **吳萊**：常尋訪浙江一帶的海洋勝景、古蹟，大量創作記遊詩文，可視
爲海洋旅遊文學。吳萊的海洋詩，幾乎全爲長篇巨構，鮮少律、絕，
擅長鋪敘，又能結合寫實風格與詭奇想像。

6. **丁鶴年**：關切海洋對民生的影響，並將亡國悲鬱之氣寄託於滄海。作
品運用大量的典故，形成沈鬱頓挫的風格。閒適寄意的丁鶴年，以平
靜的情緒欣賞海洋景觀，馳騁想像於神奇海洋。

浙江籍以外的代表作家如：

1. **宋無**：《鯨背吟》三十三首七言絕句，描寫海洋的瑰麗雄奇、山島風物
的壯美、漕運舟航的新奇、船上生活的辛苦，具有濃厚的海洋風格，
可視爲文學性的航海實錄。

2. **黃鎮成**：富於寫實精神，反映出元代運輸的相關問題：（1）中原陸路因
戰亂關係，乖隔險阻，只能利用海路。（2）元代的公權力，無法顧及海
上治安，只能坐視武裝島夷攻擊海舶。商船不得不雇用私人武力，護
衛船貨的安全。

3. **貢師泰**：貢師泰觀察漕船運作細節，再運用簡潔樸實之筆，詳細記載，
雖有散文化的傾向，卻能呈現寫實的風格。貢師泰海洋詩中，對東南
沿海一帶的古跡、物產、海洋工程、港市、海神信仰，都能如實地呈
現，具有鮮明的地域風格。

4. **李士瞻**：李士瞻督導福建海漕，描寫海洋相關主題，非爲率性臨海讚
嘆之作，能與其經世濟民的襟懷合一，純以航海實見爲素材，不雜虛
無想像，文字沈鬱凝練，罕用典故，自成一格。

　　元代的海洋文學，在繁榮的海貿交通激勵下，仍繼承宋代所開創的成熟海洋文學餘風，又有新的發展。元代的海洋文學，仍以詩體爲創作主流。基於對海洋本質的瞭解，記錄海洋體驗的詩作大量出現，充滿神話幻想的詩作遞減。詩人運用長篇、連章形式，深刻描寫海洋，又運用風格質樸的竹枝詞，表現沿海百姓的海洋生活。元代作家因濱海地域性的創作覺醒，以個人的濱海生活經驗爲創作動力，深刻揭露海洋生活的眞實面貌及百姓的辛酸，富現實意義。

六、雄偉奇特的自然海洋

　　自然海洋具有奇特、壯觀、神秘、規律、破壞、變動等特性，令作家震懾、讚嘆不已。以下爲海洋文學的重要表現主題：

（一）理性探討潮汐成因

　　宋、元諸家論潮汐成因，分屬天地結構論、元氣自然論兩大系統，其中又以元氣自然論爲主流。作家論述潮汐成因時，都運用長篇散體文字深刻論理。論潮汐的散文，不重華辭藻飾，不援引典故，常將若干關鍵觀念或物象，以層遞的方式鋪陳，並引用觀測的潮汐現象爲實證。這些文章，既具有論理的特點，又兼具文章修辭，實用風格鮮明。

（二）詳細描寫雄偉的錢塘怒潮

　　宋、元時期的觀潮活動極盛，尤其是南宋定都杭州後，觀潮更成爲全民活動。陰曆八月十八日，錢塘潮極盛期間，杭州城內，熱鬧異常。雄偉奇絕的錢塘潮，是海洋文學最重要的表現主題。作家有從各角度（聲、色、勢、形、動）細寫錢塘潮的雄奇樣態者，有感性地詠嘆錢塘潮傳說者，有描寫奇險的弄潮之俗者，有分析錢塘潮的成因者。本期觀潮文學的內涵，豐富而多采。

（三）對神秘奇幻的海洋異象的驚奇

　　作家常被海洋的海市蜃樓、海霧、海雲、海鳴等奇幻現象所迷惑。作家以詩文表現心中對海洋異象的驚奇：

1. 海市蜃樓：原本空無一物的海面，瞬間出現奇異的人造景物，常與蓬萊仙山神話相連結。
2. 海上雲霧：瑰奇多變的海氣、海雲、海氛爲海洋特有的現象，對於不

明白現象成因的文人，則充滿豐富想像或特殊感受。

3. **海鳴**：海鳴響起時，多是大風推動海浪的凶險海象，常令航海者心生恐懼。作家以詩文表現海鳴出現時的恐怖氣氛。

（四）對複雜多變海風的愛懼

海上有平順的信風，也有凶暴的颶風。在各種信風中，以利於海舶貿易的舶趎風，最為航海者所重視。為求信風應期而作，宋代官民常祈求海神庇佑。市舶官員祈風後，所留下的祈風祝文，既可視為海洋文學，也可當成印證海洋活動的資料。與信風大異其趣者，乃海上颶風。作家描寫颶風，對於出現徵候、無窮能量、破壞力等，多所著墨，略去空泛傳說，密合自然之理，極富真實感。

（五）讚嘆樣態奇特的海洋生物

作家常詩詠的海洋生物有：

1. **鸚鵡螺**：殼狀及顏色酷似鸚鵡的鸚鵡螺，賦予作家豐富的想像空間。作家總會由鸚鵡形狀的殼，聯想到山林的紅嘴鸚鵡。

2. **鯨**：鯨由虛擬意象，逐漸恢復其海洋生物意象。海洋文學中的「鯨」，形象既豪雄，卻又悲哀。

3. **海蛳**：作家以尋常可見的海蛳為主題，表現海蛳的形象，又可託寓作家的諷喻。

4. **珊瑚**：珊瑚形似樹木，色澤鮮紅，採集不易，成為古人的珍寶，也是海洋文學歌詠的主題。

5. **玳瑁**：文人詠頌玳瑁時，常將描寫的重心，置於神奇的背甲，黑白相錯的紋理，紅棕色的光澤，使玳瑁帶有神秘感。

6. **水母**：水母給作家的印象是負面的，尤其是以蝦為目的習性。腥臭的水母，經過加工後，變成晶白爽口的醒酒菜，卻又成為讚美的對象。

7. **烏賊**：烏賊身儲墨囊，形似算袋，常以長觸腕挽石避濤。作家對於烏賊的外形、習性，充滿驚奇與想像。作家描寫烏賊，虛實融合，詠烏賊而不著於實相。

8. **海扇**：海扇彷彿是掉落海中的摺扇。優雅美麗的海扇，總是讓作家浪漫地聯想到懷秋扇自怨的班婕妤。

作家觀察潮汐的規律，理性探討潮汐成因，對於雄偉的錢塘怒潮、神秘

奇幻的海洋異象、多變的海風，則以文字表達心中的主觀印象。作家見到鸚鵡螺、鯨、海蛳、珊瑚、玳瑁、水母、烏賊、海扇等樣態奇特的海洋生物，心中讚嘆不已，也興起複雜的感觸。宋、元海洋作家表現對自然海洋的印象，感性、理性兼具。

七、多采多姿的人文海洋

豐富的海洋人文活動，使得海洋文學的表現多采多姿。宋、元海洋文學所展現的人文海洋如下：

（一）神秘的海神信仰

宋、元海洋文學中的海神，可分成兩大類型。第一類型，如陽侯、北海若、祝融等，近似海洋本體神，自然屬性明顯，代表變幻莫測、能量無盡的海洋，與航海者的祈願距離較遠。因此在海洋文學中，常出現令人恐懼的形象。第二類型，應航海者的功利需求，將歷史上的涉海人物轉化，創出人格化海神，如海神伍子胥、伏波將軍馬援、天妃媽祖、通遠王等。人與海神的距離更為接近。這類海神在海洋文學中具有鮮明的形象。

（二）海洋神話傳說

出在作品中的海洋神話傳說有：

1. **鮫人織綃泣珠**：深海鮫人勤於編織美麗的細綃，眼淚所成之珠，讓海底閃閃發亮。鮫人傳說使海洋文學更富於浪漫想像。

2. **精衛塡海**：作家或記精衛的不幸遭遇，或強調其堅毅的塡海意志，或點出滄海桑田的可能性。精衛塡海的神話原型，經作家的處理後，展現出多樣丰采。

3. **蓬萊仙山**：詠蓬萊仙山之作，可與眞實海洋分離，在華麗炫奇的背後，仍寓含作者對求仙乃不可恃的諷喻。

4. **浮槎神話**：海舶將人的視線引導到海天盡處，而神秘的浮槎意象，更將視線外推到想像中的仙境。出現在海洋文學的靈槎，為作家提供擺脫塵俗羈絆的可能性。

5. **秦始皇鞭石**：秦始皇鞭石傳說，傳達古人想深入認識海洋的意圖，也凸顯海洋工程的成就。

6. **錢鏐射潮**：錢鏐以人力射潮，就理智而論，於事無補；就情感而言，傳遞人類挑戰海洋的勇氣。作家以錢鏐射潮來展現平伏海潮的心願。

（三）歷史涉海事蹟

信而可稽的涉海事蹟，常被作家援引於海洋文學中。常出現在海洋文學的涉海事蹟如：

1. **孔子乘桴渡海**：因貶謫而渡越重海的文人，創作渡海作品，常運用孔子乘桴之事，來託寓心境，甚至自我解嘲。
2. **魯仲連蹈東海**：魯仲連義不帝秦，更不願當暴秦子民，乃有蹈東海的誓言。魯仲連蹈海事蹟，在部分憂時憂國的文人眼中，是值得讚美的典型。
3. **范蠡浮海**：范蠡改名為世人罕知的鴟夷子皮，隱居於齊國的偏僻海濱。范蠡渡海之事，成為作家心中的喟望。當人生際遇不如預期時，效法鴟夷子浮江海的念頭，便自筆端流瀉出。

（四）熱絡的海洋經濟

興盛的海洋活動，可繁榮經濟，為沿海地區創造新的海洋氛圍及生活方式。海洋資源開發（製鹽、水產養殖、撈捕）、海運（漕運、交通）、貿易，使沿海地區的發展，呈現出興旺的氣象。作家在海洋文學中，從不同的角度描寫沿海地區的海洋經濟活動。

（五）奇特的航海工具

最常出現在作品的航海工具，有帆（篷）、櫓、碇、舵、指南針、探水器等。這些航海工具為海舶的航行要件，關乎航行安全，也是航海意象的明顯象徵。作家觀覽天然海景之餘，對於能讓人類接觸海洋的各類航海工具，也多加關注，並以文學之筆，描寫大多數人所陌生的航海工具。透過作家的生動描寫，使讀者於浪漫詩情之中，認識真正的航海工具。

（六）深刻的航海體驗

宋、元時期官民走向海洋者眾。作家航海的動機，有乘興旅遊、挂帆放懷、貶謫海外、督導漕運、交通往返、外交出使等，而渡海時的海象，或風平浪靜，或波濤洶湧，或風雲變幻，再加上航線不同，海洋景觀、生物不同，使得航海詩所展現的航海體驗，擺脫唐以前的虛幻色彩，展現繽紛多彩的風格。

（七）滋味鮮美的海錯

海錯滋味鮮美，配合水煮、作羹、膾縷等烹調方式，使食用海錯變成一

大樂事。舉凡鹽煮海蟹、漿鮮肉美的車螯、肉質鮮甜的蛤蜊、味美卻難以剝食的牡蠣、爽脆柔滑的鰻魚，均展現出獨特的滋味。爲了儲存盛產的海錯，致送遠方，發展出鮓、醬、乾、滷、糟等加工技術，既可調節四時食用需求，也可流通各地，豐富飲食內涵。作家品嚐鮮美的海錯及各類加工製品，常會運起浪漫詩筆，記載食用過程，評價其滋味。這類作品可視爲海洋飲食文學。

緣於涉海的基礎條件，所輻射出的各種海洋人文活動，如神話、傳說、涉海事跡、經濟活動、航海科技、航海體驗、食用海錯等，使客觀的自然海洋，因人類的積極參與，一變而爲生動、有情的人文海洋。

八、作品藝術特色凸顯海洋主題

海洋文學無論在形式或內容上，均能展現鮮明的海洋特色，與大陸文學形成明顯的區隔。海洋文學的形式特色，展現在以下五點：

（一）用韻較具彈性

海洋詩歌以平聲韻爲主體，也雜用仄聲韻，表達奇雄、豪壯、險阻、振厲的情思。平聲韻中，既用寬韻、中韻，也不避用窄韻、險韻。靈活的用韻，使得詩歌便於表現多元的海洋風情。

（二）運用具有海洋特色的辭彙

本期的海洋文學，運用眾海錯及加工製品之名、海洋神話傳說、海洋生活、航海工具、海洋氣候現象等五類辭彙，形成文字構作的特色。這類辭彙可發揮擴張情境，鍊結海洋的藝術效果，是繁盛海洋活動的映現。

（三）善用疊字修辭開張情境

海洋文學所使用的疊字，或從聲音具體模擬，使形象更爲立體，或從主要樣態形容，使形象更爲深刻。運用疊字修辭，使海錯、海村生活、船舶、捕撈工具、海濤、海風、海雲、海霧、海景、海水的描寫，形象鮮明，韻律和諧，也抒張作品的聯想空間。

（四）描寫海洋的語辭精當

作家以觀察到的海洋印象，選用新妙的語辭，凸出意象。作家也善於鍛鍊動詞，使後接的尋常語辭具有新意。妥當運用新奇、精當的語辭，可免作品流於粗率。

（五）構句奇特

奇特的構句，使文意紆曲而深邃，有助表達海洋主題的奇險性、多樣性，強化海洋文學的情境渲染力。

宋、元海洋文學的內容特色，展現在以下四點：

（一）豐富的海洋意象

海洋的客觀現象，與作家的海洋體驗相結合，透過層層藝術構思，化為深刻的文字表現，將意象的界域，由表層意義，向外擴張，使辭彙具有豐富、立體的意象。

（二）運用海洋神話傳說

本期的海洋文學，或多或少地運用海洋神話傳說，形成內容的一大特色。作家以專引單一神話傳說、雜引多種神話傳說、以神話傳說深化海洋主題等方式，化用神話傳說，鋪陳神秘氛圍。

（三）化用歷史人物典故抒詠海物

部分作家詠海物時，常以其外形特徵、習性為思考，與特定的歷史人物典故結合，既保有生物性的形象，又具有濃厚的人文色彩。常被文人歌詠的海物，如烏賊魚、海扇、蛤、蟹等，因歷史人物典故的浪漫連結，而具有雙重形象。

（四）寫實手法表現真實的海洋生活

濱海營生的辛酸，只有長期居住在濱海的文人才能體會海洋生活的真實面。作家以寫實手法，將自己觀察或體驗的海洋生活平實表現出來，不雕琢藻飾，不渲染，重在傳達生活的真實面貌。

九、本研究的困境

研究海洋文學，也存在以下的問題，造成解讀的困難：

（一）難字僻辭形成紆曲的文字風格

為凸顯海洋景觀的壯闊、海洋經驗的奇特、海洋生活的面貌，作家常不自覺地順著主題的性質，運用難字僻辭，形成詭奇紆曲的文字風格，使文意斷斷續續。出現在作品中的地域性用語、罕用別稱、罕見名物、俗寫字體、冷僻字義等，妨礙讀者了解作品的字意。

（二）生僻典故及背景資料成為閱讀作品的障礙

海洋文學除了運用普遍的神話典故外，也引用不少生僻的典故，非博覽群書，熟諳事類者，難以理解，更遑論與詩文意旨相連結。此外作家將創作背景資料轉化為作品內容，除非讀者能熟悉其事蹟，否則亦難以解讀詩句原意。作家援用生僻典故或融入其背景資料，雖達到深化內容的目的，卻也使文意紆曲不明。

（三）眾多地理名詞不易確認

本期海洋文學中，出現大量地理名詞，有些是眾人周知的景點，重複出現於各家作品，還有部分地名、洋名、亭名、山名，因古今疆域調整，地名興革，沿海地貌變遷，建築物傾頹等原因，都加深地理名詞的考辨難度。

緣於上述的研究成果，本論文對於中國古典海洋文學領域的研究，可提供如下的貢獻：(1)提供中國海洋文化的完整論述。(2)填補古代航海科技的內涵。(3)建立古典海洋文學發展的全貌。(4)提出海洋文學的鑑別取捨標準。(5)闡明宋、元海洋文學重要作品的旨意。(6)自文學的角度，彰明自然海洋、人文海洋的內涵。本論文以宏觀的視野，對宋元海洋文學作完整的研究，盼能為古典海洋文學研究奠基。

參考書目

一、**古籍**（依朝代排序）

（一）**文學典籍**

1. 晉・干寶：《搜神記》，臺北：里仁書局，1982 年。
2. 唐・張九齡著，羅韜選注：《張九齡詩文選》，廣州：廣東人民出版社，1994 年。
3. 宋・梅堯臣：《宛陵集》，臺北：新文豐出版公司，1979 年。
4. 宋・歐陽脩：《歐陽脩全集》，臺北：世界書局，1983 年。
5. 宋・蔡襄：《蔡襄全集》，福州：福建人民出版社，1999 年。
6. 宋・王安石：《臨川先生文集》，臺北：華正書局，1975 年。
7. 宋・蘇軾：《蘇東坡全集》，臺北：河洛出版社，1975 年。
8. 宋・蘇軾：《蘇軾詩集》，臺北：莊嚴出版社，1990 年。
9. 宋・蘇軾著，龍沐勛箋：《東坡樂府箋》，臺北：華正書局，1988 年。
10. 宋・蘇轍著，曾棗莊、馬德富校點：《欒城集》，上海：上海古籍出版社，1987 年。
11. 宋・張耒：《柯山集》（叢書集成初編），北京：中華書局，1985 年。
12. 宋・陳師道：《后山集》（《文淵閣四庫全書電子版》）。
13. 宋・王十朋：《王十朋全集》，上海：上海古籍出版社，1998 年。
14. 宋・楊萬里：《誠齋集》（《四部叢刊》集部），臺北：臺灣商務印書館，1983 年。
15. 宋・晁說之：《景迂生集》，臺北：臺灣學生書局，1975 年。
16. 宋・黃庭堅：《山谷內集詩注》，臺北：學海出版社，1979 年。
17. 宋・陸游：《陸放翁全集》，臺北：世界書局，1980 年。

18. 宋・眞德秀：《石山先生眞文忠公文集》（《四部叢刊》集部），臺北：臺灣商務印書館，1983 年。

19. 宋・林景熙：《霽山集》（叢書集成初編），北京：中華書局，1985 年。

20. 宋・文天祥：《文文山全集》，臺北：世界書局，1965 年。

21. 宋・洪興祖：《楚辭補註》，臺北：藝文印書館，1986 年。

22. 宋・李綱：《李綱全集》，長沙：岳麓書社，2004 年。

23. 宋・胡仲弓：《葦航漫游藁》（四庫善本叢刊初編集部），臺北：藝文印書館。

24. 元・薩都剌：《雁門集》，上海：上海古籍出版社，1982 年。

25. 元・黃溍：《黃文獻公集》（叢書集成初編），北京：中華書局，1985 年。

26. 元・吳萊：《淵穎集》（叢書集成初編），北京：中華書局，1985 年。

27. 元・楊維楨：《鐵厓三種》，臺北：文海出版社，1971 年。

28. 元・楊維楨：《鐵崖先生古樂府》，臺北：臺灣商務印書館，1973 年。

29. 元・貢師泰：《玩齋集》（景印摛藻堂四庫全書薈要集部第六十冊），臺北：世界書局，1988 年。

30. 元・楊維楨：《東維子文集》（《四部叢刊》正編），臺北：臺灣商務印書館，1979 年。

31. 元・丁鶴年：《丁鶴年集》（叢書集成初編），北京：中華書局，1985 年。

32. 元・吳海：《聞過齋集》（《文淵閣四庫全書電子版》），香港：迪志文化出版有限公司。

33. 元・張憲：《玉笥集》（《文淵閣四庫全書電子版》）。

34. 元・任士林：《松鄉集》（《文淵閣四庫全書電子版》）。

35. 明・王守仁：《王文成全書》（《文淵閣四庫全書電子版》）。

36. 明・曹學佺：《石倉歷代詩選》（《文淵閣四庫全書電子版》）。

37. 明・張溥輯：《漢魏六朝百三名家集》，臺北：文津出版社，1979 年。

38. 清・厲鶚輯：《宋詩紀事》，臺北：台灣中華書局，1971 年。

39. 清・陳衍：《元詩紀事》，臺北：鼎文書局，1971 年。

40. 清・藍鼎元：《鹿洲初集》，臺北：文海出版社，1977 年。

41. 清・董誥奉編：《全唐文》，臺北：大通出版社，1979 年。

42. 清・顧嗣立編：《元詩選（初集）》，臺北：世界書局，1982 年。

43. 清・顧嗣立編：《元詩選（二集）》，北京：中華書局，1987 年。

44. 清・顧嗣立編：《元詩選（三集）》，北京：中華書局，1987 年。

45. 清・陳奐：《詩毛氏傳疏》，臺北：臺灣學生書局，1986 年。

46. 清・王文誥：《蘇文忠公詩編註集成》，臺北：臺灣學生書局，1987 年。

47. 清・趙翼：《甌北詩話》，臺北：廣文書局，1991 年。

48. 清・彭定求等修纂：《全唐詩》，北京：中華書局，1996 年。

49. 清・陳元龍奉敕編：《御定歷代賦彙》（景印摛藻堂四庫全書薈要第四二五冊），臺北：世界書局，1988 年。

50. 清・王國維：《人間詞話》，臺北：臺灣開明書店，1981 年。

51. 袁珂校注：《山海經校注》，臺北：里仁書局，1982 年。

52. 唐圭璋編：《全金元詞》，臺北：洪氏出版社，1980 年。

53. 唐圭璋編：《全宋詞》，臺北：洪氏出版社，1981 年。

54. 逯欽立輯校：《先秦漢魏晉南北朝詩》，臺北：學海出版社，1984 年。

55. 金性堯選注：《宋詩三百首》，臺北：書林出版公司，1990 年。

56. 北京大學古文獻研究所編：《全宋詩》，北京：北京大學出版社，1991 年。

57. 錢鍾書：《宋詩選注》，北京：三聯書店，2002 年。

（二）文學以外的典籍

1. 春秋・左丘明：《國語》，臺北：里仁書局，1981 年。

2. 春秋・左丘明：《左傳》（《十三經注疏》本），臺北：藝文印書館，1989 年。

3. 春秋・管仲撰，李勉註譯：《管子今註今譯》，臺北：臺灣商務印書館，1994 年。

4. 戰國・列禦寇：《列子》，臺北：金楓出版社，1998 年。

5. 漢・司馬遷著，瀧川龜太郎考證：《史記會注考證》，臺北：洪氏出版社，1986 年。

6. 漢・趙曄著，黃仁生注譯：《新譯吳越春秋》，臺北：三民書局，1996 年。

7. 漢・揚雄：《太玄經》（《中國子學名著集成》第八十七冊），臺北：中國子學名著集成編印基金會，1978 年。

8. 晉・張華：《博物志》，臺北：臺灣古籍出版公司，1997 年。

9. 晉・葛洪著，曹海東注譯：《新譯西京雜記》，臺北：三民書局，1991 年。

10. 晉・葛洪著，何淑貞校注：《新編抱朴子・內篇》，臺北：國立編譯館，2002 年。

11. 晉・郭璞：《爾雅郭注》，臺北：新興書局，1980 年。

12. 晉・王充著，韓復智註譯：《論衡今註今譯》，臺北：國立編譯館，2005 年。

13. 後魏‧賈思勰:《齊民要術》(《中國子學名著集成》第八十三冊),臺北:中國子學名著編印基金會,1978 年。

14. 唐‧段成式:《酉陽雜俎》,臺北:臺灣學生書局,1987 年。

15. 唐‧劉恂:《嶺表錄異》(《文淵閣四庫全書電子版》)。

16. 宋‧范成大:《桂海虞衡志》(《叢書集成》初編),臺北:藝文印書館,1966 年。

17. 宋‧朱彧:《萍洲可談》(《筆記小說大觀》十九編),臺北:新興書局,1977 年。

18. 宋‧李昉:《太平廣記》,臺北:古新書局,1980 年。

19. 宋‧龐元英:《文昌雜錄》,北京:中華書局,1985 年。

20. 宋‧徐兢:《宣和奉使高麗圖經》(《叢書集成》初編),北京:中華書局,1985 年。

21. 宋‧李心傳:《建炎以來繫年要錄目錄》,北京:中華書局,1988 年。

22. 宋‧周密:《癸辛雜識》,北京:中華書局,1988 年。

23. 宋‧趙汝适:《諸蕃志》,南投:臺灣省文獻會,1996 年。

24. 宋‧周去非著,楊武泉校注:《嶺外代答校注》,北京:中華書局,1999 年。

25. 宋‧吳自牧:《夢梁錄》,揚州:廣陵書社,2003 年。

26. 宋‧沈括:《夢溪筆談》(全宋筆記第二編),鄭州:大象出版社,2006 年。

27. 宋‧周密著,李小龍、趙銳評注:《武林舊事》,北京:中華書局,2008 年。

28. 宋‧錢儼:《吳越備史》(《文淵閣四庫全書電子版》)。

29. 宋‧江休復:《嘉祐雜誌》(《文淵閣四庫全書電子版》)。

30. 宋‧姚寬:《西溪叢語》(《文淵閣四庫全書電子版》)。

31. 宋‧洪邁:《容齋隨筆》(《文淵閣四庫全書電子版》)。

32. 宋‧李昉:《太平御覽》(《文淵閣四庫全書電子版》)。

33. 宋‧祝穆:《方輿勝覽》(《文淵閣四庫全書電子版》)。

34. 宋‧王應麟:《玉海》(《文淵閣四庫全書電子版》)。

35. 元‧陶宗儀:《南村輟耕錄》,北京:中華書局,1997 年。

36. 明‧屠本畯:《閩中海錯疏》(《叢書集成》初編),臺北:藝文印書館,1965 年。

37. 明‧黃省曾:《養魚經》(《叢書集成》初編),臺北:藝文印書館,1967 年。

38. 明・鄭若曾:《鄭開陽雜著》,臺北:成文出版社,1971 年。

39. 明・李詡:《戒庵老人漫筆》(《叢書集成》三編),臺北:藝文印書館,1971 年。

40. 明・王起宗、張燮:《東西洋考》,臺北:西南書局,1973 年。

41. 明・董倫等修;明・解縉等重修;明・倫胡廣等復奉敕修:《明實錄》,臺北:中央研究院歷史語言研究所,1984 年。

42. 明・王夫之:《讀四書大全說》,長沙:嶽麓書社,1996 年。

43. 明・李時珍:《本草綱目》,臺北:培琳出版社,1996 年。

44. 明・王士性:《廣志繹》,北京:中華書局,1997 年。

45. 明・李昭祥:《龍江船廠志》,南昌:江蘇古籍出版社,1999 年。

46. 明・鞏珍著,向達校注:《西洋番國志》,北京:中華書局,2000 年。

47. 明・佚名:《兩種海道針經》,北京:中華書局,2000 年。

48. 明・宋應星著,潘吉星譯注:《天工開物》,臺北:臺灣古籍出版公司,2004 年。

49. 明・馬歡著,馮承鈞校注:《瀛涯勝覽校注》,臺北:臺灣商務印書館,2005 年。

50. 明・葉翼輯:《餘姚海隄集》(南京圖書館藏清鈔本)。

51. 明・茅元儀:《籌海圖編》(《文淵閣四庫全書電子版》)。

52. 明・方以智:《物理小識》(《文淵閣四庫全書電子版》)。

53. 明・陳士元:《名疑》(《文淵閣四庫全書電子版》)。

54. 明・馮時可:《雨航雜錄》(《文淵閣四庫全書電子版》)。

55. 清・陳夢雷編:《古今圖書集成》,臺北:鼎文書局,1977 年。

56. 清・孫希旦:《禮記集解》,臺北:文史哲出版社,1984 年。

57. 清・俞思謙:《海潮輯說》,北京:中華書局,1985 年。

58. 清・郭慶藩:《莊子集釋》,臺北:華正書局,1985 年。

59. 清・顧棟高:《春秋大事表》,北京:中華書局,1993 年。

60. 清・畢沅:《續資治通鑑》,臺北,建宏出版社,1995 年。

61. 清・陳倫炯:《海國聞見錄》,南投:臺灣省文獻會,1996 年。

62. 清・屈大均:《廣東新語》,北京:中華書局,1997 年。

63. 清・梁廷枏:《海國四說》,北京:中華書局,1997 年。

64. 清・郁永河著,許俊雅校釋:《裨海紀遊校釋》,臺北:國立編譯館,2009 年。

65. 清・杜臻:《粵閩巡視紀略》(《文淵閣四庫全書電子版》)。

66. 清・沈自南:《藝林彙考飲食篇》(《文淵閣四庫全書電子版》)。

67. 清·傅澤洪:《行水金鑑》(《文淵閣四庫全書電子版》)。

68. 清·吳任臣:《十國春秋》(《文淵閣四庫全書電子版》)。

69. 清·鍾淵映:《歷代建元考》(《文淵閣四庫全書電子版》)。

70. 朱右曾校釋:《逸周書集訓校釋》,臺北:臺灣商務印書館,1971 年。

二、今人著作（依出版年排序）

（一）海洋文化

1. 費朗索瓦·德勃雷（法國）著,趙喜鵬譯:《海外華人》,北京:新華出版社,1982 年。

2. 劉錫民、呂學揚編譯:《海洋與人類》,臺北:徐氏基金會,1990 年。

3. 宋正海:《東方藍色文化——中國海洋文化傳統》,廣州:廣東教育出版社,1995 年。

4. 楊國楨:《閩在海中——追尋福建海洋發展史》,南昌:江西高校出版社,1998 年。

5. 黃順力:《海洋迷思——中國海洋觀的傳統與變遷》,南昌:江西高校出版社,1999 年。

6. 徐曉望:《媽祖的子民——閩台海洋文化研究》,上海:學林出版社,1999 年。

7. 藍達居:《喧鬧的海市——閩東南港市興衰與海洋人文》,南昌:江西高校出版社,1999 年。

8. 曲金良主編:《中國海洋文化研究》,第一卷,北京:文化藝術出版社,1999 年。

9. 張澤南、弟增智編:《走向海洋的中國》,福州:福建教育出版社,2000 年。

10. 曲金良:《海洋文化與社會》,青島:中國海洋大學出版社,2003 年。

11. 邱文彥編:《海洋永續經營》,臺北:胡氏出版社,2003 年。

12. 邱文彥編:《海洋文化與歷史》,臺北:臺灣研究基金會,2003 年。

13. 曲金良主編:《海洋文化概論》,青島:青島海洋大學出版社,2005 年。

14. 柳和勇:《舟山群島海洋文化論》,北京:海洋出版社,2006 年。

15. 李明春、徐志良:《海洋龍脈——中國海洋文化縱覽》,北京:海洋出版社,2007 年。

16. 曲金良主編:《中國海洋文化史長編——先秦秦漢卷》,青島:中國海洋大學出版社,2008 年。

17. 張向冰:《大國海疆——中國海洋文化遺存紀實攝影》,北京:海洋出版

社，2008 年。

18. 楊國楨：《瀛海方程——中國海洋發展理論和歷史文化》，北京：海洋出版社，2008 年。

（二）海洋文學

1. 楊鴻烈：《海洋文學》，香港：新世紀出版社，1953 年。
2. 吳主助編：《海洋文學名作選讀》，北京：人民交通出版社，1992 年。
3. 鍾玲總編輯：《海洋與文藝國際會議論文集》，高雄：中山大學文學院，1999 年。
4. 舟欲行、曲實強編著：《濤聲神曲——海洋神話與海洋傳說》，北京：海洋出版社，2003 年。
5. 金毅、李新安編著：《桅影風騷——海洋文學與海洋藝術》，北京：海洋出版社，2003 年。
6. 陳聰哲主編：《人文海洋——2004 年海洋人文藝術與社會研討會論文集》，臺北：華立圖書公司，2004 年。
7. 李越選注：《中國古代海洋詩歌選》，北京：海洋出版社，2006 年。
8. 徐波選注：《中國古代海洋散文選》，北京：海洋出版社，2006 年。
9. 倪濃水選編：《中國古代海洋小說選》，北京：海洋出版社，2006 年。
10. 呂怡菁：《文化尋根與歷史定位——現代詩中的海洋文化軌跡》，臺北：文津出版社，2006 年。
11. 喬國恒：《兩宋錢塘潮詩詞研究》，南京師範大學碩士論文，2008 年。
12. 段漢武、范誼主編：《海洋文學研究文集》，北京：海洋出版社，2009 年。
13. 趙君堯：《天問·驚世——中國古代海洋文學》，北京：海洋出版社，2009 年。

（三）古代航海科技

1. 李約瑟（Joseph Needham）：《中國之科學與文明》（第十一冊「航海工藝」上），臺北：臺灣商務印書館，1985 年。
2. 李約瑟（Joseph Needham）：《中國之科學與文明》（第十二冊「航海工藝」下），臺北：臺灣商務印書館，1985 年。
3. 章巽主編：《中國航海科技史》，北京：海洋出版社，1991 年。
4. 張靜芬：《中國古代造船與航海》，臺北：臺灣商務印書館，1995 年。
5. 席龍飛：《中國造船史》，武漢：湖北教育出版社，1999 年。
6. 王冠倬：《中國古船圖譜》，北京：三聯書店，2001 年。

7. 吳春明：《環中國海沈船——古代帆船、船技與船貨》，南昌：江西高校出版社，2003 年。

8. 辛元歐：《上海沙船》，上海：上海書店出版社，2004 年。

9. 施鶴群：《鄭和寶船之謎》，哈爾濱：哈爾濱工程大學出版社，2005 年。

10. 施鶴群：《鄭和航海之謎》，哈爾濱：哈爾濱工程大學出版社，2005 年。

11. 王莉、李寶民、王杰：《航海史話》，臺北：國家出版社，2005 年。

12. 龍飛君主編：《中國古船圖鑒》，寧波：寧波出版社，2008 年。

（四）海洋交通、軍事

1. 馮承鈞：《中國南洋交通史》，臺北：臺灣商務印書館，1993 年。

2. 張鐵牛、高曉星：《中國古代海軍史》，北京：八一出版社，1993 年。

3. 王崇煥：《中國古代交通》，臺北：臺灣商務印書館，1995 年。

4. 王曉秋：《中日文化交流史話》，臺北：臺灣商務印書館，1995 年。

5. 陶雪、金之平：《古代中國與海外》，濟南：山東教育出版社，1997 年。

6. 陳高華、陳尚勝：《中國海外交通史》，臺北：文津出版社，1997 年。

7. 經典雜誌編：《海上史詩——鄭和下西洋》，臺北：經典雜誌社，2002 年。

8. 朱德蘭主編：《中國海洋發展史論文集》（第八輯），臺北：中央研究院中山人文社會科學研究所，2002 年。

9. 法國伯希和著，馮承鈞譯：《鄭和下西洋考》，北京：中華書局，2003 年。

10. 王天有、徐凱、萬明編：《鄭和遠航與世界文明——紀念鄭和下西洋六○○周年論文集》，北京：北京大學出版社，2005 年。

11. 江蘇省紀念鄭和下西洋六○○周年活動籌備領導小組編：《紀念鄭和下西洋六○○周年國際學術論壇論文集》，北京：社會科學文獻出版社，2005 年。

12. 時平：《鄭和時代的中國海權》，昆明：晨光出版社，2005 年。

13. 墨川：《南宋——大航海時代》，北京：經濟管理出版社，2008 年。

（五）海疆及海禁

1. 張立娜：《明朝海禁法令初探》，中國社會科學院研究生院碩士論文，2002 年。

2. 張煒、方堃主編：《中國海疆通史》，鄭州：中州古籍出版社，2003 年。

3. 晁中辰：《明代海禁與海外貿易》，北京：人民出版社，2005 年。

4. 楊金森、范中義：《中國海防史》，北京：海洋出版社，2005 年。

（六）海洋神靈

1. 羅海賢、李慕如：《鄭和與媽祖——海權與海神》，屏東：錦繡中華企業社，2002 年。

2. 王榮國：《明清時代的海神信仰與社會經濟》，廈門大學博士論文，2001年。

3. 王榮國：《海洋神靈——中國海神信仰與社會經濟》，南昌：江西高校出版社，2003 年。

（七）海洋經濟

1. 張震東、楊金森：《中國海洋漁業簡史》，北京：海洋出版社，1983 年。

2. 李士豪、屈若搴：《中國漁業史》，臺北：臺灣商務印書館，1993 年。

3. 歐陽宗書：《海上人家——海洋漁業經濟與漁民社會》，南昌：江西高校出版社，1998 年。

4. 郭正忠主編：《中國鹽業史》（古代編），北京：人民出版社，1999 年。

5. 鄭永常：《來自海洋的挑戰——明代海貿政策演變研究》，臺北：稻鄉出版社，2004 年。

6. 于運全：《海洋天災——中國歷史時期的海洋災害與沿海社會經濟》，南昌：江西高校出版社，2005 年。

7. 楊強：《北洋之利——古代渤黃海區域的海洋經濟》，南昌：江西高校出版社，2005 年。

（八）海洋學

1. 宋正海、郭永芳、陳瑞平：《中國古代海洋學史》，北京：海洋出版社，1989 年。

2. 孫湘平：《中國的海洋》，北京：商務印書館，1996 年。

3. S·彼得·當斯著，馬修·華德攝影，劉澍、朱漢濤翻譯：《貝殼圖鑑》，臺北：貓頭鷹出版社，1996 年。

4. 廖榮文：《海洋學概論》，臺北：徐氏基金會，1997 年。

5. 邵廣昭、陳靜怡：《魚類圖鑑：臺灣七百多種常見魚類圖鑑》，臺北：遠流出版社，2003 年。

6. 中國海灣志編纂委員會：《中國海灣志》（六），北京：海洋出版社，1993年。

7. 徐鴻儒主編：《中國海洋學史》，濟南：山東教育出版社，2004 年。

8. 吳佳瑞、賴春福：《菜市場魚圖鑑》，臺北：天下文化出版社，2006 年。

9. 張素萍編著：《中國海洋貝類圖鑑》，北京：海洋出版社，2008 年。

（九）文學類

1. 李安：《文天祥史蹟考》，臺北：正中書局，1972 年。
2. 李一冰：《蘇東坡新傳》，臺北：聯經出版公司，1983 年。
3. 李劍國：《唐前志怪小說輯釋》，臺北：文史哲出版社，1987 年。
4. 張公鑑：《文天祥生平及其詩詞研究》，臺北：臺灣商務印書館，1987 年。
5. 王易：《詞曲史》，臺北：廣文書局，1988 年。
6. 刁抱石：《宋陸放翁先生游年譜》，臺北：臺灣商務印書館，1990 年。
7. 陳弘治：《詞學今論》，臺北：文津出版社，1991 年。
8. 章楚藩主編：《楊萬里詩歌賞析集》，成都：巴蜀書社，1994 年。
9. 王力：《漢語詩律學》，上海：上海教育出版社，2002 年。
10. 鄭紹基主編：《元代文學史》，北京：人民文學出版社，2006 年。
11. 龔顯宗：《台灣文學論集》，高雄：復文出版社，2006 年。
12. 徐志平：《浙江古代詩歌史》，杭州：杭州出版社，2008 年。
13. 王嘉良主編：《浙江文學史》，杭州：杭州出版社，2008 年。

（十）其　他

1. 魏嵩山主編：《中國歷史地名大辭典》，廣州：廣東教育出版社，1995 年。
2. 譚其驤主編：《簡明中國歷史地圖集》，北京：中國地圖出版社，1996 年。
3. 童勉之著，童丹繪圖：《中華草木蟲魚文化》，臺北：文津出版社，1997 年。
4. 沙海昂註，馮承鈞譯：《馬可波羅行紀》，臺北：臺灣商務印書館，2000 年。
5. 穆根來著，汶江、黃倬漢譯：《中國印度見聞錄》，北京：中華書局，2001 年。
6. 不著撰者：《中國歷史年代簡表》，北京：文物出版社，2004 年。

三、期刊論文

（一）海洋文化

1. 陳國強：〈台灣海洋文化的人類學研究〉，《嶺嶠春秋——海洋文化論集》上下輯，1995 年。
2. 林彥舉：〈開拓海洋文化研究的思考〉，《嶺嶠春秋——海洋文化論集》上下輯，1995 年。

3. 朱學恕：〈論古代中國的海洋文化〉，《大海洋詩雜誌》，第四十八期，
   1995 年。

4. 羅則揚、黃藹如：〈沿海地方志與海洋文化〉，《嶺嶠春秋——海洋文化論
   集》上下輯，1995 年。

5. 何兆雄：〈中國海洋文化的源頭——貝丘遺址〉，《嶺嶠春秋——海洋文化
   論集》上下輯，1995 年。

6. 朱學恕：〈龍的大海洋世紀〉，《大海洋詩雜誌》，第四十九期，1996 年。

7. 莊萬壽：〈台灣海洋文化之初探〉，《中國學術年刊》，第十八期，1997
   年。

8. 徐明德：〈中國海洋文化的原型傳統及流變〉（上），《大海洋詩雜誌》，特
   刊，1998 年。

9. 徐明德：〈中國海洋文化的原型傳統及流變〉（下），《大海洋詩雜誌》，第
   五十五期，1998 年。

10. 藍達居、呂淑梅：〈中國海洋人文的發現與研究評介〉，《廈門大學學報》
    （哲學社會科學版），第一期，1998 年。

11. 曲金良：〈關於海洋文化學基本理論的幾個問題〉，《中國海洋文化研
    究》，第一卷，1999 年。

12. 鄧紅風：〈海洋文化與海洋文明〉，《中國海洋文化研究》，第一卷，1999
    年。

13. 徐曉望：〈關於人類海洋文化理論的重構〉，《福建論壇》（人文社會科學
    版），第四期，1999 年。

14. 莊錫福、吳承業：〈論閩台文化的海洋性特徵〉，《台灣研究‧文化》，第
    四期，2000 年。

15. 楊國楨：〈論海洋人文社會的概念磨合〉，《廈門大學學報》（哲學社會科
    學版），第一期，2000 年。

16. 趙君堯：〈中國海洋文化歷史軌迹探微〉，《職大學報》，第一期，2000
    年。

17. 黃聲威：〈淺探海洋文化〉（上下），《漁業推廣》，第一○七、一七一期，
    2000 年。

18. 陳依元：〈浙江海洋精神論綱〉，《寧波大學學報》（人文科學版），第十三
    卷第三期，2000 年。

19. 宋正海：〈潮汐文化漫筆〉，《科學對社會的影響》，第一期，2001 年。

20. 楊國楨：〈海洋人文類型：二十一世紀中國史學的新視野〉，《史學月
    刊》，第五期，2001 年。

21. 林河：〈誰是人類海洋文化的締造者？〉，《歷史月刊》，四月號，2001
    年。

22. 曾少聰：〈閩南的海外移民與海洋文化〉，《廣西民族學院學報》（哲學社會科學版），第二十三卷第五期，2001 年。

23. 趙君堯：〈石器時代中國海洋文化及其對大陸中原文化的影響〉，《職大學報》，第三期，2002 年。

24. 許維安：〈論海洋文化及其與海洋經濟的關係〉，《湛江海洋大學學報》，第二十二卷第五期，2002 年。

25. 陳仲玉：〈試論中國東南沿海史前的海洋族群〉，《考古與文物》，第二期，2002 年。

26. 陳智勇：〈試論夏商時期的海洋文化〉，《殷都學刊》，第四期，2002 年。

27. 彭年：〈遠古秦漢海洋漁農文化史事拾摭〉，《廣東教育學院學報》，第二十二卷第四期，2002 年。

28. 隗芾：〈不能用大陸文化的方式管理海洋文化〉，《嶺嶠春秋——海洋文化論集》（四），2003 年。

29. 方牧：〈《山海經》與海洋文化〉，《浙江海洋學院學報》（人文科學版），第二十卷第二期，2003 年。

30. 陳智勇：〈試析春秋戰國時期的海洋文化〉，《鄭州大學學報》（哲學社會科學版），第三十六卷第五期，2003 年。

31. 吳建華：〈談中外海洋文化的共性、個性與侷限性〉，《湛江海洋學院學報》（人文科學版），第二十卷第一期，2003 年。

32. 潘群：〈中國古代海洋文化是吳文化之源〉，《蘇州職業大學學報》，第十四卷第三期，2003 年。

33. 巫志南：〈海洋文化與海港城市文化——以上海海港新城文化發展為例〉，《中國海洋文化研究》，第四～五合卷，2005 年。

34. 宋正海、張九辰：〈中國傳統海洋文化中的大陸文化影響〉，《中國海洋文化研究》，第四～五合卷，2005 年。

35. 楊國楨：〈中國海洋史與海洋文化研究〉，《中國海洋文化研究》，第四～五合卷，2005 年。

36. 宋正海：〈中國傳統海洋文化〉，《自然雜誌》，第二十七卷第二期，2005 年。

37. 李東華：〈從海洋發展史的觀點看「海洋文化」的內涵〉，《海洋文化學刊》，創刊號，2005 年。

38. 李東華：〈從媽祖信仰與鄭和遠航看海洋文化的發展〉，《海洋文化學刊》，創刊號，2005 年。

39. 周乃復：〈從陶瓷文化看中國海洋文化的若干特徵〉，《浙江海洋學院學報》（人文科學版），第二十三卷第四期，2006 年。

40. 韋振華：〈鄭和下西洋與中國的海洋文化〉，《珠江水運》，2006 年。

41. 王穎：〈山東海洋文化的發展歷程及特點〉,《山東教育學院學報》,第六期,2006 年。

42. 周茹燕：〈上海竹枝詞與海洋文化〉,《浙江海洋學院學報》（人文科學版）,第二十四卷第四期,2007 年。

43. 馬志榮、薛三讓：〈後鄭和時代：中國海洋文化由開放走向內斂的現代思考〉,《西北師大學報》,第四十四卷第五期,2007 年。

44. 彭麗花：〈泉州海上絲路文化的普世價值及重要啟示〉,《福建省社會主義學院學報》,第一期,2007 年。

45. 吳建華、肖璇：〈關於海洋文化學研究對象的思考〉,《中國海洋大學學報》（社會科學版）,第五期,2007 年。

46. 宋正海：〈燦爛的傳統潮文化〉,《浙江海洋學院學報》（人文科學版）,第二十四卷第三期,2007 年。

47. 曲金良：〈中國海洋文化的早期歷史與地理格局〉,《浙江海洋學院學報》（人文科學版）,第二十四卷第三期,2007 年。

（二）海洋文學

1. 朱學恕：〈論海洋文學與現代詩〉,《大海洋詩刊》,第十七期,1983 年。

2. 朱學恕：〈論海洋文學與海洋詩〉,《大海洋詩刊》,第三十一期,1988 年。

3. 朱學恕：〈論如何重建中國海洋文化〉,《大海洋詩刊》,第三十二期,1989 年。

4. 朱學恕：〈論開拓海洋詩的新境界〉（上）,《大海洋詩雜誌》,第三十四期,1990 年。

5. 朱學恕：〈論開拓海洋詩的新境界〉（中）,《大海洋詩雜誌》,第三十五期,1990 年。

6. 朱學恕：〈論開拓海洋詩的新境界〉（下）,《大海洋詩雜誌》,第三十六期,1990 年。

7. 顏一平：〈海洋精神與海洋文學〉,《大海洋詩雜誌》,第三十六期,1990 年。

8. 朱學恕：〈論海洋文學〉,《大海洋詩刊》,第四十期,1992 年。

9. 朱學恕：〈論海洋文學與海洋人生觀〉（上）,《大海洋詩雜誌》,第四十二期,1993 年。

10. 朱學恕：〈論海洋文學與海洋人生觀〉（下）,《大海洋詩雜誌》,第四十三期,1993 年。

11. 東年：〈海洋台灣與海洋文學〉,《聯合文學》,第十三卷第十期,1997 年。

12. 劉菲：〈發揚海洋文學，立海洋領土觀念〉，《大海洋詩雜誌》，第五十三期，1997年。

13. 泉泉：〈略談海洋文學未來去向及其策略〉，《大海洋詩雜誌》，第五十三期，1997年。

14. 黃騰德：〈從廖鴻基《鯨生鯨世》看臺灣的海洋文學〉，《台灣人文》，第四號，1998年。

15. 劉茂華：〈民族性情與海洋文學〉，《大海洋詩雜誌》，第五十五期，1998年。

16. 徐敏：〈遭遇大海──中國古典海洋詩的審美情趣〉，《大海洋詩雜誌》，第五十五期，1998年。

17. 蕭蕭：〈台灣海洋詩的美學特質〉，《台灣詩學季刊》，第二十九期，1999年。

18. 藍海萍：〈論古典海洋詩的力與美〉，《大海洋詩雜誌》，第五十九期，1999年。

19. 蔡富澧：〈試論海洋詩創作的更多可能〉，《大海洋詩雜誌》，第五十九期，1999年。

20. 朱學恕：〈海洋詩（文）教對中國未來興衰之影響〉，《大海洋詩雜誌》，第五十八期，1999年。

21. 朱學恕：〈論海洋詩（文）教對中國未來興衰之影響〉，《大海洋詩雜誌》，第五十九期，1999年。

22. 方長生：〈舟山民間文學的海洋特色〉，《浙江海洋學院學報》，第十六卷第二期，1999年。

23. 羅宗濤：〈從漢到唐詩歌中海的詞彙之考察〉，「海洋與文藝」國際會議論文集》，1999年。

24. 王慶雲：〈中國古代海洋文學歷史發展的軌迹〉，《中國海洋大學學報》（社會科學版），第四期，1999年。

25. 譚家健：〈漢魏六朝時期的海賦〉，《聊城師範學院學報》（哲學社會科學版），第二期，2000年。

26. 趙君堯：〈論宋元海洋文學〉，《職大學報》，第三期，2001年。

27. 張松才：〈廣東近代詩歌海洋意識與海上絲路〉，《湛江海洋大學學報》，第二十二卷第五期，2002年。

28. 張如安、錢張帆：〈中國古代海洋文學導論〉，《寧波服裝職業技術學院學報》，第二期，2002年。

29. 趙君堯：〈宋元海洋文學的時代特徵〉，《福建師範大學學報》（哲學社會科學版），第一期，2002年。

30. 來其：〈舟山海洋文學：歷史與現實的考察〉，《浙江海洋學院學報》（人

文科學版），第二十一卷第四期，2004 年。

31. 高莉芬：〈水的聖域：兩晉江海賦的原型與象徵〉，《政大中文學報》，第一期，2004 年。

32. 張連舉：〈蘇軾咏海詩管窺〉，《邵陽學院學報》（社會科學版），第四卷第四期，2005 年。

33. 王賽時：〈中國海洋文學的歷史成就〉，《中國海洋文化研究》，第四～五合卷，2005 年。

34. 楊政源：〈尋找「海洋文學」——試析「海洋文學」的內涵〉，《臺灣文學評論》，第五卷第二期，2005 年。

35. 杜曉梅：〈楊維楨的竹枝詞〉，《文教資料》，九月號，2006 年。

36. 張如安：〈元代浙東海洋文學初窺——以寧波、舟山地區爲中心〉，《浙江海洋學院學報》（人文科學版），第二十三卷第三期，2006 年。

37. 唐琰：〈海洋迷思——《三寶太監西洋記通俗演義》與《鏡花緣》海洋觀念的比較研究〉，《明清小說研究》，第一期，2006 年。

38. 王祥：〈宋代文學地域性研究述評〉，《瀋陽師範大學學報》（社會科學版），第三十卷第一期，2006 年。

39. 謝玉玲：〈論元雜劇《沙門島張生煮海》之海洋書寫〉，《海洋文化學刊》，第二期，2006 年。

40. 柳和勇：〈論舟山海洋文學特色及其在我國海洋文學中的地位〉，《浙江海洋學院學報》（人文科學版），第二十三卷第三期，2006 年。

41. 馬凌雲：〈唐前江海賦〉，《柳州師專學報》，第二十一卷第一期，2006 年。

42. 管華：〈清勁浩瀚　激情深蘊——淺析丘逢甲的海洋詩〉，《嶺南文史》，第三期，2006 年。

43. 趙君堯：〈漢魏六朝海洋文學芻議〉，《職大學報》，第三期，2006 年。

44. 趙君堯：〈海洋文學研究綜述〉，《職大學報》，第一期，2007 年。

45. 趙君堯：〈稼軒詞之海洋情結〉，《職大學報》，第三期，2007 年。

46. 劉明金：〈張生煮海所反映的海洋精神〉，《浙江海洋學院學報》（人文科學版），第二十四卷第四期，2007 年。

47. 朱雙一：〈中國海洋文化視野中的台灣海洋文學〉，《台灣研究集刊》，第四期，2007 年。

48. 張祝平：〈鄭和下西洋與明代海洋文學〉，《南通大學學報》（社會科學版），第二十四卷第三期，2008 年。

49. 張高評：〈海洋詩賦與海洋性格——明末清初之臺灣文學〉，《臺灣學研究》，第五期，2008 年。

50. 趙君堯：〈先秦海洋文學時代特徵探微〉，《職大學報》，第二期，2008
    年。

51. 廖肇亨：〈長島怪沫、忠義淵藪、碧水長流——明清海洋詩學中的世界秩
    序〉，《中國文哲研究集刊》，第三十二期，2008 年。

（三）航海科技

1. 周益群：〈讀《兩種海道針經》札記〉，《海交史研究》，第二期，1990
   年。

2. 陳希育：〈宋代大型商船及其「料」的計算法則〉，《海交史研究》，第一
   期，1991 年。

3. 朱鑒秋：〈中國古代航海圖發展簡史〉，《海交史研究》，第一期，1994
   年。

4. 王心喜：〈中國古代海船深水測量技術考述〉，《海交史研究》，第二期，
   1995 年。

5. 楊熺：〈《海道經》天氣歌謠校注釋理〉，《海交史研究》，第二期，1999
   年。

6. 金秋鵬、郭育生：〈探求舟子技藝　展現古船風貌〉，《海交史研究》，第
   二期，1999 年。

7. 席龍飛：〈中國造船技術的世界性貢獻〉，《海交史研究》，第二期，2001
   年。

8. 陳忠烈：〈相會在星空——十五～十七世紀東西方的航海天文〉，《嶺嶠春
   秋——海洋文化論集》（四），2003 年。

9. 謝台喜：〈鄭和下西洋的史實及其在航海史上的偉大貢獻〉，《歷史文
   物》，第一二九期，2004 年。

（四）海洋觀念

1. 陳佳榮：〈東西洋考釋〉，《海交史研究》，第二期，1981 年。

2. 陳佳榮：〈古代南海交通史上的“海”“洋”考釋〉，《廈門大學學報》，
   史學增刊，1981 年。

3. 朱學恕：〈中國海洋雄風萬里長〉，《大海洋詩刊》，第二十七期，1987
   年。

4. 陳佳榮：〈宋元明清之東西南北洋〉，《海交史研究》，第一期，1992 年。

5. 陳佳榮：〈中國歷史上的北洋〉，「中國北方港與海外交通學術研討會」宣
   讀論文，1992 年。

6. 袁頌西：〈「大陸中國」與「海洋中國」〉，《文訊月刊》，革新第五十一
   期，1993 年。

7. 黃順力：〈地理大發現與中國海洋觀的演變〉，《廈門大學學報》（哲學社會科學版），第一期，2000 年。

（五）海禁及海洋政策

1. 晁中辰：〈論明代實行海禁的原因——兼評西方殖民者東來說〉，《海交史研究》，第一期，1989 年。

2. 鄭端本：〈試論元代的海禁〉，《海交史研究》，第一期，1990 年。

3. 蘇松柏：〈論明成祖因循洪武海禁政策〉，《海交史研究》，第一期，1990 年。

4. 徐明德：〈論十四至十九世紀中國的閉關鎖國政策〉，《海交史研究》，第一期，1995 年。

5. 鄭一鈞：〈鄭和下西洋的歷史背景及其海洋發展方略的特點〉，《中國海洋文化研究》，第一卷，1999 年。

6. 王日根：〈元明清政府海洋政策與東南沿海港市的興衰嬗變片論〉，《中國社會經濟史研究》，第二期，2000 年。

7. 王日根：〈明清海洋管理政策芻論〉，《社會科學戰線》（歷史學研究），第四期，2000 年。

8. 魏華仙：〈也談洪武年間的“海禁”與對外貿易〉，《常德師範院學報》（哲學社會科學版），第二十五卷第二期，2000 年。

9. 孫海峰：〈略論明朝的海洋政策〉，《河南大學學報》（哲學社會科學版），第四十三卷第二期，2003 年。

10. 王日根：〈施琅海洋經略思想初探〉，《中國海洋大學學報》（社會科學版），第四期，2003 年。

11. 饒咬成：〈中國的海洋意識與海權現狀——紀念鄭和下西洋六〇〇週年〉，《鄖陽師範高等專科學校學報》，第二十五卷第五期，2005 年。

12. 范金民：〈明清海洋政策對民間海洋事業的阻礙〉，《學術月刊》（史學經緯），第三十八卷三月號，2006 年。

（六）海洋經濟（貿易、漁產）

1. 陳高華：〈北宋時期前往高麗貿易的泉州舶商——兼論泉州市舶司的設置〉，《海交史研究》，第二期，1980 年。

2. 許在全：〈泉州港與“海上絲綢之路”〉，《海交史研究》，第一期，1991 年。

3. 喻常森：〈元代官本船海外貿易制度〉，《海交史研究》，第二期，1991 年。

4. 王杰：〈中國最早的海外貿易管理官員創置於漢代〉，《海交史研究》，第二期，1993 年。

5. 喻常森：〈元代海外貿易發展的積極作用與局限性〉，《海交史研究》，第二期，1994 年。

6. 王賽時：〈中國古代食用石首魚的歷史考察〉，《中國烹飪研究》，第十二卷第一期，1995 年。

7. 王賽時：〈中國古代食用鰳魚的歷史考察〉，《古今農業》，第三期，1997年。

8. 章深：〈重評宋代市舶司的主要功能〉，《廣東社會科學》，第四期，1998年。

9. 李慶新：〈唐代市舶使若干問題的再思考〉，《海交史研究》，第二期，1998 年。

10. 唐群：〈略論明代中後期私人海洋貿易活動的特點〉，《河南大學學報》（社會科學版），第三十八卷第三期，1998 年。

11. 李慶新：〈明代市舶司制度的變態及其政治文化意蘊〉，《海交史研究》，第一期，2000 年。

12. 王興文：〈略論宋代市舶制度〉，《白城師範學院學報》，第十七卷第一期，2003 年。

13. 王賽時：〈中國古代海產珍品的生產與食用〉，《古今農業》，第四期，2003 年。

14. 王賽時：〈中國古代海產貝類的開發與利用〉，《古今農業》，第二期，2007 年。

（七）海洋交通

1. 王子今：〈秦漢時期的東洋與南洋航運〉，《海交史研究》，第一期，1992 年。

2. 王杰：〈黃驛——徐福船隊的出發港〉，《海交史研究》，第一期，1992 年。

3. 劉希為：〈唐代海外交通發展的新態勢及其社會效應〉，《海交史研究》，第一期，1993 年。

4. 萬明：〈鄭和下西洋與明初海上絲綢之路——兼論鄭和遠航目的及終止原因〉，《海交史研究》，第二期，1991 年。

（八）海洋神靈（信仰、傳說）

1. 安煥然：〈宋元海洋事業的勃興與媽祖信仰形成發展的關係〉，《道教學探索》，第八期，1994 年。

2. 安煥然：〈宋元明清敕封媽祖事因類型與歷朝海洋事業發展之「官民關係」的探討〉，《國立編譯館館刊》，二十四卷一期，1995 年。

3. 朱任飛：〈大海、海神崇拜和《莊子・秋水》寓言〉，《求是學刊》，第一期，1997 年。

4. 趙炳祥：〈乘槎傳說的文化史意義考察〉，《新疆師範大學學報》（哲學社會科學版），第一期，1997 年。

5. 李玉昆：〈媽祖信仰的形成和發展〉，《世界宗教研究》，1988 年。

6. 孟天運：〈蓬萊仙話傳統與歷代帝王尋仙活動〉，《東方論壇》，第二期，2000 年。

7. 王慶雲：〈長生之夢：古人筆下與傳說中的「蓬萊」母題〉，《民俗研究》，2001 年。

8. 劉硯群：〈精衛填海的神話學解讀〉，《長江大學學報》（社會科學版），第三十一卷第四期，2008 年。

（九）其 他

1. 導夫：〈丁鶴年詩歌的主體思想傾向〉，《民族文學研究》，三月號，1997 年。

2. 吳聲石：〈蔡襄與洛陽橋〉，《莆田高等專科學校學報》，第八卷第二期，2001 年。

3. 吳聲石：〈蔡襄開啓了宋閩詩新風〉，《莆田高等專科學校學報》，第八卷第三期，2001 年。

4. 曾楚楠：〈楊萬里與潮州〉，《韓山師範學院學報》，第二十三卷第四期，2002 年。

5. 張應斌：〈緣師杖屨到潮陽——論楊萬里的潮州詩歌〉，《汕頭大學學報》（人文科學版），第二十卷第一期，2004 年。

6. 李軍：〈元代詩人宋無詩初論〉，《殷都學刊》，第三期，2004 年。

7. 李軍：〈宋無詩集考略〉，《文獻季刊》，第三期，2005 年。

8. 李軍：〈逸士韻人通吏——元代詩人宋無考略〉，《文史新探》，第三期，2005 年。

9. 張文澍：〈風霜萬里苦吟人——論元末回回詩人丁鶴年〉，《民族文學研究》，二月號，2005 年。

10. 劉倩：〈楊維楨生平述略〉，《淮北煤炭師範學院學報》（哲學社會科學版），第二十八卷第二期，2007 年。

11. 龔克昌：〈評蘇軾賦〉，《文史哲》，第二期，2008 年。

12. 劉慶雲：〈歡愉愁戚總留痕——陸游兩度入閩詩歌淺探〉，《中國韻文學刊》，第二十二卷第三期，2008 年。